SANS ÂME

Gail Carriger est née à Bolinas, en Californie. Diplômée de l'université de Nottingham en archéologie en 2000 et de celle de Santa-Cruz en anthropologie en 2008, elle publie *Sans âme* (Orbit) en 2009, premier tome de la série best-seller du *Protectorat de l'ombrelle*. Elle est également l'auteur d'une série pour les jeunes adultes, *Le Pensionnat de Mlle Géraldine*.

Paru dans Le Livre de Poche :

LE PENSIONNAT DE MLLE GÉRALDINE
1. Étiquette et espionnage
2. Corsets et complots

LE PROTECTORAT DE L'OMBRELLE
2. Sans forme
3. Sans honte
4. Sans cœur
5. Sans âge

GAIL CARRIGER

Sans âme

Le Protectorat de l'ombrelle, 1

TRADUIT DE L'ANGLAIS (ÉTATS-UNIS) PAR SYLVIE DENIS

ORBIT

Titre original :

SOULLESS
THE PARASOL PROTECTORATE : BOOK THE FIRST
Première publication : Orbit, New York, 2009

ISBN : 978-2-253-13488-6 – 1re publication LGF

1

Où les ombrelles se révèlent utiles

Mademoiselle Alexia Tarabotti n'appréciait pas sa soirée. Un bal privé n'est jamais que moyennement distrayant pour une vieille fille et mademoiselle Tarabotti n'était pas du genre à en tirer beaucoup de plaisir. Pour mettre les points sur les « i » : elle avait battu en retraite dans la bibliothèque, son sanctuaire favori dans n'importe quelle demeure, mais pour tomber sur un vampire surprise.

Elle le transperça du regard.

Pour sa part, le vampire semblait trouver que leur rencontre avait incommensurablement amélioré sa soirée au bal. Car elle était assise là, sans chaperon, dans une robe de bal décolletée.

Dans ce cas particulier, c'était ce qu'il ignorait qui pouvait lui nuire. Car mademoiselle Alexia était née sans âme, ce qui – tout vampire correct et de bonne lignée le savait – faisait d'elle une dame à éviter avec assiduité.

Et pourtant il avança vers elle, ombre scintillant parmi les ombres de la bibliothèque, prêt à employer ses crocs pour se nourrir. Mais à l'instant où il toucha mademoiselle Tarabotti, il ne fut soudain plus personne et ne fit plus rien. Il resta juste planté là, un quatuor à cordes jouant en sourdine à l'arrière-plan tandis qu'il promenait bêtement sa langue à la recherche de crocs dont il ne savait où et comment il les avait égarés.

Mademoiselle Tarabotti ne fut pas le moins du monde surprise. L'absence d'âme neutralise toujours les pouvoirs surnaturels. Elle décocha un regard sévère au vampire. Il ne faisait aucun doute que des citoyens diurnes ne l'auraient pas considérée autrement que comme une vieille fille anglaise typique, mais cet homme-là n'avait même pas pris la peine de lire le registre des anormaux de Londres et de ses environs que tenaient les vampires.

Il retrouva assez rapidement son équanimité. Il s'écarta violemment d'Alexia en renversant au passage une desserte à thé voisine. Le contact physique entre eux étant rompu, ses crocs réapparurent. Il n'était de toute évidence pas des plus futés car il lança sa tête en avant tel un serpent, plongeant de nouveau vers son cou pour mordre.

« Mais enfin ! s'écria Alexia, nous n'avons même pas été présentés ! »

Nul vampire n'avait jamais vraiment tenté de mordre mademoiselle Tarabotti. Elle en connaissait un ou deux de réputation, bien entendu, et elle était amie avec lord Akelmada – qui donc ne l'était pas ? Mais aucun vampire n'avait jamais fait la moindre tentative concrète pour se *nourrir* d'elle.

Aussi, Alexia, qui abhorrait la violence, se vit-elle contrainte de saisir le scélérat par les narines, une partie de son corps délicate et donc susceptible d'être douloureuse, et de le repousser au loin. Il tituba pardessus la desserte renversée, perdit son équilibre avec un manque de grâce stupéfiant pour un vampire et tomba à terre. Il atterrit pile sur une assiette de tarte à la mélasse.

Ce qui troubla terriblement mademoiselle Tarabotti. Elle avait un goût prononcé pour les tartes à la mélasse et se faisait une fête de pouvoir consommer cette assiette-là. Elle ramassa son ombrelle. Emporter une ombrelle à un bal du soir relevait d'un terrible manque de goût, mais mademoiselle Tarabotti allait rarement où que ce fût sans son ombrelle. Elle l'avait entièrement conçue et réalisée elle-même : un objet noir à fanfreluches sur lequel étaient cousues des pensées mauves ; la structure était en cuivre et sa pointe en argent contenait de la chevrotine.

Elle l'abattit droit sur le sommet du crâne du vampire tandis qu'il tentait de s'extraire de sa nouvelle relation intime avec la desserte. La chevrotine donnait à l'ombrelle de cuivre ce qu'il fallait de poids pour produire un « ponk » délicieusement satisfaisant.

« Mal élevé ! » gronda mademoiselle Tarabotti.

Le vampire hurla de douleur et se rassit sur la tarte à la mélasse.

Alexia utilisa son avantage en plongeant vicieusement son ombrelle entre ses jambes. Le hurlement monta de plusieurs crans dans les aigus et il se recroquevilla en position fœtale. Mademoiselle Tarabotti avait beau être une authentique jeune Anglaise bien élevée, en dehors du fait qu'elle n'avait pas d'âme et était à moitié italienne, elle passait beaucoup plus de temps que les autres jeunes femmes à monter à cheval et à marcher, et possédait une force physique surprenante.

Mademoiselle Tarabotti fit un bond en avant – dans la mesure où l'on peut bondir dans un triple jupon, une tournure drapée et une jupe de dessus en taffetas plissé – et se pencha sur le vampire. Il agrippait ses parties inconvenantes en se tortillant. Étant donné ses pouvoirs surnaturels de guérison, la douleur n'allait pas durer longtemps, mais entre-temps elle était bien présente.

Alexia tira une longue épingle à cheveux en bois de sa coiffure élaborée. Rougissant de sa propre témérité, elle ouvrit en le déchirant son plastron de chemise, qui était bon marché et trop amidonné, et donna de petits coups sur sa poitrine, juste au-dessus du cœur. Mademoiselle Tarabotti arborait une épingle à cheveux particulièrement longue et pointue. Elle s'assura que sa main libre était en contact avec la poitrine du vampire. En effet, seul le contact physique pouvait annuler ses pouvoirs surnaturels.

« Cessez cet horrible bruit tout de suite ! » ordonna-t-elle à la créature.

Le vampire cessa de couiner et demeura parfaitement immobile. Ses beaux yeux se remplirent de quelques larmes tandis qu'il regardait fixement l'épingle à cheveux en bois. Ou, comme Alexia aimait à l'appeler, son *pieu* à cheveux.

« Expliquez-vous ! » exigea mademoiselle Tarabotti en accroissant la pression.

« Mille excuses. » Le vampire semblait désorienté. « Qui êtes-vous ? » Il porta une main hésitante à ses crocs. Envolés.

Pour rendre sa position parfaitement claire, Alexia cessa de le toucher (mais laissa son épingle à cheveux pointue au même endroit). Les crocs repoussèrent.

Il hoqueta de surprise. « Mais qu'êtes-fous ? Z'ai cru que fous étiez une dame feule. Z'aurais le droit de me nourrir, si on fous afait laiffée ainsi, fans chaperon. Z'il fous plaît, ze ne voulais pas », zozota-t-il à cause de ses crocs, de la panique dans le regard.

Alexia avait du mal à ne pas rire.

« Inutile d'en faire toute une histoire. Votre reine a dû vous parler des gens comme moi. » Elle reposa sa main sur la poitrine du vampire, dont les crocs se rétractèrent.

Il la regarda comme s'il lui était tout à coup poussé des moustaches et feula.

Mademoiselle Tarabotti fut surprise. Les créatures surnaturelles, qu'elles fussent des vampires, des loups-garous où des fantômes, devaient leur existence à une surabondance d'âme, un excès qui refusait de mourir. La plupart savaient qu'il existait des êtres, telle mademoiselle Tarabotti, qui naissaient sans âme du tout. L'estimable Bureau du registre des non-naturels (le BUR), une division des services administratifs de Sa Majesté, appelait ses semblables des *paranaturels*.

Le vampire eut l'air gêné. « Bien entendu », acquiesça-t-il, bien que de toute évidence il ne comprît toujours rien. « Veuillez à nouveau accepter mes excuses, adorable personne. Je suis bouleversé de faire votre connaissance. Vous êtes mon premier – il trébucha sur le mot – paranaturel. » Il fronça les sourcils. « Pas surnaturel, pas naturel, bien entendu ! Quel idiot je fais, je n'avais pas vu la dichotomie ! » La ruse étrécit ses yeux. À présent, il ignorait studieusement son épingle à cheveux et levait un regard tendre vers le visage d'Alexia.

Mademoiselle Tarabotti savait très bien ce qu'il en était de ses charmes féminins. Le compliment le plus gentil que pourrait jamais lui attirer son visage était « exotique », pas « adorable ». Et on ne lui avait jamais prodigué ni l'un ni l'autre. Alexia en conclut que les vampires, comme tous les prédateurs, se montraient sous leur jour le plus charmeur lorsqu'ils étaient acculés.

Les mains du vampire jaillirent en direction de son cou. Il semblait avoir décidé que, s'il ne pouvait pas lui sucer le sang, l'étrangler était une alternative acceptable. Alexia bondit en arrière tout en enfonçant son épingle à cheveux dans la chair de la créature. Elle y pénétra sur un centimètre environ. Le vampire se tortilla désespérément, ce qui, même sans force surnaturelle, déséquilibra Alexia qui portait des chaussures de bal en velours à hauts talons. Elle tomba en arrière. Il se mit debout en rugissant de douleur, l'épingle à cheveux dépassant de sa poitrine.

Mademoiselle Tarabotti roula sur elle-même et sans élégance dans la vaisselle du thé, tâtonnant à la recherche de son ombrelle et espérant que sa robe neuve éviterait la nourriture tombée à terre. Elle trouva l'ombrelle et se redressa en lui faisant décrire un large arc de cercle. Par le plus grand des hasards, la lourde pointe tomba pile sur l'extrémité de son épingle à cheveux et l'enfonça droit dans le cœur du vampire.

La créature demeura totalement immobile, une expression d'immense surprise sur son beau visage. Après quoi elle bascula en arrière sur une assiette de tarte à la mélasse qui avait déjà beaucoup souffert, et eut des soubresauts mous d'asperge trop cuite. Son visage d'albâtre vira au gris jaunâtre comme si elle avait attrapé la jaunisse, et elle s'immobilisa. Les livres d'Alexia dénommaient la fin du cycle de vie des vampires la dysanimation. Trouvant que cela ressemblait beaucoup à l'aplatissement d'un soufflé, Alexia décida en cet instant de baptiser le phénomène Grand Effondrement.

Elle avait l'intention de se propulser aussitôt hors de la bibliothèque sans que quiconque eût jamais été au courant de sa présence en ces lieux. Ce qui aurait eu pour conséquence la perte de sa meilleure épingle à cheveux et d'un thé amplement mérité, et évité beaucoup de dramatisation. Malheureusement, un groupe de jeunes dandys entra à ce moment précis. Que pouvaient bien faire des jeunes gens ainsi vêtus dans une *bibliothèque* ? Alexia se dit que la meilleure explication était qu'ils s'étaient égarés en cherchant la salle où l'on jouait aux cartes. Leur présence l'obligea néanmoins à prétendre qu'elle venait elle aussi de découvrir le vampire mort. Résignée, elle haussa les épaules, poussa un cri et s'effondra, évanouie.

Elle demeura résolument évanouie en dépit de la quantité généreuse de sels qu'on lui fit respirer et qui la firent terriblement pleurer, d'une crampe à l'arrière d'un genou et du fait que sa nouvelle robe de bal était en train de se froisser horriblement. Ses nombreuses strates de dentelle verte choisie dans une série de tons de plus en plus clairs à la pointe de la mode, et assortis au corset-cuirasse, étaient en train de disparaître, écrasées sous son propre poids. L'inévitable vacarme s'ensuivit : beaucoup de cris, d'agitation, et de nombreux bruits de vaisselle tandis qu'une bonne nettoyait le thé renversé.

Puis vint le son qu'elle avait à la fois espéré et craint d'entendre. Une voix autoritaire vida la bibliothèque aussi bien des jeunes dandys que de tous les curieux qui avaient accouru dans la pièce quand la scène avait été découverte. La voix ordonna à tout le monde de « sortir ! » pendant que son propriétaire s'enquérait de « l'identité de la jeune femme » sur un ton sans réplique.

Le silence tomba.

« Écoutez-moi bien, je vais utiliser quelque chose de bien plus fort que des sels », gronda la voix dans l'oreille gauche de mademoiselle Tarabotti. Elle était grave et teintée d'une trace d'accent écossais. Si elle avait eu une âme, Alexia aurait tremblé et eu des pensées primitives de singe où il était question de courir vite et loin sous la lune. Au lieu de quoi, elle poussa une exclamation exaspérée et s'assit.

« Bonne soirée à vous aussi, lord Maccon. Quel beau temps pour cette période de l'année, ne trouvez-vous pas ? »

Elle tapota ses cheveux, qui menaçaient de dégringoler à présent que son épingle n'était plus à sa place. Elle regarda subrepticement autour d'elle à la recherche du second de lord Conall Maccon, le professeur Lyall.

Lord Maccon était beaucoup plus calme quand son Bêta était là. Mais Alexia en était venu à comprendre que c'était là le rôle principal d'un Bêta, surtout s'il était attaché à lord Maccon.

« Ah, professeur Lyall, ravie de vous revoir. »

Elle sourit, soulagée.

Le professeur Lyall, le Bêta en question, un homme entre deux âges de petite stature et aux cheveux châtains, avait un caractère aussi agréable que celui de son Alpha était revêche. Il lui sourit et ôta son chapeau, qui avait une coupe de première classe dans un tissu raisonnable. Sa cravate était aussi subtile : tout en étant expert, le nœud était bien humble.

« Mademoiselle Tarabotti, comme c'est délicieux de nous retrouver de nouveau en votre compagnie. » Sa voix était douce, comme ses manières.

« Cessez avec ces égards, Randolph », aboya lord Maccon. Le quatrième comte de Woolsey était bien plus imposant que le professeur Lyall et fronçait en permanence les sourcils. C'était du moins l'impression qu'il donnait lorsqu'il était en présence de mademoiselle Alexia Tarabotti, et cela depuis l'incident du hérisson (lequel n'était, vraiment, sincèrement, pas de sa faute). Il avait aussi des yeux fauves d'une beauté déraisonnable, des cheveux acajou et un très beau nez. En cet instant, les yeux fixaient Alexia à une distance assez intime pour être choquante.

« Comment se fait-il, mademoiselle, que chaque fois que je dois nettoyer une bibliothèque vous vous trouviez au beau milieu ? » lui demanda le comte.

Alexia lui lança un regard glacial et épousseta le devant de sa robe de taffetas en vérifiant qu'elle n'avait pas reçu des taches de sang.

Lord Maccon la regarda faire d'un œil appréciateur. Mademoiselle Tarabotti avait beau se regarder tous les matins dans le miroir avec une certaine désapprobation, il n'y avait strictement rien qui clochât du côté de sa silhouette. Il aurait fallu qu'il eût bien moins d'âme et encore moins de pulsions pour ne pas remarquer cet appétissant détail. Bien entendu, il fallait toujours qu'elle gâche son attrait en ouvrant la bouche. À son humble avis, le monde n'avait encore jamais produit de femelle au bavardage aussi contrariant.

« Adorable, mais inutile », dit-il en indiquant les efforts d'Alexia pour ôter des taches de sang inexistantes.

Elle se souvint que lord Maccon et ses semblables étaient tout juste civilisés. On ne pouvait tout simplement pas en attendre trop d'eux, surtout dans des circonstances aussi délicates que celles-ci. Bien entendu, cela n'expliquait pas l'existence du professeur Lyall, qui était toujours d'une parfaite urbanité. Elle jeta un coup d'œil appréciateur dans sa direction.

Le froncement de sourcils de lord Maccon s'accentua.

Mademoiselle Tarabotti se dit que le manque de comportement civilisé était peut-être à imputer exclusivement à lord Maccon. La rumeur prétendait qu'il n'avait pas vécu très longtemps à Londres et que, de tous les endroits barbares de la Terre, il était originaire d'Écosse.

Le professeur toussa délicatement pour attirer l'attention de son Alpha. Le regard jaune du comte se concentra sur lui avec une telle intensité qu'il aurait dû le brûler pour de vrai.

« Oui ? »

Le professeur Lyall était accroupi au-dessus du vampire et examinait l'épingle à cheveux avec intérêt. Il tâta la blessure, un mouchoir d'un blanc immaculé enroulé autour de la main.

« Très peu de saletés, en fait. Presque pas d'éclaboussures. » Il se pencha en avant et renifla. « Westminster, sans le moindre doute », affirma-t-il.

Le comte de Woolsey parut comprendre. Il tourna son regard perçant vers le vampire mort.

« Il devait avoir très faim. »

Le professeur Lyall retourna le corps. « Que s'est-il passé ici ? » Il sortit une paire de petites pinces à épiler en bois de la poche de son gilet et cueillit quelque chose à l'arrière des pantalons du vampire. Il marqua une pause, farfouilla dans les poches de son manteau et produisit une toute petite mallette en cuir. Il l'ouvrit avec un cliquetis et en sortit une paire d'objets semblables à des bésicles la plus bizarre qu'on ait jamais vue. La monture était dorée et l'un des côtés comportait de multiples lentilles entre lesquelles semblait se trouver une sorte de liquide. L'appareil était également surchargé de petits boutons et de molettes. Le professeur Lyall posa cet objet ridicule sur son nez et se pencha de nouveau sur le vampire en tournant les molettes d'une main experte.

« Dieu du ciel, s'exclama Alexia, mais que portez-vous donc là ? On dirait la progéniture infortunée d'une union illicite entre des jumelles de marine et un face-à-main. Comment diable les appelle-t-on ? Binoptiques, scopinettes ? »

Le comte rit, puis tenta de faire comme si de rien n'était. « Que diriez-vous de "verribles" ? » suggéra-t-il, apparemment incapable de résister au plaisir de participer. Alexia trouva plutôt troublante l'étincelle qui s'alluma dans son œil pendant qu'il le disait.

Le professeur Lyall leva les yeux et leur jeta à tous deux un regard noir. Son œil droit était horriblement agrandi. Un effet plutôt repoussant ; Alexia sursauta involontairement.

« Ce sont mes lentilles monoculaires à agrandissement croisé avec modifieur de spectre, et leur valeur est inestimable. Je vous remercierais de ne pas vous en moquer si ouvertement. » Il retourna à son ouvrage.

« Oh. » Mademoiselle Tarabotti était dûment impressionnée. « Comment fonctionnent-elles ? »

Le professeur Lyall leva les yeux vers elle et s'anima soudain. « Eh bien, vous voyez, c'est en fait très intéressant. En tournant cette petite molette ici, on peut changer la distance entre les deux plaques de verre qui sont là, ce qui permet au liquide de… »

Un grognement du comte l'interrompit. « Ne le lancez pas là-dessus, mademoiselle Tarabotti, ou nous y serons encore demain matin. »

L'air quelque peu dépité, le professeur Lyall se tourna à nouveau vers le vampire mort. « Bien, quelle est donc cette substance partout sur ses vêtements ? »

Son patron, qui préférait une approche plus directe, fronça de nouveau les sourcils et posa un regard accusateur sur Alexia. « Qu'est-ce que cette saleté, pour l'amour de dieu ?

— Ah. De la tarte à la mélasse, malheureusement, dit mademoiselle Tarabotti. Une perte tragique, je dois dire. » Son estomac choisit cet instant précis pour gronder son approbation. Elle aurait rougi d'embarras avec grâce si elle n'avait pas eu le teint de ces « païens d'Italiens », comme disait sa mère, qui ne rougissait jamais, avec ou sans grâce. (Convaincre sa mère que la chrétienté, qu'on le veuille ou non, avait son origine chez les Italiens, ce qui faisait d'eux l'exact opposé des païens, était une perte de temps et de salive.) Alexia refusa de s'excuser parce que son estomac faisait du bruit et adressa un regard plein de défi à lord Maccon. C'était à cause de lui qu'elle s'était éclipsée dans la bibliothèque. Sa *mama* l'avait assurée qu'il y aurait à manger au bal. Mais tout ce qu'on lui avait proposé à son arrivée, c'était un verre de punch et du cresson triste et flétri. N'étant pas du genre à laisser son estomac avoir raison d'elle, Alexia avait demandé du thé au majordome et battu en retraite dans la bibliothèque. Dans la mesure où elle passait tous les bals à rôder aux environs de la piste de danse en tentant d'avoir l'air de ne pas avoir envie qu'on l'invite à valser, prendre le thé constituait une alternative bienvenue. Il était mal élevé de réclamer des rafraîchissements au personnel de quelqu'un d'autre, mais quand on vous a promis des sandwiches et qu'il n'y a rien d'autre que du cresson, il faut tout bonnement prendre les choses en main !

Le professeur Lyall, en âme charitable qu'il était, jacassait à la cantonade en feignant de ne pas remarquer les grondements de l'estomac d'Alexia. Même si, en fait, il les avait entendus, évidemment. Il avait une ouïe excellente. Comme *eux* tous. Il leva les yeux, son visage tout de travers à cause des verribles. « La faim peut expliquer pourquoi le vampire était assez désespéré pour tenter d'attaquer mademoiselle Tarabotti à un bal plutôt que d'aller dans les bas-fonds comme le font les plus malins lorsqu'ils en arrivent là. »

Alexia grimaça. « Et il n'était pas associé à une ruche non plus. »

Lord Maccon souleva un sourcil noir en faisant mine de ne pas être impressionné. « Comment diable pouvez-vous savoir ça, vous ? »

Le professeur Lyall leur fournit l'explication à tous les deux. « Inutile d'être si direct avec cette jeune femme. Une reine n'aurait jamais laissé l'un des membres de sa nichée en arriver à un tel stade d'inanition. Nous devons avoir affaire à un solitaire, un vampire sans aucun lien avec la ruche locale. »

Alexia se leva, révélant à lord Maccon qu'elle s'était arrangée pour que son évanouissement repose confortablement sur un coussin de canapé tombé à terre. Il sourit et dissimula aussitôt ce sourire sous un froncement de sourcils lorsqu'elle le regarda d'un air soupçonneux.

« J'ai une autre théorie. » Elle désigna les vêtements du vampire. « Une cravate mal nouée et une chemise bon marché ? Aucune ruche digne de ce nom ne laisserait sortir une telle larve sans l'habiller correctement. Je m'étonne qu'on ne l'ait pas arrêté à l'entrée. Le valet de pied de la duchesse aurait dû remarquer cette cravate dès le seuil et jeter son propriétaire dehors *manu militari*. J'imagine qu'il est difficile de trouver du bon personnel, vu que tous les bons serviteurs deviennent des drones ces derniers temps, mais cette chemise ! »

Le comte de Woolsey la foudroya du regard.

« On ne tue pas quelqu'un à cause de vêtements bon marché.

— Hmm, c'est vous qui le dites. » Alexia évalua la coupe parfaite de son plastron ainsi que le nœud exquis de sa cravate. Sa chevelure sombre était un peu trop longue et ébouriffée pour être à la mode, et son visage n'était pas tout à fait bien rasé, mais il avait assez de superbe pour porter cette rugosité populaire sans paraître négligé. Elle était convaincue que sa cravate en cachemire noir et argent devait être serrée au-delà du tolérable. Il préférait sans doute se promener poitrine nue chez lui. Cette idée la fit étrangement frissonner. Faire en sorte que cet homme présentât bien devait exiger beaucoup d'efforts. Sans parler des vêtements. Il était plus imposant que la moyenne. Elle devait reconnaître que son valet, qui était sans doute un porte-clés particulièrement souple, s'en sortait bien.

Lord Maccon était plutôt patient en temps normal. Comme la plupart des siens, il avait appris à l'être en bonne compagnie. Mais mademoiselle Tarabotti semblait faire ressortir les pires de ses pulsions animales. « Cessez de changer de sujet, rétorqua-t-il en se tortillant sous son examen appuyé. Dites-moi ce qui s'est passé. » Il adopta son masque du BUR et sortit un petit tube de métal, un stylet et un pot de liquide transparent. Il déroula le tube à l'aide d'une petite manivelle, ouvrit le pot avec un déclic et trempa l'extrémité du stylet dedans. Il émit des étincelles menaçantes.

Son ton autoritaire fit se hérisser Alexia. « Ne me donnez pas d'ordre sur ce ton, espèce de… » Elle chercha un terme particulièrement insultant. « Louveteau ! Je ne fais absolument pas partie de votre meute. »

Lord Conall Maccon, comte de Woolsey, était le mâle Alpha des loups-garous locaux ; en conséquence, il avait accès à une large panoplie de méthodes authentiquement vicieuses pour s'occuper de mademoiselle Tarabotti. Au lieu de prendre l'insulte de haut (louveteau, non mais !), il sortit sa meilleure arme offensive, résultat de dizaines d'années d'expérience personnelle avec plus d'une femme Alpha. Il était peut-être écossais de par sa naissance, mais de ce fait, il était spécialement bien préparé à traiter avec des femelles au caractère bien trempé. « Cessez vos petits jeux verbaux, madame, ou je vais aller dans cette salle de bal trouver votre mère et l'amener ici. »

Alexia plissa le nez. « Ah, j'adore ! Voilà qui n'est vraiment pas fair-play. Comme c'est inutilement cruel de votre part », gronda-t-elle. Sa mère ignorait qu'Alexia était une paranaturelle. Madame Loontwill, ainsi qu'elle se nommait depuis son remariage, tendait un peu trop à la frivolité quelle que fût la situation. Elle était encline à porter du jaune et à se laisser aller à des crises d'hystérie. La combinaison de sa mère, d'un vampire mort et de la véritable identité de sa fille, constituait la recette d'un véritable désastre à tous les niveaux envisageables.

Alexia avait six ans lorsqu'un gentil monsieur du gouvernement aux cheveux et à la canne en argent – un loup-garou spécialiste du sujet – lui avait expliqué qu'elle était une paranaturelle. Elle devait son état, tout comme ses cheveux noirs et son nez proéminent, à son défunt père italien. Cela signifiait en fait que des mots comme *je* et *moi* étaient plus que théoriques pour elle. Il ne faisait aucun doute qu'elle avait une identité et un cœur qui ressentait des émotions et tout ça ; mais elle n'avait tout simplement pas d'âme. Mademoiselle Alexia, âgée de six ans, avait hoché poliment la tête en direction du monsieur aux cheveux argentés. Puis elle avait fait en sorte de lire des quantités de philosophie grecque traitant de raison, de logique et d'éthique. Si elle n'avait pas d'âme, elle n'avait pas non plus de sens moral, aussi se dit-elle qu'elle avait tout intérêt à développer quelque chose à la place. Sa mère la prenait pour un bas-bleu et la considérait donc déjà comme suffisamment dépourvue d'âme ; le goût de sa fille aînée pour les bibliothèques l'irritait beaucoup. L'affronter dans l'une d'entre elles maintenant représentait réellement trop de soucis.

Lord Maccon se dirigea délibérément vers la porte avec l'intention très claire d'aller chercher madame Loontwill.

Alexia céda de mauvaise grâce. « Oh, d'accord ! » Dans un frou-frou de jupons verts, elle s'installa près de la fenêtre sur un fauteuil chesterfield de brocart pêche.

Le comte fut à la fois amusé et agacé de voir qu'elle était parvenue à prendre son coussin à évanouissement pour le replacer sur le canapé sans qu'il l'ait vue se baisser.

« Je suis venue dans la bibliothèque pour prendre le thé. On m'avait promis à manger à ce bal. Au cas où vous n'auriez pas remarqué, il ne semble pas y avoir quoi que ce soit ici. »

Lord Maccon, qui avait besoin d'une quantité considérable de combustible, plutôt du genre protéiné, avait remarqué. « Le duc de Snodgrove est connu pour répugner aux dépenses excessives pour les bals de sa femme. Les victuailles ne figuraient sans doute pas sur la liste des offres acceptables. » Il soupira. « Cet homme possède la moitié du Berkshire et il ne peut même pas offrir un sandwich décent. »

Mademoiselle Tarabotti fit un geste emphatique des deux mains. « C'est exactement ce que je voulais dire ! Vous comprendrez donc que j'ai dû me résoudre à commander mon propre repas. Vous attendiez-vous à ce que je meure de faim ? »

Le comte lança un bref coup d'œil impoli vers ses courbes généreuses, constata que mademoiselle Tarabotti était joliment rembourrée là où il le fallait, et refusa d'être pris pour un idiot et de compatir. Il conserva les sourcils froncés. « Je soupçonne que c'est exactement ce que le vampire pensait quand il vous a trouvée *sans chaperon*. Une femme célibataire seule dans une pièce, à notre époque moderne ! Si la lune avait été pleine, même moi je vous aurais attaquée ! »

Alexia le regarda à son tour de haut en bas et tendit la main vers son ombrelle de cuivre. « Mon cher monsieur, j'aimerais bien vous voir essayer. »

De par sa condition de mâle Alpha, lord Maccon n'était pas vraiment préparé à être repoussé aussi hardiment, même avec son passé écossais. Il cligna des yeux de surprise l'espace d'une seconde puis repartit à l'attaque. « Vous êtes consciente du fait qu'il y a une raison à l'existence des conventions sociales modernes ?

— J'avais faim, on devrait pouvoir m'excuser », dit Alexia, comme si cela pouvait régler la question. Elle ne comprenait pas pourquoi il s'obstinait à revenir sur le sujet.

Le professeur Lyall, que les deux autres ne regardaient pas, était très occupé à farfouiller dans son gilet. Il finit par en tirer un sandwich au jambon et aux cornichons un peu malmené, enveloppé d'un morceau de papier brun. En homme toujours galant, il le proposa à mademoiselle Tarabotti.

Dans des circonstances normales, Alexia aurait été dégoûtée par l'état peu recommandable du sandwich, mais le geste était si gentil et empreint d'un tel manque d'assurance qu'elle ne put qu'accepter. Il était en réalité plutôt bon.

« C'est délicieux ! » affirma-t-elle, surprise.

Le professeur sourit. « J'en ai toujours sur moi pour les moments où monsieur le comte est particulièrement irritable. De tels en-cas permettent de contrôler la bête dans la plupart des situations. » Il fronça les sourcils et ajouta une mise en garde. « Sauf à la pleine lune, bien entendu. Si seulement il suffisait à ce moment-là d'un bon sandwich jambon-cornichons. »

Mademoiselle Tarabotti s'anima, intéressée.

« Alors que faites-vous, à la pleine lune ? »

Lord Maccon savait très bien qu'elle s'éloignait à dessein du sujet. Poussé au-delà de ses limites, il recourut à l'utilisation de son prénom. « Alexia ! » Un long grondement polysyllabique.

Elle agita le sandwich dans sa direction. « Oh, en voulez-vous la moitié, monsieur le comte ? »

Son froncement de sourcils se fit encore plus sombre, pour autant que cela fût possible.

Le professeur Lyall remonta ses verribles sur le rebord de son haut-de-forme, où elles ressemblèrent à une étrange seconde paire d'yeux mécaniques, et monta au créneau. « Mademoiselle Tarabotti, je ne crois pas que vous vous rendiez vraiment compte à quel point cette situation est délicate. À moins que nous ne puissions établir des bases solides en faveur d'une légitime défense en prouvant que le vampire se conduisait de manière totalement irrationnelle, vous pourriez devoir faire face à une inculpation pour meurtre. »

Alexia avala son morceau de sandwich si vite qu'elle s'étouffa à moitié et se mit à tousser. « Quoi ? »

Lord Maccon dirigea ses féroces sourcils vers son second.

« Qui est-ce qui est trop direct pour la sensibilité de cette jeune dame, à présent ? »

Lord Maccon était relativement nouveau à Londres. À son arrivée, inconnu de la bonne société, il avait défié l'Alpha du château de Woolsey et gagné. Même lorsqu'il n'avait pas son apparence de loup-garou, il donnait des palpitations aux jeunes femmes en projetant une aura de mystère, de prééminence et de danger. Ayant pris à l'ancien chef de meute sa place au BUR, son château de Woolsey et son titre de noblesse, il n'était jamais en manque d'invitations à dîner. Son Bêta, dont il avait hérité avec la meute, vivait des moments tendus : il dansait sur le protocole et couvrait les diverses gaffes de lord Maccon. Jusqu'à présent, son franc-parler s'était révélé être le problème récurrent du professeur Lyall. Cela déteignait même parfois sur lui. Il n'avait pas voulu choquer mademoiselle Tarabotti, mais elle paraissait soudain très silencieuse.

« J'étais assise, tout simplement, expliqua-t-elle en posant son sandwich car elle avait perdu son appétit. Il s'est jeté sur moi sans avoir été le moins du monde provoqué. Ses crocs étaient sortis. Je suis sûre que si j'avais été une femme diurne normale, il m'aurait saignée à blanc. J'ai dû me défendre, c'est tout. »

Le professeur Lyall hocha la tête. Un vampire affamé avait deux solutions socialement acceptables à son problème : prendre quelques gorgées de sang à divers drones consentants appartenant à lui-même où à sa ruche, ou payer des prostitués dans les docks. On était au XIXe siècle, après tout, et l'on n'attaquait tout simplement pas les gens sans être annoncé ou invité ! Même les loups-garous, qui ne pouvaient se contrôler à la pleine lune, s'assuraient d'avoir assez de porte-clés pour les enfermer. Il en avait trois, et ils n'étaient pas trop de cinq pour s'occuper de lord Maccon.

« Croyez-vous qu'on l'a délibérément mis dans cet état ? s'interrogea le professeur.

— Qu'on l'a maintenu prisonnier jusqu'à ce qu'il meure de faim et ne soit plus en possession de ses facultés mentales ? » Lord Maccon réfléchit.

Le professeur fit descendre ses verribles du bord de son chapeau d'un geste vif de la main et examina les poignets et le cou du mort de ses yeux myopes. « Aucun signe de confinement ou de torture, mais c'est difficile à dire avec un vampire. Même lorsqu'ils sont en manque de sang, leurs blessures superficielles se guérissent en – il saisit le rouleau de métal et le stylet de lord Maccon, trempa la pointe dans le liquide transparent et crépitant et se livra à un rapide calcul – un peu plus d'une heure. » Les opérations demeurèrent gravées dans le métal.

« Et ensuite ? S'est-il échappé ou l'a-t-on laissé partir intentionnellement ?

— Il m'a semblé parfaitement sain d'esprit, intervint Alexia. En dehors de l'agression, bien sûr. Il est arrivé à avoir une conversation passable avec moi. Il a même essayé de me séduire. C'était sans doute un jeune vampire. Et (elle fit une pause mélodramatique, baissa la voix et dit sur un ton sépulcral :) il zozotait. »

Le professeur Lyall parut choqué ; ses gros yeux clignèrent derrière ses lunettes asymétriques. Zozoter était le comble de la vulgarité chez les vampires.

« On aurait dit qu'il n'avait jamais été instruit de l'étiquette des ruches, il n'avait aucun sens social, poursuivit Alexia. C'était presque une brute. » Elle n'aurait jamais cru pouvoir employer ce terme au sujet d'un vampire.

Lyall ôta ses verribles et les rangea dans sa petite mallette de l'air d'un homme qui a fini son travail. Il posa un regard grave sur son Alpha. « Vous savez ce que cela signifie, alors, monsieur le comte ? »

Lord Maccon ne fronçait plus les sourcils. Il paraissait plutôt déterminé. Alexia trouva que cela lui allait mieux, sa bouche s'étant transformée en une ligne droite et une lueur décidée s'étant allumée dans ses yeux fauves. Elle se demanda vaguement à quoi il aurait ressemblé s'il avait souri d'un bon sourire franc et honnête. Puis elle se dit d'un ton ferme qu'il valait sans doute mieux ne pas le découvrir.

« Cela signifie qu'une reine mord avec l'intention de provoquer des métamorphoses en dehors des régulations du BUR, dit l'objet de ses spéculations.

— Croyez-vous que ce soit un cas unique ? » Le professeur Lyall sortit un morceau de tissu plié de son gilet. Il le secoua, révélant qu'il s'agissait d'un grand drap de belle soie. Alexia commençait à trouver tout à fait impressionnant le nombre d'objets qu'il pouvait cacher dans son gilet.

« À moins que ce ne soit le début de quelque chose de plus important, poursuivit lord Maccon. Nous ferions mieux de rentrer au BUR. Les membres des ruches locales devront être interrogés. Les reines ne seront pas contentes. Tout le reste mis à part, l'incident est horriblement embarrassant pour elles. »

Mademoiselle Tarabotti était d'accord. « Surtout si elles apprennent ce choix de chemise en dessous de tout. »

Les deux gentlemen enveloppèrent le corps du vampire dans le drap de soie. Le professeur Lyall le hissa avec aisance sur l'une de ses épaules. Même sous leur forme humaine, les loups-garous étaient considérablement plus forts que les personnes diurnes.

Lord Maccon posa son regard fauve sur Alexia. Elle était assise bien sagement sur le chesterfield. Une main gantée reposait sur la poignée d'ébène d'une ombrelle ridicule. Ses yeux noisette étaient étrécis par la réflexion. Il aurait donné cent livres pour savoir à quoi elle pensait en cet instant. Il était également convaincu qu'elle le lui dirait s'il le lui demandait, mais il refusait de lui donner cette satisfaction. À la place, il déclara : « Nous allons essayer de garder votre nom en dehors de tout ça, mademoiselle Tarabotti. Mon rapport parlera d'une jeune fille normale qui a eu de la chance et est parvenue à échapper à une attaque injustifiée. Inutile que quiconque sache qu'une paranaturelle était impliquée. »

Cette fois, ce fut Alexia qui lui lança un regard furieux. « Pourquoi vous autres gens du BUR faites-vous ça tout le temps ? »

Les deux hommes la regardèrent, déconcertés.

« Quoi donc, mademoiselle Tarabotti ? demanda le professeur.

— M'exclure, comme si j'étais une enfant. Est-ce que vous réalisez que je pourrais vous être utile ? »

Lord Maccon grogna. « Vous voulez dire que vous pourriez causer des problèmes légalement au lieu de nous empoisonner tout le temps ? »

Alexia tenta de ne pas se sentir blessée. « Le BUR emploie des femmes, et j'ai entendu dire que vous avez un paranaturel sur la liste de vos employés dans le Nord, pour le contrôle des fantômes et les exorcismes. »

Les yeux couleur caramel de lord Maccon s'étrécirent aussitôt. « Et qui, précisément, vous a dit cela ? »

Mademoiselle Tarabotti leva les sourcils. Comme si elle allait trahir la source de cette confidence ! Le comte comprit tout à fait le sens de son regard. « Très bien, oubliez cette question.

— Je n'en ferai rien », répliqua Alexia d'un ton pincé.

Le professeur Lyall, qui avait toujours le corps sur son épaule, eut pitié d'elle. « Nous avons les deux, au BUR », admit-il.

Lord Maccon lui donna un coup de coude dans les côtes, mais il fit un pas pour s'écarter avec une grâce naturelle qui trahissait une longue pratique. « Néanmoins, nous n'avons pas de femmes paranaturelles, et certainement pas de femmes du monde. Toutes celles qu'emploie le BUR ont de solides origines ouvrières.

— Vous m'en voulez juste à cause du hérisson », marmonna mademoiselle Tarabotti, mais elle inclina la tête pour indiquer qu'elle comprenait. Elle avait déjà eu cette conversation auparavant, avec le supérieur de lord Maccon au BUR, précisément. Un homme que son cerveau identifiait toujours comme Ce Gentil Gentleman aux Cheveux d'Argent. La simple idée qu'une femme de bonne famille comme elle voulût *travailler* était tout simplement choquante. « Mais ma chère enfant, avait-il dit, et si votre mère le découvrait ?

— Le BUR est censé être discret, non ? Je pourrais être discrète. »

Mademoiselle Tarabotti était incapable de s'empêcher de faire une nouvelle tentative. Le professeur Lyall, au moins, l'appréciait un peu. Peut-être pouvait-il dire un mot gentil pour elle.

Lord Maccon rit pour de bon. « Vous êtes à peu près aussi discrète qu'un marteau de forgeron. » Et il se maudit en silence, car elle parut soudain très malheureuse. Elle l'avait caché très vite, mais de toute évidence il l'avait attristée.

Son Bêta lui saisit le bras de sa main libre.

« Vraiment, monsieur, faites attention à vos manières. »

Le comte s'éclaircit la gorge et eut l'air contrit. « Sans vouloir vous blesser, mademoiselle Tarabotti. » Son accent écossais avait réapparu.

Alexia hocha la tête sans lever les yeux. Elle tripota l'une des pensées de son ombrelle. « C'est tout simplement, messieurs (et lorsqu'elle leva son regard sombre sur eux il y avait comme une lueur à l'intérieur), que j'aimerais tellement avoir quelque chose d'utile à faire. »

Lorsqu'ils eurent poliment – du moins en ce qui concernait le professeur – pris congé de la jeune femme, lord Maccon attendit que le professeur et lui soient dans l'entrée pour poser la question qui le préoccupait vraiment. « Pour l'amour du ciel, Randolph, pourquoi ne se marie-t-elle pas, tout simplement ? » Sa voix était empreinte de frustration.

Randolph Lyall regarda son Alpha ; il était vraiment déconcerté. En dépit de ses fanfaronnades et de ses grognements écossais, le comte était d'ordinaire plutôt perspicace. « Elle est un peu vieille, monsieur.

— Sornettes, dit lord Maccon. Elle ne peut pas avoir plus d'un quart de siècle environ.

— Et elle a un caractère très (le professeur chercha un moyen d'exprimer la chose comme un gentleman) affirmé.

— Bah. » Le noble écarta le terme de sa grosse patte. « C'est juste qu'elle a un peu plus de cran que la plupart des femelles de ce siècle. Il doit y avoir quantité de gentlemen avisés capables de voir sa valeur. »

Le professeur Lyall avait un sens très développé de l'auto-préservation et le sentiment distinct qu'il pouvait se faire arracher la tête s'il disait quoi ce soit d'inconsidéré sur l'apparence de la jeune dame. Lui et le reste de la bonne société pouvaient bien trouver que la peau de mademoiselle Tarabotti était un petit peu trop sombre et que son nez était un petit peu trop proéminent, mais il ne pensait pas que ce fût le cas de lord Maccon. Lyall était le Bêta du quatrième comte de Woolsey depuis que Conall Maccon s'était abattu sur eux tous. Vingt ans à peine avaient passé et le souvenir sanglant en était toujours vivace ; aucun loup-garou n'était encore prêt à demander pourquoi Conall avait désiré s'encombrer du territoire de Londres, pas même le professeur Lyall. Le comte était un homme troublant, son goût en matière de femmes était aussi un mystère. Pour autant que le professeur Lyall le sache, son Alpha aimait peut-être vraiment les nez romains, les peaux mates et les caractères affirmés.

« Peut-être est-ce son nom italien, monsieur, qui l'empêche de se marier, dit-il alors.

— Mmmm, approuva lord Maccon, sans doute. » Il ne paraissait pas convaincu.

Les deux loups-garous sortirent de la maison du duc et pénétrèrent dans la sombre nuit londonienne, l'un arborant le corps d'un vampire mort, et l'autre une expression perplexe.

2

Une invitation inattendue

Mademoiselle Tarabotti était en général très discrète quant à son absence d'âme, même dans sa propre famille. Elle ne faisait pas partie des morts-vivants, entendons-nous bien. Elle était un être humain bien en vie, mais il lui manquait simplement… quelque chose. Ni sa famille, ni les membres des cercles sociaux qu'elle fréquentait ne le remarquaient jamais. Mademoiselle Tarabotti leur apparaissait comme une vieille fille dont la triste condition résultait de toute évidence de la combinaison d'une personnalité dominatrice, d'un teint mat et d'un visage aux traits trop prononcés. Alexia considérait qu'expliquer l'absence d'âme aux masses mal informées n'en valait pas la peine. C'était presque, mais pas tout à fait, aussi embarrassant que l'on sache que son père était à la fois mort et italien.

Les masses mal informées incluaient sa propre famille, une famille dont la spécialité consistait à être à la fois gênante et stupide.

« Regardez-moi ça ! » Félicité Loontwill agitait un exemplaire du *Morning Post* sous le nez des personnes réunies à la table du petit déjeuner. Son père, l'honorable monsieur Loontwill, ne détourna pas son attention concentrée sur la consommation d'un toast et d'un œuf de huit minutes. Mais sa sœur, Évyline, leva un regard curieux et sa *mama* demanda : « De quoi s'agit-il, ma chérie ? » en s'interrompant au milieu d'une gorgée de boisson médicinale à l'orge.

Félicité indiqua un passage dans la rubrique mondaine. « Ils disent qu'il y a eu un incident particulièrement horrible au bal hier soir ! Saviez-vous qu'il y avait eu un *incident* ? Je ne me souviens d'aucun incident ! »

Alexia, agacée, fronça les sourcils au-dessus de son œuf. Elle avait cru que lord Maccon ferait en sorte que l'incident en question fût accueilli par un silence respectueux et n'apparaîtrait pas dans les journaux mondains. Elle refusait de reconnaître que le nombre même restreint de gens qui l'avaient vue avec le vampire signifiait qu'une telle entreprise était pour ainsi dire impossible. Après tout, la spécialité du comte était soi-disant de pouvoir accomplir plusieurs choses impossibles avant l'aube.

« Il semblerait que quelqu'un soit décédé, expliqua Félicité. On ne donne aucun nom, mais j'ai manqué une mort authentique ! Une jeune dame l'a découvert dans la bibliothèque et s'est évanouie sous le choc. Pauvre chérie, comme c'est affreux. »

Évyline, la plus jeune des sœurs, montra sa sympathie d'un claquement de langue et tendit la main vers le pot de confiture de groseilles. « Est-ce qu'ils disent qui était cette dame ? »

Félicité se frotta délicatement le nez et poursuivit sa lecture. « Non, hélas. »

Alexia leva les deux sourcils et avala plusieurs gorgées de thé dans un silence peu coutumier. Le goût la fit tressaillir, elle regarda sa tasse en plissant les yeux et prit le pot de crème.

Évyline étalait sa gelée sur son toast en faisant très attention à ce que la couche fût régulière. « Comme c'est pénible ! J'adorerais connaître tous les détails. On se croirait dans un roman gothique. Y a-t-il autre chose d'intéressant ?

— Eh bien, l'article se poursuit par un compte-rendu plus détaillé du bal. Mon dieu, l'auteur critique même la duchesse de Snodgrove pour ne pas avoir prévu de rafraîchissements.

— Eh bien, approuva Évyline avec chaleur, même Almack propose des petits sandwiches sans goût. Et ce n'est pas comme si le duc n'avait pas les moyens.

— Tu as entièrement raison, ma chérie », approuva madame Loontwill.

Félicité jeta un coup d'œil à la signature. « Écrit par "anonyme". Aucun commentaire sur la mise de quiconque. Eh bien, c'est plutôt pitoyable, comme article. Il ne parle même pas d'Évyline ou de moi. »

Les demoiselles Loontwill étaient assez populaires auprès des journaux, d'une part en raison de leur apparence plutôt agréable, et d'autre part à cause du nombre remarquable de soupirants qu'elles comptaient à elles deux. À l'exception d'Alexia, toute la famille appréciait énormément cette popularité et ne semblait pas souffrir du fait qu'on n'écrivait pas que des compliments, du moment que l'on écrivait quelque chose *sur elles.*

Évyline parut agacée. Un petit pli apparut entre ses sourcils à la courbe parfaite. « J'avais mis ma robe pois cassé avec la garniture de nénuphars roses rien que pour qu'ils en parlent ! »

Alexia tressaillit. Elle aurait préféré qu'on ne lui rappelât pas cette robe – *une telle quantité de fronces...*

Félicité et Évyline, infortunées sous-produits du second mariage de madame Loontwill, étaient très différentes de leur demi-sœur plus âgée. Personne, en les rencontrant toutes les trois ensemble, n'aurait pensé qu'Alexia avait le moindre lien avec elles. En dehors du fait qu'elles n'avaient de toute évidence pas la moindre goutte de sang italien et qu'elles possédaient des âmes bien encombrantes, Félicité et Évyline étaient toutes les deux fort belles : des blondes pâles et insipides aux grands yeux bleus et à la petite bouche en bouton de rose. Hélas, comme leur chère *mama*, c'était à cela qu'elles se résumaient, à être « très belles ». Les conversations du petit déjeuner n'étaient donc pas du calibre intellectuel auquel Alexia aspirait. Elle apprécia tout de même que cette conversation-ci s'oriente sur un sujet plus banal que le meurtre.

« Eh bien, voilà tout ce qu'ils disent sur le bal. » Félicité marqua une pause et passa aux petites annonces mondaines. « Voilà qui est intéressant. Le joli salon de thé près de Bond Street a décidé de rester ouvert jusqu'à deux heures du matin pour accueillir et cultiver la clientèle surnaturelle. Vous allez voir, ils vont se mettre à servir de la viande crue et des flûtes de sang.

Crois-tu que nous devrions continuer à le fréquenter, *mama* ? »

Madame Loontwill leva à nouveau le regard de sa boisson au citron et à l'orge. « Je ne vois pas en quoi cela pourrait nous nuire, ma chérie.

— Certains des meilleurs investisseurs fréquentent les gens de la nuit, ma douce. Il y a pire endroit où chasser des soupirants pour les filles.

— Vraiment, papa, le gronda Évyline, tu fais passer *mama* pour un loup-garou déchaîné. »

Madame Loontwill jeta un regard soupçonneux à son mari. « Tu n'as pas fréquenté le Claret ou le Sangria ces derniers temps, au moins ? » On eût dit qu'elle soupçonnait Londres d'avoir été soudain envahi de loups-garous, de fantômes et de vampires et que son mari fraternisait avec tous.

Monsieur Loontwill se hâta de sortir de la conversation. « Bien sûr que non, ma perle, je suis juste allé chez Boodles. Tu sais que je préfère mon club à ceux des cercles surnaturels.

— À propos de clubs de messieurs, interrompit Félicité, toujours plongée dans le journal, il s'en est ouvert un nouveau à Mayfair. Pour les intellectuels, les philosophes, les savants et tous leurs semblables – vraiment ! Ils l'ont nommé le club Hypocras. Absurde. Pourquoi de tels individus auraient-ils besoin d'un club ? N'ont-ils pas les musées publics ? » L'adresse lui fit froncer les sourcils. « L'emplacement est terriblement à la mode, néanmoins. » Elle montra la page imprimée à sa mère. « N'est-ce pas à côté de la maison du duc de Snodgrove ? »

Madame Loontwill hocha la tête. « Tu as tout à fait raison, ma chérie. Eh bien, un tas de scientifiques qui vont et viennent à toute heure du jour et de la nuit, voilà qui va certainement faire baisser la qualité du quartier. La duchesse doit être dans tous ses états. J'avais l'intention de lui envoyer une carte de remerciement pour les festivités d'hier soir. Je crois plutôt que je vais lui rendre visite en personne cet après-midi. En tant qu'amie prévenante, je dois assurément me tenir au courant de son état émotionnel.

— Comme c'est épouvantable pour elle, dit Alexia, incapable d'en endurer plus. Des gens qui pensent réellement, avec leur cerveau, et juste à la porte d'à côté. Comme c'est incongru, vraiment.

— Je vais venir avec toi, *mama* », dit Évyline.

Madame Loontwill sourit à sa benjamine et ignora totalement son aînée.

Félicité continua à lire. « La mode de printemps à Paris exigera des ceintures larges aux couleurs contrastées. Comme c'est regrettable. Bien entendu, cela sera adorable sur toi, Évyline, mais moi, avec ma silhouette… »

Hélas, en dépit de cette invasion de scientifiques, de l'opportunité qui lui était offerte de se repaître du malheur d'une amie et de l'arrivée imminente des ceintures, la *mama* d'Alexia pensait toujours à l'homme mort au bal des Snodgrove. « Tu as disparu pendant un bon moment hier soir, Alexia. Tu ne nous cacherais rien d'important, n'est-ce pas ma chérie ? »

Alexia lui adressa un regard à la neutralité étudiée. « J'ai eu un petit accrochage avec lord Maccon. » *Toujours les lancer sur la mauvaise piste*, se dit-elle.

Ce qui captiva l'attention de tout le monde, y compris celle de son beau-père. Monsieur Loontwill prenait rarement la peine de parler longtemps. Les demoiselles Loontwill lui donnaient peu d'occasions de placer un mot, aussi avait-il tendance à laisser le flot de la conversation du petit déjeuner couler sur lui telle de l'eau sur des feuilles de thé en n'écoutant que d'une oreille ce qui se disait. Mais c'était un homme raisonnable et bien élevé ; l'annonce d'Alexia le mit soudain en alerte. Le comte de Woolsey avait beau être un loup-garou, il possédait une fortune et une influence considérables.

Madame Loontwill pâlit et reprit la parole sur un ton nettement plus amène. « Tu n'as rien dit d'irrespectueux au comte, n'est-ce pas, ma chérie ? »

Alexia réfléchit à leur rencontre. « Pas exactement. »

Madame Loontwill écarta son verre d'orgeat et se versa une tasse de thé d'une main tremblante. « Oh, mon dieu », murmura-t-elle.

Madame Loontwill n'était jamais parvenue à comprendre sa fille aînée. Elle avait cru que mettre Alexia sur la touche empêcherait cette exaspérante jeune fille d'avoir des ennuis. Au lieu de quoi, elle n'avait réussi sans le vouloir qu'à lui donner de plus en plus de liberté. À bien y réfléchir, elle se disait qu'elle aurait vraiment mieux fait de la marier tout de suite. Désormais, ils étaient tous piégés par sa conduite scandaleuse, laquelle semblait empirer à mesure qu'elle vieillissait.

« Je me suis bien réveillée ce matin en pensant à toutes les choses impolies que j'aurais pu dire, ajouta

Alexia, maussade. Je considère que c'est très agaçant. »

Monsieur Loontwill émit un très long soupir.

Alexia posa une main ferme sur la table. « En fait, je crois que je vais aller marcher dans le parc, ce matin. Mes nerfs ne sont pas ce qu'ils devraient être après cette rencontre. »

Contrairement à ce qu'on pourrait supposer, elle ne faisait pas allusion à l'attaque du vampire. Mademoiselle Tarabotti n'était pas une de ces demoiselles qu'on trouvait partout – en réalité, elle était tout le contraire. Plus d'un gentleman avait déclaré que la rencontrer pour la première fois, c'était avaler une gorgée de cognac très fort alors qu'on s'attendait à du jus de fruit. Ce qui signifiait qu'elle était surprenante et capable de vous laisser une sensation de brûlure tout à fait caractéristique. Non, Alexia était à bout de nerfs parce qu'elle était toujours absolument furieuse après le comte de Woolsey. Elle l'était lorsqu'il l'avait abandonnée dans la bibliothèque. Elle avait passé une nuit agitée à fulminer en vain et s'était réveillée avec des yeux rouges et des nobles sentiments encore tout chiffonnés.

« Attends un peu, dit Évyline. Que s'est-il passé ? Alexia, tu dois tout nous dire ! Pourquoi as-tu rencontré lord Maccon au bal, et pas nous ? Il n'était pas sur la liste des invités. Je l'aurais su. J'ai regardé pardessus l'épaule du valet de pied.

— Tu n'as pas fait ça, Ivy », hoqueta Félicité, authentiquement choquée.

Alexia les ignora et quitta la pièce en quête de son châle favori. Madame Loontwill aurait pu tenter de l'arrêter mais elle savait que c'était inutile. Soutirer une information à Alexia lorsqu'elle ne désirait pas la partager revenait à tenter d'extraire du sang d'un fantôme. À la place, elle prit la main de son mari et la serra pour le consoler. « Ne t'inquiète pas, Herbert. Je crois que lord Maccon aime bien l'impolitesse d'Alexia. Il ne l'a jamais snobée en public, du moins. C'est un petit bienfait pour lequel nous pouvons être reconnaissants. »

Monsieur Loontwill hocha la tête. « Un loup-garou de son âge la trouve peut-être rafraîchissante ? » suggéra-t-il, plein d'espoir.

Sa femme applaudit cette attitude optimiste en lui tapotant l'épaule avec affection. Elle savait à quel point il trouvait sa fille aînée éprouvante. Enfin, à quoi avait-elle pensé en épousant un Italien ? Eh bien, elle était jeune et Alessandro Tarabotti était si beau. Mais il y avait autre chose chez Alexia… Quelque chose de… d'une indépendance révoltante, que madame Loontwill ne pouvait entièrement imputer à son premier mari. Et, bien entendu, elle refusait de s'en accuser. Quoi que ce fût, Alexia était née ainsi, pleine de logique, de raison et de mots blessants. Ce n'était pas la première fois que madame Loontwill regrettait que son aînée n'eût pas été un garçon ; cela leur aurait rendu la vie bien plus facile à tous.

Dans des circonstances ordinaires, les promenades dans Hyde Park étaient le genre d'activité qu'une jeune demoiselle célibataire de bonne famille n'était pas censée pratiquer sans sa *mama* et, éventuellement, une ou deux relations féminines plus âgées qu'elle. Mademoiselle Tarabotti considérait que ces règles ne s'appliquaient pas tout à fait à elle en raison de sa condition de vieille fille. Pour autant qu'elle se souvînt, elle l'avait toujours été. Dans ses moments les plus acerbes, elle avait l'impression d'être née vieille fille. Madame Loontwill n'avait même pas pris la peine de faire les frais d'un véritable début dans le monde et d'une saison pour sa fille aînée. « Vraiment, ma chérie, lui avait dit sa mère à l'époque sur le ton le plus condescendant qui fût, avec ton nez et ton teint, ça ne vaut tout simplement pas la peine d'engager toutes ces dépenses. Il faut que je pense à tes sœurs. » Alexia, dont le nez n'était pas si grand ni la peau si basanée, avait donc été mise au rancart à quinze ans. Ce n'était pas comme si elle avait vraiment eu envie de s'encombrer d'un mari, mais il eût été agréable de savoir qu'elle pouvait en avoir un si jamais elle changeait d'avis. Alexia aimait vraiment danser, aussi aurait-elle désiré assister au moins à un bal en tant que jeune fille à marier au lieu de toujours finir par s'en aller bouder dans une bibliothèque. Désormais, lorsqu'elle se rendait à un bal, c'était juste en tant que chaperon de ses sœurs, et il y avait des bibliothèques en abondance. Mais l'état de vieille fille signifiait qu'elle pouvait aller marcher dans Hyde Park sans sa *mama*, et seuls les plus pointilleux défenseurs de l'étiquette émettaient des objections. Heureusement, les puristes en question, tels les contributeurs du *Morning Post*, ne connaissaient pas le nom de mademoiselle Alexia Tarabotti.

Néanmoins, comme les durs reproches de lord Maccon résonnaient encore à ses oreilles, Alexia ne pensait pas pouvoir sortir sans chaperon du tout, même si l'on était au milieu de la matinée et si le soleil antisurnaturel brillait plutôt d'un bel éclat. Aussi prit-elle sa fidèle ombrelle de cuivre, à cause du soleil, et mademoiselle Ivy Hisselpenny, à cause de la sensibilité facile à froisser de lord Maccon.

Mademoiselle Ivy Hisselpenny était une très grande amie de mademoiselle Alexia Tarabotti. Elles se connaissaient depuis assez longtemps pour franchir les limites du territoire bien fortifié de la familiarité.

Aussi, lorsque Alexia envoya demander si Ivy voulait aller se promener, Ivy était-elle bien consciente du fait que la promenade n'était qu'un vernis destiné à sauver les apparences.

Ivy Hisselpenny était la malheureuse victime de circonstances qui avaient voulu qu'elle fût tout juste jolie, tout juste riche, et eût tendance à porter des chapeaux extrêmement risibles. Ce dernier détail étant la facette de la personnalité d'Ivy qu'Alexia trouvait le plus difficile à supporter. De manière générale, elle la considérait comme une compagne reposante, agréable et surtout, le plus important, toujours partante pour une excursion.

En Alexia, Ivy avait trouvé une femme attentive et intelligente, parfois un peu trop brusque pour sa sensibilité délicate, mais loyale et compréhensive même dans les circonstances les plus difficiles.

Ivy avait aussi appris à trouver distrayante la brusquerie d'Alexia. Quant à cette dernière, elle avait compris de son côté qu'il n'est pas absolument nécessaire de toujours regarder les chapeaux de ses amies. Ainsi, chacune ayant découvert un moyen d'ignorer les aspects les plus épuisants de la personnalité de l'autre, les deux jeunes filles avaient développé une amitié solide, pour leur bénéfice mutuel. Leur conversation dans Hyde Park refléta leur mode de communication typique.

« Ivy, ma chère, dit mademoiselle Tarabotti tandis que son amie enfilait sa tournure, c'est merveilleux que tu trouves du temps pour marcher alors que j'ai prévenu si tard ! Quel horrible chapeau ! J'espère vraiment que tu ne l'as pas payé trop cher.

— Alexia ! C'est vraiment affreux de ta part de critiquer mon chapeau. Pourquoi ne pourrais-je donc pas marcher ce matin ? Tu sais que je n'ai jamais mieux à faire le jeudi. Le jeudi est tellement ennuyeux, ne trouves-tu pas ? répliqua mademoiselle Hisselpenny.

— Vraiment, j'aimerais que tu m'emmènes quand tu fais des achats, Ivy. On éviterait bien des horreurs. Pourquoi le jeudi serait-il différent d'un autre jour de la semaine ? »

Et ainsi de suite.

C'était une belle journée, et les deux ladies marchaient bras dessus bras dessous, leurs larges jupes se balançaient en froufroutant, et la petite tournure plus pratique qui était à la mode cette saison rendait leurs mouvements relativement plus aisés. La rumeur disait qu'en France, certaines dames s'en dispensaient totalement, mais cette mode scandaleuse n'avait pas encore atteint Londres. Les ombrelles d'Ivy et d'Alexia les protégeaient du soleil, bien que, comme aimait à le dire Alexia, ce fût peine perdue avec un teint comme le sien. Pourquoi, mais pourquoi fallait-il que la pâleur vampiresque eût la haute main sur le monde de la mode ? Elles poursuivirent leur promenade, constituant un joli tableau : Ivy en mousseline crème à fleurs roses et Alexia dans sa robe de marche préférée, la bleue avec des bordures de velours. Les deux costumes étaient frangés de ces innombrables rangées de dentelle, volants froncés et remplis auxquels seules les plus sophistiquées des élégantes aspiraient. Si mademoiselle Hisselpenny en arborait un peu trop, il était entendu que c'était parce qu'elle faisait trop d'efforts, pas trop peu.

En partie à cause du temps agréable et aussi de l'engouement récent pour les robes de marche élaborées, Hyde Park était décidément bondé. De nombreux gentlemen soulevèrent leur chapeau dans leur direction ; ces constantes interruptions agaçaient Alexia, tandis que ces attentions marquées flattaient Ivy.

« Vraiment, marmotta mademoiselle Tarabotti, qu'ont-ils tous ce matin ? On dirait que nous sommes des perspectives de mariage véritablement tentantes.

— Alexia ! Tu te considères peut-être hors marché, dit son amie sur un ton de reproche et en souriant timidement à un gentleman à l'air respectable sur un beau hongre bai, mais je refuse d'accepter un sort aussi injurieux. »

Mademoiselle Tarabotti renifla.

« Et justement, comment était le bal de la duchesse hier soir ? » Ivy adorait les ragots. Sa famille était trop proche de la classe moyenne pour qu'on l'invitât, hormis aux plus grands bals ; elle devait donc se reposer sur Alexia pour obtenir les détails que ne rapportait pas le *Morning Post*. Malheureusement pour elle, sa chère amie n'était pas la source d'information la plus fiable, ni la plus loquace.

« Était-ce absolument horrible ? Qui était là ? Que portaient-elles ? »

Alexia leva les yeux au ciel.

« Ivy, s'il te plaît, une question à la fois.

— Eh bien, était-ce agréable ?

— Pas du tout. Imagine-toi qu'on ne nous a rien proposé à manger. Rien que du punch ! J'ai dû aller à la bibliothèque et réclamer du thé. » Alexia faisait tourner son ombrelle avec agitation.

Ivy était choquée. « Tu n'as pas fait ça ! »

Mademoiselle Tarabotti leva ses noirs sourcils. « Bien sûr que si. Tu n'imagines pas le désordre qui s'est ensuivi. Et comme si ça ne suffisait pas, il a fallu que lord Maccon arrive. »

Mademoiselle Hisselpenny s'arrêta net et observa le visage de son amie avec attention. L'expression d'Alexia ne trahissait rien de plus que de l'agacement, mais il y avait quelque chose dans la précision avec laquelle elle parlait toujours du comte de Woolsey qui éveilla les soupçons d'Ivy.

Elle joua néanmoins la carte de la sympathie. « Oh, ma chérie, a-t-il été totalement ignoble ? »

En privé, Ivy trouvait que lord Maccon était parfaitement respectable pour un loup-garou, mais qu'il était un peu trop, eh bien… trop pour son goût. Il était si imposant et si bourru qu'il la terrifiait plutôt, mais il se comportait toujours correctement en public, et il y avait beaucoup à dire en faveur d'un homme qui arborait des vestes aussi bien taillées – même s'il se transformait en bête féroce une fois par mois.

Alexia eut un véritable reniflement de mépris.

« Bah. Rien que de très normal. Je crois que c'est lié au fait que c'est un Alpha. Il a tout simplement trop l'habitude qu'on obéisse tout le temps à ses ordres. Ça me met de très mauvaise humeur. » Elle fit une pause. « Un vampire m'a attaquée la nuit dernière. »

Ivy fit semblant de s'évanouir.

Alexia maintint son amie debout par la force en raidissant le bras sur lequel elle s'appuyait. « Inutile de tituber, il n'y a personne d'important pour te rattraper dans les environs. »

Ivy se redressa et dit sur un ton plein de véhémence : « Dieu du ciel, Alexia, mais comment fais-tu pour te fourrer dans ce genre de situation ? »

Alexia haussa les épaules et se mit à marcher plus vite, si bien qu'Ivy dut trotter sur quelques pas pour rester à sa hauteur.

« Qu'as-tu fait ? » Elle n'allait pas se laisser dissuader.

« Je l'ai frappé avec mon ombrelle, bien entendu.

— Non !

— En plein sur la tête. Je ferais la même chose à quiconque m'attaquerait, être surnaturel ou pas. Il est venu me voir comme ça, sans qu'on ait été présentés ni rien ! » Aborder ce sujet mettait mademoiselle Tarabotti un tout petit peu sur la défensive.

« Mais, Alexia, vraiment, ça ne se fait tout simplement pas de frapper un vampire, que ce soit avec une ombrelle ou autre chose ! »

Mademoiselle Tarabotti soupira mais, en secret, elle était d'accord avec son amie. Peu de vampires rôdaient aux abords de la bonne société londonienne, il n'y en avait jamais eu beaucoup, en fait, mais les quelques ruches qui y demeuraient comprenaient des politiciens, des propriétaires terriens et plusieurs nobles très importants. Donner des coups d'ombrelle à de tels personnages sans la moindre discrimination relevait du suicide social.

« C'est tout simplement scandaleux. Et après ? Tu vas foncer sans réfléchir à la Chambre des lords pendant la séance de nuit pour jeter de la confiture sur les membres de la coterie surnaturelle ? »

L'imagination caracolante d'Ivy fit rire Alexia.

« Oh, non, voilà que je te donne des idées à présent. » Ivy appuya une main gantée sur son front en un geste mélodramatique. « Que s'est-il passé exactement ? »

Alexia le lui dit.

« Tu l'as tué ? » Cette fois, mademoiselle Hisselpenny paraissait sur le point de s'évanouir pour de bon.

« C'était un accident ! insista mademoiselle Tarabotti en serrant plus fort le bras de son amie.

— C'était toi dans le *Morning Post* ? La jeune dame qui a trouvé l'homme mort au bal de la duchesse de Snodgrove hier soir ? » Ivy était tout émoustillée.

Alexia hocha la tête.

« Eh bien, on peut dire que lord Maccon a bien couvert l'affaire. Nulle mention de ton nom ni de ta famille. »

Ivy était soulagée pour son amie.

« Ni du fait que le mort était un vampire, dieu merci. Peux-tu imaginer ce que ma chère mère dirait ? » Alexia leva les yeux au ciel.

« Ni l'effet nuisible sur tes perspectives de mariage. Être trouvée sans chaperon dans une bibliothèque avec un vampire mort ! »

L'expression d'Alexia lui dit avec précision ce qu'elle pensait de cette remarque-là.

Mademoiselle Hisselpenny poursuivit.

« Tu réalises tout de même que tu as une dette envers lord Maccon ? »

L'expression de mademoiselle Tarabotti fut très précisément celle d'une personne qui vient d'avaler une anguille vivante. « Je ne crois pas, Ivy. C'est son travail de garder ces choses-là secrètes. Il est ministre en charge des relations avec les surnaturels pour le grand Londres, si je me souviens bien de son titre au BUR. Et je ne me sens certainement pas obligée envers un homme qui ne faisait que son devoir civique. En outre, sachant ce que je sais sur la dynamique sociale de la meute de Woolsey, je dirais que c'est le professeur Lyall, pas lord Maccon, qui s'est occupé des journalistes. »

Ivy trouvait en son for intérieur que son amie ne rendait pas justice au comte. Ce n'était pas parce que Alexia était immunisée contre son charme que le reste du monde était aussi indifférent. Il était écossais, bien entendu, mais également Alpha depuis combien, vingt ans environ ? Ce n'était pas long pour un surnaturel, mais bien assez pour les personnes peu perspicaces de la société diurne. Des rumeurs couraient sur la manière dont il avait vaincu le précédent Alpha des Woolsey. On disait que sa méthode était bien trop rude pour les critères modernes, quoique légale selon le protocole de la meute. Néanmoins, la réputation du comte précédent était celle d'un individu dépravé qui était en dessous de tout en matière de civilité et de bienséance. Que lord Maccon fût arrivé de nulle part et l'eût éliminé, aussi draconiennes qu'eussent été ses méthodes, avait en partie choqué et en partie ravi la bonne société londonienne. Le fait était que la plupart des Alphas et des reines modernes exerçaient le pouvoir par les mêmes moyens civilisés que tout un chacun : l'argent, le statut social et la politique. Lord Maccon avait peut-être été novice à ce jeu, mais au bout de vingt ans, il était meilleur que la plupart. Ivy était assez jeune pour être impressionnée et assez sage pour ne pas s'appesantir sur ses origines nordiques.

« Je pense vraiment que tu es terriblement dure avec le comte, Alexia, dit Ivy tandis que les deux femmes empruntaient une allée transversale qui s'éloignait de la promenade principale.

— C'est comme ça, répliqua mademoiselle Tarabotti. Je ne l'ai jamais aimé.

— C'est ce que tu dis », rétorqua mademoiselle Hisselpenny.

Elles contournèrent un bosquet de bouleaux et ralentirent puis s'arrêtèrent au bord d'un vaste périmètre gazonné. Cette prairie à ciel ouvert située hors des sentiers battus était depuis peu utilisée par une compagnie de dirigeables. Elle possédait des machines à vapeur de type Giffard pourvues de propulseurs de Lôme. C'était la toute dernière mode en matière de voyage d'agrément. La crème de la bonne société en particulier avait adopté le royaume des airs avec enthousiasme. S'y promener avait presque éclipsé la chasse comme loisir favori de l'aristocratie. Les vaisseaux étaient splendides à voir et Alexia les aimait particulièrement. Elle espérait pouvoir monter un jour à bord de l'un d'eux. On disait que la vue était à couper le souffle et que le thé qu'on servait à bord en fin d'après-midi était excellent.

Les deux femmes regardèrent l'un des dirigeables se préparer à atterrir. De loin, l'appareil ressemblait beaucoup à un ballon d'une longueur et d'une maigreur prodigieuses auquel était suspendu un panier. De près, toutefois, il était clair que le ballon était en partie renforcé et semi-rigide, et que le panier ressemblait plutôt à une très grosse barge arborant le sigle noir et blanc éclatant de la Giffard et suspendue à un millier de fils accrochés au ballon. Il s'approcha de la prairie, puis, comme les deux jeunes femmes observaient la manœuvre, coupa ses moteurs et abaissa son propulseur avant de descendre lentement pour atterrir.

« Nous vivons vraiment à une époque remarquable », commenta Alexia, dont le regard étincelait.

Ivy n'était pas aussi impressionnée. « Ce n'est pas naturel que l'homme se mette à vivre ainsi dans les cieux. »

Alexia émit un *tss tss* agacé. « Ivy, pourquoi dois-tu toujours te montrer aussi vieux jeu ? Nous sommes à l'époque des inventions miraculeuses et des avancées extraordinaires de la science. Le fonctionnement de ces appareils est tout à fait fascinant, en fait. Les calculs pour le décollage sont… »

Elle fut interrompue par une douce voix féminine.

Ivy poussa un gros soupir de soulagement – tout était bon pour empêcher Alexia de se lancer dans ce charabia intellectuel emberlificoté.

Les deux jeunes femmes se détournèrent du dirigeable et de ses merveilles, Alexia à contrecœur et Ivy avec un vif empressement. Elles se retrouvèrent face à un spectacle d'une nature entièrement différente.

La voix provenait du haut d'un attelage absolument fabuleux qui venait de s'arrêter derrière elles sans qu'elles le remarquent. C'était un phaéton : un engin haut perché et ouvert que les femmes conduisaient rarement. Et pourtant, derrière une paire de chevaux noirs parfaitement assortis, se trouvait une dame rondelette à la chevelure blonde et au sourire amical. Aucun des éléments de ce tableau n'allait avec les autres : de la femme, qui portait une robe d'après-midi d'un vieux rose seyant à garnitures bordeaux plutôt qu'une robe de promenade, aux montures fringantes qui semblaient bien plus adaptées au transport d'un dandy de la clique du corinthien. Elle avait une expression plutôt avenante et des boucles dansantes mais tenait les rênes d'une poigne de fer. Les deux jeunes femmes ne la connaissaient pas et elles seraient retournées à leurs observations en pensant que l'interruption n'était qu'une embarrassante méprise si la jolie jeune femme ne leur avait pas de nouveau parlé.

« Ai-je le plaisir de m'adresser à mademoiselle Tarabotti ? »

Ivy et Alexia échangèrent un regard. L'événement était si remarquable – au milieu du parc, près d'une piste d'atterrissage et sans présentation préalable – qu'Alexia répondit en dépit d'elle-même.

« Oui, enchantée.

— Belle journée pour une promenade. » La femme indiqua le dirigeable avec son fouet. Il avait fini d'atterrir et se préparait à dégorger ses passagers.

« Effectivement », répliqua Alexia avec vivacité ; elle était un peu déconcertée par son ton impertinent et familier. « Avons-nous été présentées ? » demanda-t-elle ostensiblement.

La dame rit, d'un rire doux et argentin. « Je suis Mabel Dair, et à présent, oui. »

Alexia décida qu'elle devait avoir affaire à une *originale*.

« Enchantée de faire votre connaissance, répondit-elle prudemment. Mademoiselle Dair, puis-je vous présenter mademoiselle Ivy Hisselpenny ? »

Ivy effectua une petite révérence tout en tirant sur la manche ornée de velours d'Alexia. « C'est l'*actrice*, siffla-t-elle dans son oreille. Tu sais bien ! Oh, non, Alexia, tu dois bien savoir. »

Mademoiselle Tarabotti, qui ne savait pas, se dit qu'elle aurait dû. « Oh, dit-elle d'une voix neutre, sommes-nous censées parler à une actrice au milieu de Hyde Park ? » Elle jeta un regard en biais aux passagers qui débarquaient du dirigeable. Personne ne leur prêtait attention.

Mademoiselle Hisselpenny dissimula un sourire derrière une main gantée. « Entendre ça de la femme qui a accidentellement – elle s'interrompit – *ombrellisé* un homme. J'aurais tendance à croire que parler à une actrice en public serait le dernier de tes soucis. »

Les yeux bleu vif de mademoiselle Dair suivirent cet échange. Elle rit de nouveau. « Cet incident, mes chères, pourrait bien être la raison de cette rencontre plutôt discourtoise. »

Alexia et Ivy étaient surprises qu'elle connût le sujet de leurs chuchotements.

« Vous devez pardonner mon effronterie et cette intrusion dans vos confidences privées.

— Vraiment ? » se demanda Alexia sous cape.

Ivy lui donna un coup de coude dans les côtes.

Mademoiselle Dair s'expliqua enfin. « Voyez-vous, ma maîtresse aimerait vous rencontrer, mademoiselle Tarabotti.

— Votre maîtresse ? »

L'actrice hocha la tête, faisant rebondir ses boucles blondes. « Oh, je sais que normalement ils ne choisissent pas les artistes les plus en pointe. Il me semble que les actrices deviennent plutôt des porte-clés : les loups-garous s'intéressent bien plus aux arts de la scène. »

Mademoiselle Tarabotti comprit ce qui se passait. « Mon dieu, vous êtes un drone ! »

Mademoiselle Dair sourit et approuva d'un hochement de tête. Elle avait des fossettes en plus de ses boucles, c'était tout à fait troublant.

Alexia ne savait plus très bien où elle en était. Les drones étaient les compagnons, les domestiques et les gardiens des vampires que ceux-ci payaient en leur donnant la possibilité de devenir un jour immortels eux-mêmes. Mais les vampires choisissaient rarement leurs drones parmi ceux qui se trouvaient sous les feux de la rampe. Ils préféraient chasser les âmes plus en coulisses et recrutaient des peintres, des poètes, des sculpteurs et d'autres artistes du même genre. Tout le monde savait que l'aspect le plus tape-à-l'œil de la créativité était le territoire des loups-garous, qui choisissaient des acteurs, des chanteurs d'opéra et des danseurs de ballet pour porte-clés. Bien entendu, les deux préféraient qu'il y ait un élément artistique dans la personnalité de leurs compagnons, car on avait toujours plus de chance de trouver un excès d'âme chez une personne créative, ce qui impliquait une plus grande probabilité qu'elle survécût à la métamorphose. Mais qu'un vampire choisît une actrice, voilà qui était plutôt inhabituel.

« Mais vous êtes une femme ! » objecta mademoiselle Hisselpenny, choquée. Un autre fait était encore mieux connu concernant les drones et les porte-clés : c'étaient la plupart du temps des hommes. Les femmes avaient bien moins de chances de survivre à la transformation. Personne ne savait pourquoi, même si les scientifiques suggéraient que c'était à cause de la faible constitution féminine.

L'actrice sourit. « Tous les drones ne recherchent pas la vie éternelle, vous savez ? Certains d'entre nous trouvent juste l'appui de leur maître agréable. Devenir surnaturelle ne m'intéresse pas particulièrement, mais ma maîtresse m'aide de quantité d'autres façons. Et justement, êtes-vous libre ce soir, mademoiselle Tarabotti ? »

Alexia se remit enfin de sa surprise et fronça les sourcils. Elle n'avait pas de plans concrets mais elle ne désirait pas se rendre dans une ruche vampire sans s'informer au préalable.

« Malheureusement non », dit-elle donc d'un ton ferme. Elle décida aussitôt d'envoyer sa carte à lord Akeldama pour lui demander de passer dîner. Il pourrait lui donner des renseignements sur les activités des ruches locales. Lord Akeldama aimait les mouchoirs parfumés et les cravates roses, mais il aimait également *savoir des choses*.

« Demain soir, alors ? » L'actrice semblait pleine d'espoir. Cette requête devait être particulièrement importante pour sa maîtresse.

Alexia hocha la tête pour montrer son accord. La longue plume qui cascadait de son chapeau de feutre chatouilla sa nuque.

« Où suis-je censée me rendre ? »

Mademoiselle Dair se pencha hors de son siège tout en hauteur en retenant ses sémillants chevaux d'une main ferme et donna une petite enveloppe scellée à Alexia. « Je dois vous demander de ne pas partager l'adresse avec quiconque. Veuillez m'excuser, mademoiselle Hisselpenny. Je suis sûre que vous comprenez que la situation est délicate. »

Ivy leva les mains en signe d'apaisement et rougit avec délicatesse. « Il n'y a pas de mal, mademoiselle Dair. Rien dans cette affaire ne me concerne. » Ivy elle-même savait qu'on ne posait pas de questions sur les activités des ruches de vampires.

« Qui devrai-je demander ? s'enquit mademoiselle Tarabotti, qui tournait et retournait l'enveloppe dans ses mains sans l'ouvrir.

— La comtesse Nadasdy. »

Alexia connaissait ce nom-là. On racontait que la comtesse Nadasdy était l'un des plus vieux vampires vivants, qu'elle était d'une beauté incroyable, d'une cruauté remarquable et d'une exquise politesse. Elle était reine de la ruche de Westminster. Lord Maccon avait peut-être appris à jouer le jeu social avec aplomb, mais la comtesse Nadasdy le maîtrisait à la perfection.

Mademoiselle Tarabotti lança un long regard appuyé à la pétillante actrice. « Vous n'êtes pas ce que vous paraissez, mademoiselle Dair. » Alexia n'était pas censée en savoir beaucoup sur ce qui se passait dans le cercle de la comtesse Nadasdy, et encore moins dans sa ruche, mais elle lisait trop. Beaucoup de livres de la bibliothèque des Loontwill dataient du temps de son père. Il était clair qu'Alessandro Tarabotti avait un penchant prononcé pour la littérature traitant du surnaturel. Alexia avait donc une idée assez claire de ce qui se passait dans les ruches. Mademoiselle Dair devait être autre chose que des boucles blondes, des fossettes et une robe rose à la coupe parfaite.

Elle agita ses boucles dans leur direction. « En dépit de ce que colportent les journaux, la comtesse Nadasdy est une bonne maîtresse. » Son sourire était un peu étrange. « Si on aime ça. Ce fut un plaisir de faire votre connaissance, mesdames. » Elle resserra les rênes de ses chevaux noirs et les fit claquer vivement. Le phaéton fit un bond en avant sur la pelouse irrégulière, mais mademoiselle Dair conserva une assiette parfaite. Quelques instants plus tard à peine, il brinquebalait le long de l'allée et disparaissait derrière le petit bosquet de bouleaux.

Les deux jeunes femmes le suivirent ; le dirigeable dans toute sa gloire technologique avait soudain perdu son pouvoir d'attraction. Des événements plus excitants se préparaient. Elles marchèrent un peu plus lentement et discutèrent avec retenue. Alexia retournait toujours la petite enveloppe dans ses mains.

La promenade dans Hyde Park semblait avoir eu l'effet escompté sur les sentiments à vif d'Alexia. Toute sa colère envers lord Maccon s'était dissipée et avait été remplacée par de l'appréhension.

Ivy avait l'air pâle. Enfin, plus que d'ordinaire. Elle finit par désigner l'enveloppe scellée qu'Alexia tripotait avec nervosité. « Tu sais ce que c'est ? »

Mademoiselle Tarabotti avala sa salive. « Bien sûr que oui. » Mais elle parla si bas qu'Ivy ne l'entendit pas vraiment.

« On vient de te donner la véritable adresse d'une ruche, Alexia. Ils vont soit te recruter, soit te vider de ton sang. Aucun humain diurne hormis les drones n'est autorisé à avoir ce genre d'information. »

Alexia paraissait mal à l'aise. « Je le sais ! » Elle se demandait comment une ruche réagirait à la présence d'un être paranaturel. Pas très gentiment, soupçonnait-elle. Elle se mordilla la lèvre inférieure. « Il faut absolument que je voie lord Akeldama. »

Mademoiselle Hisselpenny parut encore plus inquiète, pour autant que ce fût possible. « Oh, vraiment ? Il est tellement scandaleux. »

L'adjectif « scandaleux » s'appliquait en effet fort bien à lord Akeldama. Alexia n'avait pas plus peur du scandale que des vampires, ce qui tombait bien car lord Akeldama était les deux.

Il entra dans la pièce à petits pas et en chancelant sur des talons de huit centimètres ornés de boucles d'or et de rubis. « Ma *chère*, chère Alexia. » Lord Akelmada avait adopté son prénom quelques minutes à peine après leur première rencontre. Il avait affirmé qu'il savait tout simplement qu'ils allaient devenir amis, et qu'il n'y avait aucune raison de tergiverser. « *Ma chère !* » Il semblait aussi parler tout le temps en italique. « Comme c'est parfaitement, délicieusement *adorable* de m'inviter à dîner. *Ma chère.* »

Mademoiselle Tarabotti lui sourit. Il était impossible de ne pas sourire largement à lord Akeldama. Il s'habillait systématiquement de manière absurde. En plus des talons, il portait des guêtres à carreaux, des culottes de satin or, un gilet rayé orange et jaune citron et un habit de soirée de brocart rose vif.

Sa cravate, une cascade dégoulinante de soie chinoise mousseuse orange, jaune et rose était à peine maintenue en place par une magnifique et énorme épingle ornée d'un rubis. Son visage éthéré était poudré, ce qui était plutôt inutile car il était déjà d'une pâleur parfaite, comme l'aimaient ses semblables. Il arborait des disques de blush rose sur les joues comme un personnage de Guignol. Il affectait également de porter un monocle en or bien que, comme tous les vampires, il eût une vue parfaite.

D'un mouvement élégant et assuré, il prit place sur le canapé en face d'Alexia ; une petite table où le souper était servi avec soin se trouvait entre eux.

Mademoiselle Tarabotti avait décidé de le recevoir seule dans son salon privé, à la grande contrariété de sa mère. Alexia avait tenté de lui expliquer que l'incapacité supposée des vampires à entrer dans des résidences privées sans qu'on les ait invités était un mythe né de leur obsession collective pour le respect des règles de politesse, mais sa mère refusait de la croire. Après une crise d'hystérie en mode mineur, madame Loontwill avait changé d'opinion quant à ses objections. Se rendant compte que l'événement se produirait qu'elle le veuille ou non, étant donné le caractère affirmé d'Alexia – toujours son sang italien –, elle s'empressa d'emmener ses deux benjamines et monsieur Loontwill à une partie de cartes chez lady Blingchester. Madame Loontwill était très douée pour fonctionner sur l'idée que ce qu'elle ne savait pas ne pouvait pas la blesser, surtout lorsqu'il s'agissait d'Alexia et du surnaturel.

Alexia avait donc la maison pour elle seule, et l'entrée de lord Akeldama ne fut appréciée par personne de plus important que Floote, le majordome à la patience à toute épreuve des Loontwill. Lord Akeldama en fut fort troublé, car il s'assit si théâtralement et prit la pose avec tant de grâce qu'il parut clair qu'il avait anticipé un public bien plus nombreux.

Le vampire sortit un mouchoir parfumé et donna un petit coup espiègle sur l'épaule de mademoiselle Tarabotti. « J'ai entendu dire, ma petite violette en sucre, que vous avez été une vilaine, *très vilaine* fille la nuit dernière au bal de la duchesse. »

Peut-être lord Akeldama ressemblait-il et se comportait-il comme un bouffon imbu de lui-même de première grandeur, mais il avait l'un des esprits les plus acérés de tout Londres. Le *Morning Post* aurait payé la moitié de ses revenus d'une semaine pour le genre d'informations auxquelles il semblait avoir accès à n'importe quel moment de la nuit. En privé, Alexia le soupçonnait d'avoir des drones parmi les domestiques de toutes les familles importantes, sans parler des espions fantômes qu'il avait attachés aux institutions publiques clés.

Mademoiselle Tarabotti refusa de donner à son invité la satisfaction de lui demander comment il était au courant de l'incident de la soirée de la veille. À la place, elle lui accorda un sourire qu'elle espérait énigmatique et servit le champagne.

Lord Akeldama ne buvait jamais rien d'autre. Sauf, bien entendu, quand il buvait du sang. On racontait qu'il avait dit un jour que la meilleure boisson au monde était le mélange des deux, qu'il désignait avec affection sous le terme de « sangpagne ».

« Vous savez pourquoi je vous ai invité, alors ? » demanda Alexia à la place en lui offrant un bâtonnet au fromage.

Lord Akeldama agita mollement le poignet avant de prendre le bâtonnet et d'en mordiller l'extrémité. « Enfin, ma très chère *enfant*, vous m'avez invité parce que vous ne pouviez pas *supporter* d'être privée de ma compagnie un *instant* de plus. Et je serais blessé au plus profond de mon âme immense si vous aviez une *autre* raison, quelle qu'elle soit. »

Mademoiselle Tarabotti agita une main en direction du majordome. Floote lui adressa un coup d'œil vaguement désapprobateur et s'éclipsa pour aller chercher le premier plat.

« C'est bien entendu la raison précise pour laquelle je vous ai invité. En outre, je suis persuadée de vous avoir manqué tout autant, vu que nous ne nous sommes pas vus depuis des lustres. Je suis convaincue que votre visite n'a absolument rien à voir avec le fait que vous soyez dévoré de curiosité de savoir comment je me suis débrouillée pour tuer un vampire hier soir », dit-elle avec suavité.

Lord Akeldama leva la main. « Un instant, s'il vous plaît, ma chère. » Il plongea la main dans une poche de son gilet et en sortit un petit appareil plein de pointes. Cela ressemblait à deux diapasons enfoncés dans un cristal taillé. De l'ongle de son pouce, il donna une pichenette au premier, attendit un instant, puis en donna une autre au deuxième. Ils produisirent un bourdonnement grave et dissonant, comme si deux abeilles d'espèces différentes étaient en train de se quereller ; le cristal paraissait amplifier le son. Il plaça l'appareil avec précaution sur la table où il continua sa petite chanson dissonante. Ce n'était pas tout à fait irritant, mais on sentait que cela pouvait le devenir.

« On s'y habitue au bout d'un moment, s'excusa lord Akeldama.

— De quoi s'agit-il ? s'enquit Alexia.

— Ce petit bijou est un disrupteur à résonance auditive harmonique. L'un de mes boys l'a récemment trouvé dans le *gay Paris*. Charmant, n'est-ce pas ?

— Oui, mais que fait-il ? voulut savoir Alexia.

— Pas grand-chose dans cette pièce, mais si quelqu'un est en train d'essayer de nous écouter à distance, cela crée une sorte de cri qui provoque un mal de tête absolument épouvantable. Je l'ai testé.

— Remarquable, dit Alexia, impressionnée malgré elle. Sommes-nous susceptibles de dire des choses que des gens voudraient écouter à distance ?

— Eh bien, nous parlions de la manière dont vous avez réussi à tuer un vampire, n'est-il pas ? Et, bien que je sache très précisément comment vous l'avez fait, mon *pétale de rose*, vous ne voulez peut-être pas que le reste du monde le sache également. »

Alexia se sentit piquée au vif. « Oh, vraiment, et comment m'y suis-je prise ? »

Lord Akeldama rit, révélant des crocs particulièrement blancs et aiguisés. « Oh, princesse. » Et, dans un de ces mouvements plus vifs que l'éclair que seuls les meilleurs athlètes ou les individus surnaturels peuvent exécuter, il s'empara de la main libre d'Alexia. Ses crocs mortels disparurent. La beauté éthérée de son visage devint un tout petit peu trop efféminée, et sa force se dissipa. « *Voilà* comment. »

Alexia hocha la tête. Lord Akeldama avait dû la rencontrer quatre fois avant de déduire qu'elle était paranaturelle. Vivant très en marge des ruches, il n'avait jamais été officiellement informé de son existence. Il considérait qu'il s'agissait là d'une tache embarrassante dans sa carrière d'espion. Sa seule excuse possible pour cette gaffe était que, si les hommes paranaturels étaient rares, les femmes étaient pour ainsi dire inexistantes. Il ne s'attendait tout simplement pas à en trouver une sous la forme d'une vieille fille au caractère particulièrement affirmé bien insérée au sein de la bonne société de Londres, et flanquée de deux sœurs ridicules et d'une mère qui l'était encore plus. En conséquence, il saisissait toutes les occasions de se rappeler à lui-même ce qu'elle était, lui prenant le bras ou la main sous l'impulsion du moindre caprice.

À cette occasion, il lui caressa la main avec affection. Il n'y avait aucune attirance derrière son geste. « *Mon doux trésor*, avait-il dit un jour, avec moi, vous ne courez pas plus de risque de ce genre que celui que je vous morde par surprise – les deux sont également impossibles. Dans un cas, je ne posséderais plus l'équipement nécessaire à votre contact, dans l'autre, c'est vous. » La bibliothèque de son père avait fourni à Alexia les explications dont elle aurait pu avoir besoin pour le comprendre. Alessandro Tarabotti avait eu une vie plutôt aventureuse avant son mariage et avait collectionné des livres en provenance de tout l'Empire ; certains d'entre eux contenaient des images fascinantes, vraiment. Apparemment, il se passionnait pour des études commentées sur les peuples primitifs, dont le résultat était une collection d'ouvrages documentaires qui auraient pu encourager Évyline elle-même à entrer dans une bibliothèque – si on lui avait appris leur existence. Heureusement, la totalité de la famille d'Alexia considérait que ce qui ne provenait pas des pages société du *Morning Post* ne valait sans doute pas la peine d'être lu. Alexia en savait par conséquent beaucoup plus sur les choses de la chair qu'une vieille fille anglaise devait en savoir, et sans doute assez pour ne pas se formaliser des petits gestes d'affection de lord Akeldama.

« Vous ne savez pas à quel point je trouve délicieusement *reposant* le miracle de votre compagnie, avait-il remarqué la première fois qu'il l'avait touchée. C'est comme nager dans un bain trop chaud pendant la plus grande partie de sa vie et plonger tout à coup dans un torrent de montagne glacé. Choquant, mais bon pour l'âme, je pense. » Il avait haussé les épaules avec délicatesse. « J'aime me sentir de nouveau mortel, ne serait-ce qu'un instant et seulement en votre *glorieuse* présence. » Mademoiselle Tarabotti lui avait accordé la permission, plutôt surprenante pour une vieille fille, de lui prendre la main quand il le désirait – à condition que ce fût toujours en privé.

Alexia but une gorgée de champagne. « Hier soir, dans la bibliothèque, ce vampire ne savait pas ce que j'étais, dit-elle. Il m'a foncé droit dessus, il a visé mon cou et puis perdu ses crocs. Je croyais que la plupart d'entre vous me connaissaient à présent. Le BUR me tient bien assez à l'œil, c'est sûr. Lord Maccon est apparu plus vite qu'on ne pouvait s'y attendre hier soir. Même pour lui. »

Lord Akeldama hocha la tête. Sa chevelure scintilla dans la flamme vacillante d'une bougie proche. Les Loontwill avaient fait installer le dernier cri en matière d'éclairage au gaz, mais Alexia préférait la cire d'abeille, sauf si elle lisait. À la lueur des bougies, la chevelure de lord Akeldama était aussi dorée que les boucles de ses chaussures. On s'attendait toujours à ce que les vampires fussent sombres et un brin dépressifs. Lord Akeldama était l'antithèse de telles attentes. Il portait sa longue chevelure blonde nouée en une queue-de-cheval qui aurait été du dernier chic des centaines d'années auparavant. Il leva le regard vers elle, et son visage se fit tout à coup vieux et sérieux, sans rien du ridicule que son accoutrement aurait pu lui conférer. « Ils vous connaissent *en effet*, pour la plupart, ma perle. Les quatre ruches officielles disent à leurs larves qu'il y a une suceuse d'âmes à Londres aussitôt après leur métamorphose. »

Mademoiselle Tarabotti tressaillit. D'ordinaire, lord Akeldama était sensible au fait qu'elle n'aimait pas ce terme. Il avait été le premier à l'employer en sa présence, la nuit où il avait enfin compris ce qu'elle était.

Pour une fois dans sa longue vie, le choc de la découverte d'un être paranaturel sous l'apparence d'une honnête vieille fille lui avait fait perdre son masque de séducteur parfait. Comme on pouvait le comprendre, mademoiselle Tarabotti n'avait pas apprécié d'être traitée de suceuse d'âmes. Lord Akeldama avait bien pris la précaution de ne pas réutiliser le terme par la suite, sauf s'il avait quelque chose à dire. Ce qui était le cas à présent.

Floote arriva avec l'entrée, un consommé de concombre et de cresson crémeux. Lord Akeldama ne retirait aucun bénéfice de l'absorption de nourriture, mais il en appréciait le goût. Contrairement à certains des plus répugnants de ses semblables, il ne sacrifiait pas à la tradition établie par les vampires de la Rome antique. Alexia n'avait pas besoin de demander un seau à purge. Il se contentait de goûter poliment chaque plat puis de le laisser aux domestiques pour plus tard. Gâcher de la bonne soupe était absurde. Et elle était fort bonne. On pouvait dire un certain nombre de choses impolies au sujet des Loontwill, mais personne ne les avait jamais accusés de frugalité. Alexia, toute vieille fille qu'elle était, recevait une pension assez élevée pour lui permettre de s'habiller à la pointe de la mode – même si elle avait tendance à la suivre avec un peu trop de précision. La pauvre ne pouvait pas faire autrement. Son choix de vêtements manquait tout simplement d'âme. L'extravagance des Loontwill allait néanmoins jusqu'à posséder un très bon cuisinier.

Floote s'éclipsa discrètement pour aller chercher le plat suivant.

Alexia retira sa main de celle de son ami et, n'étant pas du genre à dissimuler, alla droit au but. « Lord Akeldama, dites-moi s'il vous plaît, que se passe-t-il ? Qui était le vampire qui m'a attaquée hier soir ? Comment pouvait-il ignorer qui je suis ? Il ne savait même pas *ce que* je suis, comme si personne ne lui avait jamais parlé des paranaturels. Je suis parfaitement consciente du fait que le BUR cache notre existence au grand public, mais les meutes et les ruches sont en général bien informées. »

Lord Akeldama se pencha et donna une nouvelle chiquenaude aux deux diapasons du résonateur. « Ma *très* chère amie. Vous tenez là, je crois, le cœur du problème. Malheureusement pour vous, comme vous avez éliminé cet individu, toutes les parties surnaturelles intéressées commencent à croire que c'est *vous* qui avez les réponses à ces mêmes questions. Les spéculations abondent et les vampires sont du genre suspicieux. Certains prétendent déjà qu'on maintient *délibérément* les ruches dans l'ignorance, que ce soit vous, le BUR ou, encore plus probable, les deux. » Il eut un sourire tout en crocs et but une gorgée de champagne.

Alexia se cala contre le dossier de sa chaise et poussa un gros soupir. « Eh bien, voilà qui explique la fermeté de son invitation. »

Lord Akeldama ne quitta pas sa posture détendue mais sembla être assis plus droit. « Elle ? *Qui ça*, elle ? Qui vous a invitée, ma fleur de pétunia *adorée* ?

— La comtesse Nadasdy. »

Lord Akeldama se redressa vraiment cette fois. Son agitation fit trembloter la cascade de sa cravate. « La reine de la ruche de Westminster, siffla-t-il, les crocs bien visibles. Il *existe* bien des mots pour la décrire, ma *chère*, mais on *ne* les emploie *pas* en bonne compagnie. »

Floote entra avec le poisson, un simple filet de sole accompagné de thym et de citron. Sourcils levés, il jeta un coup d'œil à l'appareil auditif bourdonnant, puis à lord Akeldama, toujours nerveux. Il aurait voulu rester dans la pièce pour la protéger, mais Alexia eut un petit mouvement négatif de la tête.

Mademoiselle Tarabotti étudia de près le visage de lord Akeldama. C'était un vagabond – un vampire sans ruche. Les isolés étaient rares chez les suceurs de sang. Il fallait à un vampire beaucoup de force, psychologique, politique et surnaturelle, pour se séparer de sa ruche. Et une fois autonomes, les isolés avaient tendance à devenir un peu bizarres dans leur tête et à glisser vers le côté excentrique de l'acceptabilité sociale. Par respect de ce statut, lord Akeldama avait des papiers parfaitement en règle et était dûment enregistré auprès du BUR. Cela signifiait toutefois qu'il avait un petit quelque chose contre les ruches.

Le vampire goûta le poisson, mais son goût délicieux ne sembla pas améliorer son humeur. Il repoussa le plat d'un air maussade et se renversa dans sa chaise en tapotant l'une de ses coûteuses chaussures contre l'autre.

« N'aimez-vous pas la reine de la ruche de Westminster ? » s'enquit Alexia en ouvrant grand ses yeux sombres et en adoptant une expression de parfaite innocence.

Lord Akeldama sembla se reprendre. Ses allures de dandy revinrent en force. Ses poignets s'amollirent et s'agitèrent. « Ma *jonquille adorée*, la reine de la ruche et moi avons… nos différences. J'ai la terrible impression qu'elle me trouve un peu… (il s'interrompit, comme pour chercher le mot adéquat) flamboyant. »

Mademoiselle Tarabotti le regarda en évaluant à la fois ses paroles et leur signification cachée. « Et moi qui pensais que vous n'aimiez pas la comtesse Nadasdy.

— Non, mon cœur, qui est allé vous raconter ce genre de *petites* histoires ? »

Alexia s'attaqua à son poisson, indiquant clairement qu'elle ne désirait pas révéler sa source. Après qu'elle eut terminé, il y eut un instant de silence pendant lequel Floote débarrassa les assiettes et posa devant eux le plat principal, un délicieux arrangement de côtelettes de porc braisées, de compote de pomme et de pommes de terre nouvelles rôties. Une fois le majordome reparti, mademoiselle Tarabotti décida de poser à son invité la question vraiment importante pour laquelle elle l'avait fait venir.

« Que croyez-vous qu'elle attend de moi, monseigneur ? »

Les yeux de lord Akeldama s'étrécirent. Il ignora sa côtelette et joua distraitement avec son épingle à cravate ornée d'un énorme rubis. « Selon moi, il y a deux raisons. Soit elle sait exactement ce qui s'est passé hier soir au bal et elle veut acheter votre silence, soit elle n'a aucune idée de qui était ce vampire ni de ce qu'il faisait sur son territoire, et elle pense que vous le savez.

— Et, dans les deux cas, il conviendrait que je sois mieux informée que je ne le suis présentement », dit mademoiselle Tarabotti en mangeant une petite pomme de terre fondante.

Il hocha la tête avec emphase.

« Vous êtes sûr que vous ne savez rien de plus ? demanda-t-elle.

— Ma *très chère* enfant, mais pour *qui* me prenez-vous ? Lord Maccon, peut-être ? » Il saisit son verre de champagne et le fit tourner en le tenant par le pied tout en contemplant les petites bulles d'un air pensif. « Voilà une *bonne idée*, mon trésor. *Pourquoi* ne pas aller voir les loups-garous ? Ils connaissent peut-être les faits *pertinents*. Lord Maccon, bien entendu, les connaîtra *presque* tous, puisqu'il fait partie du BUR. »

Alexia tenta de prendre un air nonchalant. « Mais en tant qu'administrateur des secrets du BUR, il est également le moins susceptible de me fournir des détails utiles », lui opposa-t-elle.

Lord Akeldama eut un rire argentin qui devait plus à l'artifice qu'à l'amusement. « Dans ce cas, il ne reste qu'une seule solution à la plus *délicieuse* des Alexia, c'est d'utiliser sur lui votre pléthore de *ruses* féminines. Aussi loin que remontent mes souvenirs, les loups-garous ont toujours été sensibles au sexe le plus doux, et cela fait vraiment longtemps. » Il agita les sourcils en sachant qu'il ne paraissait pas un jour de plus que vingt-trois ans, son âge au moment de sa métamorphose. « Ces *chères* bestioles ont un penchant pour les femmes, même si elles sont un peu brutes. » Il frémit lascivement. « Surtout lord Maccon. Il est si grand et si *brutal*. » Il émit un petit grognement.

Mademoiselle Tarabotti gloussa. Rien n'était plus amusant que de voir un vampire tenter d'imiter un loup-garou.

« Je vous conseille *très* fortement de lui rendre visite demain avant de rencontrer la reine de Westminster. » Lord Akeldama se pencha en avant et lui saisit le poignet. Ses crocs s'évanouirent et son regard se fit tout à coup aussi vieux qu'il l'était en réalité. Il n'avait jamais dit son âge véritable à Alexia. « *Ah*, ma chère, disait-il toujours, un vampire, comme une dame, ne révèle *jamais* son âge. » Mais il lui avait décrit en détail les jours sombres des temps d'avant que le surnaturel eût été révélé aux gens diurnes. Avant que les ruches et les meutes se fissent connaître sur les îles Britanniques. Avant cette révolution philosophique et scientifique prestigieuse que leur émergence avait déclenchée et que certains connaissaient sous le nom de Renaissance, mais que les vampires appelaient l'Ère des Lumières. Pour des raisons évidentes, les créatures surnaturelles appelaient ces époques révolues les Âges Sombres. De leur point de vue, c'était une période qu'ils avaient passée à rôder furtivement dans la nuit. Il fallait en général plusieurs bouteilles de champagne à lord Akeldama pour accepter d'en parler. Cela signifiait néanmoins, selon les calculs d'Alexia, qu'il avait au minimum quatre cents ans.

Elle regarda son ami de plus près. Était-ce de la peur qu'elle voyait ?

Le visage de lord Akeldama exprimait le sérieux le plus honnête. « Ma tourterelle, dit-il, je ne sais pas ce qui se passe. *Moi*, ignorant ! S'il vous plaît, faites très attention à vous ! »

Mademoiselle Tarabotti connaissait maintenant la véritable source de la nervosité de son ami. Lord Akeldama n'avait pas la moindre idée de ce qui se tramait. Pendant des années, il avait toujours détenu la carte maîtresse dans chaque situation politique majeure à Londres. Il avait l'habitude de posséder tous les faits pertinents avant tout le monde. Et pourtant en cet instant, il était aussi perplexe qu'elle.

« *Promettez-le-moi*, dit-il, absolument sérieux. Vous tenterez de savoir quelles informations vous pouvez soutirer sur ce sujet à lord Maccon *avant* de vous rendre dans cette ruche ? »

Alexia sourit. « Pour améliorer votre compréhension des faits ? »

Il secoua sa tête blonde. « Non, ma douce enfant, pour améliorer la *vôtre*. »

3

Où notre héroïne écoute de bons conseils

« Merde », dit lord Maccon en voyant qui se tenait devant lui. « Mademoiselle Tarabotti. Qu'ai-je donc fait pour mériter une visite si tôt le matin ? Je n'ai même pas encore bu ma deuxième tasse de thé. » Il se dressait de toute sa taille à l'entrée de son bureau.

Alexia ignora son malheureux choix de salutation et entra dans la pièce en passant devant lui, non sans le frôler ainsi très intimement – l'entrée, contrairement au buste (même corseté) d'Alexia, était plutôt petite. Alexia nota avec embarras que son corps la picotait un peu, ce qui était de toute évidence une réaction à l'état répugnant de son bureau.

Il y avait des papiers partout, empilés dans les coins et étalés sur ce qui était peut-être un bureau – c'était difficile à dire sous tout ce désordre. On voyait également des rouleaux de métal gravé et des piles de tubes dont elle suspectait qu'elles en contenaient d'autres. Alexia se demanda pourquoi il avait besoin de prendre des notes sur du métal. À voir la seule quantité de tubes, ce besoin devait être important. Elle compta au moins six tasses et soucoupes sales et une assiette avec les restes d'un gros rôti cru. Mademoiselle Tarabotti était déjà venue une ou deux fois dans le bureau de lord Maccon. Elle l'avait trouvé un petit peu masculin à son goût mais jamais aussi épouvantable.

« Juste ciel ! » dit-elle en s'ébrouant pour chasser les picotements. Et elle posa la question qui s'imposait : « Où est le professeur Lyall, alors ? »

Lord Maccon se frotta le visage, puis, en désespoir de cause, tendit la main vers la théière, qu'il vida par le bec.

Mademoiselle Tarabotti détourna le regard de cette vision d'horreur. *Au fait, qui a dit qu'ils étaient « à peine civilisés » ?* Elle ferma les yeux, réfléchit et prit conscience que ce devait être elle. Elle porta une main tremblotante à sa gorge. « S'il vous plaît, lord Maccon, utilisez une tasse. Ma sensibilité délicate… »

Le comte souffla par le nez. « Ma chère demoiselle, si vous en possédez une, vous ne me l'avez jamais montrée ! » Mais il reposa la théière.

Alexia le regarda avec une attention accrue. Il ne semblait pas tout à fait dans son assiette. Son cœur fit un drôle de petit bond dans sa poitrine. La chevelure acajou du comte rebiquait sur son front, comme s'il n'avait cessé d'y passer les mains. Tout dans son apparence semblait encore plus négligé que d'habitude. Dans la faible lumière, on avait également l'impression que ses canines étaient visibles – un signe certain de détresse. Alexia plissa les yeux pour s'en assurer. Elle se demanda si on était loin de la pleine lune. L'inquiétude dans ses yeux noirs, expressifs bien qu'elle n'eût pas d'âme, adoucit l'expression de désapprobation induite par la théière.

« Affaires du BUR », dit lord Maccon, donnant en une phrase laconique une explication définitive à la fois à l'absence du professeur Lyall et à l'état de son bureau. Il pinça l'arête de son nez entre son pouce et son index.

Alexia hocha la tête. « Je ne m'attendais pas vraiment à vous trouver ici dans la journée, comte. Ne devriez-vous pas être en train de dormir à cette heure-ci ? »

Le loup-garou secoua la tête. « Je peux supporter la lumière du soleil pendant quelques jours consécutifs, surtout lorsqu'un mystère comme celui-ci se présente. Être Alpha ne signifie pas seulement qu'on porte un titre creux, vous savez ? Nous pouvons *faire* des choses dont les loups-garous normaux sont incapables. Qui plus est, la reine Victoria est intriguée. » En plus d'être l'agent de liaison surnaturel du BUR et le mâle Alpha de la meute de Woolsey, lord Maccon était un agent du Cabinet fantôme de la reine Victoria.

« Eh bien, peu importe ; vous avez une allure positivement épouvantable, dit crûment Alexia.

— Merci de vous soucier de moi, mademoiselle Tarabotti, répliqua le comte en se redressant et en ouvrant les yeux pour tenter de paraître plus éveillé.

— Mais que vous êtes-vous donc fait ? demanda Alexia avec toute sa rudesse habituelle.

— Je n'ai pas dormi depuis votre attaque », dit lord Maccon.

Alexia rougit un peu. « Vous vous souciez de mon bien-être ? Vraiment, lord Maccon, à présent c'est moi qui suis touchée.

— Pas du tout, dit-il sans galanterie. Je supervise l'enquête. Si vous pensez que je m'inquiète, c'est parce que je crains que quelqu'un d'autre soit attaqué. Il est évident que vous êtes capable de faire attention à vous. »

Alexia fut partagée entre la déception due au fait qu'il se fichait complètement de sa sécurité, et la satisfaction de voir qu'il croyait en ses compétences.

Elle ramassa une petite pile de plaques de métal qui traînaient sur une chaise et s'assit. Levant un rouleau de métal fin, elle le tint ouvert pour l'examiner avec intérêt. Elle dut l'incliner à l'écart des ombres pour distinguer les annotations gravées. « Registre des permis des vampires isolés, remarqua-t-elle. Vous pensez que l'homme qui m'a attaquée avait un permis ? »

Lord Maccon eut une expression exaspérée ; il traversa la pièce et lui reprit le tas de rouleaux. Ils tombèrent à terre dans un grand fracas ; il maudit sa maladresse causée par le soleil. Mais en dépit de son agacement feint, le comte appréciait en secret de pouvoir parler de ses théories à quelqu'un. En temps normal, il se servait de son Bêta, mais Lyall n'étant pas en ville, il arpentait la pièce en marmonnant tout seul lorsque Alexia était arrivée. « S'il a un permis, il n'est pas dans le registre de Londres.

— Aurait-il pu venir de l'extérieur de la capitale ? » suggéra Alexia.

Lord Maccon haussa les épaules. « Vous savez à quel point les vampires sont attachés à leur territoire. Même lorsqu'ils n'ont pas de lien avec une ruche, ils ont tendance à demeurer dans le secteur où a eu lieu la métamorphose originelle. Il est possible qu'il ait voyagé, mais d'où venait-il et pourquoi ? Quelle raison importante pourrait conduire un vampire à quitter son habitat naturel ? C'est cette information que j'ai envoyé Lyall rechercher. »

Mademoiselle Tarabotti comprenait la situation. Le quartier général du BUR se trouvait au centre de Londres, mais il avait également des bureaux partout en Angleterre, qui tenaient à l'œil les surnaturels dans d'autres parties du pays. Pendant l'Ère des Lumières, à l'époque où le surnaturel avait été accepté au lieu d'être persécuté, l'administration née d'un besoin de contrôle était devenue un moyen de compréhension. Le BUR étant une entité participant de cette compréhension, il employait à présent des loups-garous et des vampires, ainsi que des mortels et même un ou deux fantômes. Alexia suspectait également que quelques nocturnes étaient restés dans ses rangs, bien qu'on ne les utilisât plus beaucoup.

« Il va voyager en diligence le jour et sous forme de loup la nuit, poursuivit lord Maccon. Il devrait être rentré avant la pleine lune avec un rapport en provenance des six villes voisines. C'est ce que j'espère, en tout cas.

— Le professeur a commencé par Canterbury ? » déduisit mademoiselle Tarabotti.

Lord Maccon fit volte-face pour la dévisager avec intensité. Son regard était plus jaune que couleur d'or fauve, et particulièrement perçant dans la pièce peu éclairée. « Je déteste quand vous faites ça, gronda-t-il.

— Quoi ? Deviner juste ? » Les yeux sombres d'Alexia se plissèrent de joie.

« Non, me faire me sentir prévisible. »

Alexia sourit. « Canterbury est un port et une plaque tournante. Si notre vampire mystère est arrivé de quelque part, c'est très probablement de là. Mais vous ne croyez pas qu'il soit venu de l'extérieur de Londres, n'est-ce pas ? »

Lord Maccon secoua la tête. « Non, ça ne colle pas. Il avait une odeur locale. Tous les vampires reçoivent une odeur spécifique de celui qui les engendre, surtout lorsqu'ils ont été transformés récemment. L'odeur de mort de la ruche de Westminster flottait sur notre petit ami. »

Mademoiselle Tarabotti cligna des yeux, étonnée. Les livres de son père ne disaient rien à ce sujet. *Les loups-garous peuvent sentir les lignées de vampires ? Les vampires peuvent-ils également différencier les meutes de loups-garous ?*

« Avez-vous parlé avec la reine locale ? » dit-elle.

Le comte hocha la tête. « Je me suis rendu à la ruche aussitôt après vous avoir quittée. Elle nie absolument toute association avec votre assaillant. S'il était possible que la comtesse Nadasdy soit surprise, j'aurais dit qu'elle était choquée par ce que je lui ai appris. Bien entendu, elle aurait dû feindre la surprise si elle avait métamorphosé un nouveau vampire sans remplir les papiers requis. Mais d'ordinaire la ruche est fière de fabriquer des larves. Ils donnent un bal, exigent des cadeaux pour le jour de la transformation, rappellent tous les drones sur le terrain, ce genre d'extravagance. L'enregistrement auprès du BUR fait partie de la cérémonie. Les loups-garous locaux sont même invités. » Sa lèvre se releva, découvrant plusieurs dents acérées. « C'est une manière de dire "prenez ça dans les dents" aux meutes. Nous n'avons pas eu de nouveaux membres depuis plus d'une décennie. »

Il était difficile de fabriquer de nouveaux êtres surnaturels, et ce n'était pas un secret. Comme il était impossible de prédire quelle quantité d'âme un être humain normal possédait, ceux qui tentaient la transformation jouaient à un jeu mortel. Et comme beaucoup de drones faisaient leur tentative tôt dans leur vie pour que leur immortalité soit bénie par la jeunesse, leur mort était ressentie avec encore plus de chagrin. Bien entendu, le BUR savait, tout comme mademoiselle Tarabotti, que leur faible nombre était ce qui préservait les êtres surnaturels de la vindicte publique. Lorsqu'ils s'étaient présentés pour la première fois au monde moderne, les humains diurnes n'avaient surmonté leur antique terreur qu'en comprenant que ces êtres étaient très peu nombreux. La meute de lord Maccon comptait en tout et pour tout onze membres, et la ruche de Westminster était un peu plus petite – et toutes deux étaient considérées d'une taille impressionnante.

Mademoiselle Tarabotti pencha la tête sur le côté.

« Et où cela vous mène-t-il, monsieur le comte ?

— À soupçonner qu'une reine solitaire fabrique des vampires illégalement et en dehors de l'autorité des ruches et du BUR. »

Alexia avala sa salive. « À l'intérieur du territoire de Westminster ? »

Le compte hocha la tête. « Et de la lignée de la comtesse Nadasdy.

— Elle doit être folle de rage.

— C’est un euphémisme, ma chère. En tant que reine, bien entendu, elle prétend que votre ami meurtrier venait de l’extérieur de Londres. Elle ne comprend pas que les lignées de sang ont une odeur. Mais Lyall a sans doute aucun identifié le corps comme faisant partie de sa progéniture. Il possède des générations d’expérience concernant la ruche de Westminster et il a le meilleur nez de nous tous. Vous savez que Lyall fait partie de la meute de Woolsey depuis bien plus longtemps que moi ? »

Alexia hocha la tête. Tout le monde savait que lord Maccon ne s’était que récemment hissé au titre de comte. Elle se demandait parfois pourquoi le professeur Lyall n’avait pas tenté de devenir Alpha lui-même. Puis elle se souvenait de l’homme fort musclé et imposant qu’était sans le moindre doute lord Maccon et en déduisait les raisons. Le professeur Lyall n’était pas un couard, mais ce n’était pas non plus un idiot.

« Il aurait pu être un métamorphe direct de l’une des filles de la comtesse Nadasdy, continua l’Alpha, mais là encore, Lyall a noté que la comtesse n’est pas parvenue à transformer de drone femelle pendant la durée de sa vie. Un fait qui la rend amère, c’est bien compréhensible. »

Mademoiselle Tarabotti fronça les sourcils. « Vous avez donc affaire à un véritable mystère. Seul un vampire femelle, une reine, peut engendrer un nouveau vampire. Et pourtant nous voilà avec un nouveau vampire et pas de géniteur. Soit le nez du professeur ment, soit c’est la langue de la comtesse Nadasdy. » Ce qui, plus que toute autre chose, expliquait l’air hagard de lord Maccon. Rien n'était pire qu'un désaccord entre vampires et loups-garous, surtout dans ce genre d'enquête. « Espérons que le professeur Lyall va vous trouver des réponses à ces questions », dit-elle avec sollicitude.

Lord Maccon sonna pour demander du thé. « Effectivement. Et à présent, oublions mes problèmes. Nous pouvons peut-être passer à ce qui vous a amenée à ma porte à cette heure indue. »

Alexia, qui farfouillait dans une autre pile de paperasses égarées qu'elle avait ramassée par terre, agita l'une des feuilles de métal sous son nez. « Lui ! »

Lord Maccon saisit la feuille qu'elle venait d'agiter, l'ôta de sa main, la regarda et renifla, agacé. « Pourquoi persistez-vous à vous associer à cette créature ? »

Mademoiselle Tarabotti rectifia ses jupons, disposant avec soin leurs plis sur ses bottes en chevreau.

« J'*apprécie* lord Akeldama », objecta-t-elle.

Le comte parut soudain plus livide que fatigué. « Vraiment ? Dieu du ciel ! Avec quoi vous a-t-il séduite ? Cette espèce de foutriquet famélique ? Je me ferais un plaisir de tailler cette vieille peau en rubans.

— Je crois bien que ça lui plairait », murmura Alexia en songeant à ce qu'elle savait des penchants de son ami vampire. Le loup-garou ne l'entendit pas. Ou choisit simplement de ne pas utiliser ses capacités auditives surnaturelles. Il se mit à marcher de long en large, l'air vaguement magnifique. On voyait définitivement ses dents.

Mademoiselle Tarabotti se leva, alla vers lui et lui saisit le poignet. Ses dents se rétractèrent aussitôt. Ses yeux jaunes redevinrent couleur d'ambre brun, celle qu'ils devaient avoir des années plus tôt, avant qu'il ne se soumette à la morsure qui l'avait transformé en une créature surnaturelle. Il parut également moins hirsute, bien que toujours aussi imposant et en colère. Se souvenant de ce que lord Akeldama lui avait dit au sujet de l'utilisation des charmes féminins, Alexia plaça une seconde main implorante au-dessus de la première, sur l'avant-bras de lord Maccon.

Ne faites pas l'idiot, voilà ce qu'elle avait envie de dire. « J'avais besoin de l'avis de lord Akeldama au sujet de questions surnaturelles. Je ne voulais pas vous ennuyer pour des détails insignifiants », fut ce qu'elle dit vraiment. Comme si elle avait pu entrer de son plein gré dans le bureau de lord Maccon pour lui demander son aide. Elle ne s'y trouvait à présent que contrainte et forcée. Elle écarquilla ses grands yeux bruns, pencha la tête d'une façon qui, espérait-elle, minimisait la taille de son nez, et baissa les cils d'un air suppliant. Alexia avait de très longs cils. Elle avait également des sourcils féroces, mais lord Maccon semblait plus intéressé par les premiers que rebuté par les seconds. Il couvrit la petite main brune de son énorme patte.

La main de Mademoiselle Tarabotti devint très chaude, et elle découvrit que ses genoux tremblotaient vraiment beaucoup d'être si proches du comte. *Arrêtez !* leur ordonna-t-elle avec force. Qu'était-elle supposée dire ensuite ? Bien : *Ne faites pas l'idiot.* Et puis : *J'avais besoin d'aide au sujet d'un vampire, j'ai donc demandé de l'aide à un vampire. Non, ça ne va pas. Que dirait Ivy ? Ah, oui :* « J'étais tellement troublée, voyez-vous. J'ai rencontré un drone dans le parc hier, et la comtesse Nadasdy a exigé de me voir le soir même. »

Cette information-là détourna lord Maccon de ses pensées homicides envers lord Akeldama. Il refusa d'analyser les raisons pour lesquelles il était si opposé à l'idée qu'elle appréciât le vampire. Même s'il était un peu ridicule, lord Akeldama était un solitaire à la conduite parfaite qui respectait et faisait respecter à ses drones une discipline parfaite. Parfois trop. Alexia aurait dû avoir entièrement le droit d'apprécier un tel homme. Sa lèvre se souleva de nouveau à cette pensée. Il se reprit et envisagea l'idée, troublante, mais pour des raisons bien différentes, que mademoiselle Alexia Tarabotti et la comtesse Nadasdy se retrouvent toutes deux dans la même pièce.

Il conduisit vivement Alexia sur un petit sofa où ils s'assirent tous les deux dans un craquement, sur les cartes du trafic aérien qui y étaient déployées.

« Commencez par le commencement », ordonna-t-il.

Mademoiselle Tarabotti commença par Félicité lisant le journal à haute voix, continua avec la promenade en compagnie d'Ivy et la rencontre avec mademoiselle Dair, et termina par le point de vue de lord Akeldama sur la situation. « Vous savez, ajouta-t-elle lorsqu'elle sentit le comte se tendre en entendant le nom du vampire, c'est lui qui m'a suggéré de venir vous voir.

— Quoi ?

— Il est nécessaire que j'en sache le plus possible sur cette situation si je dois pénétrer dans une ruche seule. La plupart des batailles surnaturelles concernent des informations. Si la comtesse Nadasdy veut quelque chose de moi, il vaut bien mieux que je sache ce que c'est et si je suis en mesure de le lui fournir. »

Lord Maccon se leva, saisi d'une légère panique, et dit exactement ce qu'il ne fallait pas dire : « Je vous interdis d'y aller ! » Il ne savait vraiment pas ce qui, chez cette femme, lui faisait perdre tout sens des convenances verbales. Mais voilà : les paroles malheureuses étaient déjà sorties de sa bouche.

Mademoiselle Tarabotti se leva également, aussitôt en colère, sa poitrine se soulevant avec agitation. « Vous n'avez pas le droit ! »

Il encercla ses poignets d'une main de fer. « Apprenez que je suis le nocturne principal du BUR. Les créatures surnaturelles sont sous ma juridiction.

— Mais nous avons les mêmes droits et la même liberté que les autres êtres surnaturels, n'est-ce pas ? Intégration sociale complète, entre autres choses. La comtesse m'a demandé de venir la voir un soir, rien de plus.

— Alexia ! » grogna lord Maccon dans sa frustration.

Mademoiselle Tarabotti réalisa que l'emploi de son prénom par le comte indiquait chez lui un certain degré d'irritation.

Le loup-garou prit une profonde inspiration et fit un effort pour se calmer. Cela ne fonctionna pas, parce qu'il était trop proche d'Alexia. Les vampires sentaient le sang rance et les lignées familiales. Les autres loups-garous sentaient la fourrure et les nuits humides. Et les humains ? Même après tout ce temps passé à s'enfermer lui-même à la pleine lune, toute chasse interdite, il sentait la nourriture chez les humains. Mais l'odeur d'Alexia était encore quelque chose d'autre, quelque chose qui… n'était pas de la viande. Elle avait une odeur chaude, épicée et sucrée, comme une de ces pâtisseries italiennes démodées que son corps ne pouvait plus digérer mais dont il se rappelait le goût et qu'il regrettait.

Il se pencha sur elle.

Fidèle à elle-même, mademoiselle Tarabotti le repoussa d'une tape. « Lord Maccon ! Vous vous oubliez ! »

Ce qui était précisément son problème, songea lord Maccon. Il lâcha ses poignets et sentit le loup-garou revenir : cette force et ces sens augmentés qu'une mort partielle lui avait donnés toutes ces décennies auparavant. « La ruche ne vous fera pas confiance, mademoiselle Tarabotti. Vous devez comprendre une chose : ils vous croient leur ennemie naturelle. Vous tenez-vous au courant des dernières découvertes scientifiques ? » Il fouilla dans le désordre de son bureau et exhiba un petit hebdomadaire. L'article principal était intitulé *Le théorème du contrepoids appliqué à l'horticulture*.

Alexia cligna des yeux sans comprendre. Elle retourna le journal : publié par Hypocras Press. Ce qui ne l'aidait pas non plus. Elle connaissait le théorème du contrepoids, bien entendu. En fait, elle trouvait ses postulats, dans leur principe, plutôt séduisants.

« Le contrepoids est l'idée scientifique selon laquelle toute force possède un opposé naturel, dit-elle. Par exemple, tout poison présent dans la nature possède son antidote – que l'on trouve en général à proximité. De la même façon que le jus d'orties écrasées appliqué sur la peau en soulage la piqûre. Quel rapport cela a-t-il avec moi ?

— Eh bien, les vampires croient que les paranaturels sont leur contrepoids. Que votre but naturel est de les neutraliser. »

Ce fut au tour de mademoiselle Tarabotti de renifler de mépris. « Grotesque.

— Les vampires ont la mémoire longue, ma chère. Plus longue encore que les loups-garous, qui se battent trop souvent entre eux et meurent des siècles trop jeunes. Lorsque nous autres, les êtres surnaturels, nous cachions dans la nuit et chassions l'humanité, c'étaient vos ancêtres paranaturels qui nous chassaient. L'équilibre était violent. Les vampires vous haïront toujours et les fantômes auront toujours peur de vous. Nous autres, les loups-garous, n'avons pas d'avis défini. Pour nous, la métamorphose est en partie une malédiction qui nous emprisonne chaque mois pour la sécurité de tous. Certains d'entre nous considèrent les paranaturels comme un moyen de guérir la malédiction de la pleine lune. On raconte des histoires au sujet de loups-garous qui se sont transformés en animaux de compagnie. Ils chassaient les leurs et étaient récompensés par le contact d'un paranaturel. » Il eut une expression dégoûtée. « Tout cela est bien mieux compris depuis que l'avènement de l'Âge de Raison a apporté le concept d'une âme mesurable et que l'Église d'Angleterre s'est séparée de Rome. Mais les dernières découvertes scientifiques, tel ce théorème, réveillent les vieux souvenirs des vampires. Ils avaient de bonnes raisons pour appeler les paranaturels des "suceurs d'âmes". Vous êtes le seul enregistré dans cette zone. Et vous venez de tuer un vampire. »

L'expression de mademoiselle Tarabotti se fit grave. « J'ai déjà accepté l'invitation de la comtesse Nadasdy. Ce serait grossier de refuser à présent.

— Pourquoi devez-vous créer autant de difficultés ? » demanda lord Maccon, complètement exaspéré.

Alexia eut un grand sourire. « Pas d'âme ? suggéra-t-elle.

— Pas de sens commun ! corrigea le comte.

— Néanmoins (mademoiselle Tarabotti se leva), quelqu'un doit découvrir ce qui se passe. Si la ruche sait quelque chose sur ce vampire mort, j'ai l'intention de découvrir quoi. Lord Akeldama a dit qu'ils voulaient connaître ce que je savais soit parce qu'ils en savent plus, soit parce qu'ils en savent moins. Cela m'avantagerait de découvrir ce qu'il en est.

— Encore lord Akeldama.

— Il est de bon conseil, et il trouve ma compagnie reposante. »

Cette fois, le loup-garou fut surpris. « Eh bien, il faut qu'il y en ait un. Comme c'est bizarre de sa part. »

Mademoiselle Tarabotti, contrariée, prit son ombrelle de cuivre et fit mine de partir.

Lord Maccon la ralentit en posant une question. « Pourquoi donc êtes-vous si curieuse à propos de cette affaire ? Pourquoi insistez-vous pour vous y impliquer ?

— Parce que quelqu'un est mort, et de ma main, répliqua-t-elle, l'air sombre. Enfin, de mon ombrelle », corrigea-t-elle.

Lord Maccon soupira. Il considérait qu'un jour il aurait le dernier mot avec cette femme extraordinaire, mais il était évident que ce ne serait pas aujourd'hui.

« Avez-vous amené votre propre moyen de transport ? demanda-t-il, admettant sa défaite.

— Je vais prendre un fiacre, ne vous inquiétez pas. »

Le comte de Woolsey prit son chapeau et son manteau en un geste très décidé. « La voiture à quatre chevaux des Woolsey est ici. Laissez-moi au moins vous reconduire. »

Mademoiselle Tarabotti sentit qu'elle avait arraché assez de concessions à lord Maccon pour une matinée. « Si vous insistez, monsieur le comte, acquiesça-t-elle. Mais je dois vous demander de me laisser un peu loin de chez moi. Ma *mama*, voyez-vous, ne sait pas du tout que je m'intéresse à cette histoire.

— Sans penser au choc qu'elle aurait en vous voyant sortir de ma voiture sans chaperon. Nous ne voulons pas compromettre votre réputation de quelque manière que ce soit, n'est-ce pas ? » Lord Maccon semblait véritablement agacé par cette idée.

Mademoiselle Tarabotti croyait comprendre le raisonnement derrière le ton de sa voix. Elle rit. « Monsieur le comte, vous ne pensez tout de même pas que j'ai jeté mon dévolu sur vous ?

— Et pourquoi cette idée est-elle si risible ? »

Les yeux d'Alexia étincelèrent de joie. « Je suis une vieille fille mise depuis longtemps au rancart et vous une prise de la plus belle eau. Quelle idée ! »

Lord Maccon franchit la porte en la traînant derrière lui. « Je ne vois vraiment pas pourquoi vous trouvez cela si follement drôle, marmotta-t-il dans sa barbe. Au moins, vous êtes plus proche de moi par l'âge que toutes ces beautés incomparables que les matrones de la bonne société jettent sur mon passage. »

Mademoiselle Tarabotti laissa échapper un autre gloussement de joie. « Oh, monsieur le comte, vous êtes si drôle. Vous approchez de quoi… des deux cents ans ? Comme si le fait que j'aie huit ou dix ans de plus que la plupart des gamines en âge de se marier avait la moindre importance dans de telles circonstances. C'est délicieusement absurde. » Elle lui tapota le bras en signe d'approbation.

Lord Maccon, agacé par sa façon de se rabaisser, et lui avec elle, s'arrêta. Puis il prit conscience que cette conversation était ridicule, et qu'elle devenait dangereuse. Un peu du sens des relations sociales londoniennes qu'il avait eu tant de mal à acquérir lui revint et il tint sa langue avec détermination. Mais il songea que par « plus proche en âge », il ne pensait pas en terme d'années mais de tournure d'esprit. Puis il s'étonna de l'audace de ses pensées. Qu'est-ce qui n'allait pas chez lui aujourd'hui ? Il ne pouvait pas souffrir Alexia Tarabotti, même si ses beaux yeux noisette étincelaient quand elle riait, même si elle sentait bon et avait une silhouette particulièrement splendide.

Il entraîna son invitée dans l'allée, pressé de la faire monter dans la voiture et de l'éloigner le plus vite possible de lui.

Le professeur Randolph Lyall n'était professeur de rien en particulier et de plusieurs sujets en général. L'un d'eux consistait en l'étude permanente du comportement typique des humains lorsqu'ils étaient confrontés à la métamorphose d'un loup-garou. Ses recherches lui avaient appris qu'il valait mieux quitter la forme de loup loin de la bonne société, de préférence dans un recoin ou une allée bien sombre où la seule personne susceptible de vous voir était également susceptible d'être folle ou ivre.

La population du Grand Londres en particulier et celle des îles Britanniques en général avait plutôt bien appris à accepter les loups-garous, du moins en théorie, mais être confronté à l'un deux lorsqu'il procédait à sa métamorphose était une tout autre paire de manches. Le professeur Lyall se considérait comme plutôt doué – élégant et gracieux en dépit de la douleur de la transformation. Les jeunes de la meute avaient tendance à user de contorsions excessives et de torsions de la colonne vertébrale, et parfois d'un gémissement ou deux. Le professeur Lyall se contentait simplement de fondre en douceur d'une forme à l'autre. Mais à la base, le changement n'était pas *naturel*. Attention, il n'y avait pas de lumière, pas de brume, pas de magie. La peau, les os et la fourrure se réorganisaient différemment, c'était tout, mais cela suffisait en général à provoquer une trouille bleue chez la plupart des gens diurnes, se traduisant par des cris et des hurlements. Et « hurlements » était le mot-clé.

Le professeur Lyall atteignit les bureaux du BUR de Canterbury juste avant l'aube, alors qu'il avait encore l'apparence d'un loup. Sa forme animale était quelconque mais soignée, assez semblable en cela à son gilet favori : sa fourrure était de la même couleur châtain que ses cheveux mais avec des reflets noirs lustrés sur le visage et le cou. Il n'était pas très imposant, essentiellement parce qu'il ne l'était déjà pas en tant qu'humain et parce que le principe de base de la conservation de la masse s'appliquait à tous, que vous soyez surnaturel ou pas. Les loups-garous devaient, comme tout le monde, obéir aux lois de la physique.

Le changement ne prit que quelques instants : sa fourrure se retira de son corps et monta pour devenir des cheveux, ses os se brisèrent et se reconstituèrent pour qu'il passe de l'état de quadrupède à celui de bipède, et ses yeux virèrent du jaune pâle au noisette plein de douceur. Il tenait une cape dans la bouche pendant qu'il courait et il l'enfila dès qu'il eut retrouvé sa forme humaine. Il quitta l'allée sans que personne ne sache qu'un loup-garou venait d'arriver à Canterbury.

Il se reposa contre le chambranle de la porte d'entrée du BUR et somnola jusqu'à ce que le matin amène le premier des employés normaux à faire son apparition.

« Qui êtes-vous ? » voulut-il savoir.

Le professeur Lyall se détacha de la porte et fit un pas de côté pour que l'employé puisse l'ouvrir.

« Eh bien ? » L'homme barra le chemin du professeur lorsqu'il fit mine de le suivre à l'intérieur.

Lyall découvrit ses canines. Ce n'était pas facile à la lumière du soleil, mais il était assez vieux pour en donner l'impression. « Bêta de la meute du château de Woolsey, agent du BUR. Qui est responsable de l'enregistrement des vampires, ici ? »

L'homme, que la démonstration des pouvoirs surnaturels de Lyall avait laissé de marbre, répondit sans hésiter. « George Greemes. Il sera ici à neuf heures. Le vestiaire se trouve par là-bas, après le coin. Dois-je envoyer le cireur de chaussures chez le boucher lorsqu'il arrivera ? »

Le professeur Lyall prit la direction indiquée. « Oui : trois douzaines de saucisses, s'il vous plaît. Inutile de les faire cuire. »

La plupart des bureaux du BUR avaient des vestiaires avec des vêtements de rechange, un caprice architectural né de générations d'arrivées de loups-garous. Il trouva des habits plutôt décents, bien que ne répondant pas précisément à ses goûts exigeants ; bien entendu, le gilet était vraiment au-dessous de la moyenne. Il engloutit ensuite plusieurs chapelets de saucisses et s'installa sur une ottomane opportunément placée pour faire un somme dont il avait grand besoin. Il se réveilla juste avant neuf heures en se sentant bien plus humain – ou du moins, aussi humain que cela lui était surnaturellement possible.

George Greemes était un agent actif du BUR mais pas un être surnaturel. Il avait un partenaire fantôme qui compensait ce désavantage, mais qui, pour des raisons évidentes, ne travaillait pas avant le coucher du soleil. Greemes avait donc l'habitude de passer des journées paisibles remplies de beaucoup de paperasse et de peu d'excitation, et ne fut pas du tout content de trouver le professeur Lyall qui l'attendait.

« Qui avez-vous dit que vous étiez ? » demanda-t-il en entrant dans son bureau, où Lyall était déjà installé. Greemes jeta violemment son canotier cabossé sur un bocal rempli d'objets qui ressemblaient aux organes internes de plusieurs horloges ayant beaucoup souffert.

« Professeur Randolph Lyall, second de la meute du château de Woolsey et assistant des relations avec les surnaturels pour le centre de Londres », dit Lyall en toisant Greemes.

« Vous n'êtes pas un peu maigrichon pour être le Bêta de quelqu'un d'aussi imposant que lord Maccon ? » L'agent du BUR passa la main dans ses grandes rouflaquettes comme pour vérifier qu'elles étaient toujours fixées à son visage.

Lyall soupira. Sa silhouette grêle n'engendrait que trop souvent ce type de réaction. Lord Maccon était si imposant et impressionnant que les gens s'attendaient à ce que son second eût la même stature et le même tempérament. Peu comprenaient qu'il était tout à l'avantage d'une meute d'avoir un homme qui était toujours dans la lumière des projecteurs et un autre qui ne l'était jamais. Lyall choisit de ne pas éclairer la lanterne de l'ignorant.

« Heureusement pour moi, dit-il, je n'ai jamais eu besoin de remplir mon rôle de manière physique. On défie peu lord Maccon et ceux qui le font perdent. Cependant, j'ai atteint le rang de Bêta en suivant scrupuleusement tous les aspects du protocole de la meute. Je n'ai peut-être pas l'air très musclé, mais je possède d'autres qualités pertinentes. »

Greemes soupira. « Qu'avez-vous besoin de savoir ? Nous n'avons pas de meute locale, vous devez donc être ici pour une affaire concernant le BUR. »

Lyall hocha la tête. « Canterbury a une ruche officielle, n'est-ce pas ? » Il n'attendit pas la réponse. « La reine a-t-elle signalé des nouveaux venus récemment ? Y a-t-il eu des fêtes en l'honneur de métamorphoses ?

— Certainement pas ! La ruche de Canterbury est vieille et très digne, elle ne se laisse pas aller à des démonstrations grossières de quelque nature que ce soit. » Il paraissait vraiment offensé.

« S'est-il produit autre chose sortant de l'ordinaire ? Des vampires apparaissant de manière inattendue et sans rapport de métamorphose ou d'enregistrement ? Rien de ce genre ? » Le professeur Lyall conservait une expression douce, mais le regard de ses yeux noisette était étonnamment direct.

Greemes parut agacé. « Notre ruche locale est très bien élevée, sachez-le. Pas d'aberration dans les archives. Les vampires ont tendance à se montrer plutôt prudents par ici. Être surnaturel dans un port n'est pas confortable : la vie va trop vite, elle est trop changeante. Notre ruche locale a tendance à produire des vampires précautionneux. Sans parler de tous ces marins qui vont et viennent, ce qui signifie qu'ils ont toujours des donneuses du côté des docks. La ruche ne pose quasiment pas de problèmes au BUR. C'est un travail facile que j'ai ici, dieu merci.

— Et les vampires non enregistrés ? » Lyall refusait de laisser tomber le sujet.

Greemes se leva et alla s'accroupir près d'une caisse de vin remplie de documents. Il les feuilleta en s'arrêtant de temps à autre pour lire un en-tête. « J'en ai eu un il y a cinq ans environ. La reine l'a obligé à s'enregistrer, aucun problème depuis. »

Lyall hocha la tête. Il enfonça son haut-de-forme d'emprunt sur son crâne et se tourna, prêt à partir. Il ne fallait pas qu'il rate la diligence de Brighton.

Greemes, qui rangeait les feuilles de parchemin en les remettant dans la caisse, continua à marmotter. « … pas eu de nouvelles des isolés enregistrés depuis un bon moment, bien sûr. »

Le professeur Lyall s'arrêta sur le seuil. « Qu'avez-vous dit ?

— Il y a eu des disparitions. »

Lyall ôta son chapeau. « Vous avez fait apparaître ce fait dans le recensement de cette année ? »

Greemes secoua la tête. « J'ai soumis un rapport sur le sujet à Londres au printemps dernier. Ne l'avez-vous pas lu ? »

Le professeur le foudroya du regard. « De toute évidence, non. Dites-moi, que dit la reine locale sur ce sujet particulier ? »

Greemes leva les sourcils. « Que lui importe des isolés sur son territoire de chasse, sauf s'ils n'y sont plus, auquel cas tout est plus facile pour sa progéniture. »

Le professeur fronça les sourcils. « Combien ont disparu ? »

Greemes chercha, les sourcils levés. « Eh bien, tous. »

Lyall serra les dents. Les vampires étaient trop liés à leur territoire pour aller errer très longtemps loin de chez eux. Greemes et Lyall savaient tous les deux que des isolés disparus étaient très probablement des isolés morts. Il dut recourir à toute sa réserve de savoir-vivre pour ne pas montrer sa profonde irritation. L'information n'intéressait peut-être pas la ruche locale, mais elle signifiait quelque chose, et aurait dû être portée immédiatement à la connaissance du BUR. La plupart des problèmes qu'avait le bureau avec les vampires concernaient les isolés. De la même façon que ses problèmes de loups-garous concernaient les solitaires. Le professeur Lyall décida qu'il avait intérêt à demander qu'on change Greemes de poste. Son comportement empestait le drone subjugué, le stade initial de la fascination incontrôlable pour les mystères anciens du surnaturel. Il n'était pas bon que quelqu'un d'aussi fermement ancré dans le camp des vampires soit chargé des relations avec eux.

En dépit de la colère qu'il ressentait, le Bêta parvint à dire au revoir d'un hochement de tête neutre à cet homme répugnant et se dirigea vers le hall, plongé dans ses pensées.

Un étrange gentleman l'attendait dans le vestiaire. Un homme que le professeur n'avait jamais rencontré auparavant mais qui sentait la fourrure et les nuits humides.

L'étranger tenait un chapeau melon à deux mains devant sa poitrine, comme un bouclier. Lorsqu'il vit Lyall, il hocha la tête en un geste qui était moins une salutation qu'une excuse pour dénuder le côté de son cou en signe de soumission.

Lyall parla le premier.

Les jeux de domination à l'intérieur des meutes pouvaient sembler compliqués vus de l'extérieur, mais très peu de loups d'Angleterre avaient un rang supérieur à celui du professeur Lyall, et il les connaissait tous de visage et d'odeur. Cet homme n'en faisait pas partie. Par conséquent, le professeur Lyall contrôlait la situation.

« Ce bureau n'emploie pas de loups-garous, dit-il avec rudesse.

— Non, monsieur. Je ne fais pas partie du BUR, monsieur. Il n'y a pas de meute dans cette ville, monseigneur en est tout à fait conscient, je le sais. Nous sommes sous la juridiction de monsieur le comte. »

Lyall hocha la tête et croisa les bras. « Et pourtant vous n'êtes pas un des louveteaux du château de Woolsey. Je le saurais.

— Non monsieur. Pas de meute, monsieur. »

La lèvre de Lyall s'incurva. « Solitaire. » D'instinct, il se hérissa. Les solitaires étaient dangereux : des animaux sociaux faits pour vivre en communauté, coupés de la structure même qui préservait leur santé mentale et les maintenait sous contrôle. Ceux qui défiaient l'Alpha faisaient invariablement partie de la meute et obéissaient aux règles officielles, l'ascension inattendue au pouvoir de Conall Maccon étant l'exception la plus récente à cette règle. Mais les bagarres de rue, la violence, les festins de chair humaine et autres carnages irrationnels – c'était la façon de faire des solitaires. Ils étaient plus nombreux que les vampires errants et bien plus dangereux.

Le solitaire serra plus fort son chapeau devant le rictus de mépris de Lyall et se voûta. S'il avait eu sa forme de loup-garou, sa queue aurait été plaquée entre ses pattes arrière.

« Oui, monsieur. J'avais posté quelqu'un devant son bureau pour attendre que l'Alpha de Woolsey envoie quelqu'un faire une enquête. Mon porte-clés m'a dit que vous étiez arrivé. J'ai pensé qu'il valait mieux que je vienne moi-même pour savoir si vous vouliez un rapport officiel, monsieur. Je suis assez vieux pour supporter la lumière du jour pendant quelque temps.

— Je suis ici pour une affaire concernant une ruche, pas un meurtre », admit Lyall, impatient d'en arriver au sujet.

L'homme parut sincèrement surpris. « Monsieur ? »

Lyall n'aimait pas être en proie à la confusion. Il ne savait pas ce qui se passait et il n'appréciait pas de paraître à son désavantage, surtout devant un solitaire. « Au rapport ! » aboya-t-il.

L'homme se redressa en s'efforçant de ne pas se recroqueviller sous le ton colérique de la voix du Bêta. Contrairement à George Greemes, il n'avait aucun doute sur les capacités à se battre du professeur. « Ça a cessé, monsieur.

— Qu'est-ce qui a cessé ? » La voix de Lyall avait à présent des intonations d'une douceur mortelle. L'homme avala sa salive et tortilla encore plus son chapeau. Le professeur se dit que le melon n'allait peut-être pas survivre à cet entretien. « Les disparitions, monsieur. »

Lyall était exaspéré. « Je le sais ! Greemes vient de me l'apprendre ! »

L'homme parut désorienté. « Mais il s'occupe des vampires.

— Oui, et… ?

— Ce sont des loups-garous qui ont disparu, monsieur. Vous savez, l'Alpha nous avait planqués dans la région, le long de la côte, pour nous maintenir à l'écart de Londres. Et que nous soyons occupés à nous battre avec des pirates plutôt qu'entre nous.

— Et alors ? »

L'homme recula servilement. « Je pensais que vous étiez au courant, monsieur. Que l'Alpha avait commencé et puis s'était arrêté. Ça fait plusieurs mois que ça dure à présent.

— Vous pensiez que c'était lord Maccon qui procédait à une sélection, c'est ça ?

— Les meutes n'apprécient jamais les solitaires, monsieur. C'est un nouvel Alpha, il a besoin d'établir son autorité. »

Le professeur Lyall ne pouvait pas discuter ce raisonnement. « Il faut que je m'en aille, dit-il. Si ces disparitions se reproduisent, faites-le-moi savoir aussitôt. »

L'homme se racla la gorge avec servilité. « Je ne peux pas faire ça, monsieur. Toutes mes excuses, monsieur. »

Lyall lui jeta un regard dur.

L'homme crocheta sa cravate du doigt pour la tirer vers le bas et exposer son cou de manière défensive. « Désolé, monsieur, mais je suis le seul qui reste. »

Un frisson glacé hérissa tous les poils du corps du professeur Lyall.

Au lieu de se rendre à Brighton, il prit la diligence suivante et rentra à Londres.

4

Où notre héroïne ignore un bon conseil

Alexia fut bien embarrassée de découvrir qu'elle en était réduite à se faufiler honteusement hors de sa propre maison. Elle ne pouvait tout simplement pas dire à sa *mama* qu'elle allait rendre une visite nocturne à une ruche de vampires. Floote, bien qu'il désapprouvât, se révéla un allié efficace. Floote était le valet d'Alessandro Tarabotti avant qu'Alexia fût encore moins qu'une étincelle dans l'œil de ce gentleman au comportement scandaleux. Ses compétences, bien plus vastes que celles d'un simple majordome, incluaient une ou deux méthodes d'organisation de divers méfaits. Il fit sortir en hâte sa « jeune demoiselle » par l'entrée des domestiques à l'arrière de la maison. Il l'avait prudemment enveloppée dans la vieille cape de la fille de cuisine et se débrouilla pour la fourrer dans un fiacre tout en observant un silence compassé mais efficace d'un bout à l'autre de la manœuvre.

Le fiacre cahota dans les rues sombres. Mademoiselle Tarabotti, soucieuse de son chapeau et de sa coiffure, abaissa pourtant la fenêtre à guillotine et sortit la tête dans la nuit. La lune, aux trois quarts pleine, ne s'était pas encore levée au-dessus des toits des bâtiments. Il lui sembla apercevoir un dirigeable solitaire au-dessus, qui profitait de l'obscurité pour montrer les étoiles et les lumières de la ville à un dernier chargement de passagers. Pour une fois, elle ne les envia pas. L'air devait être affreusement glacé là-haut, ce qui n'avait rien d'une surprise : on ne célébrait pas Londres pour ses chaudes soirées. Elle frissonna et ferma la fenêtre.

La voiture finit par s'arrêter à une adresse plutôt convenable dans l'un des quartiers les plus à la mode de la ville, même si ce n'était pas un endroit que les connaissances de mademoiselle Tarabotti fréquentaient. Anticipant un rendez-vous bref, elle paya le fiacre pour qu'il l'attende et se hâta de monter les marches du seuil en levant haut les jupes de sa meilleure robe de visite à carreaux verts et gris.

Une jeune bonne ouvrit la porte à son approche et fit une révérence. Elle était presque trop jolie, avec des cheveux blond foncé et d'immenses yeux violets ; elle était aussi propre qu'un penny neuf dans sa robe noire et son tablier blanc.

« Mademoiselle Tarabotti ? » demanda-t-elle avec un fort accent français.

Alexia hocha la tête en tirant sur sa robe pour la défroisser.

« La comtesse vous attend. Par ici. »

La bonne la guida dans un long couloir. Elle semblait onduler en se déplaçant avec la grâce et les mouvements liquides d'une danseuse. Alexia se sentit grande, sombre et maladroite à côté d'elle.

La maison était typique, bien qu'un petit peu plus luxueuse que la plupart, et dotée de tous les équipements modernes possibles. Mademoiselle Tarabotti ne put s'empêcher de faire la comparaison avec la magnifique résidence de la duchesse de Snodgrove. Il y avait dans cette demeure plus de vraie richesse et de grandeur, et de la sorte qui n'avait nul besoin de se montrer ouvertement – elle se contentait d'*exister*. Les tapis de différents rouges profonds assortis, épais et moelleux, avaient probablement été importés tout droit de l'Empire ottoman trois cents ans auparavant. De magnifiques œuvres d'art ornaient les murs. Certaines étaient anciennes, d'autres plus contemporaines, des toiles signées de noms qu'Alexia connaissait pour les avoir vus sur des annonces de galeries dans les journaux. De luxuriants meubles d'acajou présentaient de splendides statues : bustes romains en marbre crémeux, dieux égyptiens incrustés de lapis-lazulis et pièces modernes en granit et en onyx. Au détour d'un couloir, mademoiselle Tarabotti découvrit un hall entier plein de machines polies et exposées pratiquement de la même façon et avec le même soin précis que les statues. Il y avait là le premier moteur à vapeur jamais construit, avoisinant un monoroue d'argent et d'or. Et – Alexia eut un petit hoquet – *était-ce vraiment une maquette de la machine de Babbage ?* Tout était d'une propreté impeccable et témoignait d'une précision totale, et chaque objet occupait l'espace qu'on lui avait attribué avec une immense dignité. C'était plus impressionnant que tous les musées qu'Alexia avait jamais visités – et elle adorait les musées. Il y avait des drones partout, tous séduisants et vêtus à la perfection, qui géraient avec efficacité les interférences du jour et les plaisirs de la nuit pour la ruche. Eux aussi étaient des œuvres d'art, habillés avec une élégance discrète assortie au style de la maison et réunis avec soin.

Alexia ne possédait pas l'âme nécessaire pour vraiment apprécier quoi que ce soit. Elle comprenait néanmoins assez bien ce qu'était le style pour se rendre compte s'il l'entourait. Cela la rendait très nerveuse. Elle lissa sa robe, inquiète qu'on la trouve trop simple. Puis elle se redressa. Une vieille fille ordinaire au teint mat comme elle ne pourrait de toute façon jamais rivaliser avec une telle grandeur. Autant utiliser les atouts qu'elle possédait réellement. Elle gonfla un peu la poitrine et inspira pour se calmer.

La bonne française ouvrit la porte d'un grand salon et la fit entrer avec une révérence avant de disparaître, ses pieds glissant en silence sur le tapis rouge tandis qu'elle se déhanchait.

« Ah, mademoiselle Tarabotti ! Bienvenue à la ruche de Westminster. »

La femme qui s'avança pour accueillir Alexia ne ressemblait pas du tout à ce à quoi elle s'attendait. Elle était petite, avec une silhouette dodue et confortable, des joues roses et des yeux bleu myosotis étincelants. On aurait dit une bergère sortie d'un tableau de la Renaissance. Alexia chercha son troupeau du regard. Il était là, en quelque sorte.

« Comtesse Nadasdy ? s'enquit-elle avec précaution.

— Oui, ma chère ! Et voici lord Ambrose. Et le docteur Caedes. Ce gentleman est le duc d'Hématol, et vous connaissez mademoiselle Dair. » Elle les désignait en parlant. Ses gestes étaient à la fois trop gracieux et trop étudiés. Comme si elle les avait trop bien appris, et qu'elle les exécutait avec autant de précaution qu'un linguiste prononce une langue étrangère.

À part mademoiselle Dair, qui lui souriait avec gentillesse depuis sa place sur le canapé, personne ne semblait particulièrement heureux de voir mademoiselle Tarabotti. Mademoiselle Dair était aussi le seul drone présent. Alexia était sûre que les trois autres étaient des vampires. Bien qu'elle n'eût jamais rencontré aucun d'eux, elle avait lu certains des articles du docteur Caedes au cours de ses expéditions érudites les plus aventureuses.

« Enchantée », dit-elle poliment.

Les membres du groupe produisirent les murmures polis exigés par les bonnes manières.

Lord Ambrose était un homme important, excessivement beau, et qui ressemblait à l'idée que devaient se faire des vampires les jeunes écolières romantiques – sombre, d'une arrogance maussade, avec des traits aquilins et un regard profond plein de sous-entendus. Le docteur Caedes était grand lui aussi mais maigre comme une canne, avec des cheveux dont la métamorphose avait interrompu la chute à mi-course. Il avait une sacoche de docteur, bien qu'Alexia sût pour l'avoir lu que son appartenance à la Royal Society reposait sur ses considérables travaux d'ingénieur, et non sur son diplôme de médecin. Le dernier membre de la ruche, le duc d'Hématol, était délibérément ordinaire, d'une façon qui rappela le professeur Lyall à Alexia. En conséquence, elle le considéra avec respect et une grande méfiance.

« Puis-je, si vous le permettez, vous serrer la main, ma chère ? » La reine de Westminster s'avança vers elle avec cette rapidité abrupte et lisse des êtres surnaturels.

Alexia fut prise de court.

De près, la comtesse Nadasdy paraissait moins enjouée ; il était clair que ses joues roses étaient le produit d'un artifice et non celui de la lumière du soleil. Sous des couches de crème et de poudre, sa peau était d'un blanc cendreux. Ses yeux ne scintillaient pas. Ils jetaient des étincelles aussi dures que le verre sombre dont les astronomes se servent pour étudier le Soleil.

Mademoiselle Tarabotti fit un pas en arrière.

« Il nous faut confirmer votre état », expliqua la reine sans cesser de se rapprocher d'elle.

Elle saisit le poignet d'Alexia avec fermeté. La petite main de la comtesse possédait une force incroyable. Au moment où leurs épidermes entrèrent en contact, l'essentiel de la dureté des traits de la reine s'évanouit et mademoiselle Tarabotti se prit à se demander si un jour, très, très longtemps auparavant, la comtesse Nadasdy n'avait pas effectivement été bergère.

La vampire lui sourit. Sans crocs.

« J'élève les plus vives objections envers cette action, ma reine. Je veux que la ruche sache que je ne suis pas d'accord avec cette approche de notre situation », dit lord Ambrose d'un ton cassant.

Alexia ignorait s'il était en colère parce qu'elle était un être paranaturel ou à cause de l'effet physique qu'elle avait sur la reine.

La comtesse Nadasdy lâcha son poignet. Ses crocs réapparurent. Ils étaient longs et minces, presque biologiquement épineux, et semblaient posséder des barbillons à leur extrémité. Alors, dans un geste aussi vif que l'éclair, elle lança sa main ornée d'ongles aiguisés semblables à des griffes. Une longue ligne rouge apparut sur le visage de lord Ambrose. « Vous outrepassez vos devoirs, enfant de mon sang. »

Lord Ambrose inclina sa tête sombre tandis que la blessure superficielle se refermait et guérissait déjà. « Pardonnez-moi, ma reine ; c'est votre sécurité qui me préoccupe, rien d'autre.

— Raison pour laquelle vous êtes mon *praetoriani.* » Son humeur changeant abruptement, la comtesse tendit la main et caressa le visage de lord Ambrose à l'endroit même qu'elle venait d'entailler.

« Il ne dit rien d'autre que la vérité. Vous permettez à une suceuse d'âmes de vous toucher, et une fois que vous êtes mortelle, il suffit d'une blessure fatale. » Cette fois, c'était le docteur Caedes qui avait parlé. Sa voix était un tout petit peu trop haut perchée, avec une sorte de sifflement dans certains harmoniques, comme le bruissement qu'émettent les guêpes avant de former un essaim.

Surprenant Alexia, la comtesse ne lui ouvrit pas le visage d'un coup de griffe. Elle sourit, au contraire, montrant toute la longueur de ses crocs aiguisés et pourvus de barbillons. Alexia se demanda s'ils avaient été limés pour revêtir cette forme extraordinaire.

« Et pourtant, cette fille ne fait rien de plus menaçant que de se tenir devant nous. Vous êtes tous trop jeunes pour vous souvenir du danger intrinsèque que constituent ses semblables.

— Nous nous en souvenons bien assez », dit le duc d'Hématol. Sa voix était plus calme que celle des deux autres mais son débit plus malveillant, doux et sifflant comme de la vapeur s'échappant d'une bouilloire en ébullition.

La reine prit le bras de mademoiselle Tarabotti avec gentillesse. Elle parut inspirer profondément, comme si Alexia avait eu une odeur qu'elle haïssait mais qu'elle tentait désespérément d'identifier. « Les paranaturels femelles ne nous ont jamais mis directement en péril ; le danger venait toujours des mâles. » Elle s'adressa à Alexia dans un murmure de conspiratrice. « Les hommes aiment tellement la chasse, n'est-ce pas ?

— Ce ne sont pas ses capacités de tueuse qui m'inquiètent. C'est plutôt l'inverse, murmura le duc.

— Dans ce cas, c'est vous, messieurs, qui devriez l'éviter, pas moi », répliqua sournoisement la comtesse.

Mademoiselle Tarabotti plissa les yeux. « C'est vous qui m'avez demandé de venir ici. Je ne souhaite pas m'imposer et on ne me fera pas sentir que je ne suis pas la bienvenue. » Elle retira son bras d'un geste brusque, suffisamment pour que la comtesse la lâche, et fit volte-face avec l'intention de s'en aller.

« Attendez ! » Le ton de la reine était sans appel.

Mademoiselle Tarabotti continua de se diriger vers la porte. La peur lui serrait la gorge. Elle comprenait désormais ce que pouvaient ressentir de petites créatures couvertes de fourrure piégées dans l'antre d'un reptile. Elle s'arrêta lorsqu'elle trouva un obstacle sur son chemin. Lord Ambrose s'était déplacé avec la rapidité caractéristique des vampires. Il lui sourit d'un air méprisant, toujours aussi grand et d'une beauté troublante. Alexia découvrit qu'elle préférait de beaucoup le type de physique imposant de lord Maccon : rude et un peu débraillé sur les bords.

« Écartez-vous de mon chemin, monsieur ! » siffla mademoiselle Tarabotti en regrettant de ne pas avoir pris son ombrelle de cuivre. Pourquoi l'avait-elle laissée chez elle ? Si cet homme avait besoin de quelque chose, c'était d'un bon coup dans les parties.

Mademoiselle Dair se leva et vint la rejoindre, toute en boucles blondes et regard bleu troublé. « S'il vous plaît, mademoiselle Tarabotti. Ne partez pas tout de suite. Leurs souvenirs durent plus longtemps que leurs mouvements d'humeur. » Elle jeta un regard mauvais à lord Ambrose. Puis, prenant Alexia par le coude avec sollicitude, elle la conduisit fermement vers une chaise.

Mademoiselle Dair sonna. La jolie bonne aux yeux violets apparut à la porte. « Le thé, s'il vous plaît, Angélique. »

La bonne française disparut et revint quelques instants plus tard en poussant une desserte chargée d'un service à thé complet, avec sandwiches au concombre, cornichons, écorce de citron candie et gâteau de Battenberg.

La comtesse Nadasdy servit le thé. Mademoiselle Tarabotti prit le sien avec du lait, mademoiselle Dair avec du citron, et les vampires avec un nuage de sang, encore tiède et servi dans un pichet de cristal. Alexia s'efforça de ne pas trop réfléchir à son origine. Puis son côté scientifique se demanda ce qui arriverait si cette cruche contenait du sang paranaturel. Serait-il toxique ou les convertirait-il en humains pour un certain temps ?

Alexia et mademoiselle Dair burent, mais personne d'autre dans la pièce ne prit la peine de participer. Il était clair que contrairement à lord Akeldama, ces vampires n'appréciaient pas le goût de la nourriture et ne se sentaient pas obligés par la courtoisie ordinaire de faire semblant d'en consommer. Alexia se sentit mal à l'aise en mangeant ainsi alors que son hôtesse ne touchait à rien, mais elle n'était pas du genre à être dégoûtée de quelque chose de bon à manger, et le thé, comme tout le reste dans la maison de la ruche, était de la plus haute qualité. Elle refusa de se précipiter, le dégustant dans l'exquise tasse de porcelaine bleu et blanc, et demanda même à être resservie.

La comtesse Nadasdy attendit que mademoiselle Tarabotti eût mangé la moitié d'un sandwich au concombre pour reprendre la conversation. Elles parlèrent de sujets sûrs et banals : une nouvelle pièce de théâtre dans le West End, la dernière exposition, le fait que la pleine lune était imminente. Les loups-garous étant obligés de s'absenter, la pleine lune était un vrai jour de fête pour les vampires en activité.

« Il paraît qu'un nouveau club pour hommes s'est ouvert près de la maison des Snodgrove en ville », dit mademoiselle Tarabotti, qui se prenait au jeu des potins.

La comtesse Nadasdy rit. « On m'a dit que la duchesse était furieuse. Apparemment, cela porte atteinte à tout le quartier. Elle devrait s'estimer heureuse, pourtant, ce pourrait être bien pire, à mon avis.

— Ce pourrait être Boodles, gloussa mademoiselle Dair, qui pensait de toute évidence que la duchesse trouverait très embarrassant de voir de petits hobereaux traîner dans le quartier jour et nuit.

— Ou, scandale des scandales, ajouta le duc, ce pourrait être Claret's. » C'était le club des loups-garous.

Les vampires rirent à gorge déployée. Leur manque de retenue était horrifiant.

Mademoiselle Tarabotti décida en un instant qu'elle n'aimait pas du tout le duc d'Hématol.

« Puisque nous parlons de la duchesse de Snodgrove… » Tel un serpent, la reine passa sans transition au sujet qui l'avait motivée à convoquer Alexia. « Que s'est-il passé au juste pendant son bal d'avant-hier soir, mademoiselle Tarabotti ? »

Alexia posa avec précaution sa tasse de thé dans sa soucoupe, puis les déposa toutes deux sur la desserte avec un léger cliquetis. « Les journaux l'ont décrit de façon assez précise.

— Sauf que vous n'apparaissiez dans aucun d'eux, objecta lord Ambrose.

— Et le fait que le jeune homme décédé était un surnaturel n'était pas mentionné non plus, ajouta le docteur Caedes.

— Et il n'y avait aucune référence au fait que vous avez donné le coup fatal. » La comtesse Nadasdy se carra dans son siège, un léger sourire sur son agréable visage rond. Ce sourire ne lui convenait pas, pas avec ses quatre crocs et les petites marques qu'ils laissaient dans ses lèvres pleines de bergère.

Mademoiselle Tarabotti croisa les bras. « Vous semblez bien informés. Pourquoi avez-vous besoin de moi ? »

Personne ne dit rien. « C'était un accident », marmotta Alexia, abandonnant sa posture défensive. Elle prit une bouchée de gâteau de Battenberg sans vraiment en sentir le goût. C'était une insulte pour le petit gâteau, car il était d'ordinaire bon et digne d'être apprécié : une génoise garnie de marmelade d'abricot maison et de la pâte d'amande cristallisée à l'extérieur. Cette génoise-là semblait sèche et la pâte d'amande granuleuse.

« C'était un pieu planté bien proprement dans le cœur », corrigea le docteur Caedes.

Alexia se remit immédiatement sur la défensive. « Trop propre : c'est à peine s'il a saigné. Ne tentez pas de me désarçonner avec des accusations, vénérables vampires. Ce n'est pas moi qui l'ai amené à mourir de faim. » Aucune personne saine d'esprit n'aurait pu décrire mademoiselle Tarabotti comme étant une petite chose timorée. Lorsqu'on l'attaquait, elle répliquait au centuple. C'était peut-être à cause de sa nature paranaturelle, mais cela pouvait tout simplement provenir de son caractère ridiculement entêté. Elle parla avec autorité, comme on s'adresse à un enfant boudeur.

« Ce vampire avait été gravement négligé par sa ruche. Il avait à peine dépassé le stade de larve et n'avait pas été assez éduqué pour connaître ma nature, qui est pourtant évidente. » Si Alexia avait été assise suffisamment près, elle aurait sans doute tapé de l'index sur le sternum de la reine. *Me griffer, moi*, se dit Alexia. *Qu'elle essaie un peu !* Elle se contenta d'un féroce froncement de sourcils.

La comtesse Nadasdy parut prise de court ; elle n'avait pas anticipé cette tournure des événements. « Ce n'était pas un des miens ! » se défendit-elle.

Mademoiselle Tarabotti se leva, le dos bien droit, heureuse pour une fois d'avoir une silhouette affirmée : elle était assez grande pour dominer tout le monde sauf lord Ambrose et le docteur Caedes. « Pourquoi jouez-vous à ces jeux avec moi, vénérable reine ? Lord Maccon m'a dit qu'il avait senti l'odeur de votre lignée sur ce garçon mort. Il doit avoir été métamorphosé par vous ou par l'un des vôtres. Vous n'avez pas le droit de m'attribuer votre négligence et votre incapacité à sauvegarder vos propres intérêts, surtout alors que j'ai agi en état de légitime défense. » Elle leva une main pour prévenir les interruptions. « C'est vrai, j'ai de meilleurs mécanismes de défense que la plupart des gens diurnes, mais ce n'est pas moi qui ai usé de mon sang imprudemment. »

Lord Ambrose siffla, les crocs entièrement sortis. « Vous allez trop loin, Sans Âme. »

Mademoiselle Dair se leva, une main posée sur la bouche, choquée par ce comportement indélicat. Ses grands yeux bleus étaient écarquillés et elle regardait alternativement Alexia et la comtesse Nadasdy tel un lapin effrayé.

Mademoiselle Tarabotti ignora lord Ambrose, ce qui était difficile, car son épiderme se couvrait de chair de poule ; la partie de son cerveau qui était celle d'une proie voulait désespérément courir se cacher derrière la méridienne. Elle combattit son instinct. Les paranaturels chassaient les vampires, pas le contraire. Techniquement, c'était lord Ambrose qui était sa proie légitime. C'était lui qui aurait dû être en train de trembler derrière le sofa ! Elle se pencha sur la desserte, vers la reine. Elle tenta de la dominer de toute sa taille comme le faisait lord Maccon, mais suspecta que sa robe à carreaux gris et verts et sa poitrine généreuse atténuaient tout ce que son apparence pouvait avoir de menaçant.

Affectant l'indifférence, Alexia transperça violemment un autre morceau de gâteau de sa fourchette. Le métal cliqueta bruyamment sur l'assiette. Mademoiselle Dair tressaillit.

« Vous avez raison sur un point, mademoiselle Tarabotti. C'est notre problème, dit la reine. Et il concerne la ruche. Vous ne devriez pas être impliquée. Pas plus que le BUR, même s'ils vont continuer à interférer. Pas tant que nous n'en savons pas plus sur la situation, de toute façon. Les loups-garous devraient effectivement en éloigner leurs museaux couverts de fourrure ! »

Mademoiselle Tarabotti se précipita sur la révélation que venait de faire la reine. « Il y a donc eu plus d'une de ces mystérieuses disparitions de vampires ? »

La comtesse lui adressa un rictus méprisant.

« Plus le BUR en sait, plus il sera facile de déterminer pourquoi et comment tout ceci se produit, dit Alexia.

— Cela concerne la ruche, pas le Registre, répéta la reine, qui n'ajouta rien de plus.

— Pas si des isolés non enregistrés errent dans Londres en dehors de son territoire. Dans ce cas, cela concerne le BUR. Voulez-vous retourner aux Âges Sombres, quand les humains vous craignaient et que les paranaturels vous chassaient ? Les vampires doivent au moins *sembler* être sous le contrôle du gouvernement, cela fait partie du mandat du BUR. Vous et moi le savons. Tout le monde dans cette pièce le sait ! » Mademoiselle Tarabotti avait parlé avec fermeté.

« Des isolés ! Ne me parlez pas des isolés, des fous nuisibles et ingouvernables, tous autant qu'ils sont. » La comtesse se mordit la lèvre. C'était un geste étrangement touchant de la part de l'un des plus vieux immortels de Londres.

Ce signe de confusion fit enfin comprendre à Alexia ce qui se passait vraiment. La reine avait peur. Comme lord Akeldama, elle s'attendait à comprendre parfaitement ce qui se passait sur son territoire. Des centaines d'années d'expérience coloraient chaque événement de prévisibilité et d'ennui. Cette situation-là avait quelque chose d'inédit et se trouvait donc hors des limites de son entendement. Les vampires n'aimaient pas les surprises.

« Dites-moi, s'il vous plaît », dit mademoiselle Tarabotti sur un ton volontairement adouci. Cela avait fonctionné sur lord Maccon. Peut-être la bonne méthode pour affronter le surnaturel consistait-elle à jouer le rôle de la soumission dans le jeu social. « Combien y en a-t-il eu ?

— Soyez prudente, ma reine », conseilla le duc d'Hématol.

La comtesse soupira. Son regard s'arrêta sur chacun des trois vampires mâles. Puis elle dit : « Trois au cours des dernières semaines. Nous sommes parvenus à en attraper deux. Ils ne savent rien de l'étiquette des vampires, sont confus et désorientés et meurent au bout de quelques jours en dépit de nos efforts. Comme vous le dites, ils ignorent tout de la menace constituée par les paranaturels, ou du respect que l'on doit à une reine, et même du poste de potentat. Ils en savent très peu sur le BUR et ses lois d'enregistrement. C'est comme s'ils avaient surgi, à l'état adulte, dans les rues de Londres – comme Athéna de l'esprit de Zeus.

— Athéna était la déesse de la Guerre, dit Alexia avec nervosité.

— Rien de ce genre ne s'est jamais produit au cours des siècles de mon existence. Il y avait des ruches de vampires sur cette petite île avant qu'il y ait des gouvernements humains. Le système féodal était basé sur la dynamique des ruches et des meutes. L'Empire romain nous a emprunté son style d'organisation et son efficacité. La structure des ruches est plus qu'une simple institution sociale. C'est un instinct surnaturel. Aucun vampire ne naît hors de la ruche parce que seule une reine peut effectuer la métamorphose. Le pouvoir que cela induit constitue notre grande force, mais également notre plus grande faiblesse. » La comtesse baissa les yeux sur ses petites mains.

Mademoiselle Tarabotti était demeurée assise en silence pendant cette tirade et avait observé le visage de la reine. La comtesse avait peur, c'était évident, mais il y avait une touche d'appétit dans cette peur. Engendrer des vampires sans reine ! La ruche voulait savoir comment cela se produisait pour pouvoir maîtriser la technique. Une telle technologie représentait plus que ce qu'un vampire pouvait souhaiter. C'était l'une des raisons pour lesquelles ils investissaient abondamment dans les sciences modernes. Les gadgets exposés dans la salle de réception étaient là pour faire plus qu'étonner et ravir. La ruche devait compter plusieurs inventeurs parmi ses drones. La rumeur disait que Westminster possédait des actions de la compagnie de dirigeables Giffard. Mais leur véritable espoir résidait dans une découverte de ce type : la naissance surnaturelle sans morsure. Miraculeux, effectivement.

« Qu'allez-vous faire ? demanda mademoiselle Tarabotti.

— Je l'ai déjà fait. J'ai impliqué un paranaturel dans les affaires de la ruche.

— Le potentat ne va pas être content. » Le duc d'Hématol paraissait plus résigné qu'ennuyé. En fin de compte, il était de son devoir de soutenir sa reine et ses décisions.

Le potentat, qui faisait fonction de conseiller de la reine Victoria, était l'équivalent vampire d'un Premier Ministre. C'était en général un isolé bien en vue, avec un sens politique bien développé, qui était élu à son poste par toutes les ruches du Royaume-Uni et qui demeurait en fonction jusqu'à ce que quelqu'un de plus efficace se présente. C'était pour les isolés la seule façon d'obtenir un statut social sérieux parmi les vampires de la bonne société. Le potentat actuel occupait son poste depuis que la reine Élisabeth Ire était montée sur le trône d'Angleterre. On disait que la reine Victoria trouvait ses conseils inestimables et que le succès de l'Empire britannique était en grande partie dû à son habileté. Bien entendu, on disait la même chose sur le dewan, le conseiller loup-garou de Sa Majesté. Ce solitaire, en place depuis presque aussi longtemps que le potentat, s'occupait essentiellement de questions militaires et se tenait à l'écart des querelles de meutes. Tous deux dépassaient de la tête et de la queue les outsiders des meutes et des ruches dans leur rôle d'agents de liaison politiques avec le camp diurne. Mais comme tous les outsiders de bonne foi envers l'establishment, ils avaient tendance à oublier leurs racines révolutionnaires et à se ranger de son côté. Le potentat s'inclinerait en fin de compte devant la volonté des ruches.

« Le potentat n'est pas une reine. Cette affaire concerne la ruche, pas la politique, contra la comtesse d'un ton cassant.

— On devra néanmoins lui en parler, insista le duc en passant une main à l'ossature fine dans sa chevelure clairsemée.

— Pourquoi ? » Lord Ambrose n'avait de toute évidence pas envie qu'on en parle à qui que ce soit. Il n'approuvait pas qu'Alexia eût été consultée, et il n'aimait certes pas l'idée d'impliquer un politicien dans l'affaire.

Les interrompant, mademoiselle Dair s'éclaircit la gorge avec délicatesse. « Messieurs, je suis certaine que c'est un sujet que nous ferions mieux d'aborder plus tard », dit-elle avec un petit signe de tête en direction de mademoiselle Tarabotti, qu'ils avaient momentanément oubliée.

Elle mastiqua son dernier morceau de gâteau de Battenberg et tenta de prendre un air rusé.

Le docteur Caedes pivota sur lui-même et lui jeta un regard très sévère.

« Vous, dit-il sur un ton excessivement accusateur, vous allez nous causer des ennuis. C'est toujours le cas, avec les paranaturels. Vous avez intérêt à tenir à l'œil ces hurleurs à la lune avec qui vous n'arrêtez pas de vous promener. Les loups-garous aussi ont des visées politiques. Vous le comprenez, n'est-ce pas ?

— Et vous autres suceurs de sang, bien entendu, êtes des êtres de douceur et de lumière qui n'ont que mes intérêts à cœur, répliqua Alexia en balayant des miettes de gâteau de son giron avec désinvolture.

— Mais c'est qu'elle a du courage, cette jeunette ! Elle essaie de faire de l'esprit ! » dit lord Ambrose, méprisant.

Mademoiselle Tarabotti se leva et adressa un hochement de tête à la compagnie. Les mots qui s'échangeaient devenaient dangereusement impolis. Si impolis, en fait, qu'à moins qu'elle ne fût en train de se tromper, des actions seraient bientôt engagées. Elle préférait achever sa visite sur des mots. Le moment de quitter les lieux semblait approprié.

« Je vous remercie pour cette délicieuse invitation, dit-elle avec un sourire qu'elle espérait prédateur. Ce fut tout à fait… (elle s'interrompit pour réfléchir et choisir ses mots avec précaution)… instructif. »

Mademoiselle Dair regarda la reine. Elle hocha la tête, et elle sonna en tirant sur une cordelette cachée derrière un lourd rideau de velours. La belle bonne blonde réapparut à la porte. Mademoiselle Tarabotti la suivit à l'extérieur en se sentant un peu comme si elle venait d'échapper aux mâchoires d'un animal déplaisant.

Elle commençait à descendre l'escalier en direction de son fiacre lorsqu'une main l'arrêta en agrippant le haut de son bras avec vigueur. L'adorable Angélique était bien plus forte qu'elle le semblait. Et cela n'avait rien de surnaturel ; elle n'était qu'un drone.

« Oui ? » Mademoiselle Tarabotti tenta d'être polie.

« Vous êtes du BUR ? » Les yeux violets de la servante étaient immenses, son regard plein de sérieux.

Alexia ne savait pas vraiment quoi répondre. Elle ne souhaitait pas mentir car elle n'avait pas de mandat officiel. La peste soit de lord Maccon et de ses principes archaïques ! « Je n'ai pas vraiment de rôle officiel mais…

— Vous pouvez leur transmettre un message, oui ? »

Mademoiselle Tarabotti hocha la tête et se pencha. En partie pour avoir l'air intéressé, en partie pour relâcher l'étau dans lequel la main de la jeune fille persistait à serrer son bras. *Demain*, se dit-elle, *je vais être couverte de bleus !*

« Dites-moi. »

Angélique jeta un coup d'œil aux alentours. « Demandez-leur, s'il vous plaît, de chercher les disparus, dit-elle, toujours avec son fort accent français. Mon maître, c'est un solitaire. Il s'est évanoui dans la nature la semaine dernière. Pouf. » Elle claqua des doigts. « Comme ça. Ils m'ont amenée à la ruche parce que je suis jolie et que je travaille bien, mais la comtesse, c'est tout juste si elle me tolère. Sans sa protection à lui, je ne sais pas combien de temps je vais durer. »

Mademoiselle Tarabotti ne savait absolument pas de quoi parlait la jeune femme. Lord Akeldama lui avait dit un jour que le fonctionnement interne des ruches était d'une complexité à faire rougir le gouvernement britannique, aussi bien de jour que de nuit. Elle commençait à comprendre à quel point ses paroles étaient justes. « Heu, je ne suis pas sûre de vous suivre.

— Essayez, s'il vous plaît. »

Eh bien, songea Alexia, *il n'y a rien de mal à le faire.* « Essayer de faire quoi, précisément ?

— De découvrir où sont les isolés disparus. Et d'où viennent les nouveaux. » De toute évidence, Angélique aimait écouter aux portes.

Mademoiselle Tarabotti cligna des yeux, tentant de la suivre. « Certains vampires disparaissent et d'autres apparaissent d'on ne sait où… Vous êtes sûre qu'il ne s'agit pas des mêmes avec, disons, beaucoup de maquillage et d'horribles chemises qui les font ressembler à des larves toutes neuves ?

— Non, mademoiselle. » La bonne répondit à la pâle tentative d'Alexia de faire de l'humour par un regard de reproche.

« Non, j'imagine qu'ils ne seraient pas aussi peu à la mode, même pour une farce. » Mademoiselle Tarabotti soupira et hocha la tête. « Très bien, je vais essayer. » Elle était en train de penser que le monde devenait de plus en plus troublant. Si la ruche ne savait pas ce qui se passait, et le BUR encore moins, que pouvait-elle comprendre, elle, à cette situation ?

La servante sembla néanmoins satisfaite. Il était clair qu'elle ne partageait pas les réserves d'Alexia. Elle lâcha son bras et se glissa à l'intérieur de la maison en refermant la lourde porte derrière elle avec fermeté.

Alexia, les sourcils froncés par la perplexité, descendit les marches et monta dans le fiacre qui attendait. Elle ne remarqua pas que ce n'était pas le même que celui dans lequel elle était arrivée, ni qu'il était conduit par un autre cocher.

Elle vit néanmoins tout de suite que quelqu'un avait déjà pris place à l'intérieur.

« Oh, mon dieu, veuillez m'excuser ! Je croyais que ce fiacre était libre, dit mademoiselle Tarabotti à l'individu vautré dans le coin du siège d'en face. J'ai dit à mon conducteur d'attendre et vous voilà exactement au même endroit, la porte ouverte. J'ai tout simplement cru… Acceptez toutes mes excuses… » Elle laissa sa phrase en suspens.

Le visage de l'homme se trouvait dans l'ombre et ses traits étaient obscurcis par un large chapeau de cocher. Il ne semblait pas avoir quoi que ce soit à dire. Pas de bonjour, pas d'acceptation de ses excuses. Il ne prit même pas la peine de déplacer sa main gantée de gris pour incliner son chapeau horriblement déplacé en direction de l'étrange femme qui venait de commettre une gaffe en entrant par erreur dans son moyen de transport de location.

« Eh bien, dit mademoiselle Tarabotti, dégoûtée par son impolitesse, je vais m'en aller, alors. »

Elle se tourna, mais le cocher était descendu de son siège et se tenait à présent dehors, dans la rue, l'empêchant de sortir. Son visage à lui n'était pas dans l'ombre. Un lampadaire à gaz tout proche l'éclairait. Il était d'une couleur dorée soyeuse et brillante. Alexia, horrifiée, fit un bond en arrière. *Ce visage !* On aurait dit une copie en cire de quelque chose qui n'était pas tout à fait humain, une peau lisse, pâle et sans marque, sans cicatrice, et sans poils à proprement parler. On avait tracé quatre lettres baveuses avec une substance noire sur son front : VIXI. *Et ces yeux !* Ils étaient sombres et étrangement vides, si plats et sans expression qu'on avait l'impression que rien ne vivait dans l'esprit qui se trouvait derrière. Cet homme regardait le monde sans ciller et pourtant, d'une certaine façon, s'abstenait de regarder quoi que ce soit directement.

Mademoiselle Tarabotti s'écarta, dégoûtée, de ce visage lisse. L'apparition tendit le bras et claqua la porte du fiacre en tournant la poignée pour la verrouiller. Son expression figée ne changea qu'à ce moment-là. Un lent sourire paresseux envahit son visage cireux tel de l'huile s'étalant sur de l'eau. Sa bouche n'était pas remplie de dents, mais de cubes blancs et réguliers. Alexia sut alors que ce sourire hanterait ses rêves pendant des années.

L'homme de cire disparut de la fenêtre, certainement pour se hisser sur le siège du conducteur, car la voiture s'ébranla un instant plus tard. Elle cahota et grinça sur les pavés de Londres, se dirigeant vers un endroit dont Alexia était plutôt certaine qu'elle n'avait nulle envie de le visiter.

Mademoiselle Tarabotti saisit la poignée de la porte et la secoua – sans effet. Elle y plaça une épaule et poussa fort, mettant tout son poids dans le geste. Rien.

« Vraiment, ma chère, dit l'homme dans l'ombre, vous n'avez aucune raison de continuer ainsi. » Son visage demeurait obscurci bien qu'il se penchât à présent vers elle. Il y avait une drôle d'odeur dans l'air, comme de l'essence de térébenthine sucrée. Ce n'était en aucune façon agréable.

Mademoiselle Tarabotti éternua.

« Tout ce que nous voulons, c'est savoir qui vous êtes et pourquoi vous rendez visite à la ruche de Westminster. Ça ne vous fera pas du tout mal. » Il se jeta sur elle. Il tenait un mouchoir humide dans une main. C'était apparemment la source de l'odeur déplaisante.

Alexia n'était pas du genre à avoir des crises d'hystérie. Elle n'était néanmoins pas non plus du genre à se taire quand les circonstances exigeaient du volume. Elle cria, fort et longtemps. Un de ces cris perçants que seules les femmes terrifiées ou les très bonnes actrices peuvent produire. Le cri sortit du fiacre comme si aucune paroi ne s'y opposait et déchira la tranquille nuit londonienne en interrompant le bruit des sabots du cheval sur le pavé. Il fit trembler les vitraux des résidences ensommeillées. Plus d'un chat errant regarda autour de lui, dûment impressionné.

Pendant qu'elle criait, mademoiselle Tarabotti s'arcbouta contre la porte fermée. Sans son ombrelle, son meilleur moyen de défense était un bon coup de pied garni d'un talon pointu. Elle portait ses bottes de marche favorites. Elles avaient de délicieux talons bobines en bois qui la grandissaient un peu plus que la mode le voulait mais assez jolis pour la faire se sentir presque élégante. C'était également sa paire de chaussures la plus pointue. Lorsqu'elle les avait achetées, sa mère avait estimé leur côté français des plus choquants. Alexia dirigea un talon bien dur en direction de la rotule de l'homme plongé dans l'ombre.

« Z'avez pas de raison de faire ça ! » dit-il en évitant le coup.

Mademoiselle Tarabotti ne savait pas s'il parlait du coup ou du cri, aussi produisit-elle à nouveau les deux – en plus fort. Il semblait avoir du mal à négocier un passage dans les multiples strates de jupes et de fronces des vêtements d'Alexia, qui constituaient une barrière des plus efficaces dans l'espace étroit du fiacre. Malheureusement, ses gestes défensifs à elle étaient également restreints. Elle recula avec obstination et donna de nouveaux coups de pied. Ses jupes froufroutèrent.

En dépit des meilleurs efforts de mademoiselle Tarabotti, le mouchoir de l'homme dans l'ombre approchait inexorablement de son visage. Elle détourna la tête ; elle avait le vertige. Les vapeurs sucrées l'étouffaient presque. Des larmes envahirent ses yeux.

Le temps sembla ralentir. Alexia ne pouvait s'empêcher de se demander ce qu'elle avait fait pour offenser les cieux au point qu'ils lui envoient deux assaillants en une courte semaine.

Juste au moment où elle pensait qu'il n'y avait plus d'espoir et qu'elle était sur le point de succomber aux vapeurs, un bruit inattendu retentit. Un bruit, soupçonna mademoiselle Tarabotti, conçu par ce tout nouveau concept, l'évolution, pour glacer les os de l'humanité. Un hurlement énorme, un rugissement, un grognement. Il faisait frémir l'air, le sang et la chair tout le long de la colonne vertébrale. C'était le genre de cri qu'un prédateur ne poussait qu'une fois, quand sa proie n'était pas encore morte mais que sa mort était certaine. Dans ce cas particulier, il fut suivi par un bruit sourd tandis que quelque chose frappait le devant du fiacre avec suffisamment de force pour secouer ceux qui se débattaient à l'intérieur.

Le véhicule, qui était en train de prendre de la vitesse, s'arrêta brusquement. Alexia entendit hennir un cheval terrifié. Puis vint un claquement lorsque l'animal se dégagea de ses traits, et enfin un bruit de galop tandis qu'il s'élançait seul dans les rues de Londres.

Un autre coup sourd résonna – de la chair contre du bois. Le fiacre vibra de nouveau.

L'assaillant de mademoiselle Tarabotti fut distrait. Il cessa de tenter de lui mettre le mouchoir sur le visage, abaissa la fenêtre à guillotine et se pencha à l'extérieur en tournant la tête vers le siège du conducteur. « Qu'est-ce qui se passe là-dehors ? »

Aucune réponse ne vint.

Mademoiselle Tarabotti le frappa à l'arrière du genou.

Il se retourna, lui saisit le pied et tira vers l'avant.

Elle tomba contre la porte, avec assez de force pour se faire mal à la colonne vertébrale avec la poignée, ses jupes et son corset échouant à la protéger.

« Vous commencez à m'agacer », gronda l'homme dans l'ombre. Il tira violemment le pied d'Alexia vers le haut. Elle se débattit vaillamment pour tenir debout sur une seule jambe et cria de nouveau, cette fois plus de colère et de frustration que de détresse.

Comme en réponse, la porte contre laquelle elle s'appuyait s'ouvrit. Mademoiselle Tarabotti tomba en arrière en poussant un petit couinement de peur, bras et jambes moulinant l'air. Elle atterrit avec un « oumph » sur quelque chose qui était solide mais assez charnu pour confortablement amortir sa chute.

Elle prit une profonde inspiration de l'air rance de Londres et toussa. Eh bien, au moins, ce n'était pas du chloroforme. Personnellement, elle n'avait jamais rencontré ce produit chimique auparavant, car il ne circulait que depuis peu chez les représentants les plus scientifiques de la profession médicale, mais elle se doutait bien que ce devait être ce qui imprégnait le mouchoir menaçant de l'homme.

Son matelas se tortilla et gronda. « Bon dieu, femme ! Bougez-vous donc de là ! »

Mademoiselle Tarabotti n'était pas un poids léger. Elle ne cachait pas le fait qu'elle aimait manger – plutôt régulièrement et de la nourriture qu'on pouvait en général qualifier de délicieuse. Elle conservait sa ligne en faisant de l'exercice, pas un régime sévère. Mais lord Maccon, car c'était lui qui se tortillait, était très fort et aurait dû la déplacer facilement. Au lieu de quoi il semblait avoir du mal. Cela prenait un temps excessif pour un homme au physique aussi imposant, même si le contact avec un corps paranaturel annulait sa force surnaturelle.

De manière générale, lord Maccon appréciait les femmes voluptueuses. Il aimait qu'il y ait un peu de chair sur une forme féminine, un peu plus à quoi se raccrocher – et à mordre. Le ton de sa voix, aussi agacé qu'il fût, était démenti par la douceur de ses grandes mains tandis qu'il se servait du prétexte d'avoir à éloigner les courbes généreuses d'Alexia de sa propre personne pour vérifier qu'elle était indemne.

« Êtes-vous blessée, mademoiselle Tarabotti ?

— Ailleurs que dans ma dignité, voulez-vous dire ? » Alexia soupçonnait lord Maccon de l'avoir un peu plus manipulée que ne l'exigeaient les circonstances, mais elle appréciait la sensation en secret. Après tout, quand une vieille fille au rancart depuis aussi longtemps qu'elle avait-elle l'occasion d'être manutentionnée par un comte aussi titré que lord Maccon ? Elle avait tout intérêt à tirer avantage de la situation. Elle sourit de sa propre audace et se demanda qui se servait de qui !

Le comte finit par la soulever et l'asseoir. Puis il roula sur lui-même pour se dégager et se leva en la hissant d'un bond sur ses pieds sans cérémonie.

« Lord Maccon, dit mademoiselle Tarabotti, comment se fait-il que lorsque vous êtes là je finis toujours à plat ventre dans une position inconvenante ? »

Le comte souleva un sourcil élégant. « La première fois que nous nous sommes rencontrés, je crois que c'est moi qui ai fait une chute particulièrement indigne.

— Comme je vous en ai déjà informé, précisa Alexia en brossant sa robe, je n'avais pas laissé le hérisson là intentionnellement. Comment pouvais-je savoir que vous alliez vous asseoir sur cette malheureuse créature ? » Elle leva les yeux et, choquée, poussa un petit cri. « Vous avez du sang plein le visage ! »

Lord Maccon s'essuya avec la manche de sa redingote tel un enfant polisson surpris le visage couvert de confiture, mais ne s'expliqua pas. À la place, il indiqua le fiacre en rugissant : « Voyez ce que vous avez fait ! Il est parti ! »

Alexia ne voyait pas, parce qu'il n'y avait plus rien à voir dans le fiacre. L'homme de l'ombre avait saisi l'occasion que lui offrait sa chute infortunée pour s'échapper.

« Mais je n'ai rien fait, moi ! C'est vous qui avez ouvert la porte. Je suis tombée, c'est tout. Un homme était en train de m'attaquer avec un mouchoir mouillé. Qu'étais-je censée faire d'autre ? »

Lord Maccon ne trouva rien à répondre à une défense aussi baroque.

« Un mouchoir *mouillé* ? » se contenta-t-il de répéter.

Mademoiselle Tarabotti croisa les bras et hocha une tête rebelle. Puis, de manière typique, elle décida d'attaquer. Elle n'avait aucune idée de ce qui, en lord Maccon, la poussait toujours à agir ainsi, mais elle suivit son impulsion. Peut-être son sang italien l'y encourageait-il.

« Attendez un instant ! Comment m'avez-vous trouvée ici ? Me suiviez-vous ? »

Lord Maccon eut la bonne grâce de prendre un air penaud et aussi doux qu'un agneau – pour autant qu'un loup-garou puisse avoir l'air d'un agneau. « Je ne fais pas confiance aux ruches, marmotta-t-il comme si cela constituait une excuse. Je vous avais dit de ne pas y aller. Ne vous l'avais-je pas dit ? Eh bien, voyez le résultat !

— Sachez que j'étais en parfaite sécurité dans cette ruche. Ce n'est qu'à mon départ que les choses sont devenues toutes (elle agita la main avec désinvolture) bizarres.

— Exactement ! dit le comte. Vous devriez rentrer chez vous et ne plus jamais en sortir. »

Il semblait si sérieux qu'Alexia rit. « Vous m'avez attendu pendant tout ce temps ? » Elle leva un regard curieux vers la lune. Elle était au trois quarts pleine : une lune qui facilitait la métamorphose. Elle se souvint du sang qu'elle avait vu sur sa bouche et additionna deux et deux. « La nuit est froide. J'imagine que vous aviez votre apparence de loup ? »

Lord Maccon croisa les bras et étrécit les yeux.

« Comment vous êtes-vous transformé et habillé si vite ? J'ai entendu votre cri d'attaque. Vous ne pouviez pas être humain à ce moment-là. » Mademoiselle Tarabotti avait une idée assez précise de la façon dont les loups-garous fonctionnaient, même si elle n'avait jamais vu le comte se transformer. En fait, elle n'avait jamais vu de métamorphose en dehors des croquis détaillés qui se trouvaient dans les livres de son père. Le comte était néanmoins là, en haut-de-forme et redingote, avec sa chevelure en bataille et ses yeux jaunes affamés, et rien qui ne fût à sa place – sinon quelques gouttes de sang.

Lord Maccon sourit fièrement, tel un écolier qui vient juste de traduire son latin à la perfection. Au lieu de répondre à sa question, il fit une chose épouvantable. Il se métamorphosa en loup – mais seulement la tête – et rugit. C'était parfaitement bizarre : l'acte en lui-même (de la chair qui fondait et des os qui craquaient, un phénomène très déplaisant à voir et à entendre) et la vue d'un gentleman en tenue de soirée parfaite avec une tête de loup tout aussi parfaite posée sur une cravate de soie grise.

« Voilà qui est tout à fait révoltant », dit mademoiselle Tarabotti, intriguée. Elle se pencha et lui toucha l'épaule, si bien que le comte fut forcé de reprendre complètement sa forme humaine. « Tous les loups-garous peuvent-ils faire ça, où est-ce un truc d'Alpha ? »

Lord Maccon se sentit insulté par la désinvolture avec laquelle elle avait pris le contrôle de sa métamorphose. « Un truc d'Alpha, admit-il. Et une question d'âge. Plus nous sommes vieux, mieux nous contrôlons le changement. On appelle cela la forme d'Anubis, d'après un terme ancien. » Ramené à un état d'humain normal par la main d'Alexia, qui reposait toujours sur son épaule, il parut voir leur environnement sous un nouvel angle. La fuite éperdue du fiacre et sa halte soudaine les avaient amenés dans un quartier résidentiel de Londres, pas aussi huppé que celui de la ruche, mais pas aussi mal famé qu'on aurait pu le craindre.

« Nous devrions vous ramener chez vous », affirma lord Maccon en jetant un coup d'œil furtif autour d'eux. Il ôta gentiment la main d'Alexia de son épaule et l'enroula autour de son avant-bras en l'entraînant d'un pas vif vers le bas de la rue.

« Le Sangria n'est qu'à quelques pâtés de maisons. Nous devrions pouvoir trouver un fiacre à cette heure de la nuit.

— Et vous croyez que c'est une bonne idée pour un loup-garou et une paranaturelle de frapper à la porte d'un des plus célèbres clubs de vampires de Londres pour chercher un fiacre ?

— Taisez-vous ! » Le comte paraissait légèrement offensé, comme si elle venait de mettre en doute sa capacité à la protéger.

« J'imagine que vous ne voulez pas savoir ce que j'ai découvert dans la ruche, alors ? » demanda mademoiselle Tarabotti.

Il poussa un profond soupir. « J'imagine que vous voulez m'en parler ? »

Alexia hocha la tête en tirant sur les manches de sa veste. Elle frissonna dans l'air nocturne. Elle s'était habillée pour passer d'une voiture à une maison, pas pour une promenade.

« La comtesse semble être une drôle de reine, commença-t-elle.

— Vous n'avez pas laissé son apparence vous induire en erreur, n'est-ce pas ? Elle est très vieille, pas très gentille, et n'a d'autres intérêts que les siens. » Il enleva sa redingote et en enveloppa les épaules d'Alexia.

« Elle a peur. Trois nouveaux vampires sont apparus de façon inexplicable sur le territoire de Westminster au cours des deux dernières semaines », expliqua mademoiselle Tarabotti tout en se pelotonnant dans la redingote. Elle était faite d'un tissu de soie mélangée de qualité supérieure acheté à Bond Street, était coupée à la perfection mais fleurait bon la prairie. Ce qui lui plut.

Lord Maccon dit quelque chose de très inconvenant, et qui était peut-être vrai, sur les ancêtres de la comtesse Nadasdy.

« Je suppose qu'elle n'en a pas informé le BUR ? » interrogea Alexia, feignant le naturel.

Lord Maccon émit un grondement sourd et menaçant. « Non, elle ne l'a absolument pas fait ! »

Mademoiselle Tarabotti hocha la tête et regarda le comte avec de grands yeux innocents, imitant Ivy de son mieux. C'était plus difficile qu'elle l'aurait cru. « La comtesse m'a donné sa permission tacite d'impliquer le gouvernement, désormais. » *Flip-flop*, *flip-flop* firent les cils.

Cette affirmation, ainsi que les cils, semblèrent encore plus agacer lord Maccon. « Comme si c'était à elle de décider ! Nous aurions dû être informés dès le début. »

Mademoiselle Tarabotti posa une main sur son bras en guise d'avertissement. « Son comportement était presque attristant. Elle a vraiment très peur. Elle n'admettra évidemment jamais ouvertement qu'elle est incapable d'affronter la situation. Elle a tout de même dit que la ruche est parvenue à capturer deux des isolés, mais ils sont morts peu de temps après. »

L'expression de lord Maccon montra qu'il considérait que les vampires n'étaient pas incapables de tuer les leurs.

« Les mystérieux nouveaux venus semblent entièrement vierges. Elle a dit qu'ils ne savaient rien de leurs coutumes, de leurs lois ou de la situation politique. »

Lord Maccon fit quelques pas lents en digérant ces informations. Il détestait se l'avouer, mais mademoiselle Tarabotti avait à elle seule rassemblé plus d'informations sur ces événements que n'importe lequel de ses agents. Il se sentait obligé de ressentir… Comment appelait-on cette sensation, déjà ? De l'admiration ? Sûrement pas.

« Et vous connaissez l'autre sujet dont les nouveaux venus sont ignorants ? » demanda nerveusement Alexia.

Le comte eut soudain une expression très troublée. Il la regarda tout à coup comme si elle s'était transformée en une créature complètement non-alexéienne.

« Vous semblez bien mieux informée que quiconque en ce moment », répondit-il avec un reniflement nerveux.

Mademoiselle Tarabotti toucha ses cheveux avec embarras devant son regard évaluateur puis répondit à sa propre question : « Ils ne sont pas au courant de mon existence. »

Lord Maccon hocha la tête. « Le BUR, les meutes et les ruches essaient de garder l'identité des paranaturels aussi secrète que possible. Si ces vampires ont été métamorphosés hors d'une ruche, ils n'ont aucune raison de connaître l'existence même de vos semblables. »

Quelque chose frappa mademoiselle Tarabotti. Elle s'arrêta net. « Cet homme, il a dit qu'il voulait savoir *qui* j'étais.

— Quel homme ?

— Celui du mouchoir. »

Lord Maccon gémit. « Donc, ils en avaient après vous spécifiquement, quelle plaie ! Je croyais qu'ils pouvaient en avoir après un drone ou un vampire quelconque et que vous étiez sortie de la ruche au mauvais moment. Vous avez conscience qu'ils vont recommencer ? »

Alexia leva les yeux vers lui en serrant un peu plus la redingote autour d'elle. « J'imagine que je ferais mieux de ne pas leur donner une autre occasion. »

Lord Maccon pensait exactement la même chose. Il se rapprocha un peu d'Alexia en enroulant son bras plus fermement autour du sien. Il les entraînait tous les deux vers le Sangria, la lumière et les gens, loin des ruelles désertes et pleines d'échos. « Il va falloir que je vous fasse surveiller. »

Mademoiselle Tarabotti eut un reniflement de mépris.

« Et que va-t-il se passer à la pleine lune ? »

Lord Maccon tressaillit. « Le BUR emploie des agents diurnes et vampires comme il emploie des loups-garous. »

Alexia monta sur ses grands chevaux habituels. « Il est hors de question que des étrangers me suivent, merci. Vous, vous pouvez, certainement, et le professeur Lyall s'il le faut, mais d'autres... »

Ce classement fit bêtement sourire lord Maccon. Sa compagnie venait de mériter un « certainement ». Ce qu'elle dit ensuite, néanmoins, effaça aussitôt le sourire de son visage.

« Et si je fais en sorte d'être près de lord Akeldama pendant la pleine lune ? »

Le regard du comte devint meurtrier. « Je suis certain qu'il serait extrêmement utile dans une bagarre. Il pourrait impitoyablement flatter tous vos assaillants jusqu'à ce qu'ils rampent abjectement. »

Mademoiselle Tarabotti sourit. « Vous savez, cette intense détestation que vous éprouvez pour mon cher ami vampire pourrait presque passer pour de la jalousie, si l'idée n'était pas aussi manifestement absurde. Maintenant, écoutez, monsieur le comte, si vous me laissez simplement… »

Lord Maccon lui lâcha le bras, s'arrêta, se tourna et, la surprenant totalement, l'embrassa en plein sur la bouche.

5

Dîner avec un Américain

Le comte saisit le menton de mademoiselle Tarabotti dans l'une de ses larges mains, plaça l'autre au creux de ses reins et l'attira vers lui avec rudesse. Il pencha presque avec violence sa bouche vers celle d'Alexia.

Elle fit un bond en arrière. « Qu'est-ce que…

— C'est le seul moyen de vous faire taire », grommela-t-il en prenant son menton encore plus fermement et en plantant une fois de plus sa bouche sur la sienne.

Ce n'était pas le genre de baiser dont Alexia avait fait l'expérience auparavant. Non pas qu'on l'eût embrassée si souvent avant cet instant. Au cours de sa jeunesse, elle avait connu quelques situations aberrantes où un chenapan avait cru qu'un jeune chaperon au teint mat pouvait constituer une cible facile. Dans de tels cas, l'expérience avait été brouillonne et, grâce à son ombrelle qui l'accompagnait en toutes circonstances et qu'elle utilisait avec habileté, courte. Lord

Maccon administra son baiser en expert. À en juger par son enthousiasme, mademoiselle Tarabotti eut l'impression qu'il était en train d'essayer de compenser son déficit de connaissance sur le sujet. Et il s'en sortait fichtrement bien. Ce qui n'était pas très étonnant, vu les années, voire peut-être les siècles d'expérience qu'il avait à son actif. Comme elle tenait son manteau refermé autour d'elle, les bras d'Alexia avaient été efficacement piégés par son étreinte soudaine, ce qui lui donnait un accès total à tout ce qu'il voulait sans que rien le gêne. Non qu'elle eût la moindre intention de se débattre, se dit Alexia.

Le baiser lui-même fut d'abord plutôt doux : lent et doux. Alexia trouva cela surprenant, étant donné la brutalité de l'étreinte. Le trouvant aussi vaguement insatisfaisant, elle émit un petit murmure de frustration et se pressa contre lord Maccon. Le baiser changea. Il devint plus dur, plus rude, écartant ses lèvres dans un but précis. Et la langue – comme c'était choquant ! – était impliquée dans le processus. Mademoiselle Tarabotti n'était pas du tout sûre de ce qu'elle devait penser de *ça*. C'était à la limite du brouillon, mais rien que la chaleur... Sa personnalité pragmatique de paranaturelle évalua la situation et réalisa qu'elle pouvait définitivement apprendre à apprécier le goût de lord Maccon. Sombre et riche, il lui rappelait certaines soupes françaises très coûteuses. Elle creusa les reins. Son souffle était devenu tout irrégulier, peut-être parce que sa bouche était encombrée de baisers. Alexia venait juste d'intégrer le concept de langue et de remarquer qu'elle commençait à avoir trop chaud pour avoir besoin de la veste du comte quand il cessa de l'embrasser, tira sans ménagement le vêtement vers le bas et entreprit de lui mordiller le cou.

Mademoiselle Tarabotti n'eut pas besoin d'y réfléchir à deux fois. Elle sut aussitôt qu'elle adorait cette sensation. Elle se rapprocha encore plus de lui, trop captivée par ses sensations pour se rendre compte que sa main gauche, qui jusque-là résidait confortablement au creux de ses reins, s'était déplacée vers le bas et, sans être gênée par sa tournure, formait une association nouvelle et intime avec son postérieur.

Lord Maccon la déplaça, sans cesser de la mordiller, écartant sans ménagement les longs rubans de son bibi de manière à atteindre sa nuque. Il s'interrompit un instant pour grommeler dans son oreille, l'air égaré : « Mais quelle est cette épice que vous sentez toujours ? »

Mademoiselle Tarabotti cligna des yeux. « Cannelle et vanille, admit-elle. J'en mets dans mon eau de rinçage. » Sa peau n'avait pas tendance à rougir, même dans les circonstances les plus exigeantes, mais elle lui paraissait néanmoins étrangement chaude et gonflée.

Le comte ne répondit pas. Il recommença simplement à la mordiller.

Alexia laissa aller sa tête en arrière, mais elle fronça les sourcils une seconde, certaine qu'il y avait quelque chose qu'elle n'aurait pas dû être en train de faire. Mais échanger un baiser passionné avec un pair du royaume au milieu de la rue ne lui sembla pas inapproprié à cet instant précis, aussi se plongea-t-elle dans les mordillements. Ils devenaient plus forts et plus insistants. Alexia découvrit qu'elle aimait l'idée d'une morsure ou deux. Comme en réponse à cette pensée, lord

Maccon enfonça ses dents – humaines, à cause de leur choquante étreinte informelle et du fait qu'elle était paranaturelle – à l'endroit où son cou et son épaule se rejoignaient.

Cela envoya des chocs et des picotements partout dans le corps d'Alexia – une sensation absolument délicieuse, meilleure qu'un thé chaud par un matin froid. Elle gémit et se frotta contre lord Maccon, appréciant son grand corps de loup-garou, poussant son cou contre sa bouche.

Quelqu'un s'éclaircit délicatement la gorge.

Lord Maccon mordit plus fort.

Mademoiselle Tarabotti perdit totalement le contrôle de ses rotules et fut reconnaissante à la large main qui soutenait ses régions inférieures.

« Excusez-moi, monsieur le comte », dit une voix polie.

Lord Maccon cessa de mordre mademoiselle Tarabotti. Il s'écarta d'elle, mettant la largeur d'un doigt entre eux. Elle eut l'impression que c'était un mètre. Il secoua la tête, jeta un coup d'œil choqué à Alexia, lâcha ses fesses, fixa sa propre main comme s'il était en train de l'accuser d'avoir agi en toute indépendance, et prit une expression parfaitement honteuse.

Mademoiselle Tarabotti était hélas trop désorientée pour véritablement apprécier cette expression mortifiée peu caractéristique du comte.

Il ne tarda pas à reprendre le dessus et lâcha une série de mots offensants dont mademoiselle Tarabotti était certaine qu'aucun gentleman ne devait les utiliser devant une dame, même en cas de provocation. Après quoi Lord Maccon se tourna de manière à se trouver devant elle, dissimulant aux regards son apparence décidément froissée.

Mademoiselle Tarabotti, sachant qu'elle aurait dû rectifier l'assiette de son chapeau, ainsi, probablement, que la hauteur du corsage de sa robe et le tombé de sa tournure, fut incapable de faire autre chose que s'appuyer mollement contre le dos de lord Maccon.

« Randolph, vous auriez pu choisir un meilleur moment », dit le comte, exaspéré.

Le professeur Lyall se tenait devant son Alpha, l'air craintif. « Peut-être. Mais il s'agit de la meute, et c'est important. »

Alexia cligna stupidement des yeux en regardant le Bêta par-dessus le haut du bras du comte. Son cœur faisait des choses folles et elle était toujours incapable de localiser ses rotules. Elle prit une profonde inspiration et entreprit de les rechercher avec attention.

« Mademoiselle Tarabotti, bonsoir », dit le professeur Lyall en la reconnaissant. Il n'était apparemment pas du tout surpris de découvrir qu'elle était l'objet des attentions de monsieur le comte.

« Ne vous ai-je pas envoyé en tournée ? » Lord Maccon, ayant retrouvé son humeur renfrognée habituelle, semblait pour une fois avoir pris son Bêta pour la cible de son exaspération considérable au lieu de mademoiselle Tarabotti.

Alexia décida, ici et maintenant, qu'il était clair que lord Conall Maccon n'avait que deux modes de fonctionnement : l'agacement et l'excitation. Auquel préférait-elle avoir régulièrement affaire ? Son corps se joignit à la discussion sans honte, et elle parvint à se choquer elle-même au point de se taire.

Le professeur Lyall ne semblait pas attendre de réponse à son salut. Il répondit à la question de lord Maccon. « J'ai découvert quelque chose à Canterbury. C'était suffisamment inhabituel pour que je rentre à Londres sans prendre la peine de continuer mon voyage.

— Eh bien ? » dit lord Maccon, impatient.

Alexia finit par recouvrer sa clarté d'esprit et redressa son chapeau. Elle releva sa robe au niveau de l'épaule et fit bouffer sa tournure. Puis elle comprit qu'elle venait juste de se livrer à une action obscène prolongée, à la limite des relations conjugales, sur la voie publique, et avec lord Maccon ! Elle souhaita avec ferveur que cette même rue s'ouvrît et l'avalât tout entière. Elle eut encore plus chaud qu'un instant plus tôt, envahie cette fois par un sentiment d'abjecte humiliation. C'était, il fallait bien l'admettre, une sensation bien moins agréable.

Pendant que mademoiselle Tarabotti se demandait si la combustion humaine spontanée pouvait être due à une gêne profonde, le professeur Lyall continua de parler : « Vous avez envoyé tous les solitaires le long de la côte autour de Canterbury, vous vous souvenez ? Eh bien, tous ont disparu sauf un. Plus un certain nombre de vampires isolés. »

Lord Maccon eut un petit sursaut de surprise. Alexia prit conscience qu'elle était toujours étalée contre son dos. Elle recula vite d'un pas sur le côté. Ses genoux fonctionnaient de nouveau.

Lord Maccon poussa un grognement possessif, étendit un long bras et la tira contre lui d'un geste brusque.

« Amusant, dit mademoiselle Tarabotti en essayant d'ignorer autant le grognement que le bras.

— Qu'est-ce qui est amusant ? » demanda le comte, sévère. En dépit de la rudesse de sa voix, il utilisa sa main libre pour ajuster son manteau sur les épaules et le cou d'Alexia.

Mademoiselle Tarabotti chassa sa main et sa sollicitude de quelques tapes.

« Arrêtez de faire ça ! » siffla-t-elle.

Les yeux vifs du professeur Lyall suivirent l'échange. Son expression ne bougea pas, mais Alexia eut la nette impression qu'il riait d'eux sous cape.

« La domestique drone a dit exactement la même chose à propos des isolés de Londres. Il semblerait qu'un bon nombre d'entre eux aient disparu depuis plusieurs semaines. » Elle s'interrompit. « Et les loups-garous solitaires de Londres ? Sait-on ce qu'il en est ?

— Il n'y en a pas, en dehors du dewan. Bien qu'il soit en quelque sorte au-dessus des meutes, plutôt qu'en dehors. Le château de Woolsey a toujours eu des règles très strictes en ce qui concerne les solitaires, et nous les appliquons à la lettre, dit fièrement le professeur.

— Le dewan y est même plus attaché que moi, ajouta lord Maccon. Vous savez à quel point le Cabinet fantôme peut être conservateur. »

Mademoiselle Tarabotti, qui n'en savait rien et avait fort peu de relations avec le gouvernement de la reine Victoria, hocha la tête comme si elle savait exactement ce dont ils parlaient. « Donc, nous avons des loups-garous et des vampires qui disparaissent et de nouveaux vampires qui apparaissent. » Elle réfléchit au problème.

« Et quelqu'un essaie également de vous faire disparaître », ajouta lord Maccon.

L'information parut inquiéter le professeur Lyall.

« Quoi ? »

Sa sollicitude toucha Alexia.

« Nous en parlerons plus tard, ordonna lord Maccon. Pour l'instant, je dois la ramener chez elle, ou nous allons avoir toute une nouvelle catégorie de problèmes sur les bras.

— Dois-je venir ? demanda son second.

— Dans cet état ? Vous ne feriez qu'aggraver la situation », se moqua le comte.

Alexia remarqua pour la première fois, tant elle était gênée par son rendez-vous accidentel, que le professeur Lyall était enveloppé dans un grand manteau et ne portait ni chapeau ni chaussures. Elle l'observa plus attentivement ; il n'avait pas non plus de pantalon ! Scandalisée, elle se couvrit la bouche de la main.

« Vous feriez mieux de filer à la tanière », ordonna le comte.

Le professeur Lyall hocha la tête, se détourna et trottina en silence jusqu'au coin d'un immeuble proche. Un instant plus tard, un petit loup élancé à la fourrure sable et aux yeux jaunes et intelligents qui tenait une cape dans sa bouche revint en trottant dans la rue. Il hocha la tête en direction d'Alexia puis fila en courant dans la rue pavée.

Par comparaison, le reste de la nuit fut pauvre en événements. Mademoiselle Tarabotti et lord Maccon rencontrèrent un petit groupe de jeunes gens devant le

Sangria. C'étaient des dandys de premier ordre, avec de hauts cols très pointus et des souliers vernis, qui leur proposèrent d'utiliser leur fiacre. Ils étaient si inoffensifs dans leur snobisme et si ivres que lord Maccon se sentit assez en confiance pour accepter leur offre. Il raccompagna mademoiselle Tarabotti saine et sauve jusqu'à sa porte, celle de l'entrée des domestiques bien entendu, où il la confia à un Floote inquiet, le tout sans que le reste de la famille fût le moins du monde au courant de ses pérégrinations nocturnes. Après quoi lord Maccon disparut au coin d'un immeuble.

Après s'être habillée pour se coucher, mademoiselle Tarabotti jeta un coup d'œil par la fenêtre. Un énorme loup à la fourrure mouchetée d'or et de gris faisait les cent pas dans la ruelle au-dessous de sa chambre. Alexia trouva cela immensément réconfortant, et préféra ne pas se demander ce que ce sentiment révélait de sa façon de vivre.

« Lord Maccon a fait *quoi* ? » Mademoiselle Hisselpenny posa ses gants et son réticule brodé de perles sur la table qui se trouvait dans le hall d'entrée des Loontwill avec un cliquetis.

Mademoiselle Tarabotti fit entrer son amie dans le salon de devant.

« Parle moins fort, ma chère. Et s'il te plaît, pour l'amour du ciel, enlève ce chapeau. Il m'arrache littéralement les globes oculaires. »

Ivy fit ce qu'on lui demandait tout en observant son amie. Elle était tellement surprise par ce qu'elle venait d'entendre qu'elle ne parvint même pas à s'offenser des insultes rituelles d'Alexia envers son chapeau.

Floote réapparut avec un plateau lourdement chargé et prit le chapeau des mains de mademoiselle Hisselpenny. En tenant l'objet du scandale – une chose en velours violet couverte de fleurs jaunes et d'une grosse pintade empaillée – entre son pouce et son index, il sortit de la pièce. Mademoiselle Tarabotti referma fermement la porte derrière lui… et le chapeau.

Madame Loontwill et les jeunes demoiselles Twill étaient sorties faire des courses mais n'allaient pas tarder à rentrer. Ivy avait mis des siècles à se mettre en train ce matin ; à présent Alexia pouvait seulement espérer qu'il leur restait assez de temps pour échanger tous les ragots indispensables.

Elle servit du cordial à la framboise.

« Eh bien ? » insista mademoiselle Hisselpenny en s'asseyant dans une chaise en osier et en remettant en place une boucle de ses cheveux noirs d'un geste distrait.

Alexia lui donna un verre de cordial et dit d'un ton neutre : « Tu as très bien entendu. J'ai dit que lord Maccon m'avait embrassée hier soir. »

Mademoiselle Hisselpenny ne toucha pas à sa boisson tant elle fut prodigieusement choquée. À la place, elle posa son verre sur une petite table par mesure de sécurité et se pencha autant que le lui permettait son corset. « Où ? » Elle s'interrompit. « Pourquoi ? Comment ? Je croyais que tu le détestais profondément. » Elle fronça ses sourcils bruns. « Je croyais que *lui* te détestait profondément. »

Mademoiselle Tarabotti but une gorgée de son cordial et demeura calme et réservée. Elle aimait tant torturer Ivy. Elle savoura l'expression de curiosité avide qui se peignait sur le visage de son amie. D'un autre côté, elle brûlait de tout lui raconter.

Mademoiselle Hisselpenny la bombarda à nouveau de questions. « Que s'est-il passé, exactement ? Ne m'épargne aucun détail. Comment en êtes-vous arrivés là ?

— Eh bien, la nuit était froide, mais il restait un dernier dirigeable dans le ciel. Floote m'a aidée à me glisser dehors par la porte de derrière et…

— Alexia ! gémit Ivy.

— Tu m'as dit de ne t'épargner aucun détail. »

Ivy lui jeta un regard lourd de sens.

Mademoiselle Tarabotti sourit. « Quelqu'un a tenté de me kidnapper après ma visite à la reine de la ruche. »

La mâchoire d'Ivy se décrocha. « Quoi ? »

Alexia, faisant durer le suspense, lui présenta une assiette de sablés. Mademoiselle Hisselpenny la repoussa avec de grands gestes frénétiques. « Alexia, c'est de la torture ! »

Mademoiselle Tarabotti fit une concession à la constitution nerveuse de son amie. « Deux hommes ont tenté de m'enlever dans un faux fiacre alors que je quittais la ruche. C'était un peu effrayant, en fait. »

Ivy demeura silencieuse et fascinée tandis qu'Alexia lui narrait en détail la tentative d'enlèvement. « Alexia, finit-elle par dire, tu devrais raconter tout cela à la police ! »

Mademoiselle Tarabotti leur servit encore un peu du cordial à la framboise contenu dans la carafe de cristal. « Lord Maccon est la police, ou plutôt, la forme qu'elle prend au BUR. Il garde un œil sur moi au cas où ils essayeraient de nouveau. »

Mademoiselle Hisselpenny fut encore plus intriguée par cette information.

« Vraiment ? Où ? »

Alexia la conduisit à la fenêtre. Elles regardèrent la rue. Un homme était debout au coin, adossé à un lampadaire, le regard rivé sur le perron des Loontwill. Il avait une allure vaguement louche et portait un long cache-poussière ocre et un haut-de-forme à large bord des plus ridicules. On aurait dit le couvre-chef favori des joueurs de cartes américains.

« Et tu trouves que les miens sont laids ! gloussa Ivy.

— Je sais, approuva avec ferveur mademoiselle Tarabotti. Mais que peut-on y faire ? Les loups-garous manquent de subtilité.

— Il ne ressemble pas à lord Maccon », dit mademoiselle Hisselpenny en tentant de distinguer les traits de l'homme sous le chapeau. Elle n'avait rencontré le comte qu'à quelques reprises, mais tout de même… « Il est bien trop petit, ajouta-t-elle.

— Parce que ce n'est pas lui. Apparemment, il est parti ce matin avant mon réveil. C'est son Bêta, le professeur Lyall, un être supérieur en matière de bonnes manières. Selon lui, lord Maccon est rentré chez lui se reposer. » Le ton de mademoiselle Tarabotti indiquait qu'elle se serait attendue à ce que le comte le lui annonce lui-même. « Enfin, nous avons eu une nuit agitée. »

Ivy rabattit les lourds rideaux de velours d'un geste sec pour recouvrir la fenêtre et se tourna vers son amie.

« Effectivement, avec toutes ces embrassades ! Sujet, je dois le dire, que tu n'as pas encore abordé. C'est bien simple, tu dois m'en parler. Comment était-ce ? » Mademoiselle Hisselpenny trouvait que la plupart des livres de la bibliothèque du père d'Alexia étaient scandaleux. Elle se couvrait les oreilles et chantonnait chaque fois que mademoiselle Tarabotti parlait de son *papa*, mais jamais assez fort pour ne pas pouvoir entendre ce qu'elle disait. À présent que son amie possédait une expérience de première main, elle était tout simplement trop dévorée par la curiosité pour se sentir gênée.

« Il m'a juste, pour ainsi dire, attrapée. Je crois que je parlais trop. »

Choquée, Ivy produisit le petit bruit traduisant son désaccord avec une idée aussi incongrue.

« Et l'instant d'après… » Alexia agita sa main dans les airs et laissa sa phrase en suspens.

« Continue, l'encouragea mademoiselle Hisselpenny, les yeux écarquillés par une curiosité avide.

— Il s'est servi de sa langue. J'ai eu très chaud et je me suis sentie tout étourdie, et je ne sais pas très bien comment l'expliquer. » Parler de cette expérience à Ivy avait un effet bizarre sur mademoiselle Tarabotti. Pas parce que le sujet était indélicat, mais en partie parce qu'elle souhaitait garder la sensation pour elle-même.

Le matin, elle s'était réveillée en se demandant s'il s'était vraiment passé quelque chose. Ce n'est qu'en remarquant un large bleu en forme de morsure sur le bas de son cou qu'elle avait accepté l'idée que les événements de la nuit précédente étaient bien réels, et non une sorte de rêve torturé. Elle avait été contrainte de porter une vieille robe rayée gris ardoise et bleu marine, l'un des seuls vêtements de sa garde-robe comportant un col haut. Elle décida qu'il valait mieux ne pas parler de la marque à Ivy, surtout dans la mesure où elle devrait alors lui expliquer pourquoi il était impossible que lord Maccon lui laissât une *vraie* morsure de loup-garou.

Le visage de mademoiselle Hisselpenny vira au rouge betterave mais elle voulut en savoir plus encore. « Pourquoi a-t-il fait cela, à ton avis ?

— J'ai l'impression que les langues sont souvent impliquées dans de tels exercices. »

Cela ne dissuada pas Ivy. « Tu sais très bien ce que je veux dire. Pourquoi t'a-t-il embrassée ? Et sur la voie publique ! »

Mademoiselle Tarabotti avait réfléchi à la question toute la matinée. Elle était d'ailleurs demeurée inhabituellement silencieuse durant le petit déjeuner. Des phrases prononcées par ses sœurs, qui la veille leur auraient attiré des répliques acerbes, étaient passées sans un murmure. Elle était restée tellement silencieuse que sa mère lui avait même demandé si elle ne se sentait pas dans son assiette. Elle avait reconnu qu'elle était un peu patraque. Ce qui lui avait fourni une bonne excuse pour ne pas aller acheter des gants l'après-midi.

Elle regarda Ivy sans vraiment la voir. « Je dois en conclure qu'il l'a fait uniquement pour que je me taise. Je ne peux concevoir une autre raison. Comme tu l'as dit, nous nous détestons profondément, c'est un fait, depuis qu'il s'est assis sur ce hérisson et m'en tient pour responsable. » Mais la voix de mademoiselle

Tarabotti n'avait pas la même conviction que lorsqu'elle abordait ce sujet par le passé.

Alexia ne devait pas tarder à découvrir que le comte ne l'appréciait vraiment pas. Ce soir-là, à l'occasion d'un dîner donné par lord Blingchester, lord Maccon évita activement de lui parler. Mademoiselle Tarabotti en fut très contrariée. Elle avait mis beaucoup de soin à s'habiller. Le comte paraissant avoir un préjugé favorable envers son physique, elle avait choisi une robe du soir d'un rose profond avec un décolleté audacieux et une petite tournure dernier cri. Elle s'était coiffée en faisant en sorte que ses cheveux tombent sur le côté de son cou pour couvrir la marque de morsure, ce qui avait nécessité des heures de travail au fer à friser. Sa *mama* avait même remarqué qu'elle avait l'air très bien pour une vieille fille.

« On ne peut rien pour le nez, bien entendu, mais le reste est tout à ton crédit, ma chérie », avait-elle dit en poudrant le sien, un spécimen en forme de minuscule bouton.

Félicité avait même dit que la couleur de la robe convenait au teint d'Alexia, sur un ton impliquant que toute couleur qui allait avec sa peau olive relevait véritablement du miracle de première catégorie.

Tout cela se révéla inutile. Car même si Alexia avait eu l'allure d'une miséreuse, elle était certaine que lord Maccon ne s'en serait pas rendu compte. Il l'accueillit avec un « mademoiselle Tarabotti » embarrassé, puis parut perplexe. Il ne la snoba pas directement, ni m'impliqua quoi que ce fût qui aurait pu affecter son statut social ; il sembla tout simplement n'avoir rien à lui dire. Rien du tout. Pendant toute la soirée. Alexia aurait presque préféré qu'ils soient de nouveau à couteaux tirés.

Elle se sentit obligée de conclure qu'il était mortifié de l'avoir embrassée tout court et espérait qu'elle allait oublier que cela s'était produit. Tout en sachant que c'était ce qu'une dame bien élevée aurait effectivement fait, Alexia, qui avait apprécié l'expérience, n'avait pas envie de se conduire comme il convenait. En outre, elle devait en conclure que toutes les sensations agréables avaient été limitées à une seule des parties en présence, et que lord Maccon ne ressentait rien de plus pour elle qu'un désir manifeste de ne jamais la revoir. Entre-temps, il allait la traiter avec une correction qui faisait mal.

Eh bien, songea mademoiselle Tarabotti, à quoi donc s'était-elle attendue ? Elle n'était rien de plus qu'une vieille fille sans âme qui manquait de subtilité et de grâce. Lord Maccon était un pair du royaume, l'Alpha de sa meute, il possédait une quantité considérable de biens, et… et il était plutôt bel homme. En dépit de toute l'attention qu'elle avait apportée à son apparence, et du fait que, plus tôt dans la soirée, son miroir lui avait montré qu'elle était, même pour son regard critique, passablement jolie, Alexia ne se sentait désormais plus du tout à la hauteur.

Elle devait accepter le fait que lord Maccon lui fournissait, du mieux qu'il le pouvait, une porte de sortie. Il était d'une politesse insupportable. Pendant toute la durée de l'apéritif offert par les Blingchester, il se débrouilla pour qu'ils se retrouvent en compagnie l'un de l'autre, mais n'eut rien à lui dire lorsque cela se produisit. Son comportement trahissait un embarras profond. C'est à peine s'il pouvait supporter de regarder dans sa direction.

Mademoiselle Tarabotti toléra ce comportement ridicule pendant une demi-heure environ, après quoi son humeur passa du trouble et de la déconvenue à l'extrême colère. Ce qui n'était pas très difficile pour elle. Tempérament italien, disait toujours sa mère. Contrairement à lord Maccon, elle n'avait pas envie d'être polie.

Dès lors, mademoiselle Tarabotti s'arrangea pour quitter la pièce où elle se trouvait dès que lord Maccon y entrait. Lorsqu'il traversait le salon de réception dans sa direction, Alexia glissait sur le côté et s'insérait impeccablement dans une conversation voisine. Le sujet portait en général sur des choses ineptes, comme le dernier parfum parisien, mais le groupe comportait plusieurs jeunes filles en âge de se marier, ce qui le faisait reculer. Lorsqu'elle s'asseyait, c'était entre deux chaises déjà prises, et elle prenait soin de ne jamais être seule ou dans un coin inoccupé d'une pièce.

Lorsque l'heure du souper arriva, la carte de lord Maccon, qui se trouvait à l'origine près de la sienne, avait comme par magie migré à l'autre bout de la table. C'est là qu'il passa une soirée inconfortable à parler avec une certaine mademoiselle Wibbley d'une série de sujets tout à fait frivoles.

Mademoiselle Tarabotti, la moitié d'un monde plus loin – huit places ! –, se débrouilla tout de même pour entendre la conversation. Son vis-à-vis, un scientifique à la position socialement acceptable, était d'ordinaire le genre de personnage à côté de qui Alexia espérait être assise. En fait, sa capacité à soutenir une conversation avec les intellectuels était ouvertement reconnue comme la raison principale pour laquelle une vieille fille qui était au rancart depuis aussi longtemps qu'elle était encore invitée aux soirées. Hélas, elle se trouva, contrairement à son habitude, fort mal équipée pour pallier les manques de ce malheureux gentleman en matière de conversation.

« Bonsoir. Je m'appelle MacDougall. Vous devez être mademoiselle Tarabotti, correct ? » dit-il en guise d'ouverture stratégique.

Oh, mon dieu, se dit Alexia, *un Américain*. Mais elle hocha poliment la tête.

Le souper commença par de petites huîtres sur un lit de glace accompagnées de crème au citron tiède. Mademoiselle Tarabotti, qui trouvait que les huîtres fraîches ressemblaient terriblement à des excréments nasaux, repoussa les répugnants mollusques et regarda lord Maccon en consommer une douzaine de sous ses cils baissés.

« N'est-ce pas un peu italien, comme nom ? » demanda timidement le scientifique.

Mademoiselle Tarabotti, qui avait toujours trouvé son héritage italien plus embarrassant que son absence d'âme, considéra que c'était un sujet de conversation pauvre – surtout venant d'un Américain. « Mon père, admit-elle, était d'origine italienne. Par malheur, ce n'est pas une affliction que l'on soigne. » Elle fit une pause. « Bien qu'il soit effectivement mort. »

Monsieur MacDougall ne sembla pas savoir comment réagir. Il eut un rire nerveux. « Et il n'a pas laissé de fantôme derrière lui, hein ? »

Alexia plissa le nez. « Pas assez d'âme. » *Pas d'âme du tout*, pensait-elle. Les caractères paranaturels se transmettaient de parent à enfant. Elle était ce qu'elle était à cause de l'absence d'âme de son père. En toute justice, la planète aurait dû être envahie par les gens de son espèce. Mais le BUR, lord Maccon lui-même, en fait – elle tressaillit –, lui avait dit qu'ils étaient tout simplement trop peu nombreux à la base pour que cela se produise. De plus, la vie des paranaturels avait tendance à être courte.

Son compagnon de table émit un autre rire nerveux. « C'est amusant que vous disiez cela, car je peux me targuer de porter comme qui dirait un intérêt scientifique à l'état de l'âme humaine. »

Mademoiselle Tarabotti ne l'écoutait qu'à moitié. À l'autre bout de la table, mademoiselle Wibbley parlait de son troisième cousin qui avait brusquement décidé de se lancer dans l'horticulture. Sa famille se méfiait de toute évidence de cette entreprise. Lord Maccon, après avoir jeté un ou deux coups d'œil à Alexia et à son scientifique, considérait à présent cette fille superficielle avec une expression de tolérance affectueuse et qu'il était assis bien trop près d'elle.

« Je me concentre en particulier, poursuivit monsieur MacDougall, en désespoir de cause, sur la pesée et la mesure de l'âme humaine. »

Mademoiselle Tarabotti jeta un regard malheureux à sa bouillabaisse. Elle était plutôt bonne. Les Blingchester avaient un excellent cuisinier français. « Et comment, demanda Alexia, que cela n'intéressait pas vraiment, s'y prend-on pour mesurer les âmes ? »

Le scientifique parut pris au piège. Apparemment, cet aspect de son travail ne convenait pas pour une conversation civilisée.

Mademoiselle Tarabotti se sentit plus intriguée. Elle posa sa cuillère ; qu'elle ne finisse pas sa soupe indiquait à quel point elle était troublée, et elle jeta un regard interrogateur à monsieur MacDougall. C'était un jeune homme plutôt rondouillard au visage orné de lunettes cabossées et affligé d'une calvitie qui semblait être sur le point de gagner le combat contre ses derniers cheveux. La soudaine force d'attention d'Alexia sembla le désarmer.

« Je n'ai pas encore résolu tous les détails pratiques, dirait-on. Mais j'ai établi des plans », bafouilla-t-il.

Le poisson arriva. Monsieur MacDougall fut sauvé par du brochet en croûte de poivre et de romarin.

Mademoiselle Tarabotti prit une petite bouchée de poisson et regarda mademoiselle Wibbley battre des cils en direction de lord Maccon. La manœuvre lui était familière ; c'était celle qu'Ivy lui avait enseignée. Cela la mit en colère. Irritée, elle reposa son poisson.

« Et comment vous y prendriez-vous pour mener cette étude ? demanda-t-elle.

— J'avais pensé utiliser une grande balance Fairbanks que l'on aménagerait avec des supports pour soutenir un lit de camp de la taille d'un homme, expliqua monsieur MacDougall.

— Et que feriez-vous ensuite ? Peser des gens, les tuer et les peser à nouveau ?

— S'il vous plaît, mademoiselle Tarabotti ! Inutile d'être aussi grossière. Je n'ai pas encore défini les détails. » Monsieur MacDougall avait l'air un peu malade.

Alexia, prenant pitié du pauvre bougre, bifurqua vers des contrées plus théoriques. « Pourquoi cet intérêt particulier ?

— "Les affections de l'âme sont des essences formulables matérialisées. C'est précisément la raison pour laquelle l'étude de l'âme doit faire partie des sciences de la nature", cita-t-il.

Mademoiselle Tarabotti ne fut pas impressionnée. « Aristote », dit-elle.

Le scientifique fut enchanté. « Vous lisez le grec ?

— Je lis des traductions du grec », répliqua sèchement Alexia ; elle ne souhaitait pas encourager son intérêt évident.

« Eh bien, si nous pouvions déterminer quelle est la substance de l'âme, nous pourrions en mesurer la quantité. Nous saurions alors si quelqu'un deviendrait surnaturel ou non avant la morsure mortelle. Imaginez le nombre de vies qui pourraient être sauvées. »

Alexia se demanda combien elle pèserait sur une telle balance. *Rien ? Probablement, voilà qui serait une expérience toute neuve !* « Est-ce pour cela que vous êtes venu en Angleterre ? Parce que nous avons intégré les vampires et les loups-garous à la société normale ? »

Le scientifique secoua la tête. « Les choses ne vont pas si mal de l'autre côté de l'eau ces temps-ci, mais non, je suis ici pour présenter un article. La Royal Society m'a invité à inaugurer son nouveau club, Hypocras. Vous en avez entendu parler ? »

Oui, mais elle avait oublié quand et ne se rappelait rien d'autre. Elle hocha simplement la tête.

On enleva le poisson, et le plat principal fut placé devant eux : une côte de bœuf en sauce accompagnée de légumes racines.

Au bout de la table, la compagne de dîner de lord Maccon émit un rire argentin.

« Mademoiselle Wibbley est très séduisante, n'est-ce pas ? » demanda tout à trac mademoiselle Tarabotti à monsieur MacDougall. Elle mit à plat sa côte de bœuf présentée debout pour trancher la viande avec férocité.

L'Américain, étant un Américain, regarda ouvertement la jeune fille en question. Il rougit et parla craintivement en regardant sa nourriture. « Je préfère les dames aux cheveux bruns et qui ont un peu plus de personnalité. »

Alexia fut charmée en dépit d'elle-même. Elle décida qu'elle avait assez gâché cette soirée, sans parler du délicieux repas, à se tourmenter au sujet de lord Maccon. Elle s'efforça d'accorder toute son attention au malheureux monsieur MacDougall pour le reste du souper. Une situation qu'il sembla envisager à la fois avec terreur et enchantement.

Mademoiselle Tarabotti, qui n'était pas du genre à rater une chance de démontrer ses tendances bas-bleu, croisa le fer avec le jeune scientifique sur un large choix de sujets. Laissant le pesage des âmes pour une autre occasion, la salade les amena sur le sujet des innovations récentes en matière de conception de moteurs. Avec les fruits et les bonbons, ils s'attaquèrent à la corrélation physique entre les phénomènes mentaux et comportementaux et leurs conséquences sur la dynamique politique des ruches de vampires. Au café, qui fut servi dans le salon, monsieur MacDougall avait demandé et reçu la permission de rendre visite à mademoiselle Tarabotti le lendemain. Lord Maccon paraissait aussi sombre que des nuées d'orage et mademoiselle Wibbley semblait incapable de le distraire encore. Alexia ne remarqua pas le mécontentement du loup-garou ; les nouvelles techniques de capture des reflets évanescents étaient tout simplement captivantes.

Lorsqu'elle quitta la soirée, mademoiselle Tarabotti se sentait toujours rejetée par le comte, mais rassurée car elle savait qu'elle pouvait espérer avoir une conversation intelligente le lendemain. Elle était également satisfaite d'elle-même, convaincue que, bien qu'elle fût peut-être troublée par le comportement de lord Maccon, elle n'en avait rien laissé transparaître, que ce fût pour lui où quiconque d'important.

Lord Conall Maccon, comte de Woolsey, arpentait son bureau tel un loup en cage.

« Je ne comprends pas à quoi elle joue », grommela-t-il. Il avait l'air encore plus négligé qu'à l'ordinaire. Une apparence qui contrastait fortement avec le fait qu'il était toujours en habit de soirée, car il rentrait juste de chez les Blingchester. Sa cravate était terriblement froissée, comme s'il venait de la tirailler.

Le professeur Lyall, assis à son petit bureau personnel dans le coin le plus éloigné de la pièce, leva les yeux de derrière un monticule de rouleaux de métal. Il poussa une pile de tablettes de cire sur le côté.

Il songea avec tristesse qu'en matière de mode, son Alpha était décidément un cas désespéré. Et qu'il prenait également cette direction dans le domaine romantique.

Comme la plupart des loups-garous, ils travaillaient la nuit. En fait, le dîner des Blingchester était le petit déjeuner de lord Maccon.

« J'ai reçu un rapport de la ruche de Westminster au sujet d'une autre disparition de vampire isolé, dit le professeur. Au moins, ils nous ont mis au courant cette fois. C'est bizarre qu'ils s'en soient aperçus avant nous. Je ne pensais pas qu'ils s'intéressaient à ce point à leurs activités. »

Son patron ne parut pas l'entendre. « Satanée femelle, elle m'a complètement ignoré ! Elle a passé toute la soirée à flirter avec un savant. Un scientifique *américain*, si vous pouvez imaginer une horreur pareille ! » L'Alpha avait un accent écossais particulièrement marqué lorsqu'il était offensé dans sa dignité.

Le professeur Lyall capitula devant le fait que, pour l'instant, il n'allait pas pouvoir effectuer le moindre travail correct. « Soyez juste, monsieur le comte. Vous avez entrepris de l'ignorer le premier.

— Bien sûr que je l'ai ignorée ! C'est à elle de venir vers moi maintenant. J'ai très clairement exprimé mon intérêt. »

Silence.

« *Je l'ai embrassée*, expliqua-t-il, chagriné.

— J'ai eu le douteux plaisir d'assister à cet, euh, événement public. » Lyall aiguisa la pointe de son crayon à l'aide d'une petite lame de cuivre qui jaillissait de l'extrémité de ses lunettes.

« Eh bien ! Pourquoi n'a-t-elle rien fait ? voulut savoir l'Alpha.

— Comme quoi ? Vous donner un coup sur la caboche avec son ombrelle fatale ? Je me méfierais si j'étais vous. Je suis presque certain qu'elle l'a fait fabriquer sur mesure et que la pointe est en argent. »

Lord Maccon prit un air irrité. « Comme essayer de me parler, ou peut-être pas, mais m'entraîner dans un endroit… » Il s'interrompit. « Un endroit sombre et doux et… » Il s'ébroua comme un chien mouillé. « Mais non. À la place, elle m'a complètement ignoré, pas un seul mot. Je crois que je préférais quand elle me criait dessus. » Il marqua une pause et hocha la tête. « Non, je sais que je préférais. »

Le professeur Lyall soupira, posa sa plume, dirigea toute son attention sur son patron et tenta de lui expliquer ce qui se passait. D'ordinaire, lord Maccon n'était pas aussi bouché. « Alexia Tarabotti ne va pas se comporter en accord avec la dynamique de meute. Vous la courtisez selon le rituel traditionnel pour les femelles Alpha. C'est peut-être instinctif chez vous, mais nous vivons à une époque moderne. Beaucoup de choses ont changé.

— Cette femme, cracha lord Maccon, est définitivement une Alpha et très certainement une femelle.

— Mais pas une femelle loup-garou. » La voix du professeur Lyall était d'un calme exaspérant.

Lord Maccon, qui jusque-là avait agi de manière totalement instinctive, parut soudain déconfit. « Aurais-je géré cette situation complètement de travers ? »

Le professeur Lyall se souvint des origines de son Alpha. Il était peut-être relativement vieux, mais il avait passé la plus grande partie de son existence dans une petite ville à peine civilisée des Highlands. Toute la bonne société londonienne considérait l'Écosse comme un endroit barbare. Là-bas, les meutes faisaient peu de cas des raffinements des gens diurnes. Les loups-garous des Highlands avaient la réputation de faire des *choses* atroces et totalement injustifiées, comme porter des vestes d'intérieur à la table du dîner. Lyall frémit à cette idée délicieusement épouvantable.

« Oui. J'irais même jusqu'à dire que vous vous êtes mal conduit. Je vous suggère de préparer des excuses bien tournées et de ramper de façon abjecte », dit le Bêta. Son expression demeurait aimable, mais son regard était dur. Son Alpha ne devait pas s'attendre à de la sympathie de sa part.

Lord Maccon se redressa. Il aurait dominé son second de toute sa taille même si Lyall n'avait pas été assis. « Je ne rampe pas.

— On peut apprendre beaucoup de choses nouvelles et intéressantes en l'espace d'une vie », conseilla le professeur Lyall, que sa pose n'impressionnait pas.

L'expression de lord Maccon se fit rebelle.

Le professeur haussa les épaules. « Eh bien, vous feriez mieux d'abandonner tout de suite, alors. Je n'ai jamais très bien compris votre intérêt pour cette jeune femme de toute façon. Je suis convaincu que le dewan aurait beaucoup à dire au sujet des relations intimes non autorisées entre un loup-garou et une femme paranaturelle quelle que soit l'erreur que vous avez commise concernant mademoiselle Tarabotti. » Il était en train de faire marcher son Alpha, ce qui n'était peut-être pas très avisé de sa part.

Lord Maccon devint pivoine et crachouilla. À dire vrai, il ne comprenait pas très bien non plus lui-même pourquoi elle l'intéressait. C'était juste qu'Alexia avait *quelque chose* qui la rendait immensément séduisante. Peut-être la courbe de son cou ou le sourire dissimulé qu'elle avait parfois quand ils discutaient et qui indiquait qu'elle lui criait peut-être dessus par pur plaisir. En ce qui concernait lord Maccon, rien n'était pire qu'une femme craintive. Il se plaignait souvent d'avoir perdu toutes ces filles robustes des Highlands qu'il avait connues dans sa jeunesse dissipée. Il lui semblait souvent qu'Alexia se serait bien adaptée au rude froid écossais, et aux pierres, et au tissu écossais. Était-ce là la source de sa fascination ? Alexia en tissu à carreaux ? Son esprit développa l'image, sortant Alexia du plaid, puis l'y allongeant.

Il s'assit à son bureau avec un soupir. Le silence régna pendant environ une demi-heure ; rien ne vint troubler le calme de la nuit sinon le bruit de feuilles de papier que l'on manipule, le cliquetis des plaques de métal et le bruit de succion d'un buveur de thé.

Lord Maccon finit par lever les yeux. « Ramper, disiez-vous ? »

Lyall ne leva pas les yeux du dernier rapport sur les vampires qu'il étudiait. « Ramper, monsieur le comte. »

6

En voiture avec des savants, en dilettante avec des comtes

Monsieur MacDougall arriva, ponctuel, à onze heures et demie le lendemain matin pour emmener mademoiselle Tarabotti en promenade. Son apparition provoqua un affolement certain dans la maisonnée. Bien entendu, Alexia attendait le gentleman. Elle était tranquillement assise dans le salon de devant, vêtue d'une robe de promenade vert forêt ornée de boutons en filigrane d'or, avec sur la tête un élégant chapeau de paille neuf à large bord et sur le visage une expression modeste. La famille avait déduit que son départ était imminent grâce à son chapeau et ses gants, mais n'avait pas la moindre idée de qui allait bien pouvoir passer la chercher. Alexia ne recevait pas souvent de visiteurs en dehors de mademoiselle Hisselpenny et tous savaient que les Hisselpenny n'avaient qu'un seul attelage, et qu'il n'était pas d'assez bonne qualité pour mériter des boutons en filigrane d'or. Les Loontwill ne pouvaient donc que supposer qu'Alexia attendait *un homme*. Peu de choses au monde pouvaient en cet instant les surprendre plus. L'éventuelle réintroduction de la crinoline les aurait moins choqués. Ils l'avaient interrogée au cours de toutes les activités de la matinée pour qu'elle révèle le nom de ce gentleman, mais en vain. Aussi les Loontwill avaient-ils fini par se résoudre à attendre avec elle, dévorés de curiosité. Lorsque le toc-toc tant attendu arriva, l'attente les avait plongés dans un émoi frénétique.

Monsieur MacDougall sourit timidement aux quatre femmes qui semblaient avoir tenté d'ouvrir la porte d'entrée en même temps. Il présenta ses salutations à madame Loontwill, mademoiselle Évyline Loontwill et mademoiselle Félicité Loontwill. Mademoiselle Tarabotti fit les présentations avec un minimum de bonne grâce et un air embarrassé, avant de saisir le bras qu'il lui offrait avec détermination et une expression non dissimulée de désespoir. Sans plus attendre, il l'aida à descendre les escaliers et à monter dans son véhicule, puis s'installa à côté d'elle sur le siège. Alexia déploya sa fidèle ombrelle et la pencha de manière à ne plus avoir à regarder sa famille.

Monsieur MacDougall conduisait une paire d'alezans à l'allure élégante : des animaux paisibles, mais à la couleur bien assortie, et d'un tempérament fougueux, même si leur regard manquait de feu. La voiture était tout aussi peu prétentieuse. Ce n'était pas un phaéton, mais un petit buggy bien pimpant et pourvu de tout le confort moderne. Le savant rondouillard menait les trois comme s'ils lui appartenaient, et Alexia révisa l'opinion qu'elle avait de lui. Tout dans cet équipage était en excellent état, et il était clair qu'il n'avait pas regardé à la dépense alors qu'il n'était en Angleterre que pour peu de temps. La voiture comportait une bouilloire à manivelle permettant de prendre le thé en marche, un appareil de vue monoculaire à longue distance pour mieux apprécier le paysage, et même un petit moteur à vapeur relié à un système hydraulique complexe dont Alexia ne savait absolument pas à quoi il était destiné. Monsieur MacDougall était un scientifique, c'était certain, et un Américain sans le moindre doute, mais il semblait aussi avoir bon goût et les moyens de le démontrer de manière inventive et appropriée. Mademoiselle Tarabotti fut dûment impressionnée. En ce qui la concernait, c'était une chose d'avoir des moyens financiers et une autre de savoir l'afficher comme il convenait.

Derrière eux, la famille d'Alexia se pelotonna en une masse ravie et caquetante. Enthousiasmés de constater que c'était effectivement un homme qui était venu chercher la fille aînée, ses membres étaient encore plus ravis de découvrir qu'il s'agissait du jeune scientifique respectable de la veille. Les Loontwill atteignirent de nouveaux sommets d'euphorie (surtout monsieur Loontwill) une fois qu'ils eurent déduit qu'il semblait posséder plus de capital qu'on pouvait l'espérer d'un membre ordinaire des cercles intellectuels (même s'il était américain).

« Il est possible qu'il soit vraiment une bonne prise, dit Évyline à sa sœur tandis qu'elles agitaient la main sur le seuil pour dire au revoir à Alexia. Un peu trop dodu à mon goût, mais elle ne peut pas se permettre d'être difficile. Pas avec son âge et son physique. »

Évyline rejeta négligemment l'une de ses boucles blondes derrière son épaule.

« Et nous qui pensions qu'elle n'avait plus aucune chance de se marier. » Félicité secoua la tête devant les merveilles de l'Univers.

« Ils sont assortis, dit leur mère. C'est un rat de bibliothèque, à l'évidence. Je n'ai pas suivi un seul mot de leur conversation pendant le dîner d'hier soir, pas une syllabe. Il doit s'agir d'un intellectuel.

— Et vous savez ce qui est le mieux dans cette situation ? » ajouta Félicité, rosse jusqu'au bout. « Tout cet argent », murmura son père, mais elle n'entendit pas, ou ignora sa remarque et répondit à sa propre question : « S'ils se marient, il l'emmènera là-bas, dans les colonies.

— Oui, mais nous devrons vivre avec le fait que tous les gens qui comptent sauront qu'il y a un Américain dans la famille, fit remarquer Évyline, en plissant les yeux.

— Nécessité fait loi, mes chéries, nécessité fait loi », dit leur mère en les faisant rentrer et en refermant la porte avec fermeté derrière elles. Elle se demandait comment ils pourraient se débrouiller pour dépenser aussi peu que possible pour le futur mariage d'Alexia et elle se retira dans le bureau pour en discuter avec son mari.

Bien entendu, la famille de mademoiselle Tarabotti s'emballait beaucoup trop vite. Les intentions d'Alexia envers monsieur MacDougall étaient de nature entièrement platonique. Tout ce qu'elle voulait, c'était sortir de la maison et parler avec quelqu'un, n'importe qui possédant un véritable cerveau en bon état de marche, pour changer. Les intentions de monsieur MacDougall étaient peut-être moins pures, mais il était assez timide pour que mademoiselle Tarabotti pût ignorer toute incursion verbale dans des contrées romantiques. Elle commença par s'enquérir de ses recherches scientifiques.

« Comment en êtes-vous venu à vous intéresser à la mesure de l'âme ? » demanda-t-elle aimablement, ravie d'être dehors et disposée à se montrer agréable envers celui qui contribuait à sa libération.

La journée était exceptionnellement belle, d'une tiédeur agréable avec une brise légère et amicale. L'ombrelle de mademoiselle Tarabotti était de fait utilisée pour sa fonction première, car la capote du buggy de monsieur MacDougall était baissée et Alexia n'avait certes pas besoin de plus de soleil que strictement nécessaire. Le moindre contact avec la lumière du jour faisait passer son bronzage à la couleur moka, rendant sa mère hystérique. Avec un chapeau et une ombrelle bien en place, ses nerfs étaient en totale sécurité – dans ce domaine en tout cas.

Monsieur MacDougall fit claquer sa langue, et ses chevaux se mirent à avancer au pas. Un gentleman aux cheveux châtains et au visage de renard rusé portant un grand imperméable quitta son poste sous le lampadaire devant la porte d'entrée des Loontwill et les suivit discrètement à distance.

Monsieur MacDougall regarda sa compagne de promenade. On ne pouvait considérer qu'elle avait une beauté à la mode, mais il aima la ligne forte de sa mâchoire et la lueur déterminée dans ses yeux sombres. Il avait un penchant marqué pour les dames dotées d'une forte personnalité, surtout si elles avaient une jolie mâchoire, de grands yeux noirs et une belle silhouette pour couronner le tout. Il décida qu'elle semblait assez solide pour qu'il lui fasse part de la vraie raison pour laquelle il désirait mesurer les âmes, ce qui lui donnait de toute façon l'occasion de relater une anecdote dramatique. « Ce n'est pas un problème d'en parler ici, j'imagine, dit-il en guise d'introduction, mais vous devez comprendre que dans mon pays je n'en ferais rien. » Bien caché derrière sa calvitie et ses lunettes, monsieur MacDougall avait un certain penchant pour le théâtre.

Mademoiselle Tarabotti posa une main compréhensive sur son bras. « Mon cher monsieur, je n'avais pas l'intention d'être indiscrète ! Se pourrait-il que ma question vous ait paru indiscrète ? »

Le gentleman rougit et remonta nerveusement ses lunettes sur son nez. « Oh, non, bien sûr que non ! Rien de tel. C'est juste que mon frère a été transformé. En vampire, vous voyez. Mon frère aîné. »

La réaction d'Alexia fut typiquement britannique. « Félicitation pour cette métamorphose réussie. Qu'il laisse sa marque dans l'histoire. »

L'Américain secoua la tête avec tristesse. « Ici, ainsi que l'implique votre commentaire, on considère généralement cela comme une bonne chose. Dans ce pays, je veux dire.

— L'immortalité est l'immortalité. » Alexia ne voulait pas se montrer froide, mais c'était un fait.

« Pas quand elle vous coûte votre âme.

— Les membres de votre famille sont de vieux croyants ? » Alexia était surprise. Monsieur MacDougall était un scientifique, après tout. Ils provenaient peu souvent d'un environnement très religieux.

Il hocha la tête. « Des puritains complets. Pas un seul progressiste dans leurs rangs. Pour eux, surnaturel signifie "mort-vivant". John a survécu à la morsure, mais ils l'ont quand même répudié et déshérité. La famille lui a donné trois jours avant de le chasser comme un chien enragé. »

Mademoiselle Tarabotti secoua la tête avec chagrin. Quelle étroitesse d'esprit ! Elle connaissait bien l'histoire de son pays. Les puritains avaient quitté l'Angleterre de la reine Élisabeth pour le Nouveau Monde parce qu'elle avait reconnu la présence des êtres surnaturels dans les îles Britanniques. Les colonies étaient demeurées complètement arriérées depuis : les religieux fourraient leur nez dans toutes les relations avec les vampires, les loups-garous et les fantômes. Cela faisait de l'Amérique un endroit profondément superstitieux. Qui pouvait savoir ce qu'ils auraient pensé de quelqu'un comme elle !

La curiosité piquée par le fait qu'un homme venant d'une famille conservatrice décide de tenter la métamorphose, elle demanda : « Mais pourquoi diable votre frère a-t-il été transformé ?

— Ça s'est fait contre sa volonté. Je crois que la reine a voulu démontrer quelque chose. Nous autres, MacDougall, avons toujours voté contre le changement – antiprogrès jusqu'à notre dernier souffle, avec de l'influence au gouvernement là où cela compte le plus. »

Mademoiselle Tarabotti hocha la tête. Elle avait déduit que sa famille était influente grâce à l'argent qu'il possédait de façon évidente. D'une main, elle toucha le cuir fin du siège du buggy. Voilà un scientifique qui n'avait pas besoin de mécène. Quel étrange endroit que ce pays de l'autre côté de l'océan où la religion et la richesse faisaient autorité et où l'histoire et l'ancienneté avaient si peu d'influence !

« Je crois que la ruche a pensé que transformer l'aîné de la famille pourrait nous amener, nous autres les MacDougall, à penser différemment.

— Et cela a fonctionné ?

— Pas du tout, sauf pour moi. J'adorais mon frère aîné, voyez-vous. Je l'ai vu une fois après sa métamorphose. Il était toujours le même : plus fort, plus pâle, nocturne, oui, mais inchangé pour l'essentiel. Il aurait probablement encore voté conservateur s'ils l'avaient laissé voter. » Il eut un petit sourire, après quoi son visage retrouva sa rondeur insipide de pudding. « Alors je suis passé de la banque à la biologie, et depuis j'étudie le surnaturel. »

Mademoiselle Tarabotti secoua la tête, dépitée. Quel triste début ! Elle contempla la journée ensoleillée : le beau vert d'Hyde Park, les chapeaux et les robes aux couleurs vives des dames marchant bras dessus bras dessous dans l'herbe, les deux dirigeables grassouillets glissant tranquillement au-dessus d'eux. « Le BUR n'aurait jamais autorisé un tel comportement de la part d'un vampire – mordre sans permission ! Et il aurait encore moins laissé une reine mordre quelqu'un qui ne le désirait pas pour le transformer ! C'est un comportement très choquant. »

Monsieur MacDougall soupira. « Votre monde est très différent, ma chère mademoiselle Tarabotti. Vraiment très différent. Mon pays est encore en guerre avec lui-même. On n'a toujours pas pardonné aux vampires de s'être ralliés aux Confédérés. »

Alexia ne voulait pas insulter son nouvel ami, aussi se retint-elle de critiquer son gouvernement. Mais à quoi les Américains s'attendaient-ils en refusant d'intégrer les surnaturels à leur société de quelque façon que ce soit ? Et quand ils contraignaient les vampires et les loups-garous à se cacher et à rôder en une imitation de mauvaise qualité des Âges Sombres de l'Europe ?

« Avez-vous renoncé aux croyances puritaines de votre famille ? »

Mademoiselle Tarabotti jeta un regard interrogateur à son compagnon. Du coin de l'œil, elle aperçut un imperméable ocre. Cela devait être dur pour le professeur Lyall d'être dehors avec tout ce soleil, surtout si près de la pleine lune. Elle ressentit un instant de pitié mais fut satisfaite de savoir que c'était lui qui avait pris la relève du garde de nuit. Cela signifiait que lord Maccon pensait encore à elle. Il pensait à elle comme à un problème, certes… mais c'était mieux que ne pas penser à elle du tout, non ? Alexia porta doucement la main à ses lèvres et se força à cesser toute rumination sur l'état mental du comte de Woolsey.

Monsieur MacDougall répondit à sa question. « Vous voulez savoir si j'ai cessé de croire que les êtres surnaturels ont vendu leur âme à Satan ? »

Mademoiselle Tarabotti hocha la tête.

« Oui. Mais pas nécessairement à cause du malheur qui a frappé mon frère. Cette idée n'a jamais été assez scientifique pour moi. Mes parents ne savaient pas ce qu'ils risquaient en m'envoyant à Oxford. Vous savez que j'ai étudié dans ce pays pendant un temps ? Plusieurs des professeurs sont des vampires. J'ai fini par adopter le point de vue de la Royal Society, qui est que l'âme doit constituer une entité quantifiable. Certains individus possèdent cette matière-âme en moindre quantité et d'autres en ont plus. Et ceux-là peuvent être transformés en immortels. Ainsi, ce n'est pas le manque d'âme, mais sa surabondance qui effraie les puritains. Ce concept même est une hérésie dans ma famille. »

Alexia était d'accord. Elle suivait les publications de la Royal Society. Ils n'avaient pas encore découvert l'existence des paranaturels et de ceux qui n'avaient véritablement pas d'âme. Le BUR se contentait de laisser les scientifiques diurnes tâtonner sans aucun succès en direction de ce domaine particulier de la connaissance. Mais en cette époque moderne, mademoiselle Tarabotti sentait que ses semblables finiraient par être analysés et disséqués : ce n'était qu'une question de temps.

« Avez-vous inventé un moyen de mesurer l'âme depuis ? » Elle chercha discrètement son ombre surnaturelle. Le professeur Lyall les suivait à quelques mètres, soulevant son chapeau en direction des dames qui passaient par là : un gentleman ordinaire de la classe moyenne qui n'avait apparemment aucune conscience de la présence proche de leur buggy. Mais Alexia avait la certitude qu'il la regardait en permanence. Le professeur Lyall savait où était son devoir.

Monsieur MacDougall hocha la tête. « N'aimeriez-vous pas savoir ? Surtout en tant que femme ? Je veux dire, les femmes risquent beaucoup plus de ne pas survivre à la métamorphose. »

Mademoiselle Tarabotti sourit. « Je sais précisément quelle quantité d'âme je possède, merci, monsieur. Je n'ai nul besoin qu'un scientifique me le dise. »

Monsieur MacDougall rit, prenant sa confidence pour une plaisanterie.

Un troupeau de jeunes dandys passa près d'eux. Ils étaient tous attifés à la pointe de la mode : queues-de-pie à trois boutons au lieu de redingotes, cravates en soie nouées autour du cou et cols montants. Alexia était certaine d'en avoir vu certains quelque part, mais elle ne les reconnut pas assez pour trouver leur nom. Ceux-là soulevèrent leur chapeau dans sa direction. Un spécimen plutôt grand et portant des culottes de satin myrtille ralentit pour regarder monsieur MacDougall avec un intérêt inexplicable avant d'être entraîné par ses compagnons. Sur leur flanc, le professeur Lyall prit note de leurs singeries avec intérêt.

Alexia jeta un coup d'œil à son compagnon. « Si vous réussissez à mesurer les âmes, monsieur MacDougall, ne devriez-vous pas vous inquiéter que de telles connaissances soient mal utilisées ?

— Par les scientifiques ?

— Par les scientifiques, les ruches, les meutes, les gouvernements. En ce moment, c'est leur petit nombre qui limite les êtres surnaturels. S'ils savaient à l'avance qui recruter, ils pourraient transformer plus de femmes et augmenter sensiblement leur population. Le tissu même de notre société en serait transformé.

— Pourtant, le fait qu'ils aient besoin de nous pour procréer nous donne à nous, gens normaux, un petit avantage », objecta-t-il.

Mademoiselle Tarabotti songea soudain que les ruches et les meutes devaient déjà travailler depuis des centaines d'années pour découvrir un moyen de mesurer l'âme humaine. Ce jeune homme avait peu de chance de réussir là où des générations de chercheurs surnaturels à la pointe de la science avaient échoué. Mais elle tint sa langue. Qui était-elle pour détruire les rêves d'un homme ?

Elle feignit de s'intéresser à un groupe de cygnes flottant sur une mare d'un côté de l'allée. En vérité, c'était le professeur Lyall qui avait attiré son attention. Avait-il trébuché ? On eût dit que c'était le cas, et qu'il avait heurté un autre gentleman, lui faisant lâcher une sorte d'appareil en métal.

« Alors, de quel sujet allez-vous parler à l'inauguration de l'Hypocras ? » demanda mademoiselle Tarabotti.

Monsieur MacDougall toussa. « Eh bien (il parut gêné), surtout de ma découverte que l'âme n'est pas. Mes recherches initiales semblent indiquer que ce n'est pas une aura ou une pigmentation de la peau de quelque sorte que ce soit. Il existe plusieurs théories : certains pensent qu'elle pourrait résider en partie dans le cerveau, d'autres qu'elle est un élément fluide dans les yeux ou peut-être de nature électrique.

— Qu'en pensez-vous ? » Alexia prétendait toujours s'intéresser aux cygnes. Le professeur Lyall sembla reprendre ses esprits. C'était difficile à dire à cette distance, mais son visage anguleux semblait étrangement pâle sous son tuyau de poêle disproportionné.

« D'après ce que je sais de la métamorphose – et je n'ai jamais eu le privilège de l'observer de près, bien évidemment –, je crois que la conversion provient d'un agent pathogène présent dans le sang. Le même genre que celui dont le docteur Snow suggère qu'il est responsable de la dernière épidémie de choléra.

— Vous vous opposez à l'hypothèse des miasmes dans le transfert des maladies ? »

Le scientifique inclina la tête, ravi de converser avec une femme si au fait des théories médicales modernes.

« Le docteur Snow suggère que la transmission du choléra s'est produite par l'ingestion d'eau contaminée, dit mademoiselle Tarabotti. Comment diriez-vous que se produit la transmission surnaturelle ?

— Cela reste un mystère. Comme la raison pour laquelle certains réagissent positivement et d'autres non.

— Un état auquel nous faisons à présent référence en parlant de présence ou d'absence d'excès d'âme ? suggéra Alexia.

— Exactement. » Les yeux du scientifique brillèrent d'enthousiasme. « Identifier un agent pathogène nous montrera simplement ce qui produit la métamorphose. Cela ne nous dira pas *pourquoi* elle se produit, ni *comment*. Jusqu'à présent, j'ai concentré mes recherches sur l'hématologie, mais je commence à me dire que je n'ai pas adopté le bon angle théorique.

— Vous devez déduire en quoi ceux qui meurent et ceux qui survivent sont différents ? » Alexia tapota le manche de cuivre de son ombrelle du bout des doigts.

« Et à quoi ressemblent les survivants avant et après la métamorphose. » Monsieur MacDougall arrêta les chevaux de manière à pouvoir se tourner pour faire face à Alexia, enthousiasmé. « Si l'âme possède une substance, si c'est un organe ou une partie d'un organe que certains possèdent et d'autres non… Le cœur, peut-être, ou les poumons… »

Mademoiselle Tarabotti était tout aussi enthousiaste ; elle acheva de formuler son hypothèse pour lui. « Alors, elle devrait être quantifiable ! »

Ses yeux sombres étincelèrent à cette simple idée. Le concept était brillant, mais il allait nécessiter des études bien plus poussées. Elle comprenait à présent pourquoi il avait pensé que ses recherches ne constituaient pas un sujet de conversation convenable à la table d'un dîner la veille au soir.

« Vous prévoyez de disséquer un certain nombre de cadavres ? » demanda-t-elle.

Monsieur MacDougall hocha la tête ; dans son excitation, il avait oublié sa sensibilité féminine. « Mais j'ai de grandes difficultés à me procurer des loups-garous et des vampires morts pour effectuer des comparaisons. Surtout aux États-Unis. »

Mademoiselle Tarabotti frémit. Inutile de demander pourquoi. Tout le monde savait que les Américains brûlaient toute personne accusée d'être une créature surnaturelle, ce qui laissait fort peu de matériel à étudier aux scientifiques. « Vous pensez vous procurer des spécimens ici et les ramener là-bas ? »

Le scientifique hocha la tête. « J'espère que l'on considérera que mener ce genre d'investigation sert les plus hauts intérêts de la science.

— Eh bien, dit Alexia, votre discours au club Hypocras devrait vous ouvrir la voie, surtout s'il aborde ne serait-ce qu'un peu les sujets dont nous parlons en ce moment. Vous avez certaines des idées les plus nouvelles et les meilleures que j'ai jamais entendues sur le sujet. Si j'étais autorisée à être membre du club, vous auriez mon vote de confiance. »

Le jeune homme sourit à ce compliment et commença à penser avec plus d'affection encore à mademoiselle Tarabotti, qui possédait assez d'intelligence non seulement pour comprendre ses idées, mais aussi pour en percevoir la valeur. Il claqua de nouveau la langue pour faire repartir les chevaux et les guida sur le côté de l'allée. « Vous ai-je dit que vous êtes très en beauté aujourd'hui, mademoiselle Tarabotti ? » Il arrêta complètement le véhicule.

Alexia ne pouvait à l'évidence pas relever les nombreux défauts que comportaient ses théories après un tel compliment. À la place, elle orienta la conversation vers des sujets plus généraux. Monsieur MacDougall remonta la bouilloire mécanique et prépara le thé. Pendant ce temps, Alexia utilisa l'instrument monoculaire de vision à distance et commenta les plaisirs d'une journée ensoleillée et la grâce sculpturale des lointains dirigeables qui flottaient au-dessus du parc. Elle le pointa aussi sur le professeur Lyall, qui se reposait un peu plus loin à l'ombre d'un arbre ; il avait chaussé ses verribles et l'observait à travers. Elle se dépêcha de poser l'appareil d'agrandissement et se tourna aimablement vers son hôte et son thé.

Tandis qu'elle prenait une gorgée prudente dans la tasse en laiton, surprise de découvrir un Assam délicieux, il alluma le petit moteur hydraulique qu'elle avait remarqué à l'arrière du véhicule. Dans une débauche de grincements et de gémissements, une énorme ombrelle se dressa, puis se déplia pour donner de l'ombre à la voiture ouverte. Alexia referma sa petite ombrelle avec un claquement, tout en la regardant d'un air furieux et avec un sentiment parfaitement injustifié d'insuffisance. C'était une bonne petite ombrelle qui ne méritait pas du tout qu'on lui lance un regard aussi noir.

Ils passèrent ensemble encore une heure des plus plaisantes, buvant du thé et grignotant le contenu d'une boîte de loukoums à la rose et au citron que monsieur MacDougall s'était procurée spécialement pour cette occasion. Peu de temps après, sembla-t-il à Alexia, il repliait l'ombrelle géante et la reconduisait chez elle.

Le jeune gentleman l'aida à descendre du véhicule devant le seuil des Loontwill en se sentant, avec raison, satisfait du succès de leur sortie, mais Alexia l'arrêta lorsqu'il tenta de l'accompagner jusqu'à la porte.

« S'il vous plaît, ne prenez pas mon refus pour de l'impolitesse, expliqua-t-elle avec délicatesse. Mais vous ne pouvez pas rencontrer ma famille maintenant. Ils ne sont pas du même calibre intellectuel que vous, j'ai honte de devoir le dire. » Elle soupçonnait sa mère et ses sœurs d'être allées faire des courses, mais elle avait besoin d'une excuse. Vu le regard qu'il avait à présent, il pouvait être tenté de lui faire une déclaration, et où en serait-elle alors ?

Le scientifique hocha gravement la tête. « Je comprends tout à fait, ma chère mademoiselle Tarabotti.

Ma propre famille est affligée du même défaut. Pourrai-je vous rendre une autre visite ? »

Alexia ne sourit pas. Il aurait été inconvenant de jouer les coquettes alors qu'elle n'avait pas l'intention de répondre à ses avances. « Vous le pourrez, mais pas demain, monsieur MacDougall. Vous allez vous préparer à prononcer votre discours.

— Le lendemain ? » Il était obstiné. « Comme cela, je pourrai vous dire comment s'est déroulée l'ouverture. »

Ces Américains sont vraiment très insolents. Alexia soupira intérieurement mais acquiesça d'un mouvement de tête.

Monsieur MacDougall remonta sur le siège du conducteur, souleva son chapeau et fit posément battre en retraite ses beautés alezanes.

Mademoiselle Tarabotti fit semblant de rester sur le seuil pour lui dire au revoir de la main, mais dès qu'il fut hors de vue, elle descendit furtivement les marches pour se rendre sur le côté de la maison.

« On peut dire que vous me surveillez de près ! accusa-t-elle l'homme qui était tapi là.

— Bonjour, mademoiselle Tarabotti », dit-il d'une voix polie mais grave – plus que d'ordinaire, même pour le professeur Lyall. Elle semblait presque affaiblie.

Inquiète, Alexia fronça les sourcils. Elle tenta de mieux voir son visage sous son chapeau ostentatoire. « Comment se fait-il que vous soyez de service aujourd'hui, monsieur ? J'aurais cru que lord Maccon avait besoin de vos talents ailleurs. »

Le professeur avait les traits tirés et paraissait pâle, ce qui était normal chez un vampire, mais pas chez un loup-garou. La tension creusait les traits de son visage et ses yeux étaient injectés de sang. « Mademoiselle Tarabotti, la pleine lune approche, monsieur le comte ne peut pas poster n'importe qui pour monter la garde pendant la journée. Les jeunes ne sont pas très stables à cette période du mois. »

Alexia renifla. « J'apprécie son intérêt pour mon bien-être. Mais j'aurais cru qu'il y aurait au BUR d'autres personnes pour qui le travail de jour ne serait pas si éprouvant. Quand la lune sera-t-elle pleine ?

— Demain soir. »

Mademoiselle Tarabotti fronça les sourcils. « Le jour du discours de monsieur MacDougall au club Hypocras, murmura-t-elle pour elle-même.

— Quoi ? » Le professeur semblait trop las pour être intéressé.

Alexia agita une main dans les airs. « Oh, rien d'important. Vous devriez rentrer chez vous, professeur, et vous reposer. Vous avez une mine absolument épouvantable. Il ne devrait pas vous faire travailler si dur. »

Le Bêta sourit. « C'est en partie à quoi je sers.

— À vous épuiser à me protéger ?

— À protéger ses intérêts. »

Mademoiselle Tarabotti lui jeta un regard horrifié. « Je ne considère pas du tout cela comme une description appropriée. »

Lyall, qui avait vu le véhicule et ses armoiries garé de l'autre côté de la demeure des Loontwill, ne répliqua pas.

Il y eut une pause.

« Qu'avait-il fait ? demanda Alexia.

— Qui ? répliqua le professeur Lyall, bien qu'il sût parfaitement sur quoi portait sa question.

— L'homme sur qui vous avez fait semblant de trébucher.

— Hmmm, fit le loup-garou, évasif. Il s'agissait plutôt de ce qu'il avait. »

Mademoiselle Tarabotti pencha la tête et prit un air curieux.

« Je vous souhaite une bonne soirée, mademoiselle Tarabotti », dit le professeur Lyall.

Alexia lui lança un regard exaspéré puis remonta les marches du perron et rentra chez elle.

Il était évident que la famille était sortie, mais Floote l'attendait dans l'entrée avec une expression embarrassée très peu flootesque. La porte du salon de devant était ouverte, un signe certain qu'il y avait des visiteurs. Alexia fut choquée. Les Loontwill ne pouvaient pas avoir attendu de la compagnie, sinon ils n'auraient pas quitté les lieux.

« Qui est là, Floote ? » demanda-t-elle, en triturant son épingle à cheveux.

Le majordome leva les deux sourcils.

Alexia avala sa salive et se sentit tout à coup nerveuse. Elle ôta son chapeau et ses gants, qu'elle posa avec précaution sur la table du vestibule.

Elle prit un instant pour se donner une contenance, vérifiant sa coiffure dans le miroir au cadre doré de l'entrée. Sa masse sombre était coiffée un peu long pour la journée, mais elle avait une marque de morsure à dissimuler, et il faisait trop chaud pour porter un col haut. Elle remit quelques boucles en place d'une chiquenaude pour mieux couvrir le bleu. Son visage lui rendit son regard : un menton ferme, des yeux noirs, une expression combative. Alexia toucha son nez. *Monsieur MacDougall pense que tu es très jolie*, dit-elle à son reflet.

Se tenant le plus droit possible, elle entra dans le salon de devant.

Lord Conall Maccon pivota sur lui-même. Il faisait face aux rideaux de velours fermés de la fenêtre, les fixant comme s'il avait été capable de voir à travers le lourd tissu. Dans le faible éclairage de la pièce, son regard paraissait accusateur.

Mademoiselle Tarabotti s'arrêta sur le seuil. Sans un mot, elle se retourna, tendit les bras et referma la porte du salon derrière elle avec fermeté.

Floote jeta un long regard sévère à la porte close.

Au-dehors, dans la rue, le professeur Lyall dirigea sa personne exténuée vers les bureaux du BUR – il ne lui restait plus que quelques dossiers à vérifier avant d'aller se coucher. De sa main libre, il tapota la nouvelle bosse de son gilet aux multiples poches. Pourquoi, se demanda-t-il, un homme se promenait-il dans Hyde Park avec une seringue ? Il se retourna une fois pour jeter un coup d'œil à la demeure des Loontwill. Un sourire subit plissa les traits anguleux de son visage tandis qu'il notait que l'équipage du château de Woolsey attendait non loin de là. Ses armoiries brillaient dans le soleil de fin d'après-midi : un écu écartelé, montrant sur deux quartiers un château au clair de lune, et sur deux autres une nuit étoilée sans lune. Il se demanda si son seigneur et maître allait vraiment ramper.

Le comte de Woolsey portait un costume chocolat foncé, une cravate de soie caramel et une expression d'impatience mal dissimulée. Il tenait d'une main ses gants de chevreau dont il frappait l'autre en rythme lorsque mademoiselle Tarabotti entra dans le salon. Il s'interrompit aussitôt mais elle avait remarqué sa nervosité.

« Mais quelle mouche vous a donc piqué ? » demanda-t-elle sans tenter de le saluer dans les formes. Respecter les formes était une perte de temps avec lord Maccon. Elle se mit en position, les bras écartés, debout sur le tapis jaune primevère qui se trouvait devant lui.

Le comte répliqua par un « Et où étiez-vous donc passée toute la journée ? » bourru.

Mademoiselle Tarabotti était d'humeur fuyante. « Dehors. »

Le comte n'était pas disposé à se contenter d'une telle réponse. « Avec qui ? »

Alexia haussa les deux sourcils. Il finirait par l'apprendre par le professeur Lyall, aussi répondit-elle malicieusement : « Un jeune scientifique très gentil.

— Pas ce patapouf avec qui vous jacassiez au dîner d'hier soir ? » Lord Maccon la regardait avec une expression horrifiée.

Mademoiselle Tarabotti le toisa d'un air vicieux. Intérieurement, elle était ravie. Il avait remarqué ! « Il se trouve que monsieur MacDougall a des théories tout à fait fascinantes sur un éventail très large de sujets, et qu'il s'intéresse à mon opinion. Ce qui est bien plus que ce que je peux dire de certains autres gentlemen de ma connaissance. La journée était belle et la promenade délicieuse, et il fait un partenaire tout à fait plaisant pour la conversation. Une situation qui vous est parfaitement inconnue, j'en suis convaincue. »

Lord Maccon parut tout à coup très soupçonneux. Ses yeux s'étrécirent, et leur couleur pâlit jusqu'à devenir de la même teinte caramel que sa cravate. « De quoi lui avez-vous parlé, mademoiselle Tarabotti ? Devrais-je être au courant ? »

Il utilisait sa voix du BUR.

Mademoiselle Tarabotti regarda autour d'eux, s'attendant à tout instant à voir le professeur Lyall sortir avec un bloc-notes ou une plaque en métal et un stylet. Elle poussa un soupir résigné. Il était clair que le comte n'était venu que pour une visite officielle. Il était idiot de sa part d'espérer, se morigéna-t-elle. Puis elle se demanda ce qu'elle avait espéré exactement. Des excuses ? De lord Maccon ? *Ah.* Elle s'assit sur une petite chaise en osier près du sofa en prenant bien garde de conserver une certaine distance entre eux deux. « C'est plus ce qu'il m'a dit *lui*, qui est intéressant, dit-elle. Il pense que l'état surnaturel est un genre de maladie. »

Lord Maccon, qui était un loup-garou et donc « maudit », avait déjà entendu cette description. Il croisa les bras, la dominant de toute sa taille.

« Oh, pour l'amour du ciel, dit mademoiselle Tarabotti en faisant claquer sa langue, asseyez-vous, je vous en prie. »

Lord Maccon s'assit.

Mademoiselle Tarabotti poursuivit son récit. « Monsieur MacDougall… c'est son nom, vous savez ? Monsieur MacDougall. Enfin bref, monsieur MacDougall croit que l'état de créature surnaturelle est provoqué par un agent pathogène transporté par le sang qui affecte certains êtres humains mais pas d'autres parce que certains d'entre eux possèdent des caractéristiques physiques particulières et d'autres pas. Selon sa théorie, il semblerait que les hommes soient plus susceptibles que les femmes de posséder lesdites caractéristiques, et que ce soit la raison pour laquelle ils survivent plus fréquemment à la métamorphose. »

Lord Maccon se laissa aller en arrière ; le petit sofa grinça sous son poids. Il exprima ce que lui inspirait cette idée en reniflant de mépris.

« Il y a bien entendu un problème essentiel dans ses conjectures, poursuivit Alexia en ignorant le reniflement.

— Vous.

— Hmmm. » Elle hocha la tête. La théorie de monsieur MacDougall ne laissait pas de place à ceux qui étaient totalement dépourvus d'âme et annulaient les pouvoirs de ceux qui en avaient trop. Que penserait donc monsieur MacDougall d'une créature paranaturelle ? La considérerait-il comme une sorte d'antidote de courte portée à la maladie surnaturelle ? « C'est pourtant une théorie élégante, si l'on songe qu'elle repose sur peu de chose. » Elle n'avait pas besoin de dire qu'elle respectait le jeune homme qui l'avait conçue. Lord Maccon le voyait à son expression.

« Dans ce cas, souhaitez-lui de profiter de ses illusions et tenez-vous-en là », dit le comte avec détermination. On commençait à voir ses canines, et la couleur de ses yeux se rapprochait d'un brun de plus en plus jaune.

Mademoiselle Tarabotti haussa les épaules. « Il s'intéresse à moi. Il est intelligent. Il a de l'argent et des relations, si j'ai bien compris. » *Il pense que je suis adorable.* Elle ne prononça pas cette phrase à voix haute. « Qui suis-je pour me plaindre de ses attentions, ou pour les décourager, d'ailleurs ? »

Lord Maccon avait de bonnes raisons de regretter ce qu'il avait dit au professeur Lyall la nuit où Alexia avait tué le vampire. Apparemment, elle pensait bel et bien à se marier. Et elle semblait avoir trouvé quelqu'un qui voulait bien l'épouser, en dépit du fait qu'elle était à demi italienne. « Il vous emmènera en Amérique, et vous êtes paranaturelle. S'il est aussi intelligent que vous le suggérez, il va finir par deviner ce petit détail. »

Mademoiselle Tarabotti rit. « Oh, je ne songe pas à me marier avec lui, monsieur le comte. Ni à rien d'aussi téméraire. Mais j'apprécie sa compagnie. Elle rend mes journées moins monotones, et empêche les membres de ma famille de se montrer grossiers. »

Lord Maccon sentit une vague palpable de soulagement l'envahir lorsqu'il entendit cette affirmation insouciante et de l'agacement envers lui-même parce qu'il la ressentait. Pourquoi cela lui importait-il autant ? Ses canines se rétractèrent un peu. Puis il prit conscience qu'elle avait bien parlé de *se marier* et que, s'il en croyait son expérience, elle avait une sensibilité plutôt moderne pour une vieille fille. « Vous songez peut-être à quelque chose de non conjugal avec lui ? » Il grondait pour ainsi dire en parlant.

« Oh, pour l'amour de dieu. Cela vous dérangerait-il si c'était le cas ? »

Lord Maccon postillonna carrément en entendant cela.

Et Alexia se rendit soudain compte de ce qu'elle était en train de faire. Elle était assise et avait une conversation polie avec lord Conall Maccon, comte de Woolsey – qu'elle n'aimait pas et envers qui elle était censée être extrêmement fâchée –, au sujet de la relation sentimentale qu'elle entretenait (ou pas). C'était juste que la présence du comte lui brouillait complètement les esprits.

Elle ferma les yeux et prit une profonde inspiration. « Un instant. Pourquoi suis-je en train de vous parler ? Monsieur le comte, votre conduite de l'autre soir ! » Elle se leva et se mit à arpenter la petite pièce encombrée dans un bruissement de jupes, ses yeux lançant de féroces étincelles. Elle pointa un doigt accusateur sur lui. « Vous n'êtes pas qu'un loup-garou ; vous, monsieur le comte, êtes un débauché. Voilà ce que vous êtes ! Vous avez abusé de moi l'autre soir, lord Maccon. Admettez-le ! Je ne vois absolument pas pourquoi vous avez jugé nécessaire de (elle s'interrompit, embarrassée) faire ce que vous avez fait, le soir où l'on m'a presque enlevée. Mais il est clair que vous avez changé d'avis depuis. Enfin, si vous ne vous intéressiez à moi que comme à (elle hésita, tentant de trouver le terme correct) un amusement passager, vous pouviez au minimum me le dire franchement tout de suite après. » Elle croisa les bras et le regarda avec mépris. « Pourquoi ne l'avez-vous pas fait ? Vous croyez que je ne suis pas assez forte pour digérer cela sans faire une scène ? Je puis vous assurer, monsieur le comte, que personne n'a plus l'habitude que moi d'être rejetée. C'est très grossier de votre part de ne pas m'informer que votre manquement aux bonnes manières n'était qu'une malheureuse impulsion du moment. Je mérite *un peu* de respect. Nous nous connaissons depuis suffisamment longtemps pour cela, à tout le moins. » Et avec cette remarque, elle perdit tout son élan, sentit comme une chaleur derrière ses yeux, et refusa de croire qu'il pouvait s'agir de larmes.

À présent, lord Maccon commençait à ressentir de la colère, mais pour des raisons différentes. « Vous avez donc tout compris, n'est-ce pas ? Et pourquoi, dites-moi donc, aurais-je soudain changé d'avis quant à ma… comment l'avez-vous appelée ? Malheureuse impulsion du moment ? » Son accent écossais était particulièrement audible. Alexia aurait pu être amusée de constater que plus le comte était en colère, plus il grasseyait. Mais elle était trop furieuse pour le remarquer. Toutes ses larmes avaient reflué.

Elle cessa de marcher de long en large et leva les mains au ciel. « Je n'en ai pas la moindre idée ! C'est vous qui avez commencé. Et fini. Vous m'avez traitée toute la soirée d'hier comme une connaissance lointaine et pas très appréciée. Et aujourd'hui vous apparaissez dans mon salon. C'est à vous de me dire à quoi vous pensiez hier au cours du dîner. Car, aussi vrai que je suis debout ici, je n'ai pas la moindre idée de ce que vous voulez, lord Maccon. C'est la pure et honnête vérité. »

Le comte ouvrit la bouche, puis la referma. En vérité, il ne savait pas non plus ce qu'il faisait là, et ne pouvait donc pas vraiment l'expliquer. Ramper, avait dit Lyall. Il n'avait aucune idée de la façon dont on s'y prenait. Les Alphas ne rampaient pas, voilà tout. L'arrogance faisait partie des qualités requises pour occuper la fonction. Lord Maccon n'avait peut-être pris que récemment la tête de la meute du château de Woolsey, mais il avait toujours été un Alpha.

Mademoiselle Tarabotti ne put refouler ses sentiments. Il était rare que quiconque parvînt à clouer le bec au comte de Woolsey. Elle se sentit à la fois triomphante et troublée. Elle n'avait cessé de se retourner dans son lit pendant la plus grande partie de la nuit à cause du dédain qu'il lui avait témoigné. Elle avait même songé à aller voir Ivy pour lui demander son opinion sur sa conduite. *Ivy*, quelle idée ! Elle devait être désespérée. Et pourtant, l'origine de son trouble était assise devant elle, apparemment à sa merci verbale.

Et bien entendu, étant Alexia Tarabotti, elle entra aussitôt dans le vif du sujet. Elle baissa les yeux sur le tapis jaune pâle car, aussi courageuse qu'elle fût, elle ne parvenait pas vraiment à affronter le regard jaune du comte. « Je n'ai pas beaucoup (elle laissa sa phrase en suspens en songeant aux images scandaleuses des livres de son père) d'expérience. Si j'ai fait quelque chose de travers, vous savez (elle agita une main dans les airs, encore plus gênée à présent, mais à la fois obligée et déterminée à en finir avec la question), en baisers, vous devez excuser mon ignorance. Je… »

Elle s'interrompit, car lord Maccon s'était levé du minuscule sofa, qui grinça en étant soulagé de son poids, et avança délibérément vers elle. Il était vraiment doué pour dominer les gens de toute sa taille. Alexia n'avait pas l'habitude de se sentir si petite.

« Ce n'était pas pour ça, marmotta le comte d'une voix bourrue.

— Peut-être, proposa mademoiselle Tarabotti en levant les mains en un geste de défense, avez-vous changé d'avis parce que vous avez compris à quel point ce serait ignoble : le comte de Woolsey et une vieille fille de vingt-six ans ?

— C'est votre âge véritable ? » murmura-t-il, l'air peu intéressé et sans cesser de s'approcher d'elle. Il se déplaçait d'une façon menaçante et avide, et sous le brun chocolat de son veston à la coupe sophistiquée, des muscles solides remuaient, tout en énergie retenue dont elle était la cible.

Mademoiselle Tarabotti recula et fut arrêtée par une grande bergère à oreilles. « Mon père était italien ; vous en êtes-vous souvenu tout à coup ? »

Lord Maccon se rapprocha, lentement, prêt à bondir si elle décidait de s'échapper. Ses yeux étaient presque entièrement jaunes à présent, avec un anneau orange autour de l'iris. Alexia n'avait jamais remarqué combien ses cils étaient noirs et épais auparavant.

« Et j'ai des origines écossaises. Qu'est-ce qui est pire aux yeux de la bonne société de Londres, d'après vous ? » dit-il.

Alexia toucha son nez et songea à son teint mat. « J'ai... d'autres... défauts. Peut-être vous sont-ils apparus lorsque vous y avez réfléchi ? »

Lord Maccon tendit le bras et éloigna avec douceur la main d'Alexia de son visage. Il la fit descendre avec précaution vers son autre main puis les emprisonna toutes deux dans sa grosse patte.

Mademoiselle Tarabotti cligna des yeux à quelques centimètres de son visage. Elle osait à peine respirer ; elle ne savait pas s'il allait réellement la manger. Elle tenta de détourner le regard, mais c'était presque impossible. Ses yeux étaient redevenus d'un brun fauve dès qu'il l'avait touchée – ils étaient humains. Mais au lieu de la rassurer, cette couleur l'effraya encore plus ; aucune menace ne masquait la faim qu'ils contenaient.

« Heu, monsieur le comte, je ne suis pas vraiment de la nourriture. Vous vous en rendez compte, n'est-ce pas ? »

Lord Maccon se pencha en avant.

Alexia le regarda jusqu'à se retrouver presque en train de loucher. De si près, elle se sentait enveloppée par le parfum de grandes prairies et de nuits sombres et fraîches.

Oh non, se dit-elle. *Ça recommence.*

Lord Maccon embrassa le bout de son nez. Rien de plus.

Surprise, elle recula, puis ouvrit une bouche généreuse, un peu comme un poisson. « Quoi ? »

Il l'attira contre lui.

Sa voix était grave et chaude contre la joue d'Alexia. « Votre âge n'est pas un problème. Je m'en moque, et je me moque aussi que vous soyez une vieille fille depuis je ne sais combien de temps. Avez-vous la moindre idée de mon âge, savez-vous depuis combien de temps je suis célibataire ? » Il lui embrassa la tempe. « Et j'adore l'Italie. La campagne est belle et la nourriture fabuleuse. » Il embrassa son autre tempe. « Et je trouve la beauté parfaite excessivement ennuyeuse, pas vous ? » Il lui embrassa à nouveau le nez.

Alexia ne put s'en empêcher ; elle recula et le regarda de haut en bas. « C'est clair. »

Il tressaillit. « Touché. »

Alexia n'était pas femme à laisser tomber. « Alors pourquoi ? »

Lord Maccon rampa. « Parce que je suis un vieil idiot de loup qui a trop fréquenté sa meute et pas assez le reste du monde. »

Ce n'était pas une explication, mais Alexia décida qu'elle devrait s'en contenter. « C'étaient des excuses, n'est-ce pas ? » demanda-t-elle, juste pour en être tout à fait certaine.

Les formuler semblait avoir ôté toute énergie au comte. Au lieu de lui répondre par l'affirmative, il lui caressa le visage de sa main libre, comme si elle était un animal qui avait besoin d'être apaisé. Alexia se demanda comment il la voyait – comme un chat, peut-être ? D'après son expérience, les chats n'avaient pas beaucoup d'âme. C'étaient en général de petites créatures prosaïques et pleines de sens pratique. Être comparée à un chat lui convenait parfaitement.

« La pleine lune, dit lord Maccon, comme s'il s'agissait là d'une sorte de clarification, est imminente. (Une pause.) Vous comprenez ? »

Mademoiselle Tarabotti n'avait pas la moindre idée de ce dont il parlait. « Euh… »

Il baissa la voix et prit un ton presque honteux. « Pas beaucoup de contrôle. »

Mademoiselle Tarabotti écarquilla ses yeux brun sombre et battit des cils pour tenter de cacher son expression perplexe. C'était une manœuvre à la Ivy.

Et puis il l'embrassa vraiment, comme il faut et profondément. Ce qui n'était pas tout à fait ce qu'elle avait désiré en utilisant la technique du battement de cils, mais elle n'allait pas se plaindre des conséquences. Ivy avait peut-être mis le doigt sur quelque chose.

Comme auparavant, il commença avec lenteur, la berçant de baisers narcotiques. Sa bouche était étonnamment fraîche. Il déposa une série de petits baisers sur sa lèvre inférieure, après quoi il appliqua le même traitement à la lèvre supérieure. C'était délicieux mais cela la rendait folle. Le phénomène de la langue se reproduisit. Cette fois, Alexia ne trouva pas la chose aussi déconcertante. En fait, elle se dit qu'elle pourrait même en arriver à l'apprécier. Mais, comme le caviar, elle soupçonnait qu'elle allait devoir y goûter plus d'une fois pour avoir confiance en son plaisir. Lord Maccon semblait bien être volontaire pour l'y aider. Il semblait également conserver un calme et un sang-froid des plus exaspérants. Alexia commençait à trouver bien oppressant le salon encombré de devant. Cette polarité l'agaçait.

Lord Maccon cessa de la mordiller et reprit les baisers longs et doux. Alexia, qui n'avait jamais eu beaucoup de patience, les trouvait à présent tout à fait insatisfaisants. Une toute nouvelle source d'agacement. Il était clair qu'elle allait devoir prendre les choses en main – si elle pouvait s'exprimer ainsi. À titre expérimental, elle pointa sa langue contre les lèvres du comte. Cela provoqua une réaction nouvelle et agréable de la part de lord Maccon. Il approfondit son baiser, presque avec rudesse, inclinant sa bouche au-dessus de celle d'Alexia.

Lord Maccon changea de position, l'attirant plus près de lui. Il lui lâcha les mains et incurva l'une des siennes dans ses cheveux, mêlant ses doigts à ses lourdes boucles. Alexia était convaincue, non sans que sa sensibilité en fût un peu offensée, qu'il était probablement en train de la dépeigner horriblement. Il utilisait la manœuvre pour lui incliner la tête comme il le souhaitait. Et ses souhaits semblaient impliquer encore plus de baisers. Alexia décida de le laisser faire comme bon lui semblait.

Il se mit à faire courir son autre main de haut en bas dans son dos en longues caresses. *Un chat, sans le moindre doute*, songea Alexia groggy. Son esprit se troublait. Les bizarres picotements ensoleillés que semblait inévitablement provoquer la proximité de lord Maccon parcouraient son corps avec une intensité alarmante.

Le comte les fit pivoter tous deux sur place. Alexia n'était pas certaine de la raison pour laquelle il faisait cela, mais du moment qu'il n'arrêtait pas de l'embrasser, elle était d'humeur à coopérer. Il ne s'interrompit pas. Il se débrouilla pour pouvoir lentement descendre vers la bergère en entraînant Alexia avec lui.

C'était une situation tout à fait inconvenante, mais mademoiselle Alexia Tarabotti se retrouva inexplicablement – sa tournure remontée et toutes ses strates de jupe de travers –, assise dans le giron élégant de lord Maccon.

Il abandonna ses lèvres, ce qui était décevant, mais se mit à lui mordiller le cou, ce qui était gratifiant. Il souleva une boucle de cheveux sombres de l'endroit de l'épaule où elles étaient disposées avec soin. Il fit courir la mèche entre le bout de ses doigts puis écarta la masse soyeuse.

Alexia se tendit, anticipant la suite, et retint son souffle.

Il s'interrompit soudain et fit un bond en arrière. La bergère, déjà mise à rude contribution par ses deux occupants – dont aucun ne pouvait être décrit comme de constitution fragile –, vacilla de manière alarmante.
« Qu'est-ce que c'est que ça ? » s'écria lord Maccon.

Il était passé si rapidement à la colère qu'Alexia ne put que le dévisager, ébahie et muette.

Elle relâcha son souffle en un énorme soupir. Son cœur courait un marathon quelque part dans le voisinage de sa gorge, sa peau était chaude et tendue sur ses os et elle était mouillée à des endroits où elle était relativement certaine que des dames de bonne famille célibataires n'étaient pas censées l'être.

Lord Maccon fixait sa peau couleur café, qui était décolorée entre le cou et l'épaule par une marque violette très laide de la forme et de la taille d'une mâchoire d'homme.

Alexia fit cligner ses yeux bruns, lesquels perdirent leur expression trouble. Un petit pli préoccupé apparut entre ses sourcils.

« C'est une marque de morsure, monsieur le comte, dit-elle, satisfaite d'entendre que sa voix ne tremblait pas, même si elle était un peu plus grave que d'ordinaire.

Lord Maccon enragea encore plus. « Qui vous a mordue ? » rugit-il.

Alexia pencha la tête sur le côté, complètement éberluée.

« Vous. » Elle fut alors récompensée par le spectacle extraordinaire d'un loup-garou Alpha avec un air de chien battu.

« Moi ? »

Elle leva les deux sourcils dans sa direction.

« Moi. »

Elle hocha la tête, une fois, avec fermeté.

Lord Maccon passa une main égarée dans ses cheveux déjà en désordre. Ses mèches brun sombre formèrent des épis. « Quel bougre d'âne je fais ! dit-il. Pire qu'un louveteau dans sa première saison. Je suis désolé, Alexia. C'est la lune et le manque de sommeil. »

Alexia hocha la tête en se demandant si elle devait lui faire remarquer qu'il avait manqué aux règles de la politesse et utilisé son prénom. Cela lui parut cependant un peu idiot étant donné leurs récentes activités. « Oui, je vois. Euh. C'est-à-dire ?

— Le contrôle. »

Elle se dit qu'elle finirait à un moment ou à un autre des opérations par comprendre ce qui se passait, mais il ne semblait pas que ce fût le bon. « Quel contrôle ?

— Précisément ! »

Mademoiselle Tarabotti plissa les yeux puis dit quelque chose de très hardi. « Vous pourriez embrasser le bleu et l'améliorer. » Enfin, peut-être pas si osé que ça pour quelqu'un qui était installé de manière aussi intime qu'elle l'était dans le giron de lord Maccon.

Après tout, elle avait lu suffisamment de livres de son père pour savoir exactement ce qui était bien dur et faisait pression au même niveau que ses régions inférieures.

Lord Maccon secoua la tête. « Je ne pense pas que ce soit une très bonne idée.

— Vous ne le pensez pas ? » Embarrassée par son audace, Alexia se tortilla contre lui en tentant de se dégager.

Le comte jura et ferma les yeux. Une pellicule de transpiration luisante apparut sur son front.

Prudemment, Alexia se tortilla à nouveau.

Lord Maccon gémit et posa la tête contre la clavicule d'Alexia en plaquant ses deux mains sur ses hanches pour arrêter son mouvement.

La curiosité scientifique d'Alexia était éveillée. Était-il devenu plus gros là, en bas ? Était-ce là le taux d'expansion maximum que l'on pouvait obtenir ? se demanda-t-elle. Elle sourit avec un brin de malice. Il ne lui était pas venu à l'idée qu'elle pouvait avoir une quelconque influence sur cette rencontre. Elle décida sur-le-champ qu'étant une vieille fille confirmée et qui ne désirait pas laisser monsieur MacDougall n'en faire qu'à sa tête, il s'agissait peut-être là de l'unique occasion qu'elle aurait jamais de tester des théories qu'elle entretenait depuis longtemps et qui étaient plutôt intéressantes.

« Lord Maccon », murmura-t-elle en se tortillant à nouveau malgré la fermeté de sa poigne.

Il renifla et dit d'une voix étranglée : « J'imagine que vous pouvez vous permettre de m'appeler par mon prénom étant donné les circonstances.

— Hem ? fit Alexia.

— Hem, Conall, suggéra lord Maccon.

— Conall », répéta-t-elle en abandonnant les derniers de ses scrupules – l'œuf étant cassé, autant faire une omelette avec. Et puis elle se laissa distraire par la sensation des muscles du dos de lord Maccon sous ses mains. Ses mains qui avaient rencontré son manteau et s'étaient débrouillées pour le lui enlever sans cérémonie et sans qu'elle s'en aperçût.

« Oui, Alexia ? » Il leva les yeux vers elle. Était-ce de la peur dans ses yeux couleur caramel ?

« Je vais profiter de vous », dit-elle, et sans lui donner l'occasion de répondre, elle commença à dénouer sa cravate.

7

Révélations et foie haché

« Ce n'est, hem, probablement pas, hem, une bonne idée. » Lord Maccon haletait un peu.

« Chut, pas de ça maintenant, le réprimanda mademoiselle Tarabotti. C'est vous qui avez commencé.

— Et cela irait très mal pour toutes les parties concernées si je devais finir, dit-il. Ou si vous finissiez, d'ailleurs. » Mais il ne fit aucune tentative pour lui faire quitter son giron. Au lieu de quoi il semblait fasciné par le décolleté de sa robe, qui était considérablement descendu au cours de leurs activités. L'une de ses grandes mains allait et venait le long du volant de dentelle qui y était niché. Alexia se demanda s'il s'intéressait particulièrement à la mode féminine.

Elle se débarrassa de la cravate de lord Maccon, défit les boutons de son gilet, puis ceux de sa chemise. « Vous portez vraiment trop de vêtements », se plaignit-elle.

Lord Maccon, qui d'ordinaire était on ne peut plus d'accord, appréciait plutôt le fait en cet instant. Car tout ce qui la retardait dans son déboutonnage lui permettait de conserver un minimum de retenue. Il était convaincu que sa maîtrise de soi était là, quelque part, s'il arrivait simplement à la trouver. Il arracha son regard du haut des seins remarquables d'Alexia et tenta d'avoir des pensées déplaisantes sur des sujets particulièrement horribles, comme les légumes trop cuits ou le vin bon marché.

Alexia parvint à ses fins : enlever les strates de vêtements de lord Maccon pour exposer le haut de sa poitrine, ses épaules et son cou. Elle avait cessé de l'embrasser pour l'instant. Le comte considéra cela comme une bénédiction. Il poussa un soupir de soulagement et leva les yeux vers elle. Plus que tout autre sentiment, l'expression de son visage semblait traduire une curiosité avide.

Et puis Alexia se pencha et lui mordilla l'oreille.

Lord Maccon se contorsionna et poussa une espèce de gémissement d'animal blessé. Alexia considéra que son expérience était un succès total. Apparemment, le proverbe avait raison : ce qui convenait à l'oie convenait aussi très bien au jars.

Elle poursuivit son enquête : elle descendit en lui donnant de petits baisers de sa gorge à sa clavicule jusqu'au même endroit du cou qui chez elle était décoré de noir et de bleu. Elle le mordit. Fort. Alexia ne faisait jamais rien à moitié.

Lord Maccon bondit en arrière et faillit tomber de la bergère.

Alexia tint bon, les dents enfoncées dans la chair. Elle ne voulait pas faire couler le sang, mais elle avait bien l'intention de laisser une marque et considérait que, puisqu'il était un être surnaturel, elle avait intérêt à serrer le plus possible. Si elle laissait une marque, celle-ci ne resterait pas longtemps une fois qu'ils auraient cessé d'être en contact et que le comte ne serait plus sous l'influence de son pouvoir paranaturel. Il avait une saveur merveilleuse : un goût de sel et de viande – comme de la sauce. Elle cessa de mordre et lécha délicatement la trace en forme de croissant qu'elle avait laissée derrière elle.

« Quelle barbe. » La respiration de lord Maccon était très rapide. « Il faut arrêter. »

Alexia se nicha contre lui. « Pourquoi ?

— Parce que je vais en être tout à fait incapable dans sacrément peu de temps. »

Alexia hocha la tête. « Je suppose que c'est raisonnable. » Elle soupira. Elle avait l'impression d'avoir passé sa vie à être raisonnable.

Il se trouva que l'initiative de la décision leur fut retirée par une sorte de tapage dans l'entrée.

« Mais enfin ! » s'exclama une voix féminine scandalisée.

S'ensuivit un doux murmure d'excuses, dont les mots étaient impossibles à distinguer et qui émanaient probablement de Floote.

Puis la femme repartit à l'assaut. « Dans le salon de devant ? Oh, il est ici pour le BUR, c'est ça ? Je comprends. Sans doute pas… » La phrase demeura en suspens.

Quelqu'un frappa à grand bruit à la porte du salon.

Mademoiselle Tarabotti glissa en hâte des genoux de lord Maccon. Elle fut surprise de constater que ses jambes semblaient fonctionner correctement. Elle rajusta sa tournure en tirant dessus et sautilla sur place avec énergie pour remettre de l'ordre dans ses jupes.

Pour gagner du temps, lord Maccon se contenta de boutonner le haut de sa chemise et le bas de son gilet et de sa veste. Mais il semblait totalement incapable de nouer sa cravate rapidement.

« Allons, laissez-moi faire. » Mademoiselle Tarabotti lui intima de s'approcher d'un geste d'autocrate et la noua pour lui.

Pendant qu'elle s'occupait d'un nœud compliqué, lord Maccon tenta, toujours avec autant de savoir-faire, de se recoiffer. Ses doigts effleurèrent la morsure à la base de son cou.

« Je suis désolé, dit-il, contrit.

— Détecterais-je de franches et honnêtes excuses ? demanda Alexia, mais en souriant, et sans cesser de s'occuper de sa cravate. Peu m'importe le bleu. Ce qui m'importe, ce qui m'ennuie, c'est de ne pas pouvoir en produire un semblable. » La morsure qu'elle lui avait faite quelques instants plus tôt à peine s'était promptement évanouie au cours de la poignée de secondes où ils avaient été séparés pendant qu'elle réajustait sa robe. Elle ajouta alors (car Alexia ne gardait jamais le silence quand elle aurait dû le faire) : « Ces sensations que vous suscitez chez moi, monsieur le comte, sont tout à fait inconvenantes. Vous devriez cesser sur-le-champ de les provoquer. »

Il lui jeta un regard rapide afin d'évaluer si elle était sérieuse et, incapable de déterminer si elle plaisantait ou non, se tut.

Mademoiselle Tarabotti termina de nouer sa cravate. Il avait arrangé ses cheveux de manière à ce qu'ils couvrent au moins tous les signes de ses attentions amoureuses. Elle traversa la pièce pour tirer les rideaux et regarder par la fenêtre qui avait bien pu arriver.

Les coups à la porte continuèrent jusqu'à ce qu'elle finisse par s'ouvrir à la volée.

Couple étrange entre tous, mademoiselle Ivy Hisselpenny et le professeur Lyall entrèrent dans la pièce.

Ivy parlait. Elle remarqua aussitôt mademoiselle Tarabotti et voleta vers elle tel un hérisson excité à l'intérieur d'un chapeau trop voyant. « Alexia, ma chère, saviez-vous qu'il y a un loup-garou du BUR qui rôde dans votre entrée ? Quand je suis venue prendre le thé, il se mettait en position contre votre majordome d'une manière tout à fait menaçante. J'ai eu très peur qu'ils n'en viennent aux mains. Pourquoi un tel homme s'intéresse-t-il à vous ? Et pourquoi Floote voulait-il absolument le maintenir à distance ? Et pourquoi... ? » Elle ne termina pas sa phrase ; elle venait enfin de remarquer lord Maccon. Son grand chapeau de bergère à rayures rouges et blanches orné d'une plume d'autruche jaune et incurvée en frémissait d'agitation.

Lord Maccon foudroya son second du regard. « Randolph, vous avez une mine épouvantable. Que faites-vous ici ? Je vous avais dit de rentrer chez vous. »

Le professeur Lyall nota l'apparence débraillée de son Alpha et se demanda quel sort atroce avait connu sa pauvre cravate. Ses yeux s'étrécirent et se tournèrent vers la chevelure défaite de mademoiselle Tarabotti. Lyall avait toutefois été le Bêta de trois chefs de meute consécutifs et il n'était rien moins que discret.

Au lieu de faire un commentaire ou de répondre à la question de lord Maccon, il s'approcha du comte et lui chuchota rapidement quelque chose à l'oreille.

Mademoiselle Hisselpenny remarqua enfin l'aspect ébouriffé d'Alexia. Elle la pressa de s'asseoir et s'installa près d'elle sur le petit sofa. « Te sens-tu tout à fait bien ? » Elle ôta ses gants et toucha le front d'Alexia avec le dos de la main. « Tu es très chaude, ma chère. Crois-tu que tu pourrais avoir de la fièvre ? »

Mademoiselle Tarabotti regarda lord Maccon de sous ses cils. « On peut le dire comme ça. »

Le professeur Lyall cessa de chuchoter.

Le visage de lord Maccon s'empourpra. Il était de nouveau en colère. « Ils ont fait *quoi* ? » Lui arrivait-il de ne pas l'être ?

Murmures, murmures.

« Eh bien, par le gros cul de la fière Marie ! » s'écria le comte avec éloquence.

Mademoiselle Hisselpenny hoqueta.

Mademoiselle Tarabotti, qui commençait à s'habituer au langage grivois de lord Maccon, ricana à la vue de l'expression choquée de son amie.

Et en lançant plusieurs affirmations créatives tout droit sorties du caniveau, le comte marcha sur le portemanteau, fourra sans la moindre cérémonie son tuyau-de-poêle marron sur sa tête et se rua hors de la pièce.

Le professeur Lyall secoua la tête et produisit un claquement de langue réprobateur. « Comment peut-il sortir en public avec une cravate pareille ? »

La cravate en question, et la tête qui allait avec, réapparurent à la porte. « Surveillez-la, Randolph. Je vais envoyer Haverbink pour vous relayer dès mon arrivée au bureau. Après, pour notre bien à tous, rentrez chez vous et dormez un peu. La nuit va être longue.

— Oui, monsieur le comte », dit le professeur.

Lord Maccon disparut de nouveau et ils entendirent l'attelage du château de Woolsey descendre la rue à tombeau ouvert.

Mademoiselle Tarabotti se sentit malheureuse, abandonnée et pas tout à fait digne des regards de pitié qu'Ivy lui jetait. Qu'y avait-il donc en elle qui faisait croire au comte de Woolsey qu'il devait s'éclipser avec tant de hâte ?

L'air mal à l'aise, le professeur Lyall ôta son chapeau et son pardessus et les suspendit au portemanteau où lord Gros Mots venait de laisser une place libre. Il se mit alors en devoir de fouiller la pièce. Alexia ne voyait pas du tout ce qu'il cherchait, mais il ne parut pas le trouver. Les Loontwill faisaient en sorte que leur salon comporte tout ce qu'un lieu de réception à la pointe de la mode devait contenir. On y trouvait trop de meubles, notamment un piano droit dont aucune des dames de la maisonnée ne savait jouer, et il était entièrement encombré de petites tables couvertes de nappes brodées sur lesquelles étaient rassemblés daguerréotypes, bouteilles en verre contenant des maquettes de dirigeables et autres bibelots. Le professeur Lyall mena son enquête en évitant la lumière du soleil. Les lourds rideaux de velours à la mode depuis que les êtres surnaturels s'étaient hissés au premier plan plusieurs siècles plus tôt, et qui occultaient la fenêtre, permettaient à une petite quantité de lumière du jour de s'insinuer dans la pénombre. Le Bêta l'évitait scrupuleusement.

Mademoiselle Tarabotti se dit qu'il était sûrement très fatigué pour ressentir des effets aussi désagréables. Les vieux loups-garous pouvaient passer plusieurs jours éveillés durant la journée. Le professeur devait avoir dépassé ses limites ou souffrir de quelque autre affection.

Mademoiselle Tarabotti et mademoiselle Hisselpenny observèrent avec un air de curiosité polie le loup-garou urbain qui allait et venait dans la pièce. Il regarda derrière les aquarelles insipides de Félicité et sous la célèbre bergère à oreilles. Alexia rougit intérieurement en pensant à ce fauteuil et en s'efforçant de ne pas se souvenir de ce qui s'y était récemment passé. Avait-elle vraiment été si effrontée ? C'était honteux.

Lorsque le silence devint intolérable, mademoiselle Tarabotti prit la parole : « Asseyez-vous professeur, s'il vous plaît. Vous paraissez littéralement mort de fatigue. Et vous nous faites tourner la tête à vous promener ainsi dans cette pièce. »

Le professeur Lyall eut un rire sans humour mais obéit. Il s'installa dans une petite chaise Chippendale qu'il déplaça dans l'endroit le plus sombre de la pièce : un recoin près du piano.

« Ne devrions-nous pas demander du thé ? » s'enquit mademoiselle Hisselpenny qui, inquiète de l'air souffrant du professeur et de l'évidente fièvre d'Alexia, oubliait son sens des convenances.

Mademoiselle Tarabotti fut impressionnée par l'à-propos de son amie. « Quelle excellente idée ! »

Ivy alla à la porte pour appeler Floote, qui apparut par magie sans qu'on ait besoin de le convoquer. « Mademoiselle Alexia est un peu patraque, et ce gentleman… » bafouilla-t-elle.

Alexia fut consternée par son propre manque d'éducation. « Ivy ! Tu ne veux pas dire que vous n'avez pas été présentés ? Et moi qui croyais que vous vous connaissiez. Vous êtes entrés ensemble. »

Mademoiselle Hisselpenny se tourna vers son amie. « Nous nous sommes rencontrés sur le seuil, mais nous n'avons pas fait connaissance de manière officielle. » Elle se tourna vers le majordome. « Je suis désolée, Floote. Qu'étais-je en train de dire ?

— Le thé, mademoiselle ? suggéra Floote, toujours plein de ressources. Y aura-t-il autre chose, mademoiselle ?

— Avons-nous du foie ? demanda Alexia depuis le divan.

— Du foie, mademoiselle ? Je vais m'en enquérir auprès de la cuisinière.

— Si nous en avons, dites-lui de le hacher menu et de le servir cru », dit mademoiselle Tarabotti en jetant un coup d'œil au professeur Lyall ; il hocha la tête avec gratitude.

Ivy et Floote prirent tous deux une expression atterrée mais il ne semblait pas qu'ils puissent objecter à la requête d'Alexia. Après tout, en l'absence des véritables Loontwill, elle était la maîtresse de maison.

« Et des sandwiches à la confiture », ajouta fermement mademoiselle Tarabotti. Elle se sentait un peu plus calme à présent que lord Maccon avait évacué les lieux. Mademoiselle Tarabotti, une fois apaisée, avait tendance à avoir de l'appétit.

« Très bien, mademoiselle », répondit Floote avant de glisser hors de la pièce.

Alexia procéda aux présentations. « Professeur Lyall, mademoiselle Ivy Hisselpenny, ma plus chère amie. Ivy, le professeur Randolph Lyall, second de lord Maccon et conseiller en protocole, pour autant que je sache. »

Lyall se leva et s'inclina. Ivy fit une révérence depuis la porte. Les formalités étant achevées, tous deux revinrent s'asseoir.

« Professeur, pouvez-vous me dire ce qui s'est passé ? Pourquoi lord Maccon est-il parti avec tant de hâte ? » Mademoiselle Tarabotti se pencha en avant et plongea son regard dans l'ombre. Il lui était difficile de lire l'expression du professeur dans la faible lumière, ce qui donnait à celui-ci un avantage évident.

« J'ai bien peur que non, mademoiselle. Affaires du BUR, dit-il, la faisant taire sans la moindre honte. Ne vous inquiétez pas, le comte devrait régler ça en moins de deux. »

Alexia se rencogna dans le sofa. D'un geste paresseux, elle prit l'un des coussins brodés de rubans roses et se mit à tirer sur l'un des glands. « Alors je me demande, monsieur, si je pourrais vous poser quelques questions sur le protocole de la meute ? »

Les yeux de mademoiselle Hisselpenny devinrent très grands et elle saisit son éventail. Lorsque Alexia avait cette lueur dans l'œil, cela voulait dire qu'elle était sur le point de dire quelque chose de choquant. Avait-elle encore lu les livres de son père ? Ivy frissonnait à cette seule pensée. Elle avait toujours su que rien de bon ne viendrait jamais de ces ouvrages répréhensibles.

Le professeur Lyall, surpris par ce soudain changement de sujet, jeta un regard gêné à mademoiselle Tarabotti.

« Oh, c'est secret ? » demanda Alexia. On n'en était jamais certain avec les êtres surnaturels. Elle savait qu'il existait des concepts tels que le protocole et l'étiquette des meutes, mais parfois ces choses s'apprenaient par intuition culturelle ; on ne les enseignait pas et l'on n'en parlait jamais ouvertement. Il était vrai que les loups-garous étaient mieux intégrés à la société ordinaire que les vampires, mais tout de même, on ne savait jamais à moins d'en être un soi-même. Après tout, leurs traditions étaient bien plus anciennes que celles des gens diurnes.

Le professeur Lyall haussa élégamment les épaules. « Pas vraiment. Je dois néanmoins vous avertir du fait que les règles de la meute sont souvent très rudes et pas nécessairement destinées à une dame aussi délicate que mademoiselle Hisselpenny. »

Alexia lui sourit. « Contrairement à moi ? » demanda-t-elle, le mettant sur la sellette.

Le professeur n'était pas du genre qu'on traite à la légère. « Ma chère mademoiselle Tarabotti, vous êtes tout sauf fragile. »

Ivy rougit, furieuse, ouvrit son éventail et se mit à l'agiter pour rafraîchir son visage brûlant. L'éventail était en soie chinoise rouge vif ornée de dentelle jaune sur le bord, et il était clair qu'il avait été choisi pour aller avec le chapeau de bergère répréhensible. Alexia leva les yeux au ciel. Le goût douteux d'Ivy était-il en train de s'étendre à *tous* ses accessoires ?

L'éventail parut lui procurer un peu de courage. « S'il vous plaît, insista-t-elle, ne vous restreignez pas inutilement à cause de moi. »

Mademoiselle Tarabotti lui adressa un sourire approbateur et tapota le haut du bras de son amie avant de se tourner pour faire face au professeur Lyall dans son coin sombre, avec l'air d'attendre quelque chose. « Dois-je en venir au sujet, professeur ? Les manières de lord Maccon sont tout à fait déconcertantes ces derniers temps. Il a fait plusieurs (elle marqua une pause délicate) incursions intéressantes dans ma direction. Cela a commencé, comme vous l'avez sans nul doute observé, dans la rue l'autre soir.

— Oh, ma chère Alexia ! souffla mademoiselle Hisselpenny, authentiquement ébranlée. Tu ne veux tout de même pas dire qu'on vous a *observés* ! »

Mademoiselle Tarabotti chassa l'inquiétude de son amie. « Seulement le professeur Lyall, pour autant que je sache, et il est la discrétion faite homme. »

Bien qu'il fût de toute évidence satisfait de cette marque d'approbation, le professeur Lyall répliqua : « Sans vouloir être impoli, mademoiselle Tarabotti, quel est cet aspect du protocole de la meute qui… ? »

Alexia renifla. « J'y viens. Vous devez comprendre, professeur Lyall, que c'est quelque peu embarrassant. Vous devez me permettre d'aborder le sujet d'une manière un peu détournée.

— Loin de moi l'idée de vous demander, à vous, d'être directe, mademoiselle Tarabotti, répliqua le loup-garou sur un ton qu'Alexia trouva si proche du sarcasme qu'il en était presque impoli.

— Oui, bon, peu importe, poursuivit-elle avec humeur. Ne serait-ce qu'hier soir, au dîner auquel nous avons tous les deux assisté, le comportement de lord Maccon m'a laissé entendre que l'enchevêtrement de la veille au soir était… une erreur. »

Mademoiselle Hisselpenny poussa un petit cri de surprise. « Oh, s'exclama-t-elle. Comment a-t-il osé ?

— Ivy, dit mademoiselle Tarabotti avec un peu de sévérité, s'il te plaît, laisse-moi terminer mon histoire avant de juger trop durement lord Maccon. C'est à moi de le faire, après tout. » D'une certaine façon, Alexia ne supportait pas l'idée que son amie pût avoir une mauvaise opinion du comte.

« Cet après-midi, poursuivit Alexia, je suis rentrée chez moi et je l'ai trouvé qui m'attendait dans ce même salon. Il semblait avoir une nouvelle fois changé d'avis. Je suis de plus en plus perplexe. » Mademoiselle Tarabotti regarda durement le malheureux. « Et je n'apprécie pas ce genre d'incertitude ! » Elle posa le coussin à rubans.

« Est-ce qu'il a encore tout fichu en l'air ? » demanda le professeur.

Floote entra avec le plateau du thé. Ne sachant pas ce que les bonnes manières dictaient à ce sujet, le majordome avait placé le foie cru dans une coupe à glace en cristal. Le professeur Lyall ne parut pas se préoccuper de la présentation. Il mangea son foie rapidement mais avec délicatesse, à l'aide d'une petite cuillère à crème glacée en cuivre.

Floote servit le thé puis disparut de nouveau du salon.

Mademoiselle Tarabotti en arrivait enfin à son sujet. « Pourquoi m'a-t-il traitée avec autant de mépris l'autre soir et puis avec autant de sollicitude aujourd'hui ? S'agit-il de quelque obscure coutume de la meute ? » Elle avala une gorgée de thé pour dissimuler sa nervosité.

Lyall termina son foie haché, posa la coupe à glace vide sur le dessus du piano et regarda mademoiselle Tarabotti.

« Diriez-vous qu'initialement lord Maccon avait clairement exprimé son intérêt ? demanda-t-il.

— Eh bien, répondit mademoiselle Tarabotti, évasive, nous nous connaissons depuis quelques années à présent. Avant l'incident de la rue, j'aurais dit que son attitude était apathique. »

Le professeur Lyall gloussa. « Vous n'avez jamais entendu ses commentaires après vos rencontres. Néanmoins, je parlais d'une période plus récente. »

Alexia posa sa tasse de thé et se mit à utiliser ses mains en parlant. C'était l'un des rares maniérismes italiens qui s'étaient insinués dans son comportement en dépit du fait qu'elle avait à peine connu son père. « Eh bien, oui, admit-elle en écartant largement les mains, mais de nouveau, pas de manière décisive. Je comprends que je suis un peu vieille et quelconque pour qu'on envisage un intérêt romantique à long terme, surtout de la part d'un gentleman du rang de lord Maccon, mais s'il désirait m'offrir le statut de porte-clés, ne devrais-je pas en être informée ? Et n'est-il pas impossible… » Elle jeta un coup d'œil à

Ivy, qui ne savait pas qu'elle était paranaturelle. Elle ne savait même pas que les êtres paranaturels existaient. « … à quelqu'un qui manque autant de créativité que moi d'être un porte-clés ? Je ne sais que penser. Je ne peux croire que ses avances constituent une forme de cour. Aussi quand il m'a ignorée il y a peu, j'ai cru que l'incident de la rue avait été une erreur colossale. »

Le professeur Lyall soupira à nouveau. « Oui. L'incident. Comment dire cela avec délicatesse ? Mon estimable Alpha pensait à vous en suivant son instinct, j'en ai peur, pas son sens logique. Il vous a perçue comme il aurait perçu une femelle loup-garou Alpha. »

Mademoiselle Hisselpenny fronça les sourcils. « Est-ce un compliment ? »

Voyant la coupe à glace vide, mademoiselle Tarabotti tendit une tasse de thé au professeur Lyall.

Il but délicatement une gorgée en levant ses sourcils derrière le bord de la tasse. « Pour un mâle Alpha ? Oui. Pour le reste d'entre nous, pas autant, j'imagine. Mais il y a une raison à cela.

— Continuez, s'il vous plaît, demanda mademoiselle Tarabotti, intriguée.

— Comme il ne pouvait pas avouer son intérêt, même à lui-même, son instinct a pris le dessus. »

Mademoiselle Tarabotti, qui eut une vision où *l'instinct* de lord Maccon le poussait à la jeter sur l'une de ses épaules pour l'emporter dans la nuit, revint à la réalité en sursautant.

« Et alors ? »

Mademoiselle Hisselpenny regarda Lyall pour qu'il la soutienne et dit à son amie : « Est-ce un problème de *contrôle* ?

— Très perspicace, mademoiselle Hisselpenny », approuva le professeur en la regardant avec approbation ; elle rougit de plaisir.

Mademoiselle Tarabotti sentit qu'elle commençait à comprendre. « À ce dîner, il attendait que je lui fasse des avances, moi ? » Elle était si choquée qu'elle glapissait presque. « Mais il était en train de flirter ! Avec une… une… Wibbley ! »

Le professeur Lyall hocha la tête. « Et il essayait ainsi d'augmenter votre intérêt – de vous forcer à le revendiquer, à indiquer que vous le poursuiviez, ou à affirmer que vous preniez possession du territoire. De préférence les trois. »

Mademoiselle Tarabotti et mademoiselle Hisselpenny furent toutes deux dûment choquées par cette idée, au point d'en rester sans voix. Mais Alexia était moins atterrée que perturbée. Après tout, ne venait-elle pas de découvrir, dans cette pièce même, la profondeur de son intérêt pour l'égalisation de la dynamique mâle-femelle ? Si elle pouvait mordre lord Maccon dans le cou et regretter de ne pas y laisser de marque durable, elle était peut-être capable de le revendiquer publiquement.

« Selon le protocole de la meute, nous appelons cela la Danse de la femelle, expliqua le professeur Lyall. Vous êtes, pardonnez-moi de le dire ainsi, mademoiselle Tarabotti, tout simplement *trop* Alpha.

— Je ne suis pas une Alpha », protesta-t-elle en se levant et en se mettant à marcher de long en large. Il était clair que la bibliothèque de son père avait complètement échoué à l'informer des subtilités des coutumes des loups-garous en matière d'accouplement.

Lyall la regarda – les mains sur les hanches, une silhouette toute en courbes, un caractère affirmé. Il sourit. « Il n'y a pas beaucoup de loups-garous femelles, mademoiselle Tarabotti. La Danse de la femelle fait référence aux liaisons à l'intérieur de la meute : le choix appartient à la *femme.* »

Mademoiselle Hisselpenny conservait un silence consterné. L'idée même était totalement étrangère à son éducation.

Mademoiselle Tarabotti réfléchit. Et découvrit que l'idée lui plaisait. En secret, elle avait toujours admiré la position de supériorité des reines vampires dans la structure des ruches. Elle ne savait pas que les loups-garous avaient quelque chose de similaire. *Les femelles Alpha*, se demanda-t-elle, *surpassent-elles également les mâles en dehors de la sphère romantique ?* « Pourquoi ? s'enquit-elle.

— Il faut que ce soit la femme qui choisisse, expliqua Lyall. Nous sommes si nombreux et elles si rares. Nous n'avons pas le droit de nous battre pour une femelle. Les loups-garous vivent déjà rarement plus d'un siècle ou deux en raison de toutes leurs luttes internes. Les lois sont strictes et appliquées par le dewan lui-même. C'est la femelle qui choisit à chaque pas de la danse.

— Donc, lord Maccon attendait que j'aille vers lui. » Pour la première fois, mademoiselle Tarabotti comprit à quel point il devait être difficile pour les plus vieux des êtres surnaturels de s'adapter aux normes sociales changeantes du monde diurne de la reine Victoria. Lord Maccon semblait toujours avoir ce genre de choses bien en main. Alexia n'avait même pas songé qu'il avait commis une faute en se comportant ainsi avec elle. « Mais alors, et sa conduite d'aujourd'hui ? »

Mademoiselle Hisselpenny hoqueta en inspirant. « Qu'a-t-il fait ? » Et elle eut un frisson d'horreur ravie.

Mademoiselle Tarabotti promit de lui raconter les détails plus tard. Bien que cette fois-ci, elle suspectât qu'elle ne serait pas capable de les révéler tous. Les choses étaient allées un peu trop loin pour quelqu'un de la sensibilité délicate d'Ivy. Si jeter un simple coup d'œil à cette bergère pouvait faire rougir Alexia, le récit de ce qui s'y était passé serait sans doute plus que ce que sa chère amie pouvait supporter.

Le professeur Lyall toussa. Mademoiselle Tarabotti pensa que c'était pour dissimuler son amusement. « Il est possible que ce soit de ma faute. Je lui ai parlé très sévèrement en lui rappelant de vous traiter comme une femme moderne, pas comme un loup-garou.

— Hmmm, dit mademoiselle Tarabotti, qui contemplait toujours le fauteuil, peut-être un peu trop moderne. »

Les sourcils du professeur montèrent tout en haut de son front et il se pencha hors de l'ombre dans sa direction.

« Alexia, intervint mademoiselle Hisselpenny sur un ton des plus sévères, tu dois l'obliger à clarifier ses intentions. Persister dans ce type de comportement pourrait causer un véritable scandale. »

Mademoiselle Tarabotti pensa au fait qu'elle était paranaturelle, et à son père, qui avait eu une certaine réputation de don Juan avant son mariage. *Tu n'as pas idée*, manqua-t-elle répondre.

« Ce que je veux dire, poursuivit mademoiselle Hisselpenny, c'est impensable, mais il faut que cela soit dit, il le faut vraiment… » Elle eut une expression tout à fait bouleversée. « Et s'il avait juste l'intention de te donner *carte blanche* ? » Ses yeux écarquillés étaient pleins de sympathie. Ivy était assez intelligente pour savoir, qu'elle ait envie de le reconnaître ou non, quelles étaient les véritables perspectives d'avenir d'Alexia. Sur le plan pratique, elles n'incluaient pas le mariage avec quelqu'un du rang de lord Maccon, aussi romantique que fût son imagination.

Alexia savait qu'Ivy n'avait pas l'intention de se montrer cruelle, mais elle se sentit tout de même blessée. Elle hocha tristement la tête.

Le professeur Lyall, dont la sensibilité était touchée par la tristesse soudaine dans le regard d'Alexia, dit : « Je ne peux croire que les intentions de monsieur le comte sont rien moins qu'honorables. »

Mademoiselle Tarabotti sourit, chancelante. « C'est gentil à vous de dire cela, professeur. Il semble néanmoins que je sois confrontée à un dilemme. Réagir comme l'exige le protocole de votre meute (elle fit une pause en voyant les yeux d'Ivy s'agrandir) et risquer de ruiner ma réputation et d'être ostracisée. Ou tout nier et conserver l'attitude que j'ai toujours eue. »

Mademoiselle Hisselpenny prit la main de mademoiselle Tarabotti et la pressa avec sympathie. Alexia serra la sienne en retour ; lorsqu'elle reprit la parole, ce fut comme si elle tentait de se convaincre elle-même. Après tout, elle était dépourvue d'âme et avait l'esprit pratique. « Ma vie n'est pas précisément mauvaise. Je possède l'aisance matérielle et une bonne santé. Je ne suis peut-être pas utile, ni aimée de ma famille, mais je n'ai jamais souffert indûment. Et j'ai mes livres. » Elle s'interrompit ; elle se sentait dangereusement près de s'apitoyer sur elle-même.

Le professeur Lyall et mademoiselle Hisselpenny échangèrent des regards. Quelque chose passa entre eux. Comme s'ils concluaient en silence un pacte pour faire quelque chose… Ivy ne savait pas quoi. Mais quoi que réservât l'avenir, mademoiselle Hisselpenny était certaine d'avoir le professeur de son côté.

Floote apparut à la porte. « Un certain monsieur Haverbink désire vous voir, mademoiselle Tarabotti. »

Monsieur Haverbink entra dans la pièce en refermant la porte derrière lui.

« Veuillez me pardonner de ne pas me lever, Haverbink. Je n'ai pas arrêté de courir ces derniers jours.

— Surtout ne vous inquiétez pas, monsieur. »

Monsieur Haverbink était un homme d'une stature extraordinaire, avec une allure de brute, et originaire de la classe ouvrière. Si son élocution cultivée pouvait laisser un doute sur ses origines, son apparence physique en était l'illustration. Il était d'extraction paysanne, le genre d'homme qui, lorsque les bœufs s'effondraient d'épuisement, se saisissait de la charrue et s'y attelait pour finir de labourer les champs lui-même.

Mademoiselle Tarabotti et mademoiselle Hisselpenny n'avaient jamais vu autant de muscles sur un seul individu. Son cou était de la taille d'un arbre. Les deux demoiselles furent dûment impressionnées.

Le professeur fit les présentations. « Mesdames, monsieur Haverbink. Monsieur Haverbink, voici mademoiselle Hisselpenny, et mademoiselle Tarabotti, dont vous aurez la charge.

— Oh, dit Ivy, vous êtes du BUR ? »

Monsieur Haverbink hocha la tête avec affabilité. « Oui, mademoiselle.

— Mais vous n'êtes pas… ? » Mademoiselle Tarabotti n'aurait su dire comment elle le savait. Peut-être parce qu'il semblait si détendu dans la vive lumière du soleil, ou peut-être parce qu'il paraissait si posé et avoir les pieds sur terre. Il ne semblait rien posséder du côté théâtral qu'on s'attend à trouver avec un excès d'âme.

« Un loup-garou ? Non, mademoiselle. Et devenir un porte-clés ne m'intéresse pas non plus, donc j'en deviendrai jamais un. Mais j'en ai combattu un ou deux sur le ring, alors vous inquiétez pas pour ça. Et le patron ne semble pas penser que les ennuis viendront de ce côté-là, en tout cas pas pendant le jour. »

Le professeur Lyall se leva avec lenteur. Il paraissait vieux et voûté, les traits de son visage alerte étaient amaigris et tirés.

Monsieur Haverbink se tourna vers lui avec sollicitude. « Je vous demande pardon, monsieur, mais monsieur le comte m'a donné des instructions strictes, je dois vous accompagner jusqu'à la voiture et m'assurer que vous rentrez au château. Il a la situation bien en main au bureau. »

Au bord de l'épuisement total, le professeur se dirigea tant bien que mal vers la porte.

Le jeune homme à la musculature puissante eut l'expression de quelqu'un qui aurait préféré l'attraper et le transporter dans la rue, soulageant ainsi le loup-garou dans son évidente détresse. Mais il montra qu'il avait une véritable expérience du travail avec les êtres surnaturels ; il respecta la fierté de son supérieur et n'essaya même pas de l'aider en lui proposant son bras.

Poli jusqu'au bout, le professeur prit son chapeau et son manteau, mit l'un et l'autre et s'inclina pour leur dire au revoir depuis la porte du salon. Alexia et Ivy eurent peur qu'il ne tombe carrément à la renverse, mais il se redressa, franchit la porte d'entrée et entra dans la voiture du château de Woolsey en ayant simplement titubé çà et là.

Monsieur Haverbink s'assura qu'il était bien parti puis revint dans le salon. « Je serai juste devant, près de ce lampadaire-là si vous avez besoin de moi, mademoiselle », dit-il à Alexia. « Je suis de garde jusqu'au coucher du soleil, puis il y aura trois vampires qui se relaieront toute la nuit. Monsieur le comte ne veut pas prendre de risques. Pas après ce qui s'est produit. »

Et, même si elles mouraient de curiosité, Ivy et Alexia savaient qu'elles ne devaient pas le presser de questions. Si le professeur Lyall ne voulait rien leur dire sur la raison du départ si soudain du comte, cet homme serait aussi peu loquace que lui.

Monsieur Haverbink s'inclina profondément, des muscles montant et descendant tout le long de son dos, et sortit de la pièce d'un pas pesant.

Mademoiselle Hisselpenny soupira et agita son éventail. « Ah, les joies de la campagne… », cita-t-elle.

Mademoiselle Tarabotti gloussa. « Ivy, voilà qui est tout à fait coquin. Bravo. »

8

Manigances d'arrière-cour

Les Loontwill revinrent de leur expédition le rose du succès aux joues. Sauf monsieur Loontwill : son compte en banque ayant progressé vers le rouge, il avait sur le visage une expression que l'on voit plus couramment sur celui des hommes rentrant d'une bataille largement perdue avec beaucoup de blessés. Floote apparut près de lui avec un grand verre de cognac. Monsieur Loontwill marmonna une phrase qui disait plus ou moins que si Floote n'avait pas existé, il aurait fallu l'inventer, et avala le verre cul sec.

Personne ne fut surpris de trouver mademoiselle Tarabotti en train de recevoir mademoiselle Hisselpenny dans le salon de devant. Monsieur Loontwill marmonna une phrase d'accueil juste assez longue pour satisfaire aux convenances puis se retira dans son bureau avec un second verre de cognac et en exigeant de ne pas être dérangé pour quelque raison que ce soit.

Les dames accueillirent mademoiselle Hisselpenny de manière bien plus prolixe et insistèrent pour lui montrer tous leurs achats.

Mademoiselle Tarabotti eut la présence d'esprit d'envoyer Floote chercher du thé. Il était évident que cet après-midi allait être long.

Félicité sortit une boîte en cuir et souleva le couvercle. « Regardez ça. Ne sont-ils pas absolument divins ? Ne voudrais-tu pas avoir les mêmes ? » Splendide et succulente sur un lit de velours noir, se trouvait une paire de gants du soir en dentelle vert mousse pâle ornée sur les côtés de minuscules boutons de nacre et montant jusqu'au coude.

« Oui », dit Alexia, car ils l'étaient. « Mais tu n'as pas de robe du soir qui va avec, n'est-ce pas ? »

Félicité agita ses sourcils avec excitation. « Très perspicace, ma chère sœur, sauf que j'en ai une à présent. » Elle sourit d'une façon tout à fait inconvenante.

Mademoiselle Tarabotti songea qu'elle commençait à comprendre pourquoi son beau-père était d'une pâleur mortelle. Une robe du soir assortie à de tels gants ne pouvait que coûter une petite fortune et, quoi que Félicité achète, Évyline devait avoir l'équivalent. Évyline démontra cette loi universelle en exhibant fièrement ses propres gants du soir en satin bleu argenté ornés de fleurs roses brodées sur le bord.

Mademoiselle Hisselpenny fut considérablement impressionnée par une telle largesse. Les moyens de sa famille ne lui permettaient pas d'acheter des gants brodés et des robes du soir neuves sur un caprice.

« Les robes seront prêtes la semaine prochaine, expliqua fièrement madame Loontwill, comme si ses filles venaient d'accomplir quelque chose de merveilleux. Juste à temps pour le bal d'Almack, espérons-nous. » Elle toisa Ivy. « Y serez-vous, mademoiselle Hisselpenny ? »

Alexia se rebiffa contre sa mère, qui savait parfaitement que les Hisselpenny n'étaient pas assez titrés pour qu'on les invitât à un événement aussi illustre. « Et quelle nouvelle robe porterez-vous, *mama* ? demanda-t-elle, acerbe. Quelque chose de convenable, dans votre style habituel – une robe plus appropriée à une dame moitié plus jeune que vous ?

— Alexia ! » siffla Ivy, vraiment choquée.

Madame Loontwill jeta un regard acéré à sa fille aînée. « Peu importe ce que je porterai, il est clair que toi, tu ne seras pas là pour le voir. » Elle se leva. « Et tu n'auras pas non plus la permission d'aller au raout de la duchesse demain soir. » Et, ayant énoncé cette punition, elle sortit de la pièce avec majesté.

Une étincelle d'amusement dansait dans le regard de Félicité. « Tu as tout à fait raison, bien entendu. La robe qu'elle a choisie est tout en fanfreluches et rose pâle avec un décolleté osé.

— Mais vraiment, Alexia, tu ne devrais pas dire des choses pareilles à ta propre mère, insista Ivy.

— Et à qui d'autre devrais-je les dire ? marmonna Alexia sous cape.

— Exactement, et puis pourquoi pas ? demanda Évyline. Personne d'autre ne le fera. Le comportement de maman ne va pas tarder à affecter nos chances. » Elle se désigna elle-même, ainsi que Félicité. « Et nous n'avons pas l'intention de finir vieilles filles. Sans vouloir t'offenser, ma chère sœur. »

Alexia sourit. « Mais de rien. »

Floote apparut avec une nouvelle théière et mademoiselle Tarabotti lui fit signe d'approcher. « Floote, envoyez ma carte à tante Augustina, s'il vous plaît. Pour demain soir. »

Cela ne sembla que très vaguement intéresser Évyline et Félicité. Elles n'avaient pas de tante Augustina, mais une rencontre organisée une nuit de pleine lune avec un personnage portant un nom pareil ne pouvait que signifier qu'il allait lui tirer les cartes. Alexia, contrainte sans avertissement et avec cruauté de rester à la maison, devait s'organiser une distraction.

Ivy n'était pas aussi sotte. Elle jeta à Alexia un regard qui signifiait : « Mais qu'est-ce que tu mijotes ? »

Alexia se contenta de répondre par un sourire énigmatique.

Floote hocha la tête avec résignation et sortit faire ce qu'on lui avait demandé.

Félicité changea de sujet. « Êtes-vous au courant ? On fabrique des bijoux avec ce nouveau métal léger extraordinaire – de l'alu-mini-minimum, quelque chose comme ça. Il ne se ternit pas, comme l'argent. Bien entendu, il est très cher pour l'instant, et papa ne nous a pas autorisées à acheter quoi que ce soit. » Elle fit la moue.

Mademoiselle Tarabotti s'illumina. Ses journaux scientifiques s'étaient extasiés sur les nouvelles méthodes de production de ce métal, découvert quelque vingt ans auparavant. « Aluminium, dit-elle. J'ai lu des articles dessus dans plusieurs publications de la Royal Society. Il a donc enfin fait son apparition dans les magasins de Londres. C'est merveilleux ! Vous savez, il n'est pas magnétique, ni éthérique, mais anticorrosif.

— Il est quoi et quoi ? » Félicité, perplexe, se mordit la lèvre inférieure.

« Oh, mon dieu, soupira Évyline, c'est reparti, on ne va plus pouvoir l'arrêter à présent. Oh, pourquoi a-t-il fallu que j'aie un bas-bleu pour sœur ? »

Mademoiselle Hisselpenny se leva. « Mesdames, veuillez m'excuser. Je vais devoir vous quitter. »

Les demoiselles Loontwill hochèrent la tête.

« Vous avez bien raison. C'est ce que nous ressentons nous aussi quand elle se met à parler science, dit Évyline avec chaleur.

— Sauf que nous devons vivre avec elle, et ne pouvons nous échapper », ajouta Félicité.

Ivy parut embarrassée. « Non, vraiment, c'est juste que je dois rentrer. Ma mère m'attend depuis une demi-heure. »

Mademoiselle Tarabotti accompagna son amie à la porte. Floote apparut avec l'abominable chapeau de bergère, dans toute la gloire de ses rayures blanches, de sa dentelle rouge et de sa plume d'autruche jaune. Alexia le noua sous le menton d'Ivy d'un air dégoûté.

En regardant dans la rue, les deux femmes observèrent monsieur Haverbink qui rôdait sur le trottoir d'en face. Alexia lui adressa un petit signe de la main. Il hocha poliment la tête dans leur direction.

Ivy ouvrit son ombrelle rouge. « Tu n'as jamais eu l'intention d'aller au raout de la duchesse demain soir, n'est-ce pas ? »

Mademoiselle Tarabotti sourit. « Je suis prise sur le fait.

— Alexia. » La voix d'Ivy était chargée de soupçons. « Qui est tante Augustina ?

— Je crois que tu as utilisé le terme "scandaleux" en faisant référence à cet individu, et que tu as désapprouvé notre relation », répondit en riant Alexia.

Horrifiée, Ivy ferma les yeux pendant un long moment. Le changement de sexe l'avait lancée sur une mauvaise piste, mais ce n'était que le code employé devant les Loontwill par Alexia et son majordome. « Deux fois en une semaine ! s'exclama-t-elle, choquée. Les gens vont commencer à jaser. Ils vont penser que tu te transformes en drone. » Elle observa pensivement son amie. C'était une femme pratique et sculpturale, qui avait du style, et n'était pas du type que les vampires appréciaient habituellement. Mais tout le monde le savait : lord Akeldama n'était pas un vampire ordinaire. « Tu n'es pas en train de devenir un drone, n'est-ce pas ? C'est une très grave décision. »

Ce ne fut pas la première fois qu'Alexia regretta de ne pouvoir dire à Ivy la vérité sur sa véritable nature. Ce n'était pas qu'elle ne fît pas confiance à mademoiselle Hisselpenny, mais simplement qu'elle n'était pas sûre que sa langue n'allait pas prendre le dessus à un moment inopportun.

« Tu n'as pas idée à quel point c'est impossible, ma chère, se contenta-t-elle de répondre. Ne t'inquiète pas. Tout ira bien. »

Mademoiselle Hisselpenny ne parut guère rassurée. Elle serra brièvement la main de son amie puis sortit dans la rue en secouant doucement la tête. La longue plume d'autruche jaune de son chapeau se balança d'avant en arrière telle la queue d'un chat en colère – le mouvement de sa désapprobation.

Seule Ivy, se dit Alexia, *peut exprimer sa désapprobation d'une façon aussi gaie et légère.*

Puis mademoiselle Tarabotti retrouva les bons soins de ses demi-sœurs et se prépara à une soirée de bonheur familial.

Mademoiselle Tarabotti fut réveillée au milieu de la nuit par un tapage des plus phénoménal. Il semblait provenir précisément de sous la fenêtre de sa chambre. Elle se glissa hors de son lit en jetant une pelisse de mousseline sur sa chemise de nuit, et alla voir ce qui se passait.

Sa fenêtre, celle de l'une des chambres les moins prestigieuses situées à l'arrière de la maison, donnait sur l'entrée des domestiques et de la cuisine, et sur une ruelle où les commerçants effectuaient leurs livraisons.

La lune, qui serait pleine la nuit suivante, baignait dans un reflet d'argent les silhouettes de plusieurs hommes. Ils étaient apparemment en pleine bagarre. Alexia fut fascinée. Ils paraissaient de force égale et se battaient pour ainsi dire en silence, ce qui conférait une aura d'autant plus sinistre à la scène. Le bruit qui l'avait réveillée avait sans doute été provoqué par une poubelle renversée ; en dehors de cela, seul le son de la chair frappant la chair et quelques grognements étouffés déchiraient l'air.

Alexia vit un homme lancer le bras avec force. Son poing atterrit en plein dans le visage de l'autre. Un direct qui aurait dû l'étendre raide. Au lieu de quoi l'adversaire fit volte-face et répliqua en utilisant son élan. Le bruit de son poing sur la peau, celui d'un choc humide déplaisant, résonna dans l'allée.

Seul un être surnaturel pouvait prendre un tel coup et conserver ses esprits. Mademoiselle Tarabotti se souvint avoir entendu le professeur Lyall dire que des vampires monteraient la garde ce soir. Était-elle témoin d'une bagarre entre vampires ? L'idée l'excitait, en dépit du danger. C'était un spectacle auquel il était rare d'assister car, contrairement aux loups-garous qui se bagarraient souvent, les vampires préféraient en général des méthodes de confrontation plus subtiles.

Elle se pencha à la fenêtre pour mieux voir. L'un des hommes se détacha et se dirigea vers elle, les yeux levés. Son regard vide rencontra celui d'Alexia et elle sut qu'il ne s'agissait pas d'un vampire.

Elle retint un cri d'horreur ; la bagarre ne la fascinait plus. Elle avait déjà vu cette face : c'était celle de l'homme au visage de cire qui avait participé à son enlèvement raté. À la lumière de la lune, sa peau avait le reflet terne de l'étain et était si lisse et dépourvue de vie qu'elle en trembla de révulsion. Les lettres étaient toujours inscrites sur son front, comme avec de la suie : VIXI. Il la vit, sa chemise de nuit pâle se détachant sur l'intérieur sombre de la maison endormie, et sourit. Comme auparavant, ce sourire ne ressemblait à aucun autre : c'était une entaille artificielle remplie de dents carrées blanches et parfaites, qui ouvrait sa tête comme une tomate s'ouvre lorsqu'on la laisse tomber dans de l'eau bouillante.

Il courut vers elle. Trois étages de brique lisse les séparaient et pourtant Alexia sut qu'elle n'était pas en sécurité.

Un autre homme se détacha de la bagarre et courut après son assaillant. Alexia douta qu'il pût arriver à temps. L'homme au visage de cire se déplaçait avec une efficacité et une économie de mouvements absolues, moins comme un homme qui court que comme un serpent d'eau qui ondule.

Mais il était clair que son poursuivant était un vampire et, en le regardant, Alexia comprit qu'elle n'avait jamais vu de vampire courir à pleine vitesse. Il était tout en grâce liquide, ses belles bottes de Hesse ne produisant sur les pavés qu'un murmure bourdonnant.

L'homme au visage de cire atteignit la maison des Loontwill et commença à escalader le mur de brique. Libre, semblable à une araignée, il montait le long du mur tel un liquide. Son visage totalement dépourvu d'expression demeurait levé vers Alexia. Comme si ce visage l'hypnotisait, comme s'il faisait une fixation sur elle et uniquement sur elle. VIXI. Elle lut et relut les lettres. VIXI.

Je ne veux pas mourir, se dit Alexia. *Je n'ai pas encore enguirlandé lord Maccon à cause de la dernière fois où il s'est montré grossier !* Prise de panique, elle tendait les bras pour claquer les volets, tout en sachant qu'ils n'offraient qu'une mince protection contre une telle créature, lorsque le vampire frappa.

Son protecteur surnaturel fit un bond en avant et atterrit sur le dos de l'homme au visage de cire. Il saisit la tête de la créature et la fit brutalement pivoter. Le poids, ou le mouvement de torsion, lui fit lâcher la paroi de brique. Ils tombèrent tous les deux et atterrirent dans l'allée avec un horrible bruit d'os brisés. Aucun d'eux ne cria ni ne parla, même après une telle chute. Leurs compagnons continuaient à se battre en silence derrière eux, sans s'interrompre pour observer la bagarre.

Mademoiselle Tarabotti était sûre que l'homme au visage de cire devait être mort. Il était tombé de la hauteur de un étage, et seuls les êtres surnaturels pouvaient survivre à une telle expérience. Comme aucun loup-garou ou vampire ne pouvait avoir son apparence, il devait s'agir d'une sorte d'humain normal.

Sa supposition était erronée, car l'homme au visage de cire roula sur le corps étendu du vampire puis, sautant à nouveau sur ses pieds, il se retourna et chargea avec obstination vers la maison. Et Alexia.

Le vampire, blessé mais pas hors de combat, anticipa son action et saisit l'une de ses jambes dans une poigne d'acier. L'homme, au lieu de tenter de repousser le vampire, se comporta de manière totalement illogique. Il continua ses soubresauts en direction d'Alexia, comme un enfant à qui l'on refuse une friandise et que rien d'autre ne parvient à distraire. Très lentement, il entraîna le vampire derrière lui. À chaque fois qu'il bondissait vers elle, Alexia tressaillait, même si elle savait qu'elle se trouvait bien audessus de lui dans sa chambre du troisième étage.

C'était l'impasse. La bagarre dans l'allée semblait opposer des adversaires de force égale, et l'homme au visage de cire ne pouvait pas atteindre Alexia tant que le vampire s'accrochait à sa jambe.

Un bruit de lourdes bottes et un coup de sifflet bref et aigu déchira l'air. Deux policiers arrivèrent en courant au coin de la ruelle. Des rangées d'aiguilles protectrices en argent et en bois décoraient le devant de leurs uniformes ; elles luisaient à la lumière de la lune.

L'un d'entre eux tenait un pistolet-arbalète Adam armé et chargé d'un pieu en bois à la pointe mortelle. L'autre tenait un colt Lupis venu d'Amérique qui tirait des balles en argent – ce qui se faisait de mieux provenait toujours de ce pays des plus superstitieux. En découvrant la nature des participants, il rangea le colt et le remplaça par un grand pieu-matraque.

L'un des hommes qui se battaient dans l'allée cria en latin quelque chose de tranchant et plein d'autorité. Puis son compagnon et lui partirent en courant, ne laissant sans doute que des agents du BUR derrière eux. L'homme au visage de cire cessa de tressauter en direction de la fenêtre d'Alexia. À la place, il s'en prit au malheureux vampire qu'il frappa brutalement au visage. On entendit un bruit d'os écrasés. Mais le vampire ne voulait toujours pas le lâcher. L'homme au visage de cire mit tout son poids sur sa jambe piégée puis lança son pied libre vers le bas, frappant de toutes ses forces les poignets du vampire. Alexia entendit encore un épouvantable bruit mou d'écrasement. Les deux poignets en miettes, le vampire dut lâcher prise. Adressant une dernière fois un sourire dépourvu d'expression à Alexia, l'homme au visage de cire se retourna et fila à toutes jambes, fonçant dans les deux policiers comme s'ils n'avaient même pas été là. Celui qui tenait le pistolet plaça un excellent tir, mais le projectile de bois ne fit même pas trébucher l'homme de cire.

Le vampire d'Alexia se releva, tremblant. Son nez était cassé et ses poignets pendaient mollement, mais lorsqu'il leva le regard vers mademoiselle Tarabotti, son visage exprimait une totale satisfaction. Alexia frémit de sympathie en voyant les éclaboussures de sang sur ses joues et son menton. Elle savait qu'il guérirait assez vite, surtout si on lui trouvait rapidement une source de sang frais, mais ne pouvait s'empêcher de ressentir de l'empathie pour sa souffrance actuelle, qui devait être aiguë.

Alexia prit conscience qu'un étranger, un vampire, venait de la sauver d'elle ne savait quelle horreur. L'avait sauvée elle, une paranaturelle. Elle réunit les deux mains et leva le bout de ses doigts, s'inclinant en un geste silencieux de remerciement. Le vampire hocha la tête en réponse puis lui fit signe de reculer à l'intérieur de la pièce.

Mademoiselle Tarabotti hocha la tête et se retira dans les ombres de sa chambre à coucher.

« Qu'est-ce qui se passe, mon garçon ? entendit-elle l'un des policiers demander tandis qu'elle fermait les volets fermement derrière elle.

— Une tentative de cambriolage, je crois, monsieur », répondit le vampire.

Le policier soupira. « Eh bien, faites-moi donc voir vos papiers, je vous prie. Et vous aussi, messieurs, s'il vous plaît », ajouta-t-il en direction des autres gentlemen.

Mademoiselle Tarabotti eut, c'était compréhensible, beaucoup de mal à retrouver le sommeil après cela, et lorsqu'elle y parvint enfin, ses rêves furent peuplés de vampires sans visage aux poignets en miettes qui n'arrêtaient pas de transformer de nombreux lord Maccon en statues de cire tatouées du mot VIXI.

La famille de mademoiselle Tarabotti était dans tous ses états quand elle se leva le lendemain matin pour le petit déjeuner. C'était d'ordinaire le moment le plus calme de la journée, monsieur Loontwill se levant le premier, Alexia en deuxième, et le reste de la maisonnée loin derrière en troisième position. Mais en raison de l'excitation de la nuit, mademoiselle Tarabotti fut la dernière. Elle déduisit que son retard devait être véritablement inhabituel car lorsqu'elle descendit l'escalier, ce fut pour trouver ses proches rassemblés dans l'entrée plutôt que dans la pièce où ils prenaient le petit déjeuner.

Sa mère vint vers elle en se tordant les mains avec un air encore plus toqué que d'ordinaire. « Arrange ta coiffure, Alexia, vite, ma chérie, vite. Dépêche-toi. Il attend depuis près d'une heure. Il est dans le salon de devant. Bien entendu celui de devant, aucun autre endroit ne conviendrait. Il n'a pas voulu que nous te réveillions. Dieu sait pourquoi il veut te voir *toi*, mais il ne veut voir personne d'autre. J'espère que ce n'est pas quelque chose d'officiel. Tu n'as rien fait de mal, n'est-ce pas, Alexia ? » Madame Loontwill cessa de se tordre les mains pour les agiter autour de sa tête comme un troupeau de papillons excités.

« Il a mangé trois poulets rôtis froids, précisa Félicité, sur un ton indiquant qu'elle était choquée. Trois, au petit déjeuner ! » Elle disait cela comme si elle ne savait pas vraiment par quoi elle devait être le plus offensée, la quantité ou l'heure.

« Et il n'a toujours pas l'air content, ajouta Évyline, ses grands yeux bleus encore plus grands et plus bleus que d'ordinaire sous l'effet de l'épouvante.

— Il est arrivé très tôt, ce qui ne se fait pas, et n'a même pas voulu parler avec papa, alors que papa *voulait* lui rendre visite. » Félicité était impressionnée.

Alexia jeta un coup d'œil dans le miroir de l'entrée et tapota ses cheveux pour les remettre en place. Elle avait réglé le problème des bleus sur son cou en jetant un châle vert canard sur sa robe de jour noir et argent. Le motif du châle n'allait pas avec le dessin géométrique de la bordure et couvrait le flatteur décolleté carré du corsage, mais il y avait des choses contre lesquelles on ne pouvait rien.

Ne voyant rien qui clochât du côté de sa coiffure, sauf peut-être le chignon tout simple qui était un peu démodé, elle se tourna vers sa mère. « S'il te plaît *mama*, calme-toi. Qui, précisément, attend dans le salon ? »

Madame Loontwill ignora la question et entraîna sa fille aînée au bout du hall d'entrée comme si elle avait été un chien de berger bleu à fanfreluches et Alexia un mouton noir récalcitrant.

Alexia ouvrit la porte du salon et, alors que sa mère et ses sœurs l'auraient bien suivie à l'intérieur, la referma avec fermeté sous leur nez.

Le comte de Woolsey était assis dans un silence de pierre tombale sur le sofa le plus éloigné de la fenêtre. Devant lui, les carcasses de trois poulets reposaient sur des plats en argent.

Avant de pouvoir s'en empêcher, mademoiselle Tarabotti lui adressa un grand sourire. Il avait tout simplement l'air si penaud avec tous ces poulets semblables à des squelettes de sentinelles gallinacées montant la garde devant lui.

« Ah, dit le comte en levant une main comme pour parer le sourire d'Alexia. Pas de ça, mademoiselle Tarabotti. Les affaires d'abord. »

Mademoiselle Tarabotti aurait pu être déconfite, s'il n'y avait pas eu le « d'abord ». Elle se souvint également de ce qu'avait dit le professeur Lyall. Dans cette petite danse qui était la leur, elle était censée faire le pas suivant. Aussi baissa-t-elle les cils, remisa-t-elle son sourire pour plus tard et prit-elle un siège près de lui, mais pas trop, au lieu de s'offenser.

« Eh bien, qu'est-ce qui vous amène chez moi ce matin, alors, monsieur le comte ? Vous avez mis une drôle de panique chez les Loontwill, c'est un fait. » Elle pencha la tête sur le côté et s'efforça d'être froidement polie.

« Hmm, oui, désolé. » Il lança un regard penaud aux carcasses. « Votre famille, ils sont un peu, eh bien… (il s'interrompit pour chercher le terme approprié et parut en avoir trouvé un) ce sont de drôles de piapiateurs, non ? »

Les yeux sombres d'Alexia étincelèrent. « Vous avez remarqué ? Imaginez ce que c'est que devoir vivre avec eux tout le temps.

— Je ne préfère pas, merci. Bien que cela en dise beaucoup sur votre force de caractère », dit-il avec un sourire inattendu. L'expression éclaira son habituelle expression fâchée.

Mademoiselle Tarabotti retint son souffle. Jusqu'à cet instant, elle n'avait jamais considéré le comte comme beau. Mais ce sourire. Mon dieu… c'était un problème. Surtout avant le petit déjeuner. Elle se demanda ce qu'un *premier pas* impliquait exactement.

Elle ôta son châle en cachemire.

Lord Maccon, qui était sur le point de parler, s'interrompit au milieu d'une pensée en voyant le décolleté de sa robe. Le noir et argent sévère du tissu mettait en valeur les tons crémeux de sa peau de Méditerranéenne. « Cette robe va faire ressortir ton teint mat ! » avait critiqué madame Loontwill lorsqu'elle l'avait commandée. Mais lord Maccon aimait ça. Le contraste entre cette robe pleine de style et les tons étrangers de son teint était délicieusement exotique.

« Il fait chaud pour la saison ce matin, ne trouvez-vous pas ? » dit mademoiselle Tarabotti en mettant son châle de côté avec un geste qui lui fit pencher le torse en avant.

Lord Maccon s'éclaircit la gorge et parvint à retrouver ce qu'il allait dire.

« Hier après-midi, pendant que nous étions… occupés à autre chose, on s'est introduit dans le quartier général du BUR. »

Mademoiselle Tarabotti en resta bouche bée. « C'est absolument inadmissible. Quelqu'un a-t-il été gravement blessé ? Avez-vous attrapé les coupables ? Quelque chose de valeur a-t-il été volé ? »

Lord Maccon soupira. On pouvait toujours compter sur mademoiselle Tarabotti pour aller droit au cœur d'un problème. Il répondit à ses questions dans l'ordre. « Pas gravement. Non. Et surtout des dossiers de vampires isolés et de loups solitaires. Une partie de la documentation détaillée a également disparu, ainsi que… » Son expression se troubla et il pinça les lèvres.

Cette expression alerta plus mademoiselle Tarabotti que ses paroles. Elle n'avait jamais vu le comte avec un air si inquiet. « Et ? le pressa-t-elle, en se penchant en avant avec anxiété.

— Vos dossiers.

— Ah. » Elle se renversa en arrière.

« Lyall est retourné au bureau pour vérifier je ne sais quoi en dépit du fait que je lui avais donné l'ordre de rentrer chez lui se coucher, et il a trouvé inconscients tous ceux qui étaient de garde.

— Dieu du ciel, comment cela ?

— Eh bien, il n'y avait pas de marques sur leur corps, mais ils étaient profondément endormis. Il a examiné le bureau et constaté qu'on l'avait pillé et que ces fameux dossiers avaient été volés. C'est à ce moment-là qu'il est venu m'avertir. Le temps que j'arrive, tout le monde avait repris connaissance.

— Chloroforme ? » suggéra Alexia.

Le comte hocha la tête. « Cela semble être le cas. Il a dit qu'une odeur flottait encore dans l'air. Et il en a fallu une quantité considérable. Peu de gens ont accès à une telle quantité de ce produit chimique. J'ai envoyé tous mes agents disponibles dans les plus importantes institutions scientifiques et médicales pour vérifier les grosses commandes récentes de chloroforme. Mais mon personnel est toujours mis à rude épreuve à la pleine lune. »

Alexia prit une expression pensive. « Il y a de nos jours nombre d'institutions de ce type à Londres, n'est-ce pas ? »

Lord Maccon se déplaça dans sa direction, ses yeux caramel pleins d'affection. « Vous voyez, on a des raisons de s'inquiéter pour vous. Avant, nous pouvions penser qu'ils ne connaissaient pas votre *vraie* nature, qu'ils croyaient que vous étiez juste un humain diurne en train de se mêler de ce qui ne le regardait pas. Maintenant, ils savent que vous êtes une paranaturelle, et que cela signifie que vous pouvez neutraliser les surnaturels. Ils vont vouloir vous disséquer pour comprendre. »

Lord Maccon espérait faire appréhender la vraie nature du danger à mademoiselle Tarabotti. Elle pouvait se montrer très obstinée sur certains sujets. Et comme c'était aujourd'hui la pleine lune, ni ses agents de la meute ni lui ne pouvaient la protéger. Il faisait confiance à ses autres agents du BUR, même les vampires, mais ils n'appartenaient pas à sa meute et un loup-garou ne pouvait pas s'empêcher de faire confiance à certaines personnes plutôt qu'à d'autres. Et c'était toujours la meute qui l'emportait. Aucun loup-garou ne pouvait monter la garde à la pleine lune – tout ce qu'ils avaient d'humain s'évanouissait pendant cette nuit-là. En fait, il n'aurait pas dû être dehors en ce moment. Il aurait dû être chez lui, en train de dormir en sécurité, pendant que ses porte-clés gardaient l'œil ouvert. Et surtout, comprit-il, il n'aurait pas dû être près d'Alexia Tarabotti, que ses pulsions charnelles, qu'il le veuille ou non, appréhendaient de façon excessivement possessive. Il existait une bonne raison pour enfermer les couples de loups-garous ensemble dans la même cellule à la pleine lune. Tous les autres devaient monter la garde en solitaire sous leur forme animale, vicieuse et implacable, mais la passion est la passion, et elle pouvait être canalisée en des activités plus agréables et un peu moins violentes du moment que la femme souffrait de la même malédiction et était donc en mesure de survivre à l'expérience. *Quel effet*, se demanda-t-il, *cela ferait-il de passer la pleine lune sous forme humaine, et de la conserver grâce au contact d'une amante paranaturelle ?* Quelle expérience ! C'étaient ses instincts les plus bas, inspirés par le maudit décolleté de la robe de mademoiselle Tarabotti, qui lui soufflaient de telles réflexions.

Lord Maccon ramassa le châle en cachemire et le posa sur la zone supérieure du torse d'Alexia. « Remettez-ça », ordonna-t-il, bourru.

Au lieu de s'offenser, mademoiselle Tarabotti sourit avec sérénité, lui prit le vêtement et le plaça avec précaution derrière elle et hors d'atteinte.

Elle se retourna et, dans un geste d'une grande hardiesse, prit l'une de ses grandes mains calleuses dans les siennes.

« Vous vous inquiétez pour ma sécurité, ce qui est adorable, mais vos gardes ont été des plus efficaces la nuit dernière. Je ne doute pas un seul instant qu'ils seront tout aussi compétents ce soir. »

Il hocha la tête. Il ne rompit pas le contact avec la main hésitante d'Alexia mais la tourna pour qu'elle s'enroule autour de la sienne. « Ils m'ont rapporté l'incident juste avant l'aube. »

Alexia frissonna. « Savez-vous qui il est ?

— Qui ça ? » demanda le comte, avec une voix d'âne. Il promena son pouce distraitement sur son poignet en une caresse rassurante.

« L'homme au visage de cire, précisa Alexia, le regard rendu vitreux par le souvenir et la peur.

— Non. Il n'est ni humain, ni surnaturel, ni paranaturel, répondit-il. Une expérience médicale qui a mal tourné, peut-être ? Il est rempli de vrai sang. »

Elle sursauta. « Comment pouvez-vous le savoir ?

— Le combat, le fiacre. Quand ils ont tenté de vous enlever. Je l'ai mordu, vous ne vous en souvenez pas ? »

Elle hocha la tête en se rappelant la façon dont le comte avait seulement changé sa tête en celle d'un loup et comment il avait essuyé du sang sur son visage avec sa manche.

Une jolie lèvre masculine s'incurva de dégoût. « Cette viande n'était pas fraîche. »

Alexia frémit. *Non, pas fraîche.* Elle n'aimait pas l'idée que l'homme de cire et ses semblables étaient en possession de ses dossiers personnels. Et, bien entendu, les événements de la nuit précédente prouvaient que ses mystérieux ennemis savaient où la trouver, si bien que rien n'avait fondamentalement changé avec le vol des documents du BUR. Mais à présent que l'homme au visage de cire et l'homme dans l'ombre avec son mouchoir au chloroforme savaient qu'elle n'avait pas d'âme, mademoiselle Tarabotti se sentait terriblement à découvert.

« Je sais que cela ne va pas vous plaire, commença-t-elle, mais j'ai décidé de rendre visite ce soir à lord Akeldama pendant que ma famille sera sortie. Ne vous inquiétez pas. Je m'assurerai que vos gardes pourront me suivre. Je suis convaincue que la résidence de lord Akeldama est extrêmement sûre. »

L'Alpha émit un grognement. « S'il le faut.

— Il sait des choses », insista-t-elle, tentant de le rassurer.

Lord Maccon ne pouvait pas dire le contraire. « Il en sait en général trop, si vous voulez mon avis. »

Mademoiselle Tarabotti tenta de clarifier sa position. « Il ne s'intéresse pas à moi, de quelque manière qui soit... *significative*.

— Pourquoi le serait-il ? interrogea lord Maccon. Vous êtes paranaturelle. Sans âme. »

Alexia tressaillit mais s'obstina tout de même. « Néanmoins, vous, vous l'êtes. »

Une pause.

Lord Maccon sembla tout à fait fâché. Son mouvement de caresse du pouce s'interrompit, mais il ne retira pas sa main de celle d'Alexia.

Elle se demanda si elle devait insister. Il se comportait comme s'il n'avait pas beaucoup pensé à la question. Et c'était peut-être le cas : le professeur Lyall avait dit que l'Alpha agissait complètement à l'instinct. Et on était bien à la pleine lune, qui était de notoriété publique un mauvais moment pour les loups-garous et leurs pulsions. *Était-il convenable de l'interroger sur ses sentiments au sujet de sa petite personne à cette date particulière du mois ?* Mais alors, n'était-ce pas le moment où elle avait le plus de chance d'obtenir une réponse honnête ?

« Je suis quoi ? » Le comte ne lui rendait pas les choses faciles.

Alexia ravala sa fierté, s'assit très droite et dit : « Intéressé par moi ? »

Lord Maccon demeura silencieux pendant quelques longues minutes. Il examina ses émotions. Tout en admettant qu'en cet instant précis – ses petites mains dans les siennes, un parfum de vanille et de cannelle dans l'air, et le décolleté de cette maudite robe sous les yeux – son esprit avait la clarté d'une soupe de pois cassés pleine de morceaux de désir de la taille d'un jarret de porc, il savait qu'il rôdait quelque chose dans cette soupe. Quoi que ce soit, cela le mettait en colère, car cela allait désespérément tout compliquer dans sa vie bien réglée, et ce n'était pas le moment de s'en occuper.

« J'ai dépensé pas mal de temps et d'énergie au cours de notre association à essayer de ne pas vous apprécier », finit-il par admettre. Ce qui ne répondait pas à la question d'Alexia.

« Et pourtant je trouve, moi, que ne pas vous apprécier est plutôt facile, en comparaison, surtout quand vous dites ce genre de choses ! » répliqua mademoiselle Tarabotti, en tentant désespérément d'extraire sa main de son odieuse caresse.

La manœuvre se retourna contre elle. Lord Maccon la tira et la souleva comme si elle ne pesait pas plus qu'un duvet.

Mademoiselle Tarabotti se retrouva assise à la même hauteur que lui sur le petit sofa. La journée devint soudain aussi chaude qu'elle l'avait insinué plus tôt. Un contact intime avec les muscles prodigieux de monsieur le comte l'enflammait des épaules aux cuisses. *Qu'ont-ils donc de si spécial*, se demanda-t-elle, *les loups-garous et leurs muscles ?*

« Oh, mon dieu, dit Alexia.

— J'ai du mal, dit le comte, à imaginer de ne pas vous apprécier de manière régulière et intime pendant encore très longtemps. »

Mademoiselle Tarabotti sourit. Le parfum de prairies l'entourait, cette fragrance que seul le comte pouvait produire.

Il ne l'embrassa pas, et se contenta de lui toucher le visage, comme s'il attendait quelque chose.

« Vous ne vous êtes pas excusé pour votre comportement », protesta doucement mademoiselle Tarabotti en posant sa joue dans sa main. Il valait mieux ne pas le laisser prendre la main, en quelque sorte, dans cette conversation, ce qui la mettrait dans tous ses états. Elle se demanda si elle allait oser tourner la tête et embrasser le bout de ses doigts.

« Hmmm ? M'excuser ? Pour laquelle de mes nombreuses transgressions ? » Lord Maccon était fasciné par la peau douce de son cou, juste en dessous de l'oreille. Il aimait la façon démodée dont elle avait coiffé ses cheveux, ramenés complètement en arrière comme ceux d'une gouvernante – c'était plus accessible.

« Vous m'avez ignorée à ce dîner », s'obstina Alexia. Elle lui en voulait encore, et n'était pas disposée à le laisser s'en sortir sans un semblant de contrition.

Lord Maccon hocha la tête, en suivant du bout du doigt la courbe de ses sourcils noirs. « Et pourtant vous avez passé la soirée en une compagnie qui semblait vous intéresser davantage que la mienne, et vous avez fait une promenade en voiture avec un jeune savant le lendemain matin. »

Il avait l'air si désespéré qu'Alexia faillit rire. Il ne lui présentait toujours pas ses excuses, mais elle supposa que c'était le mieux qu'on pouvait attendre d'un Alpha. Elle soutint son regard. « C'est *lui* qui me trouve intéressante. »

Lord Maccon devint livide en entendant cette révélation. « De cela, je suis tout à fait conscient », grondat-il.

Mademoiselle Tarabotti soupira. Aussi amusant que cela puisse être, elle n'avait pas voulu le mettre en colère. « Que suis-je censée dire maintenant ? Que voudriez-vous que je dise, vous ou votre meute ? » finit-elle par demander.

Que vous me désirez, songèrent ses pulsions les plus basses. *Qu'il y a un futur, pas trop loin dans le temps et l'espace, où nous nous trouverons, vous, moi et un lit particulièrement grand.* Il tenta d'affronter les visions en question et d'échapper à leur influence. *Maudite pleine lune*, se dit-il en tremblant presque sous l'effort.

Il parvint à se contrôler suffisamment pour ne pas l'attaquer pour de bon. Mais ses besoins s'étant amoindris, il dut affronter ses émotions. C'était là, au creux de son estomac. Le seul sentiment qu'il ne voulait pas reconnaître. Et qui allait plus loin que le désir, ou le besoin, ou n'importe lequel de ces instincts pas très civilisés dont il pouvait si aisément accuser sa nature de loup-garou.

Lyall le savait. Lyall n'en avait rien dit, mais il le savait. *Combien d'Alphas*, se demanda lord Maccon, *a-t-il vu tomber amoureux ?* Il tourna un regard très semblable à celui d'un loup vers la seule femme capable de l'empêcher de jamais en redevenir un. Il se demanda à quel point son amour était lié à cela : le côté unique de la situation. Paranaturelle et surnaturel – un tel couple était-il possible ?

Tu m'appartiens, disait son regard.

Alexia ne le comprit pas. Pas plus que le silence qui s'ensuivit.

Soudain nerveuse, elle s'éclaircit la gorge. « La Danse de la femelle. Est-ce… à moi de jouer ? » demanda-t-elle en se référant, pour se donner confiance, au protocole de la meute. Elle ignorait ce qu'on exigeait d'elle, mais elle voulait qu'il sache qu'elle en était venue à comprendre une partie de son comportement.

Lord Maccon, encore bouleversé par la révélation à laquelle il était parvenu, la regarda comme s'il ne l'avait jamais vraiment vue auparavant. Il cessa de lui caresser le visage pour frotter le sien à deux mains en un geste fatigué. « Mon Bêta a parlé, dirait-on. » Il la regarda entre ses doigts. « Eh bien, le professeur Lyall m'a assuré que j'ai commis une grave transgression dans la façon dont j'ai traité la situation. Selon lui, vous êtes peut-être Alpha, mais vous n'êtes certes pas un loup-garou. Même si j'ajouterais qu'appropriées ou non, j'ai immensément apprécié nos interactions. » Il jeta un coup d'œil à la bergère.

« Même le hérisson ? » Mademoiselle Tarabotti n'était pas sûre de ce qui était en train d'arriver.

Venait-il d'admettre qu'il avait des intentions ? Étaient-elles purement physiques ? Et, si c'était le cas, devait-elle s'engager dans une liaison ? Le mot « mariage » n'avait pas encore franchi ses lèvres. Les loups-garous, étant des êtres surnaturels et morts pour l'essentiel, ne pouvaient pas avoir d'enfants. C'était du moins ce que laissaient entendre les livres de son père. En conséquence, ils se mariaient rarement, et recouraient de préférence à des professionnelles du sport en chambre ou à des porte-clés pour régler la question. Alexia considéra son propre futur. Il était peu probable qu'elle rencontrât jamais une telle occasion, et il existait des moyens d'être discrets. C'est du moins ce qu'elle avait lu. Bien qu'étant donné la nature possessive du comte, tout finirait par être révélé. *Au diable la réputation*, se dit-elle. *Ce n'est pas comme si j'avais des perspectives significatives à gâcher. Je ne ferai que suivre l'exemple de mon don Juan de père. Peut-être lord Maccon me rangera-t-il dans une petite maison quelque part à la campagne avec ma bibliothèque et un grand et beau lit.* Ivy lui manquerait, et lord Akeldama, eh oui, elle devait l'admettre, son idiote de famille et la bonne société londonienne, qui l'était encore plus. Alexia s'interrogea. *Cela en vaudrait-il la peine ?*

Lord Maccon choisit cet instant pour lui pencher la tête en arrière et l'embrasser. Cette fois, il n'employa pas la méthode douce, mais alla droit au but en imposant la marque brûlante de ses lèvres, de ses dents et de sa langue.

Elle se plaqua contre lui, agacée, comme cela semblait toujours être le cas quand il l'accostait, par la quantité de vêtements qui se trouvaient entre ses mains et le torse du comte. *Une seule réponse possible : oui, ça en vaudrait la peine.*

Mademoiselle Tarabotti sourit contre la bouche insistante de monsieur le comte. *La Danse de la femelle.* Elle s'éloigna et leva les yeux à la rencontre de son regard fauve. Elle aimait la faim de prédateur qu'elle y lisait. Cette sensation de risque épiçait le délicieux goût salé de sa peau. « Très bien, lord Maccon. Si nous jouons cette main-là, seriez-vous intéressé par l'idée de devenir… » Mademoiselle Tarabotti avait du mal à trouver le bon terme. *Comment appelle-t-on un amant en langage châtié ?* Elle haussa les épaules et sourit. « Mon amant ?

— Que venez-vous de dire ? rugit lord Maccon, scandalisé.

— Euh, ce qu'il ne fallait pas ? », suggéra Alexia, sidérée par son soudain changement d'humeur. Elle n'avait plus le temps de corriger sa gaffe : le cri de lord Maccon avait atteint l'entrée et madame Loontwill, qui rongeait son frein de curiosité, se rua dans la pièce.

Pour trouver sa fille aînée emmêlée avec lord Maccon sur le sofa, derrière une table décorée des carcasses de trois poulets morts.

9

Un problème de la taille d'un loup-garou

Madame Loontwill fit ce que toute mère bien préparée aurait fait en trouvant sa fille célibataire dans les bras d'un gentleman loup-garou : elle fit une crise très décorative, et très bruyante, d'hystérie.

Conséquence de ce vacarme considérable, tous les membres de la maison Loontwill se ruèrent hors des chambres qu'ils occupaient et se précipitèrent dans le grand salon. Naturellement, ils avaient cru que quelqu'un était mort ou que mademoiselle Hisselpenny était arrivée avec un chapeau d'une laideur sans pareille. Au lieu de quoi, ils trouvèrent quelque chose de bien moins vraisemblable : Alexia et le comte de Woolsey romantiquement imbriqués.

Mademoiselle Tarabotti se serait bien levée du sofa pour s'asseoir à une distance appropriée de lord Maccon, mais il enroula un bras autour de sa taille et l'empêcha de bouger.

Elle lui adressa un regard noir et extrêmement agacé de sous ses sourcils sombres. « Que faites-vous, homme épouvantable ? Nous avons bien assez d'ennuis comme ça. *Mama* va vouloir nous marier, vous allez voir ça, siffla-t-elle sous cape.

— Taisez-vous donc, se contenta de dire lord Maccon. Laissez-moi m'occuper de tout. » Et il lui donna un petit baiser dans le cou. Ce qui, bien entendu, agaça Alexia et la mit encore plus mal à l'aise.

Félicité et Évyline s'arrêtèrent à la porte, les yeux écarquillés, et partirent d'un gloussement hystérique. Floote apparut sur leurs talons et se mit à rôder près du portemanteau, l'air inquiet, tout en se débrouillant pour demeurer quasiment invisible.

Madame Loontwill continua à crier, plus de surprise que parce qu'elle était scandalisée. Le comte et Alexia ? Quelles conséquences cela allait-il avoir sur leur réputation ?

Mademoiselle Tarabotti s'agita sous la chaleur du bras de lord Maccon. Elle tenta subrepticement de détacher ses doigts de l'endroit où ils agrippaient sa taille, juste au-dessus de la hanche. Son bras reposait sur le haut de sa tournure – c'était choquant ! Il se contenta de répondre à ses tortillements subtils en clignant un œil en apparence amusé. Un clin d'œil !

Non mais, songea Alexia, *vraiment !*

Monsieur Loontwill fit irruption dans le salon avec à la main une poignée de feuilles de comptes qu'il était en train de vérifier. Il les lâcha et inspira vivement entre ses dents lorsqu'il vit Alexia et le comte. Il se pencha alors pour ramasser ses papiers, prenant ainsi le temps de considérer les options qui s'offraient à lui. Il aurait dû, bien entendu, demander au comte de sortir. Cette situation était des plus compliquées, car le comte et lui ne pouvaient pas se battre en duel, l'un étant une créature surnaturelle et l'autre non. En tant qu'auteur du défi, monsieur Loontwill devrait trouver un loup-garou qui voudrait bien se battre avec le comte comme son champion. Aucun loup-garou qu'il connaissait, et il en connaissait peu, ne consentirait à s'attaquer à l'Alpha du château de Woolsey. Pour autant qu'il le sût, aucun loup-garou de Londres n'entreprendrait jamais une tâche aussi herculéenne, pas même le dewan. D'un autre côté, il pouvait toujours lui demander de faire ce qu'il fallait pour sa belle-fille. Mais qui pouvait vouloir d'Alexia pour la vie ? C'était une malédiction pire que d'être changé en loup-garou. Non, on devrait probablement l'y obliger. La vraie question était de savoir si l'on pouvait persuader le comte d'épouser Alexia par une méthode non violente, ou si tout ce que monsieur Loontwill pouvait espérer de mieux était qu'elle devînt l'un des porte-clés de Woolsey.

Bien entendu, madame Loontwill compliqua le problème. « Oh, Herbert, dit-elle sur un ton suppliant à son mari silencieux, tu dois l'obliger à l'épouser ! Appelle le pasteur tout de suite ! Regarde-les… ils sont en train de…, postillonna-t-elle, de se bécoter !

— Allons, allons, Laeticia, sois raisonnable. Être porte-clés n'est pas si mal, à notre époque. » Monsieur Loontwill songeait à ce que lui coûtait l'entretien d'Alexia. Cette situation pouvait potentiellement se révéler avantageuse pour toutes les parties concernées, hormis la réputation d'Alexia.

Madame Loontwill n'était pas d'accord. « Ma fille n'est pas du genre à devenir porte-clés !

— Tu n'as pas idée à quel point c'est vrai ! » marmonna Alexia sous cape.

Lord Maccon leva les yeux au ciel.

Sa mère ignora Alexia. « Elle est du genre qu'on *épouse* ! » Il était clair qu'elle avait des visions de statut social grandement amélioré.

Mademoiselle Tarabotti se leva du sofa pour mieux affronter sa famille. Cela força le comte à la lâcher, ce qui parut le bouleverser beaucoup plus que la crise d'hystérie de sa mère ou la couardise de son père.

« Il est hors de question que je me marie sous la contrainte, *mama.* Et je n'obligerai pas non plus le comte à un tel asservissement. Lord Maccon ne m'a pas fait d'offre, et je ne ferai rien pour qu'il s'engage sans le vouloir. N'insistez pas ! »

Madame Loontwill n'était plus hystérique. Il y avait une lueur d'acier dans ses yeux bleu pâle. Une lueur qui amena lord Maccon à se demander de qui Alexia avait hérité sa personnalité anguleuse. Jusqu'à cet instant, il avait incriminé feu le père italien. Il n'en était plus aussi sûr.

Madame Loontwill parla, d'une voix haut perchée et abrasive : « Espèce de garce effrontée ! De tels sentiments auraient dû t'empêcher de lui permettre de prendre de telles libertés, pour commencer ! »

La réponse d'Alexia fut belliqueuse. « Rien de significatif ne s'est produit. Mon honneur est encore intact. »

Madame Loontwill fit un pas en avant et gifla sa fille aînée à la volée. Le bruit retentissant résonna tel un coup de pistolet tiré dans la pièce. « Vous n'êtes absolument pas en position de discuter de ce point, jeune fille ! »

Félicité et Évyline ouvrirent toutes deux la bouche et cessèrent de glousser. Floote, qui se tenait telle une statue près de la porte, eut un mouvement involontaire.

Lord Maccon, en un mouvement plus rapide que ce que quiconque pouvait voir, apparut près de madame Loontwill, une main de fer autour de son poignet. « Je ne recommencerais pas, si j'étais vous, madame », dit-il. Sa voix était douce et basse et son expression neutre. Mais il ne faisait pas de doute que la colère qui flottait dans l'air était celle d'un prédateur : froide, impartiale et mortelle. Une colère qui voulait mordre et qui avait les dents pour le faire. C'était là un aspect de lord Maccon que personne n'avait jamais vu avant – pas même mademoiselle Tarabotti.

Monsieur Loontwill eut la très nette impression qu'en dépit de sa décision, Alexia ne relevait plus de sa responsabilité. Il avait également l'impression que la vie de sa femme était en danger. Le comte paraissait à la fois en colère et affamé, et des canines montraient leur pointe par-dessus sa lèvre inférieure.

Mademoiselle Tarabotti toucha sa joue rouge en se demandant si elle allait avoir une marque. Elle lança un regard noir au comte. « Lâchez ma mère tout de suite, lord Maccon. »

Le comte la regarda sans vraiment la voir. Ses yeux étaient entièrement fauves, le blanc y compris, comme ceux d'un loup. Mademoiselle Tarabotti pensait que les loups-garous ne pouvaient pas se transformer pendant le jour, mais peut-être tout était-il possible aussi près de la pleine lune. Ou bien c'était encore une de ces capacités que seuls les Alphas possédaient.

Elle fit un pas en avant et se plaça avec énergie entre lord Maccon et sa mère. Il voulait une femme Alpha, non ? Eh bien, elle allait lui en donner, de l'Alpha, et en quantité.

« *Mama*, je n'épouserai pas le comte contre sa volonté. Si vous ou monsieur Loontwill tentiez de m'y obliger, je refuserais tout simplement de me soumettre à la cérémonie. Il ne vous restera plus qu'à passer pour des idiots auprès de votre famille et de vos amis. Quant à moi, je resterai silencieuse devant l'autel. »

Lord Maccon baissa le regard sur elle. « Pourquoi ? Qu'est-ce qui cloche chez moi ? »

Cela choqua madame Loontwill au point qu'elle reprit la parole.

« Vous voulez dire que vous accepteriez d'épouser Alexia ? »

Lord Maccon la regarda comme si elle était devenue folle.

« Bien entendu.

— Que les choses soient bien claires, insista monsieur Loontwill. Vous acceptez d'épouser notre Alexia, même si elle est… eh bien… », bredouilla-t-il.

Félicité vint à son secours.

« Vieille.

— Et commune, ajouta Évyline.

— Et bronzée, renchérit Félicité.

— Et avec un caractère si extraordinairement affirmé », poursuivit monsieur Loontwill.

Mademoiselle Tarabotti hocha la tête en signe d'approbation. « C'est ce que je dis ! Il ne peut pas vouloir m'épouser, c'est impossible. Je ne ferai pas en sorte qu'on l'y oblige pour la simple raison qu'il est un gentleman et qu'il s'y sent obligé. C'est juste que nous sommes trop près de la pleine lune et que les choses nous ont échappé. Ou bien (elle fronça les sourcils) devrais-je dire que nous les avions trop en main ? »

Lord Maccon promena son regard sur les membres de la famille d'Alexia. Pas étonnant qu'elle se dévaluât, en grandissant dans ce genre d'environnement.

Il regarda Félicité. « Que pourrais-je bien faire d'une gamine idiote tout juste sortie de l'école ? » Il se tourna vers Évyline. « Peut-être nos idées de la beauté ne sont-elles pas compatibles. Je trouve l'apparence de votre sœur tout à fait agréable. » Prudent, il ne mentionna pas sa silhouette, ni son odeur, ni sa chevelure soyeuse, ni aucun autre des détails qu'il trouvait si séduisants. « Après tout, c'est *moi* qui aurai à vivre avec elle. »

Plus lord Maccon y songeait, plus il en venait à apprécier cette idée. Certes, son imagination était pleine d'images de ce qu'Alexia et lui pourraient faire ensemble une fois qu'il l'aurait ramenée chez lui comme son épouse légitime, mais à présent, ces images lascives se mêlaient à d'autres : se réveiller près d'elle, la voir à sa table, discuter de science et de politique, avoir son opinion sur les controverses au sein de la meute et les problèmes du BUR. Il ne faisait aucun doute qu'elle serait utile dans des joutes verbales et des intrigues sociales, du moment qu'elle était de son côté. Mais cela ferait également partie du plaisir d'épouser une telle femme. On ne savait jamais sur quel pied danser avec Alexia. Une union pleine de surprise et d'excitation, voilà qui était plus que la plupart des hommes pouvaient espérer. Lord Maccon n'avait jamais été de ceux qui recherchent une vie tranquille.

« La personnalité de mademoiselle Tarabotti compte beaucoup dans son charme, expliqua-t-il à monsieur Loontwill. Me voyez-vous en compagnie d'une jeune chose maniérée que je pourrais bousculer à n'importe quelle occasion et intimider pour qu'elle accepte toutes mes décisions ? »

Lord Maccon ne s'expliquait pas pour le bénéfice de la famille d'Alexia, mais pour le sien. Même s'il ne voulait certainement pas que les Loontwill pensent qu'ils étaient en train de le contraindre à quoi que ce soit ! Il était assez Alpha pour cela. Toute cette idée de mariage était *la sienne*, que diable. Peu importait qu'il vînt juste de l'avoir.

Monsieur Loontwill ne répondit rien à cela. Parce qu'il avait cru, en fait, que c'était précisément le genre de femme que voudrait le comte. Quel homme n'en aurait pas voulu ?

Il était clair que lord Maccon et monsieur Loontwill étaient des hommes très différents. « Pas avec mon travail et ma position. J'ai besoin de quelqu'un de fort, qui me soutiendra, du moins la plupart du temps, et qui aura la jugeote nécessaire pour m'affronter quand elle pensera que j'ai tort.

— Ce qui, interrompit Alexia, est le cas en cet instant précis. Vous ne convainquez personne, lord Maccon. Et surtout pas moi. »

Elle leva la main lorsqu'il fit mine de protester. « Nous avons été surpris dans une situation compromettante, et vous essayez de vous comporter au mieux envers moi. » Elle s'entêtait à refuser de croire que son intérêt et ses intentions étaient sincères. Avant que sa famille ne les interrompe, et lors de toutes leurs rencontres précédentes, le mot « mariage » n'avait jamais franchi ses lèvres. Pas plus que, songea-t-elle avec tristesse, le mot « amour ». « J'apprécie beaucoup votre intégrité, mais je ne ferai pas en sorte qu'on use de coercition envers vous. Et on ne me manipulera pas pour que j'accepte une union sans amour basée entièrement sur des pulsions salaces. » Elle plongea son regard dans ses yeux jaunes. « Comprenez ma position, s'il vous plaît. »

Comme si sa famille ne les regardait pas, il lui toucha le visage, caressant la joue que sa mère avait frappée. « Je comprends qu'on vous a appris pendant trop longtemps que vous étiez sans valeur. »

De façon inexplicable, mademoiselle Tarabotti eut envie de pleurer. Elle détourna son visage de sa caresse.

Il laissa son bras retomber. Il était clair que le mal qui avait été fait ne pouvait être réparé par quelques mots prononcés en l'espace d'une désastreuse matinée.

« *Mama*, dit-elle avec un grand geste, je ne te laisserai pas manipuler cette situation. Personne n'a besoin de savoir ce qui s'est produit dans cette pièce. Tant que vous tenez tous votre langue, pour une fois. » Elle fixa ses sœurs. « Ma réputation demeurera intacte et lord Maccon un homme libre. Et à présent, j'ai mal à la tête ; veuillez m'excuser s'il vous plaît. »

Sur ce, elle rassembla ce qui restait de sa dignité et se précipita hors de la pièce. Elle se retira à l'étage, dans le sanctuaire de son boudoir, et se laissa aller à une crise de larmes tout à fait inhabituelle mais par bonheur très courte. La seule personne qui la vit fut Floote, qui exprima sa sympathie en plaçant sur son chevet un plateau de thé, lequel comprenait des feuilletés aux abricots extra-spéciaux du cuisinier, et demanda aux domestiques de ne pas la déranger.

Lord Maccon se retrouva abandonné au milieu de la famille d'Alexia.

« Je crois que, pour l'instant, nous devrions faire ce qu'elle dit », soupira-t-il.

Madame Loontwill avait une expression entêtée et combative.

Lord Maccon la fixa. « N'interférez pas dans cette situation, madame Loontwill. Connaissant Alexia, votre approbation risque de la faire se retourner contre moi plus sûrement que n'importe quoi d'autre. »

L'expression de madame Loontwill montra qu'elle aurait aimé s'offenser mais, étant donné qu'il s'agissait là du comte de Woolsey, elle résista à cette envie.

Lord Maccon se tourna alors vers monsieur Loontwill. « Comprenez, mon bon monsieur, que mes intentions sont honorables. C'est la dame qui résiste, mais on doit la laisser prendre sa propre décision. Je ne la contraindrai pas non plus. Restez en dehors de cela, tous les deux. » Il s'arrêta à la porte en mettant son chapeau et son manteau et en montrant ses dents aux deux filles Loontwill. « Et vous deux, taisez-vous. La réputation de votre sœur est en jeu, et ne doutez pas un seul instant qu'elle a des répercussions importantes sur la vôtre. Je ne suis pas du genre qu'on ignore dans ce type d'affaire. Je vous souhaite une bonne journée. » Et, sur ce, il quitta la pièce.

« Eh bien, ça alors », s'exclama madame Loontwill en se laissant lourdement tomber sur le sofa. « Je ne suis pas sûre de vouloir de cet homme comme gendre.

— Il est très puissant, ma chère, cela ne fait aucun doute, et c'est un homme aux moyens considérables, dit monsieur Loontwill en tentant de voir un bon côté à la situation.

— Mais si impoli ! s'obstina sa femme. Et tout ça après avoir mangé trois de nos meilleurs poulets ! » Elle esquissa un faible geste en direction des carcasses, qui lui rappelaient de façon flagrante que, quoi qu'il s'était passé, elle était de toute évidence la perdante. Les poulets commençaient à attirer les mouches. Elle sonna pour que Floote vînt les enlever – elle était fâchée qu'il n'en eût rien fait plus tôt.

« Eh bien, je vais vous dire une chose. Alexia n'ira effectivement pas au raout de la duchesse ce soir. Même si je ne le lui avais pas déjà interdit, sa conduite d'aujourd'hui en aurait décidé ainsi. Célébration de la pleine lune ou pas, elle peut rester à la maison et prendre le temps de réfléchir à fond à ses nombreuses transgressions ! »

Monsieur Loontwill tapota la main de sa femme avec sympathie.

« Bien sûr, ma chérie. »

Il n'était pas question de « bien sûr ». Mademoiselle Tarabotti, connaissant le goût de sa famille pour les drames, s'y conforma en gardant la chambre pendant la plus grande partie de la journée et en refusant d'en sortir même pour les voir partir le soir venu. Comprenant que la situation était tragique, ses deux sœurs firent de petits bruits de langue devant sa porte close pour montrer leur sympathie et promirent de lui rapporter tous les derniers potins. Elle aurait été plus rassurée si elles avaient promis de ne pas y prendre part. Madame Loontwill refusa de lui parler, ce qui ne gêna absolument pas Alexia. La maison finit par devenir silencieuse. Elle exhala un profond soupir de soulagement. Parfois sa famille pouvait être très éprouvante.

Elle passa la tête par la porte de sa chambre et appela : « Floote ? »

Le majordome surgit aussitôt. « Mademoiselle ?

— Appelez un fiacre, Floote. Je sors.

— Êtes-vous sûre que ce soit bien sage, mademoiselle ?

— Pour être sage, on pourrait ne jamais quitter sa chambre du tout », cita mademoiselle Tarabotti.

Floote lui jeta un regard sceptique mais descendit héler un fiacre comme on le lui demandait.

Mademoiselle Tarabotti fit venir sa bonne et entreprit de mettre une de ses robes du soir les plus fidèles. En taffetas ivoire avec des manches ballons et un décolleté modeste, elle était ornée de rubans framboise plissés et de dentelle or pâle. Elle avait deux saisons de retard, c'était vrai, mais elle était confortable et lui allait bien. Alexia considérait cette robe comme une vieille amie et, sachant qu'elle avait l'air passablement jolie lorsqu'elle la portait, elle avait tendance à la mettre en temps de stress. Lord Akeldama attendait de la grandeur, mais mademoiselle Tarabotti n'avait tout simplement pas l'énergie émotionnelle pour porter sa robe de soie feuille morte, pas ce soir.

Elle enroula ses cheveux autour de son épaule où l'on voyait encore une marque, en releva une partie avec ses deux épingles favorites, l'une en argent et l'autre en bois. Elle fit une tresse légère avec le reste et un ruban ivoire. Cela contrastait joliment avec ses tresses noires.

Lorsqu'elle fut prête, il faisait sombre de l'autre côté de sa fenêtre. Tout Londres se pelotonnait en sécurité durant ces quelques heures qui suivaient le coucher du soleil, avant que la lune s'élève dans le ciel. Les êtres surnaturels appelaient ce moment l'entrenuit : c'était celui où l'on avait juste le temps d'enfermer les loups-garous à clef avant que la lune apparaisse et les pousse à devenir des monstres déments que rien ne pouvait arrêter.

Floote jeta à mademoiselle Tarabotti un long regard d'avertissement en l'aidant à monter les marches du fiacre. Il n'approuvait pas qu'elle sorte par une telle nuit. Il était certain qu'elle allait faire des bêtises. Bien entendu, Floote avait tendance à imaginer que la jeune demoiselle ne faisait rien de bon dès qu'elle était hors de sa vue. Mais à la pleine lune en particulier, rien de bon ne pouvait arriver.

Mademoiselle Tarabotti fronça les sourcils ; elle savait exactement ce que pensait le majordome en dépit du fait que son visage demeurait parfaitement impassible. Elle eut un léger sourire. Il avait sans doute raison, elle devait bien l'admettre.

« Soyez prudente, mademoiselle », lui intima Floote avec sévérité mais sans beaucoup d'espoir. Après tout, il avait été le majordome de son père avant d'être celui d'Alexia, et voyez ce qui était arrivé à Alessandro. Les

Tarabotti avaient un penchant pour les vies obstinées et problématiques, voilà tout.

« Oh, Floote, cessez de me materner, s'il vous plaît. C'est tout à fait inconvenant de la part d'un homme de votre âge et de votre profession. Je ne serai sortie que quelques heures, et je serai en parfaite sécurité. Regardez. » Elle indiqua le côté de la maison derrière Floote ; deux silhouettes sortirent de l'ombre telles des chauves-souris. Elles bougèrent avec une grâce surnaturelle pour venir se placer à quelques pas du fiacre d'Alexia, de toute évidence prêtes à le suivre.

Floote ne parut pas rassuré. Il renifla d'une façon tout à fait non majordomesque et claqua avec fermeté la porte du fiacre.

Étant des vampires, les gardes du BUR de mademoiselle Tarabotti n'avaient pas besoin de fiacre. Bien entendu, ils auraient sans doute préféré en emprunter un. Trotter derrière un véhicule public ne faisait pas vraiment partie de la mystique surnaturelle. Mais cela ne leur coûtait aucun effort physique. Aussi fut-ce exactement ce que mademoiselle Tarabotti les obligea à faire, en demandant au cocher d'avancer sans leur laisser le temps de trouver un moyen de transport.

Le petit fiacre de mademoiselle Tarabotti se fraya lentement un chemin dans la foule des fêtes de la pleine lune, et se retrouva devant l'une des demeures les plus chics de Londres, la résidence citadine de lord Akeldama.

Le vampire snob l'attendait à la porte lorsqu'elle sortit du fiacre. « Alexia, vous qui êtes la plus pralinesque des pralines, quelle adorable façon de passer la pleine lune qu'être en votre divine compagnie ! Qui pourrait souhaiter quoi que ce soit d'autre dans la vie ? »

Cette galanterie excessive fit sourire mademoiselle Tarabotti. Elle savait très bien que lord Akeldama aurait de loin préféré être à l'opéra, ou au théâtre, ou au raout de la duchesse, ou même dans le West End, dans les bouges à putes de sang, à se gaver jusqu'à ne plus y voir clair. Les vampires aimaient mal se conduire à la pleine lune.

Elle paya le fiacre et monta l'escalier du perron. « Lord Akeldama, quel plaisir de vous revoir si tôt ! Je suis ravie que vous ayez pu me recevoir si vite. J'ai beaucoup à discuter avec vous. »

Lord Akeldama parut satisfait. Des informations : c'était pratiquement la seule chose capable de le faire rester chez lui à la pleine lune. En fait, il avait changé ses plans à la demande de mademoiselle Tarabotti uniquement parce qu'il savait qu'elle ne le contactait que si elle avait besoin de savoir quelque chose. Et si elle avait besoin de savoir quelque chose, elle devait déjà savoir autre chose d'important. Ravi, le vampire frotta l'une contre l'autre ses élégantes mains blanches. Des informations : des raisons de vivre. Avec la mode, bien sûr.

Lord Akeldama s'était mis sur son trente et un pour cette soirée. Son habit était d'un exquis velours prune complété par un gilet de satin à carreaux vert écume et mauve. Ses guêtres étaient d'une couleur lavande parfaitement assortie, et sa cravate habillée dessinait un triple nœud de baptiste maintenu par une épingle en or ornée d'une énorme améthyste. Ses bottes de Hesse brillaient tels des miroirs et son haut-de-forme était en velours prune assorti à l'habit. Mademoiselle Tarabotti ne savait pas s'il était vêtu de manière aussi élaborée parce qu'il avait l'intention de sortir après leur rendez-vous, s'il la considérait comme si importante que cela, ou s'il s'habillait toujours comme une attraction de foire à la pleine lune. Peu importait : elle se sentit minable et sévère dans sa robe démodée et ses chaussures confortables. Heureusement, ils n'allaient pas en ville ensemble. Comme la bonne société aurait ri d'un couple aussi mal assorti !

Lord Akeldama l'aida avec sollicitude à monter les dernières marches. Il fit une pause sur le seuil pour jeter un coup d'œil par-dessus son épaule prune sur l'endroit où s'était trouvé son fiacre, qui n'y était plus. « Vos ombres vont devoir rester hors de mon domaine, mon *petit chou à la crème*. Les lois territoriales des vampires, vous êtes au courant, n'est-ce pas, ma *tourterelle* ? Ni *votre* sécurité ni *leur* emploi au BUR ne peuvent annuler de telles règles. Ce sont plus que des lois, c'est une question d'instinct. »

Mademoiselle Tarabotti le regarda, les yeux écarquillés. « Si vous le jugez nécessaire, monsieur, ils resteront dehors, bien entendu.

— Eh bien, ma *ravissante*, même si vous ne comprenez pas à quoi je fais référence, *eux* le savent. » Ses yeux se réduisirent à deux fentes tandis qu'il fouillait la rue du regard.

Mademoiselle Tarabotti ne voyait pas ce qui attirait son attention, mais elle savait que cela ne voulait pas dire qu'ils n'étaient pas là : deux gardes vampires, d'une immobilité surnaturelle dans la nuit, qui les surveillaient. Elle examina avec attention les traits de son ami.

L'espace d'un instant, mademoiselle Tarabotti crut que les yeux de lord Akeldama luisaient vraiment, d'une lueur d'avertissement, une étincelle possessive. Elle se demanda si c'était là l'équivalent d'un chien urinant pour marquer son territoire. *Hors d'ici*, disait l'expression de lord Akeldama. *Je suis chez moi.* Que faisaient donc les loups-garous ? Lord Maccon avait suggéré qu'ils n'étaient pas aussi territoriaux que les vampires, mais tout de même. Les meutes avaient tendance à demeurer dans certaines zones géographiques, aucun doute là-dessus. Mademoiselle Tarabotti haussa mentalement les épaules. C'étaient vraiment des loups, du moins une partie du temps, et l'odorat semblait être très important pour eux. Ils urinaient probablement. L'image de lord Maccon levant une jambe pour marquer les limites des espaces verts du château de Woolsey était tellement absurde que mademoiselle Tarabotti dut s'empêcher pour de bon de glousser. Elle remisa l'image dans un coin de son esprit, dans la catégorie question insultante à poser dans le futur au comte à un moment tout à fait inapproprié.

De l'autre côté de la rue, une ombre, un vide sombre contrastant avec la lueur vacillante des lampes à gaz, se matérialisa sous la forme de deux hommes. Ils soulevèrent leur chapeau en direction de lord Akeldama, qui se contenta d'un reniflement de mépris. Ils disparurent de nouveau.

Lord Akeldama saisit la main de mademoiselle Tarabotti en la calant avec affection sur son bras, et la pilota à l'intérieur de sa fabuleuse demeure.

« Suivez-moi, ma très *chère* enfant. » La lueur s'évanouit de son regard, comme si elle n'avait jamais existé, et il retrouva son habituelle personnalité affable.

Il secoua la tête tandis que son majordome fermait la porte derrière eux. « Les jeunes de la ruche… ils sont à peine mieux que des drones. Ils ne prennent même pas la peine de penser par eux-mêmes. D'abord, obéir à la reine, ensuite, obéir au BUR, et passer leurs années les plus vigoureuses à sauter d'un ensemble d'ordres à un autre comme des soldats de pacotille. C'est néanmoins une vie simple pour ceux dont l'intellect est primitif. » Il y avait de la rancœur dans sa voix, mais mademoiselle Tarabotti crut également y distinguer un fond de regret. Son regard était lointain, comme s'il revenait en esprit à une époque depuis longtemps oubliée et bien plus simple.

« Est-ce pour cela que vous êtes devenu un solitaire – parce qu'on vous donnait trop d'ordres ? demanda-t-elle.

— Quoi donc, mon minuscule cornichon ? » Lord Akeldama s'ébroua et cligna des yeux comme s'il s'éveillait d'un long sommeil. « Des ordres ? Non, la divergence a eu lieu à cause de circonstances bien plus tortueuses. La scission a commencé quand les boucles en or sont redevenues à la mode, elle a atteint des sommets de férocité dans la bataille des guêtres contre les demi-guêtres et a descendu une pente glissante depuis. Je crois que le moment crucial a eu lieu quand certaines personnes, que je ne nommerai pas, ont émis des objections sur mon gilet de soie rayé fuchsia. J'adorais ce gilet. J'y ai mis le holà tout de suite, je peux vous l'assurer ! » Pour insister sur ses sentiments gravement offensés, il tapa avec fermeté de l'un de ses hauts talons décorés d'argent et de perles. « Personne ne me dit ce que je peux porter ou pas ! » Il prit un éventail en dentelle sur une table de l'entrée, l'ouvrit d'un geste sec et s'éventa vigoureusement afin de bien souligner ses propos.

Il était clair qu'il était en train de dévier la conversation, mais mademoiselle Tarabotti n'y voyait pas d'inconvénient. Elle réagit à sa détresse par un murmure de sympathie qui n'engageait à rien.

« Pardonnez-moi, mon doux *perroquet*, dit-il, en feignant de maîtriser un flot excessif d'émotion. Ignorez mes divagations, s'il vous plaît, ce sont celles d'un fou. C'est juste qu'il est si inconfortable d'avoir deux vampires n'appartenant pas à *ma* lignée à proximité de chez moi, vous comprenez ? C'est comme avoir des frissons *désagréables* qui montent et qui descendent en permanence le long de la colonne vertébrale. Il y a quelque chose qui cloche dans l'*univers* quand on envahit votre territoire. Je *peux* le supporter, mais je n'aime pas ça. J'en suis tout nerveux et détraqué. »

Lord Akeldama posa l'éventail. Un jeune homme présentant bien apparut à son côté, plein de sollicitude, une serviette destinée à le rafraîchir artistiquement drapée sur un plateau en argent. « Oh, *merci*, Biffy. C'est *tellement* attentionné. » Biffy cligna de l'œil et s'éclipsa de nouveau. En dépit de sa grâce, il possédait une musculature impressionnante. Un acrobate ? se demanda Alexia. Lord Akeldama observa la sortie du jeune homme d'un œil reconnaissant. « Je ne devrais pas avoir de favoris, bien entendu… »

Il soupira et se tourna vers mademoiselle Tarabotti. « Mais, à présent, passons à des sujets plus importants ! Comme votre délicieuse personne. À quoi dois-je le singulier *plaisir* de votre compagnie ce soir ? »

Mademoiselle Tarabotti évita toute réponse directe, préférant promener son regard sur l'intérieur de la maison. Elle n'y était jamais entrée auparavant, et elle était abasourdie. Tout était à la pointe du style, à condition de penser en terme de style d'environ un siècle plus tôt. Lord Akeldama possédait une fortune réelle et substantielle et n'avait pas peur de la montrer ouvertement. Rien chez lui n'était de mauvaise qualité, ou faux, ou une imitation, et tout était inacceptable. Les tapis n'étaient pas persans, mais vibraient d'images trop fleuries de bergers séduisant des bergères sous d'intenses ciels bleus. Étaient-ce des nuages blancs et mousseux qu'elle voyait là ? Oui. Le plafond voûté du hall d'entrée était décoré d'une véritable fresque, comme la chapelle Sixtine, mais celle de lord Akeldama montrait des chérubins à l'air impertinent qui se livraient à d'infâmes activités. Alexia rougit. Toutes sortes d'infâmes activités. Elle s'empressa de baisser les yeux. De petites colonnes corinthiennes se dressaient fièrement un peu partout, portant des statues en marbre de dieux mâles nus dont elle ne douta pas qu'elles étaient d'origine authentiquement grecque.

Le vampire la conduisit à son salon. Il n'était pas encombré de meubles de style, mais rappelait plutôt le temps d'avant la Révolution française. Les meubles étaient tous blancs ou dorés, tendus de brocart rayé crème et or, et croulaient sous les franges et les glands.

D'épaisses couches de rideaux de velours doré occultaient les fenêtres et l'épais tapis sur le sol montrait d'autres événements pastoraux approximatifs. La demeure de lord Akeldama n'avait admis que deux éléments de la vie moderne. Le premier était évident, dans la mesure où la pièce était bien éclairée par rien de moins que de multiples lampes à gaz, les candélabres élaborés semblant n'être là que pour la décoration. Le deuxième était un tuyau doré avec des articulations multiples installé sur le manteau de la cheminée. Alexia pensa qu'il devait s'agir d'une œuvre d'art moderne. *Que de dépenses !* songea-t-elle.

Elle s'assit dans un fauteuil qui ressemblait à un trône et ôta son chapeau et ses gants. Lord Akeldama prit place face à elle. Il sortit l'étrange appareil en cristal ressemblant à un diapason, et l'agita pour lui faire produire sa bizarre résonance avant de le placer sur une petite table.

Alexia se demanda pourquoi il pensait qu'une telle précaution était nécessaire dans sa propre maison. Puis elle se dit que personne ne pouvait plus s'inquiéter d'être espionné que quelqu'un dont c'était la spécialité depuis toujours.

« Eh bien, demanda-t-il, que pensez-vous de mon humble demeure ? »

En dépit de sa splendeur pompeuse et dorée, la pièce donnait l'impression d'être régulièrement utilisée. Divers chapeaux et gants étaient éparpillés un peu partout, ainsi que des notes sur des bouts de papier, et des tabatières. Près du feu, un gros chat tricolore dormait en propriétaire sur un énorme coussin et quelques glands morts sous ses griffes. Un piano à queue bien entretenu, des partitions posées dessus, se dressait dans un coin. Il était clair qu'on l'utilisait de manière plus régulière que celui qui se trouvait dans le salon des Loontwill.

« Elle est étonnamment accueillante », répliqua mademoiselle Tarabotti.

Lord Akeldama rit. « Dit celle qui a visité la ruche de Westminster.

— Elle est aussi, hem, très, rococo », ajouta-t-elle, en tentant de ne pas laisser entendre qu'elle la trouvait démodée en quoi que ce soit.

Lord Akeldama applaudit avec ravissement. « N'est-ce pas ? Je crains de n'avoir jamais vraiment quitté ce temps-là. Une époque à laquelle il était si *extraordinaire* de vivre, où les hommes pouvaient *enfin* porter *vraiment* des choses scintillantes et où il y avait de la dentelle et du velours partout. »

Un doux vacarme s'éleva de l'autre côté de la porte du salon, puis diminua, avant d'être remplacé par de grands éclats de rire.

Lord Akeldama eut un sourire plein d'affection. On voyait très nettement ses crocs dans la lumière vive. « Ce sont mes petits droninounets. » Il secoua la tête. « Ah, retrouver la jeunesse ! »

Les événements qui se déroulaient dans l'entrée ne les dérangèrent pas. Apparemment, dans la maison de lord Akeldama, une porte fermée signifiait « on n'entre pas » et était respectée. Alexia découvrit néanmoins que le tumulte-dans-l'entrée était un trait constant du domicile de son ami vampire.

Mademoiselle Tarabotti se dit que les choses devaient se passer ainsi dans un club de gentlemen.

Elle savait qu'il n'y avait pas de femmes parmi les drones de lord Akeldama. Même si ses goûts personnels les avaient incluses, il n'aurait pu espérer présenter une femelle à la comtesse Nadasdy. Aucune reine n'acceptait de transformer volontairement une femme appartenant à la maisonnée d'un solitaire. Aussi mince fût-il, elle ne prendrait jamais le risque de créer une reine renégate. La comtesse ne devait mordre les drones de lord Akeldama que contrainte et forcée – pour augmenter la population de vampires. À moins, bien entendu, que Lord Akeldama fût allié à une autre ruche. Mademoiselle Tarabotti ne posa pas la question. Elle soupçonna que ce serait impertinent.

Lord Akeldama se renversa dans son fauteuil et fit tourner son épingle de cravate ornée d'une améthyste entre son pouce et son index, le petit doigt bien levé en l'air. « Eh bien, ma captivante crêpette, parlez-moi de votre visite à la ruche ! »

Alexia lui rapporta, le plus brièvement possible, son expérience et ce qu'elle avait pensé des différents protagonistes.

Lord Akeldama sembla être d'accord avec son jugement d'ensemble. « Vous pouvez ignorer lord Ambrose, c'est son favori mais j'ai bien peur qu'il ait le cerveau d'une *paonne*, en dépit de toute sa beauté. Quel gâchis ! » Il fit claquer sa langue et secoua sa tête blonde avec tristesse. « Mais le duc d'Hématol, c'est un personnage complexe et littéralement, pour quelqu'un qui devrait l'affronter seul, le plus dangereux des membres du cercle intérieur de Westminster. »

Alexia pensa à ce vampire insignifiant qui lui avait tant rappelé le professeur Lyall. Elle hocha la tête : « C'est bien l'impression qu'il donne. »

Lord Akeldama rit. « Pauvre vieux Bertie, il fait tellement d'efforts pour que ça ne se voie pas !

— Et c'est exactement pour cela qu'on le voit, dit mademoiselle Tarabotti en haussant les sourcils.

— Mais vous êtes, ma chère *jonquille*, et je n'ai pas l'intention de vous offenser en disant cela, un peu trop *insignifiante* pour lui. Le duc se contente essentiellement d'essayer de diriger le monde et autres fariboles. Lorsqu'on tient les rênes de l'univers social, une unique vieille fille paranaturelle a peu de chance de vous inquiéter indûment. »

Mademoiselle Tarabotti comprenait parfaitement ce qu'il sous-entendait et ne fut pas le moins du monde offensée.

« Mais, mon *trésor*, poursuivit lord Akeldama, étant donné votre situation particulière, je suggérerais que c'est du docteur Caedes dont on doit se méfier. Il est plus mobile que la comtesse et… comment dire ? » Il cessa de faire tourner son améthyste pour la tapoter du doigt. « Il aime les *détails*. Vous savez qu'il s'intéresse aux inventions modernes ?

— C'était sa collection, dans le hall de la maison ? »

Lord Akeldama hocha la tête. « Et il n'est pas tout à fait *compos mentis* dans le sens diurne du terme.

— Contrairement à quoi ? » Alexia ne comprenait pas. On était sain d'esprit ou pas, non ?

« Ah… (Lord Akeldama fit une pause) Nous autres vampires avons tendance à adopter une approche libérale du concept de santé mentale. » Il agita les doigts dans les airs. « Le sens moral s'obscurcit *un tout petit peu* après les deux premiers siècles…

— Je vois », dit mademoiselle Tarabotti, bien qu'elle ne vît pas du tout.

On frappa timidement à la porte du salon.

Lord Akeldama immobilisa le disrupteur sonore vibrant. « Entrez ! » lança-t-il.

La porte s'ouvrit, révélant une troupe de jeunes gens souriants, conduits par celui que lord Akeldama avait appelé Biffy un peu plus tôt. Tous étaient beaux, charmants et de bonne humeur. Ils se précipitèrent dans la pièce.

« Nous allons profiter de la pleine lune, monsieur », dit Biffy, son haut-de-forme à la main.

Lord Akeldama hocha la tête. « Suivez les instructions habituelles, mes chers enfants. »

Biffy et les autres jeunes gens hochèrent la tête, leur sourire s'atténuant très légèrement. Ils étaient tous sur leur trente et un – des dandys du genre que l'on accueillait favorablement à n'importe quelle occasion et que personne ne remarquait en aucune d'entre elles. Alexia se dit qu'aucun homme appartenant à la maisonnée de lord Akeldama n'était jamais rien moins que parfaitement à la mode, entièrement présentable et par conséquent d'une invisibilité manifeste. Quelques-uns préféraient sa façon plus scandaleuse de s'habiller, mais le style de la plupart d'entre eux était une version atténuée et moins excentrique de celui de leur seigneur. Certains lui parurent vaguement familiers, mais Alexia était totalement incapable de se rappeler où elle les avait déjà vus. Ils étaient tout simplement trop doués au jeu consistant à être exactement ce que les autres attendaient.

Biffy jeta un coup d'œil hésitant à mademoiselle Tarabotti avant de poser une question à lord Akeldama. « Désirez-vous quoi que ce soit de particulier pour ce soir, monsieur ? »

Lord Akeldama agita un poignet mou dans les airs. « Une partie *importante* est en train de se dérouler, mes chéris. Je compte sur vous pour jouer avec votre habileté consommée et coutumière. »

Les jeunes gens poussèrent un cri de joie spontané, donnant l'impression qu'ils avaient déjà goûté au champagne de lord Akeldama, et sortirent à grand bruit.

Biffy s'arrêta à la porte, l'air moins enjoué et plus inquiet. « Tout ira bien sans nous, monsieur ? Je pourrais rester si vous le souhaitez. » Quelque chose dans son regard suggérait qu'il aurait beaucoup aimé rester, et pas seulement parce qu'il s'inquiétait pour le bien-être de son maître.

Lord Akeldama se leva et trottina jusqu'à la porte. Il déposa un baiser sur la joue du jeune homme, pour la galerie, puis lui caressa gentiment la joue avec le dos de la main – une attention plus personnelle. « Je dois savoir qui sont les joueurs. » Il ne mit pas d'emphase excessive dans sa voix : pas d'intonation en italique, pas de petits mots affectueux – juste les inflexions neutres et assurées de l'autorité. Il semblait vieux et fatigué.

Biffy regarda le bout de ses bottes miroitantes. « Oui, monsieur. »

Alexia se sentit un peu embarrassée, comme si elle venait d'être témoin d'un moment d'intimité dans leur chambre. La chaleur envahit son visage et elle détourna la tête en simulant un intérêt soudain pour le piano.

Biffy mit son haut-de-forme, hocha la tête une fois et quitta la pièce.

Lord Akeldama ferma la porte derrière lui avec douceur et revint s'asseoir près de mademoiselle Tarabotti.

Faisant preuve d'une grande hardiesse, elle posa une main sur son bras. Ses crocs se rétractèrent. L'humain en lui, enseveli par le temps, refaisait surface à son contact. *Suceuse d'âmes*, l'avaient appelée les vampires, et pourtant Alexia avait l'impression que c'était dans ces moments-là qu'elle était proche de voir la vraie nature de celle de lord Akeldama.

« Tout ira bien pour eux, dit mademoiselle Tarabotti en essayant de prendre un ton rassurant.

— Je soupçonne que cela dépendra de ce que mes garçons vont découvrir, et du fait qu'on *pensera* ou non qu'ils ont découvert quelque chose d'important. » Le ton de sa voix était très paternel.

« Jusqu'à présent, aucun drone n'a disparu, dit Alexia en pensant à la bonne française qui avait trouvé refuge dans la ruche de Westminster.

— C'est la parole *officielle* ? Ou l'information provient-elle de la source elle-même ? » demanda lord Akeldama en lui tapotant le dessus de la main avec reconnaissance.

Alexia comprit qu'il était en train de lui demander ce qu'elle savait sur les dossiers du BUR. Comme elle ne savait rien, elle expliqua la situation : « Lord Maccon et moi ne nous parlons pas en ce moment.

— Dieu du *ciel*, mais pourquoi donc ? La vie est tellement plus amusante quand vous vous parlez ! » Lord Akeldama avait souvent vu mademoiselle Tarabotti et le comte se disputer, mais aucun n'avait eu recours au silence auparavant. Cela serait allé à l'encontre du but de leur association.

« Ma mère veut qu'il m'épouse. Et il est d'accord ! » dit-elle, comme si cela expliquait tout.

Lord Akeldama plaqua une main sur sa bouche, stupéfait, et retrouva sa frivolité habituelle. Il abaissa son regard sur le visage levé d'Alexia pour déterminer si elle disait la vérité. Comprenant qu'elle était sérieuse, il rejeta la tête en arrière et éclata d'un énorme rire très peu vampirique.

« Il montre enfin son jeu, alors ? » Il gloussa de nouveau et pêcha un grand mouchoir mauve parfumé dans une poche de son gilet pour tamponner les larmes qui coulaient de ses yeux. « Seigneur, que va dire le dewan d'une telle union ? Un surnaturel et une paranaturelle ! Cela ne s'est jamais produit de mon vivant. Et lord Maccon est *déjà* si puissant. Les ruches vont être scandalisées. Et le potentat ! Ah.

— Attendez une minute, insista Alexia. J'ai refusé.

— Vous avez fait *quoi* ? » Cette fois, lord Akeldama était vraiment éberlué. « Après l'avoir fait marcher pendant toutes ces années ! Mais c'est tout simplement *cruel*, mon *bouton de rose*. Comment avez-vous pu ? Ce n'est qu'un loup-garou, vous savez. Ils sont *très* sensibles à ces choses-là. Vous pourriez causer des dégâts permanents. »

Mademoiselle Tarabotti fronça les sourcils devant cette diatribe inattendue. Son ami n'était-il pas censé être de son côté ? Il ne lui vint pas à l'idée qu'il était totalement étrange et surprenant qu'un vampire chantât les louanges d'un loup-garou.

Le vampire en question poursuivit sa réprimande.

« Qu'est-ce qui *ne* va *pas* chez lui ? Il est un peu grossier, je vous l'accorde, mais c'est une belle bête, jeune et *robuste.* Et si on en croit la rumeur, la nature l'a doté d'autres attributs… très généreux. »

Mademoiselle Tarabotti lâcha son bras et croisa les siens. « Je n'ai pas voulu qu'on le force à se marier juste parce qu'on nous a pris en *flagrante delicto*.

— On vous a… *quoi* ? De mieux en mieux ! J'*exige* de connaître tous les détails. » Lord Akeldama semblait savourer à l'avance une délicieuse expérience par procuration.

Au-dehors, dans l'entrée, un autre de ces brouhahas qui animaient la maisonnée de lord Akeldama se produisit. Tous deux étaient si captivés par les potins d'Alexia qu'ils ne se rappelèrent pas que la maison était censée être vide.

La porte du salon s'ouvrit à la volée.

« Ici ! » dit l'homme dans l'entrée. Il n'était pas bien habillé et n'avait de toute évidence pas sa place dans la splendide demeure de lord Akeldama.

Alexia et lui se levèrent. Alexia saisit fermement son ombrelle de cuivre à deux mains. Lord Akeldama alla prendre l'œuvre d'art en tubes dorés sur la cheminée. Il appuya fortement sur un bouton invisible situé au milieu et une lame courbe semblable à un crochet jaillit à chaque extrémité et se mit en place avec un cliquetis.

L'une était en bois de fer affûté et l'autre en argent massif. Ce n'était pas une œuvre d'art, en fin de compte.

« Où sont les drones de la maison ? interrogea lord Akeldama.

— Peu importe, dit Alexia. Où sont mes vampires ? »

L'homme debout à la porte n'avait pas de réponse à leur apporter. Il ne parut même pas les entendre. Il ne s'approcha pas, il se contenta de rester là, à bloquer leur seule issue.

« Il a une femelle avec lui, cria-t-il à quelqu'un dans l'entrée.

— Eh bien, amenez-les tous les deux », vint la réponse, cinglante. Après quoi des phrases furent prononcées dans une sorte de latin compliqué. Les termes employés étaient hors du champ limité de l'éducation de mademoiselle Tarabotti et articulés avec un accent si étrange et démodé qu'ils étaient particulièrement difficiles à déchiffrer.

Lord Akeldama se raidit. Il était clair qu'il comprenait ce qui était dit, ou du moins ce que cela impliquait. « *Non*. C'est impossible ! » murmura-t-il.

Mademoiselle Tarabotti eut la sensation que, s'il n'avait pas déjà eu la pâleur d'un vampire, il aurait blêmi. On eût dit qu'il venait de comprendre quelque chose et que cela bloquait ses réflexes surnaturels.

L'étranger debout à la porte s'évanouit et fut remplacé par une silhouette qui n'était que trop familière : un homme à l'impassible visage de cire.

10

Pour le bien du Commonwealth

La Némésis de mademoiselle Tarabotti tenait une bouteille de verre brun dans sa main levée.

Alexia fut momentanément hypnotisée par un détail répugnant : elle ne semblait pas avoir d'ongles.

Fermant la porte d'un air décidé derrière lui, l'homme au visage de cire avança vers mademoiselle Tarabotti et lord Akeldama tout en débouchant la bouteille, puis en répandant son contenu dans la pièce. Il accomplit cette action avec un soin infini, telle une demoiselle d'honneur consciencieuse qui éparpille des pétales sous les pas d'une mariée.

Des vapeurs s'élevèrent des gouttes de liquide et une étrange odeur imprégna l'air. Alexia la connaissait bien à présent : de la térébenthine sucrée.

Mademoiselle Tarabotti retint son souffle, se boucha le nez d'une main et leva son ombrelle pour se mettre en garde de l'autre. Elle entendit un bruit sourd lorsque lord Akeldama s'effondra sur le sol, son arme en tubes dorés roulant au loin, inutilisée. Il était clair que sa pléthore d'informations n'incluait pas les dernières brochures médicales concernant l'usage et l'odeur du chloroforme. Ou alors cette substance agissait plus vite sur les vampires que sur les paranaturels.

Alexia avait la tête qui tournait un peu et ne savait pas combien de temps elle pourrait retenir son souffle. Elle combattit la sensation aussi longtemps que possible puis se précipita vers la porte et l'air frais.

L'homme au visage de cire, qui ne semblait pas affecté par les vapeurs, se déplaça pour l'empêcher de sortir. Mademoiselle Tarabotti se souvint de la nuit précédente et de la vitesse à laquelle il pouvait se mouvoir. Surnaturel ? Peut-être pas, si le chloroforme n'avait pas d'effet sur lui. Mais sans le moindre doute plus rapide qu'elle. Mademoiselle Tarabotti se maudit brièvement pour ne pas avoir amené sur lui sa conversation avec lord Akeldama. Elle avait l'intention de l'interroger. C'était juste que, maintenant, il était... trop tard.

Elle balança sa redoutable ombrelle. Le manche en cuivre et la pointe en argent entrèrent en contact avec le crâne de l'homme de façon tout à fait satisfaisante, mais sans paraître avoir le moindre effet.

Elle le frappa à nouveau juste sous l'épaule. Il écarta l'arme d'un geste du bras.

Alexia ne put s'empêcher de pousser un petit cri de surprise. Elle l'avait frappé très fort. Mais aucun bruit d'os brisé ne s'était élevé quand la virole remplie de chevrotine était entrée en contact avec le bras.

L'homme au visage de cire eut l'un de ses horribles sourires pleins de fausses dents carrées.

Mademoiselle Tarabotti comprit trop tard que, dans sa surprise, elle avait inspiré. Elle se traita mentalement et avec sévérité d'idiote, mais l'autoflagellation n'était d'aucun profit. L'odeur sucrée et chimique du chloroforme envahit sa bouche, imprégna son nez et sa gorge, puis ses poumons. *La barbe*, se dit Alexia, en empruntant l'un des jurons favoris de lord Maccon.

Elle frappa une dernière fois l'homme au visage de cire, surtout par méchanceté. Elle savait que cela ne servirait à rien. Ses lèvres commençaient à picoter et sa tête à tourner. Elle chancela dangereusement et tendit sa main non pourvue d'ombrelle pour tenter d'atteindre l'homme de cire, sa nature de paranaturelle lui apparaissant comme son ultime recours. Sa main vint se poser sur l'horrible tempe lisse, juste sous le V de VIXI. La peau était froide et dure. Le contact n'eut absolument aucun effet. Il ne se changea pas en humain normal, ne revint pas à la vie, et son âme ne fut pas aspirée. Il n'était pas surnaturel, définitivement. *C'est lui, le vrai monstre*, comprit mademoiselle Tarabotti.

« Mais, murmura Alexia, c'est moi qui suis sans âme… »

Et sur cette réplique, elle lâcha son ombrelle et piqua du nez dans l'obscurité.

Lord Maccon arriva chez lui juste à temps. Sa voiture cahota sur les pavés de la longue allée menant au château de Woolsey au moment où le soleil se couchait derrière les grands arbres plantés du côté ouest de son immense propriété.

Le château de Woolsey se trouvait à une distance respectable de la ville – assez loin pour que les membres de la meute puissent courir à loisir et assez près pour qu'ils soient en mesure de profiter de toutes les distractions offertes par Londres. Le château de Woolsey n'était pas la forteresse impénétrable que son nom évoquait, mais plutôt une sorte de manoir de famille monté en grade comportant de multiples étages et des arcs-boutants d'une sensibilité excessive. Sa caractéristique la plus importante, de l'avis des loups-garous, consistait en des cachots immenses et très sûrs, conçus pour recevoir de nombreux hôtes. Leur propriétaire original et concepteur avait la réputation d'avoir des penchants plutôt indécents dans d'autres domaines que les arcs-boutants. Quelle qu'ait été leur destination première, les cachots étaient impressionnants. D'égale importance, pour la meute, était le grand nombre de chambres situées au-dessus du niveau des cachots. Le château de Woolsey devait loger un nombre conséquent d'hôtes : des loups-garous, des porte-clés et des domestiques.

Lord Maccon sauta hors de sa voiture ; il sentait déjà les picotements étourdissants et les pulsions carnivores que seule la pleine lune déchaînait. Il humait des odeurs de proies dans l'air du soir ; l'envie irrépressible de chasser, de mutiler et de tuer approchait avec la lune.

Ses porte-clés l'attendaient, formant un petit groupe plein de tension à la porte du château.

« Vous prenez des risques, monsieur le comte », le réprimanda Rumpet, le majordome en chef, en ôtant la cape de l'Alpha.

Lord Maccon grogna et laissa tomber son chapeau et ses gants sur une longue console conçue précisément à cet effet.

Il plissa les yeux pour observer les masses réunies, à la recherche de Tunstell. C'était son valet personnel et le capitaine par défaut des porte-clés de la maisonnée. Lord Maccon repéra le grand dadais roux et aboya : « Tunstell, abominable jeune crétin, au rapport. »

Tunstell bondit sur ses pieds et fit une profonde révérence. Son sourire habituel plissait son visage couvert de taches de rousseur. « Toute la meute est sur place et sous les verrous, monsieur. Votre cellule est propre et vous attend. Nous ferions mieux de vous y conduire rapidement, je pense.

— Encore ce mot, "penser". Que vous ai-je dit ? »

Tunstell se contenta de sourire encore plus largement.

Lord Maccon tendit les poignets.

« Mesures de précaution, Tunstell. »

Le sourire joyeux de Tunstell diminua. « Êtes-vous certain que c'est nécessaire, monsieur ? »

Le comte sentit que ses os commençaient à se fracturer d'eux-mêmes. « Sapristi, Tunstell, vous contestez les ordres ? » La petite partie de son cerveau logique qui fonctionnait encore était attristée par ce relâchement. Il avait beaucoup d'affection pour ce garçon mais chaque fois qu'il croyait que Tunstell était prêt pour la morsure, celui-ci se comportait comme une andouille. Il semblait avoir de l'âme à revendre, mais avait-il assez de *bon sens* pour devenir surnaturel ? Le protocole de la meute ne devait pas être pris à la légère.

Si le rouquin survivait au changement mais continuait à se conduire de manière aussi cavalière envers les règles, *qui* serait en sécurité ?

Rumpet vint à son secours. Rumpet n'était pas un porte-clés. Il n'avait pas du tout l'intention de jouer la carte de la métamorphose, mais il aimait s'acquitter de son travail avec efficacité. Il était le majordome de la meute depuis longtemps et avait facilement le double de l'âge de n'importe lequel des porte-clés présents dans cette entrée. D'ordinaire, il faisait preuve de plus de savoir-faire que tous les autres réunis.

Ces acteurs, songea lord Maccon, exaspéré. C'était l'un des inconvénients de recruter parmi les membres de cette profession particulière. Les hommes de scène n'étaient pas toujours des hommes d'esprit.

Le majordome lui tendit un plateau de cuivre sur lequel était posée une paire de menottes d'acier. « Monsieur Tunstell, si vous voulez bien », dit-il.

Le porte-clés roux avait déjà son jeu de menottes personnel, comme tous les porte-clés. Il poussa un soupir résigné, prit la paire du plateau et la passa aux poignets de son maître avec un claquement.

Lord Maccon poussa un soupir de soulagement. « Vite », insista-t-il. Il avait déjà du mal à parler : le changement modifiait sa mâchoire, le privant de toute capacité à articuler un discours humain. La douleur s'intensifiait également, une douleur atroce qui lui broyait les os et à laquelle il ne s'était jamais habitué au cours de sa longue vie.

La protomeute de porte-clés l'entoura et lui fit prestement descendre l'escalier de pierre en colimaçon qui menait aux cachots. Le comte nota avec soulagement que certains d'entre eux, en personnes raisonnables, portaient des armures et des armes. Tous arboraient des épingles de cravate pointues en argent. Quelques-uns avaient des couteaux en argent à la ceinture. Ils demeuraient aux abords de la foule, à bonne distance de lui, tant qu'il ne faisait rien qui rendît nécessaire leur utilisation.

Le château de Woolsey était rempli d'occupants qui grognaient et bavaient. Les plus jeunes louveteaux de la meute de lord Maccon ne pouvaient résister au changement plusieurs nuits avant la pleine lune, et encore moins pendant. Ils étaient sur place depuis des jours. Les autres rentraient avec le soleil dès qu'il se couchait et que la nuit commençait pour de bon. Seul lord Maccon était assez fort pour ne pas être encore enfermé si tard dans la soirée.

Le professeur Lyall était assis avec urbanité sur un petit tabouret à trois pieds dans un coin de sa cellule ; il ne portait que ses ridicules verribles et lisait le journal du soir. Il se battait contre la métamorphose. La plupart des membres de la meute se laissaient tout simplement emporter, mais Lyall résistait toujours aussi longtemps que possible, testant sa volonté contre l'inévitable action de la lune. À travers les épais barreaux de fer de la cellule de son Bêta, lord Maccon vit que l'échine de Lyall était courbée en avant d'une manière inhumaine, et il avait bien plus de poils qu'il n'était socialement acceptable d'en avoir pour faire autre chose que lire le journal du soir dans l'intimité de sa propre… prison.

Le professeur jeta un long regard jaune à son Alpha par-dessus ses lunettes.

Lord Maccon, tenant ses mains menottées devant lui avec raideur, l'ignora très ostensiblement. Lyall aurait pu dire quelque chose d'embarrassant à propos d'Alexia, soupçonnait-il, si sa mâchoire n'avait pas déjà été trop modifiée pour qu'il puisse parler un langage humain.

Le comte descendit le corridor. Sa meute se calma à son passage. D'instinct, chaque loup se taisait en voyant et en sentant son Alpha. Plusieurs d'entre eux aplatirent leurs pattes de devant en une sorte de courbette, et un ou deux roulèrent sur le dos en présentant leur estomac. Même sous le pouvoir de la lune, ils reconnaissaient sa domination. Aucun d'eux ne souhaitait ni même ne songeait à laisser transparaître une once de défi. Cette nuit entre toutes les nuits, il ne tolérerait aucune désobéissance, et ils le savaient.

Le comte entra dans sa cellule. C'était la plus spacieuse mais également la plus sûre, et elle était vide de tout sauf de chaînes et de verrous. Rien n'était en sécurité lorsqu'il se métamorphosait. Il n'y avait ni tabouret ni journal, juste de la pierre, du fer et du vide. Il poussa un profond soupir.

Ses porte-clés claquèrent la porte et la fermèrent à triple tour derrière lui. Ils prirent position dehors, mais de l'autre côté du couloir, de manière à être entièrement hors d'atteinte. En cela, au moins, ils suivaient ses ordres à la lettre.

La lune s'éleva au-dessus de l'horizon. Plusieurs jeunes de la meute commencèrent à hurler.

Lord Maccon sentit ses os se briser entièrement et se reformer, sa peau s'étirer et rétrécir, ses tendons se réaligner, ses cheveux descendre et se transformer en fourrure. Son odorat s'aiguisa. Il sentit une légère bouffée d'odeur familière, portée depuis le château par un courant d'air.

Les quelques membres les plus âgés de la meute qui étaient encore en partie humains achevèrent de se transformer avec lui. Des grognements et des gémissements déchirèrent l'air tandis que les derniers restes du jour s'évanouissaient. Les corps résistaient toujours au changement maudit, rendant la douleur encore plus insupportable. Seuls les fils de ce qui restait de leur âme maintenaient leur chair, si bien que toute leur sensibilité se transformait en frénésie. Le vacarme qu'ils produisaient traduisait la soif de mort des damnés.

Quiconque entendait ces hurlements-là ne ressentait que de la peur : qu'il soit un vampire, un fantôme, un humain ou un animal, peu importait. Et cela importerait peu, à la fin, car tout loup-garou libéré de ses fers tuait sans discrimination. Pendant la nuit de la pleine lune, la Lune de sang, ce n'était pas une question de choix ou de nécessité. C'était ainsi, tout simplement.

Pourtant, lorsque lord Maccon leva son museau pour hurler, son cri ne fut pas un hurlement de colère dépourvu d'intelligence. La voix grave de l'Alpha exprimait une peine incommensurable. Car il avait enfin reconnu l'odeur qui descendait dans les cachots. Trop tard pour le dire dans une langue humaine. Trop tard pour avertir ses porte-clés.

Conall Maccon, comte de Woolsey, se jeta sur les barreaux de sa cellule sous l'impulsion des derniers vestiges de son côté humain : pas pour tuer ni être libre, mais pour protéger quelqu'un.

Trop tard.

Car la petite brise apportait l'odeur de la térébenthine, et elle devenait de plus en plus forte.

Le panneau qui se trouvait au-dessus de la porte du club Hypocras annonçait PROTEGO RES PUBLICA, en mots gravés dans du marbre blanc d'Italie. Mademoiselle Tarabotti, bâillonnée, ligotée, menottée et portée par deux hommes – l'un tenant ses épaules, l'autre ses pieds – les lut à l'envers. Elle avait un mal de tête épouvantable et il lui fallut quelques instants avant de traduire la phrase en dépit des effets secondaires nauséeux de son exposition au chloroforme.

Elle finit par déduire sa signification : *protéger le bien commun.*

Hem, se dit-elle. *Je n'y crois pas. Je ne me sens définitivement pas protégée.*

Une sorte d'emblème encadrait les mots. Un symbole représentant un genre d'invertébré au système nerveux excitable. Était-ce une pieuvre en cuivre ?

Mademoiselle Tarabotti était étrangement peu étonnée qu'on la transporte au club Hypocras. Elle se souvenait que Félicité avait lu l'annonce du *Post* détaillant « le lancement d'un établissement social novateur destiné aux gentlemen ayant une inclination pour la science ». Bien sûr, c'était tout à fait clair à présent. Après tout, c'était au bal de la duchesse, juste à côté du nouveau club, qu'elle avait tué le premier vampire mystérieux avec qui tout avait commencé. La boucle était assez proprement bouclée. Et avec tout ce chloroforme, des scientifiques ne pouvaient qu'être impliqués.

Lord Maccon avait-il lui aussi découvert cela ? se demanda-t-elle. *Soupçonnait-il seulement le club, ou la Royal Society était-elle également impliquée ?* Alexia doutait que même la nature soupçonneuse du comte l'eût conduit aussi loin.

Ses ravisseurs l'emportèrent dans une petite pièce semblable à une boîte dont la porte ressemblait à une grille en accordéon. Elle put tourner la tête juste à temps pour voir que la silhouette vêtue de violet de lord Akeldama était traitée avec le même manque de respect : on le jeta sur l'épaule d'un homme qui le porta telle une pièce de bœuf et le fourra dans le réduit avec elle.

Eh bien, réfléchit mademoiselle Tarabotti, *au moins nous sommes toujours ensemble.*

L'homme au visage de cire, qui était malheureusement toujours avec eux également, ne participa pas directement au transport Tarabotti/Akeldama. Il ferma la grille puis actionna une sorte de machine à poulies insérée dans l'un des murs. Une chose très spéciale se produisit alors. La totalité de la petite pièce commença à se déplacer mollement vers le bas en emportant tous ceux qui se trouvaient à l'intérieur. Alexia eut la sensation de tomber ; son estomac exposé au chloroforme ne fut pas particulièrement enthousiasmé par l'expérience.

Elle retint une nausée convulsive.

« Celle-là n'apprécie pas notre chambre d'ascension », ricana l'homme qui lui tenait les pieds en la secouant avec grossièreté.

L'un des autres hommes montra son accord par un grognement.

À travers la grille, Alexia, sidérée, vit le premier étage du club s'évanouir, puis le sol lui-même apparaître, puis les fondations de l'immeuble, puis un nouveau plafond et, enfin, les meubles et le sol de pièces en sous-sol. C'était véritablement une expérience remarquable.

La petite cabine s'immobilisa avec une secousse. L'estomac de mademoiselle Tarabotti fit de même peu de temps après. Les larbins préposés au transport humain firent coulisser la grille et la transportèrent, ainsi que lord Akeldama, pour les déposer côte à côte sur un épais tapis oriental au milieu d'un salon de taille respectable. L'un d'eux prit la précaution de s'asseoir sur les jambes de lord Akeldama, bien qu'il fût toujours endormi. Ils ne semblaient pas penser qu'Alexia méritait le même niveau de considération.

Un homme, qui fumait une grande pipe d'ivoire assis dans un confortable fauteuil de cuir orné de clous en argent, se leva pour venir observer les deux prisonniers.

« Excellent travail, messieurs ! » Il mordit le tuyau de sa pipe et se frotta les mains avec enthousiasme. « Selon les dossiers du BUR, Akeldama est l'un des plus vieux vampires de Londres. Après celui de l'une de leurs reines, son sang devrait être l'un des plus puissants que nous ayons analysé. Nous sommes en plein milieu d'une procédure de transfert sanguin en ce moment, gardez-le en stock en attendant. Et qu'est-ce que c'est que ça ? » Il se tourna et baissa les yeux sur Alexia.

Les traits de son visage avaient quelque chose de familier, bien que sous cet angle il fût presque entièrement dans l'ombre. Cette ombre était elle aussi familière. L'homme du fiacre ! Mademoiselle Tarabotti l'avait presque oublié après les horreurs de ses récentes rencontres avec le monstre au visage de cire.

Il était clair qu'il ne l'avait pas oubliée. « Eh bien, qu'en est-il ? Elle n'arrête pas de réapparaître, hein ? » Il tira pensivement sur sa pipe. « D'abord elle rend visite à la ruche de Westminster, maintenant on la trouve en l'auguste présence du spécimen Akeldama. Quelle est sa place dans le tableau ?

— Nous ne le savons pas encore, monsieur. Nous allons devoir consulter les dossiers. Elle n'est pas un vampire : elle n'a ni les dents ni le niveau de protection d'une reine. Mais deux gardes vampires la suivaient.

— Ah, tiens donc, et… ?

— Nous les avons éliminés, bien entendu. Ils pouvaient être des agents du BUR, c'est dur à dire ces derniers temps. Que voulez-vous qu'on en fasse pour le moment ? »

Trois bouffées de pipe.

« Gardez-la en stock, elle aussi. Si nous ne pouvons rien trouver sur son rôle dans nos recherches, nous devrons lui tirer les vers du nez. Ce n'est pas très élégant de faire cela à une dame, bien sûr, mais il est clair qu'elle fraternise avec l'ennemi et on doit parfois faire des sacrifices. »

Les joueurs qui participaient à cette petite partie troublaient mademoiselle Tarabotti. Ces hommes ne semblaient pas savoir qui ou, plus précisément, ce qu'elle était. Et pourtant, il ne faisait pas de doute qu'ils étaient ceux qui la voulaient. Ils avaient envoyé l'homme au visage de cire chez elle au milieu de la nuit il y avait peu de temps. À moins qu'il n'y eût deux hommes au visage de cire dans Londres, et que tous deux fussent après elle. Cette simple idée fit frémir Alexia. Ils avaient dû obtenir son adresse dans les dossiers du BUR. Et pourtant ils ne semblaient pas savoir qui elle était. Comme s'ils la considéraient comme deux personnes distinctes. Celle qui ne cessait d'interférer avec leurs plans, et la demoiselle Alexia Tarabotti, paranaturelle, des dossiers du BUR.

Puis Alexia se souvint que le BUR n'avait pas de croquis dans ses dossiers, pour des raisons de sécurité. Le sien ne contenait que des mots, des notes et de brefs détails descriptifs, la plupart codés. Ces hommes ne l'avaient pas reliée à Alexia Tarabotti parce qu'ils ne savaient pas à quoi Alexia Tarabotti ressemblait. Sauf l'homme au visage de cire, qui avait dû voir son visage à la fenêtre de sa chambre. Elle se demanda pourquoi il n'avait pas révélé son secret.

Sa question demeura sans réponse. En réaction à l'ordre de l'homme de l'ombre, les brutes la soulevèrent et l'emportèrent, ainsi que lord Akeldama, hors de la pièce luxueuse.

« Et à présent, où est mon précieux bébé ? entendit-elle l'homme de l'ombre demander tandis qu'ils sortaient. Ah, le voilà ! Et comment s'est-il comporté pendant cette sortie ? Bien ? Bien entendu, mon chéri. » Après quoi ses paroles sombrèrent dans le latin.

Mademoiselle Tarabotti fut transbahutée dans un long couloir étroit peint en blanc où s'alignaient des portes donnant l'impression que l'on se trouvait dans une sorte d'institution. Il était éclairé par des lampes à huile en céramique posées sur de petits piédestaux de marbre dispersés entre les portes. Tout avait l'air très ritualisé, comme dans une espèce d'antique lieu de culte. Étrangement, les poignées des portes ressemblaient à des pieuvres, de même, en y regardant de près, que les lampes.

Mademoiselle Tarabotti fut descendue dans un long escalier, puis dans un autre couloir flanqué de portes et de lampes exactement semblables au premier.

« Où allons-nous les mettre ? demanda l'un des hommes. L'espace manque depuis que nous avons *revampé* les lieux, pour ainsi dire. »

L'horrible jeu de mot fit ricaner les trois autres.

« Mettez-les dans la cellule du bout. Peu importe s'ils sont ensemble, les docteurs ne vont pas tarder à emmener Akeldama pour s'occuper de lui. Cela fait un moment que les blouses grises attendent de mettre la main sur lui. »

L'un d'eux lécha ses lèvres grasses. « Nous devrions avoir de gros bonus pour cette petite expédition de cueillette. »

Des murmures d'approbation accueillirent cette remarque.

Ils atteignirent la dernière porte du couloir et firent glisser le corps de sa poignée en forme de pieuvre sur le côté, révélant un gros trou de serrure. Ils ouvrirent la porte et déposèrent sans la moindre cérémonie mademoiselle Tarabotti et le corps inerte de lord Akeldama dans la pièce. Alexia atterrit durement sur le côté et fit un effort pour ne pas crier de douleur. Ils claquèrent la porte, et Alexia les entendit bavarder en s'éloignant.

« C'est bon signe pour le succès des expériences, hein ?

— Tu parles.

— Qu'est-ce que ça peut nous faire du moment que la paye est bonne ?

— C'est bien vrai.

— Tu sais ce que je pense ? Je pense… »

Puis leurs voix s'affaiblirent et se fondirent dans le silence.

Mademoiselle Tarabotti resta allongée, les yeux grands ouverts, à examiner la pièce où elle se trouvait. Ses pupilles mirent un moment à s'ajuster à l'obscurité, car il n'y avait pas de lampes à huile et pas d'autre source d'éclairage. La cellule n'avait pas de barreaux, juste une porte lisse sans poignée à l'intérieur, et ressemblait plus à un placard qu'à une prison. Son instinct lui disait néanmoins que c'en était bien une. Il n'y avait ni fenêtre, ni meubles, ni tapis, et aucune décoration de quelque sorte que ce soit. Rien que lord Akeldama et elle.

Quelqu'un s'éclaircit la gorge.

Avec difficulté, car ses membres étaient attachés serré et son agilité entravée par sa satanée tournure et son fichu corset, mademoiselle Tarabotti se tortilla pour passer de la position allongée sur le dos à la position allongée sur le côté, face à lord Akeldama.

Les yeux du vampire étaient ouverts et il la fixait intensément. Comme s'il essayait de lui parler avec le simple pouvoir de son regard.

Alexia ne parlait pas le langage du regard.

Lord Akeldama se mit à onduler vers elle. Il se débrouilla pour avancer sur le sol en se tortillant comme une sorte de serpent mauve, le velours de son bel habit étant assez glissant pour l'aider dans sa progression. Il finit par l'atteindre. Il se retourna alors et agita ses mains attachées jusqu'à ce que mademoiselle Tarabotti comprît ce qu'il voulait.

Alexia se retourna de nouveau, descendit un peu et pressa sa nuque contre la main du vampire, qui put dénouer son bâillon du bout des doigts. Ses poignets et ses jambes étaient malheureusement attachés par des menottes en acier, de même que ceux de lord Akeldama. De telles menottes ne pouvaient être brisées, même par un vampire.

Ils eurent beaucoup de mal à changer de position de manière que mademoiselle Tarabotti parvînt à dénouer le bâillon de lord Akeldama. Ils purent alors parler.

« Eh bien, dit lord Akeldama, nous voilà dans de *beaux* draps. Je crois bien que ces gredins viennent de *gâcher* l'un de mes meilleurs habits de soirée. C'est *très* contrariant. C'est *vraiment* l'un de mes préférés. Je suis désolé de vous avoir entraînée là-dedans, *ma chère*, presque autant que d'y avoir entraîné l'habit.

— Oh, arrêtez donc de dire n'importe quoi. La tête me tourne encore à cause de ce fichu chloroforme et il est inutile que vous soyez assommant par-dessus le marché, protesta mademoiselle Tarabotti. On ne peut absolument pas vous attribuer la responsabilité de cette situation.

— Pourtant c'est après moi qu'ils en avaient. » Dans l'obscurité, lord Akeldama avait vraiment l'air coupable. Mais peut-être était-ce dû aux ombres.

« Ils en auraient eu après moi aussi s'ils avaient su mon nom, insista mademoiselle Tarabotti, n'en parlons donc plus. »

Le vampire hocha la tête. « Eh bien, mon *bouton d'or*, je suggère que nous ne disions *rien* de votre nom le plus longtemps possible. »

Alexia sourit. « Vous ne devriez pas trouver cela très difficile. Vous n'utilisez jamais mon vrai nom, de toute façon. »

Lord Akeldama gloussa. « Effectivement. »

Mademoiselle Tarabotti fronça les sourcils. « Nous n'aurons peut-être pas besoin de recourir à un subterfuge. L'homme au visage de cire est au courant. Il m'a vue dans le fiacre devant la ruche de Westminster, *et* il m'a vue à ma fenêtre quand ils sont venus me kidnapper en sachant que j'étais une paranaturelle. Il va additionner deux et deux et comprendre que je suis la même personne.

— Impossible, *chère goutte de rosée* », dit lord Akeldama, sûr de lui.

Alexia bougea pour tenter de soulager la douleur de ses poignets menottés. « Comment diable pouvez-vous savoir cela ? demanda-t-elle, intriguée par sa confiance en lui.

— L'homme au visage de cire, comme vous le nommez, ne peut *rien* dire à qui que ce soit. Il n'a pas de voix, petite tulipe, *absolument* aucune. »

Alexia plissa les yeux. « Vous savez de quel genre de créature il s'agit ? Racontez ! Il n'est pas surnaturel, je peux au moins vous dire ça.

— On devrait dire *ça*, pas *il*, ma luciole. Eh oui, je sais ce que *ça* est. » Lord Akeldama minaudait, comme lorsqu'il jouait avec son épingle de cravate. Ses bras étant menottés derrière son dos, et son épingle lui ayant été judicieusement enlevée, il ne pouvait rien faire d'autre pour ajouter à son expression que pincer les lèvres.

« Eh bien ? » Mademoiselle Tarabotti brûlait de curiosité.

« *Homonculus simulacrum* », énonça lord Akeldama.

Mademoiselle Tarabotti répondit par un coup d'œil sans expression.

Il soupira. « Un *lusus naturae* ? »

Alexia décida qu'il la faisait marcher et lui lança un regard mauvais.

Il développa son explication. « Une créature synthétique fabriquée par la science, un homme artificiel alchimique… »

Mademoiselle Tarabotti se tritura la cervelle et finit par trouver un mot provenant d'un ancien texte religieux de la bibliothèque de son père. « Un automate ?

— Exactement ! Ils ont existé, dans le passé. »

La bouche généreuse de mademoiselle Tarabotti en resta bée. Elle croyait qu'ils étaient de simples créatures légendaires, comme les licornes : des monstres de nature purement mythique. La part scientifique de son intellect fut intriguée. « Mais de quoi est-il fait ? Comment fonctionne-t-il ? Il semble si vivant ! »

Lord Akeldama n'apprécia pas non plus ce choix de vocabulaire. « Cette chose bouge, elle est animée, et active, oui. Mais ma chère campanule, *vivante*, certainement pas !

— Oui, mais comment ?

— Qui sait quelle science ignoble a participé à sa création – un squelette en métal, peut-être, un petit moteur éthéromagnétique ou à vapeur d'un genre ou d'un autre. Ça comporte peut-être des pièces mécaniques. Je n'en sais rien, je ne suis pas ingénieur.

— Mais pourquoi souhaiterait-on construire une telle créature ?

— C'est *vous* qui me demandez à *moi* d'expliquer les actions d'un scientifique ? Je sais à peine comment formuler la chose, mon pétale de pétunia. Votre ami semble être un domestique parfait : infatigable et loyal jusqu'à la dernière extrémité. Bien entendu, il faut supposer que tous les ordres qu'on lui donne doivent être *très* précis. » Il aurait continué si mademoiselle Tarabotti ne l'avait pas interrompu.

« Oui, oui, mais comment les tue-t-on ? » demanda Alexia, allant tout de suite au cœur du sujet. Elle adorait lord Akeldama, mais il avait vraiment tendance à raconter n'importe quoi.

Il lui jeta un regard de reproche. « N'allez pas *trop* vite, ma chérie. Nous avons tout notre temps.

— C'est facile à dire pour vous, marmotta mademoiselle Tarabotti. Vous êtes un vampire. Vous n'avez que ça : du temps.

— Apparemment pas. Je n'ai pas besoin de vous rappeler, ma douce, que ces hommes vont revenir pour moi. D'ici peu. C'est du moins ce qu'ils ont dit.

— Vous étiez éveillé pendant tout ce temps. » Sans qu'elle sache pourquoi, mademoiselle Tarabotti n'était pas surprise.

« Je me suis réveillé dans le fiacre. J'ai feint de dormir ; il ne semblait pas y avoir d'avantage à attirer leur attention sur le fait que j'étais conscient. Faire semblant m'a permis d'entendre des informations intéressantes. Malheureusement, je n'ai rien appris de conséquent. Ces (il s'interrompit, comme pour chercher le bon moyen de décrire les hommes qui les avaient enlevés) dégénérés ne sont que des sous-fifres. Ils ne savent que ce qu'on leur a dit de faire, pas pourquoi. Aussi épouvantables que l'automate. Parler de notre affaire, *quelle qu'elle soit*, ne les intéressait pas. Mais, ma marguerite… »

Mademoiselle Tarabotti l'interrompit à nouveau. « S'il vous plaît, lord Akeldama, je ne veux pas être impolie, mais en ce qui concerne l'*homonculus simulacrum* ?

— Vous avez raison, ma chère. Si l'on doit m'emmener bientôt, vous devriez avoir autant d'informations que je peux en relayer. Selon mon expérience limitée, les automates ne peuvent être tués. Comment tue-t-on quelque chose qui n'est pas vivant ? L'*homonculus simulacrum* peut néanmoins être privé de ce qui l'anime. »

Mademoiselle Tarabotti, qui avait développé des tendances homicides fort peu dignes d'une dame envers la répugnante chose au visage de cire, posa la question avec enthousiasme : « Comment ?

— Eh bien, dit lord Akeldama, l'activation et le contrôle se font en général au moyen d'un mot ou d'une expression. Si l'on trouve le moyen de défaire cette expression, on peut éteindre l'*homonculus simulacrum*, comme une poupée mécanique.

— Un mot comme "VIXI" ? suggéra Alexia.

— Tout à fait. Vous l'avez vu ?

— Écrit sur son front, avec une sorte de poudre noire, confirma mademoiselle Tarabotti.

— De la poudre de fer magnétisée, dirais-je au jugé, alignée sur le domaine du moteur interne de l'automate, peut-être avec une connexion éthérique. Vous devez trouver un moyen de le défaire.

— Défaire quoi ?

— Le VIXI.

— Ah. » Mademoiselle Tarabotti fit semblant de comprendre. « C'est aussi simple que ça, n'est-ce pas ? »

Dans l'obscurité de leur cellule solitaire, lord Akeldama lui décocha un sourire. « À présent, c'est vous qui vous moquez de moi, ma douce. Je suis désolé de ne pas en savoir plus. Je n'ai jamais eu affaire personnellement à un *homonculus simulacrum*. Les sciences alchimiques n'ont jamais été mon fort. »

Alexia se demanda ce que son fort était mais posa la question suivante : « À votre avis, que font-ils d'autre, dans ce club ? Hormis construire un automate. »

Le vampire haussa autant les épaules que le lui permettaient ses menottes. « Leurs activités ne peuvent qu'impliquer des expériences sur des vampires, peut-être des métamorphoses *forcées*. Je commence à suspecter que ce solitaire que vous avez tué – quand était-ce, il y a une semaine ? – n'avait en fait pas été métamorphosé en être surnaturel *du tout*, mais fabriqué, comme une sorte de contrefaçon.

— Ils enlèvent aussi des loups-garous solitaires. C'est le professeur Lyall qui l'a découvert, lui dit Alexia.

— Vraiment ? Et je ne le savais pas. » Lord Akeldama semblait plus déçu par ses propres capacités que surpris par la nouvelle. « C'est logique, je suppose. Autant travailler avec les deux côtés des vivants surnaturels. Je peux vous l'assurer, même ces scientifiques-là ne peuvent pas trouver le moyen d'ouvrir ou de dupliquer un fantôme. La vraie question est : quel but poursuivent-ils avec tout ça ? »

Mademoiselle Tarabotti frémit en se souvenant que la comtesse Nadasdy avait dit que les nouveaux vampires vivaient rarement plus de quelques jours.

« Quoi que ce soit, ça ne peut pas être agréable.

— Non, approuva doucement lord Akeldama. Non, c'est impossible. »

Il demeura silencieux pendant un long moment, puis dit d'une voix posée : « Ma chère enfant, puis-je vous demander quelque chose, avec le plus grand sérieux ? »

Alexia leva les sourcils. « Je ne sais pas. Le pouvez-vous ? Je ne pensais pas que vous étiez effectivement capable d'être sérieux, monseigneur.

— Ah, oui, c'est une impression que j'ai mis beaucoup de soin à cultiver. » Le vampire s'éclaircit la gorge. « Mais permettez-moi de faire de mon mieux pour cette fois. Il semble improbable que je survive à notre petite mésaventure. Mais si c'est le cas, je voudrais que vous m'accordiez une faveur. »

Mademoiselle Tarabotti ne sut que répondre à cela. Tout à coup, sa vie lui parut terriblement sinistre sans lord Akeldama pour la colorer. Elle fut également stupéfaite par le calme avec lequel il acceptait son décès imminent. Peut-être qu'après tant de siècles, la mort ne faisait plus peur.

« Cela fait très, très longtemps que je n'ai pas vu le soleil, poursuivit-il. Croyez-vous que vous pourriez me réveiller tôt un soir, en me touchant, de manière que je puisse le voir se coucher ? »

Cette requête émut mademoiselle Tarabotti. Ce serait très dangereux pour lui de tenter cela, car il devrait lui faire suffisamment confiance pour penser qu'elle ne le lâcherait pas. S'ils n'étaient plus en contact ne fût-ce qu'une fraction de seconde, il prendrait feu aussitôt.

« Vous en êtes certain ? »

Il souffla sa réponse comme une bénédiction : « Absolument. »

À ce moment précis, la porte de la cellule s'ouvrit bruyamment. L'un des deux domestiques entra et jeta sans cérémonie lord Akeldama sur l'une de ses épaules massives.

« Promis ? demanda le vampire qui pendouillait à l'envers.

— Je vous le promets », répondit mademoiselle Tarabotti en espérant qu'elle aurait la chance de vivre pour respecter sa promesse.

Sur quoi lord Akeldama fut emporté hors de la pièce. On referma et verrouilla la porte derrière lui. Mademoiselle Tarabotti fut laissée seule dans le noir avec ses pensées pour seule compagnie. Elle était particulièrement furieuse après elle-même : elle avait eu l'intention de parler des pieuvres de cuivre qu'elle avait vues partout.

11

Parmi les machines

Mademoiselle Tarabotti ne voyait pas ce qu'elle pouvait bien faire sinon agiter ses mains et ses pieds dans ses menottes serrées de manière à entretenir la circulation sanguine. Elle resta allongée pendant ce qui lui parut être des siècles, à se tortiller sans cesse. Elle commença à en déduire qu'on l'avait oubliée, car personne ne vint vérifier sa condition physique. Ce n'était pas une situation confortable ; les corsets, les tournures et tous les autres accessoires d'un vêtement convenable pour une dame ne se prêtaient pas à la position allongée, attachée, sur un sol dur. Elle s'agita, soupira et regarda longuement le plafond en essayant de penser à n'importe quoi sauf à lord Maccon, à sa situation présente, ou à la sécurité de lord Akeldama. Ce qui signifiait qu'elle ne pouvait rien faire d'autre que penser au problème complexe posé par le dernier projet de broderie de sa *mama*. Ce qui, en soi, était une torture pire que tout ce que ses ravisseurs pouvaient concevoir.

Elle finit par être sauvée de ses méditations masochistes par le son de deux voix provenant du couloir devant sa cellule. Toutes deux lui semblèrent vaguement familières. Lorsqu'elles arrivèrent si près qu'Alexia entendit les détails de leur conversation, elle lui trouva une ressemblance avec une visite guidée de musée.

« Bien entendu, vous devez reconnaître que pour éliminer la menace que pose le surnaturel, nous devons d'abord le comprendre. Les recherches les plus utiles du professeur Sneezewort ont montré… Ah, dans cette cellule-là, nous avons un autre vampire isolé : un magnifique échantillon d'*Homo sanguis*, bien qu'il soit plutôt jeune pour l'exsanguination. Malheureusement, son origine et sa ruche nous sont inconnues. C'est la triste conséquence du fait que nous devions nous reposer si largement sur des spécimens isolés. Mais vous comprenez, ici en Angleterre, les membres des ruches tendent à faire un peu trop partie de la vie publique et à être trop bien gardés. Nous avons beaucoup de mal à faire parler celui-ci. On l'a transporté depuis la France, voyez-vous, et sa cervelle ne fonctionne plus très bien depuis. Il semble qu'il y ait de sérieuses répercussions physiques et mentales lorsqu'on arrache un vampire à son environnement immédiat : tremblements, désorientation, démence et ainsi de suite. Nous n'avons pas encore déterminé la nature mathématique exacte de la distance, et nous nous demandons si les masses d'eau sont des facteurs clés et ainsi de suite, mais cela promet d'être un domaine de recherche fascinant. L'un de nos enquêteurs les plus jeunes et les plus enthousiastes est en train de réaliser un travail intéressant en utilisant ce spécimen particulier comme principale source d'étude. Il essaie de nous convaincre de monter une expédition de collecte d'échantillons de l'autre côté de la Manche et dans des parties reculées d'Europe de l'Est. Je crois qu'il veut des spécimens russes, mais nous désirons demeurer discrets ces temps-ci. Je suis certain que vous comprenez. Et le coût est à prendre en compte, bien entendu. »

Une seconde voix masculine répondit, avec un accent plutôt neutre.

« C'est tout à fait fascinant. J'avais entendu parler de l'aspect territorial de la psychologie des vampires. Je n'en connaissais pas les répercussions physiologiques. Lire ces articles m'intéressera beaucoup quand ils seront publiés. Et quelle perle conservez-vous dans la dernière cellule ?

— Eh bien, elle contenait lord Akeldama, l'un des plus vieux vampires de Londres. Nous l'avons capturé ce soir, un vrai coup d'éclat. Mais il est déjà sur la table d'exsanguination, il nous reste donc notre invitée mystère pour le moment.

— Un mystère ? » La seconde voix semblait intriguée.

Mademoiselle Tarabotti était toujours incapable de déterminer pourquoi elle lui semblait à ce point familière.

« En effet, répondit la première. Une espèce de vieille fille de plus ou moins bonne famille qui persiste à apparaître pendant nos opérations. Après une apparition de trop, nous l'avons amenée ici.

— Vous avez emprisonné une *dame*, dit la seconde voix, choquée.

— Malheureusement, elle a rendu cette action de plus en plus nécessaire. C'est ce qui arrive quand on se mêle de nos affaires. Et c'est une drôle d'énigme, qui plus est. » Le premier homme semblait autant agacé qu'enthousiasmé. « Cela vous intéresserait-il de la rencontrer ? poursuivit-il. Vous pourriez nous donner votre avis. Après tout, vous abordez la question du surnaturel selon une perspective tout à fait unique et nous attacherions de la valeur à votre contribution. »

Le second homme sembla sincèrement heureux. « Je serais ravi de vous offrir mon aide. Comme c'est aimable à vous de me le demander. »

Mademoiselle Tarabotti fronça les sourcils, de plus en plus frustrée de constater qu'elle était tout à fait incapable de se souvenir où elle avait entendu la voix de cet homme. Son accent lui rappelait quelque chose. Mais quoi ? Heureusement (ou plutôt, malheureusement), elle n'eut pas à vivre dans la confusion beaucoup plus longtemps.

La porte du placard qui lui servait de prison s'ouvrit.

Mademoiselle Tarabotti cligna des yeux et s'enroula par mégarde sur elle-même pour s'éloigner de la lumière apparemment aveuglante du couloir.

Quelqu'un hoqueta.

« Mais enfin, mademoiselle Tarabotti ! »

Mademoiselle Tarabotti, les yeux embués de larmes involontaires, les plissa pour distinguer les deux silhouettes éclairées par-derrière. Ses yeux finirent par s'habituer à la lumière vacillante des lampes à huile. Elle gigota en tous sens en tentant de prendre une position plus élégante. Elle n'y réussit pas vraiment, car elle était toujours allongée sur le ventre et menottée. Elle parvint tout de même à obtenir un meilleur angle de vision, ce qui lui permit de distinguer ses visiteurs plus clairement.

L'un s'avéra être l'homme de l'ombre et, pour la première fois depuis qu'elle avait fait sa répugnante connaissance, son visage ne s'y trouvait pas complètement plongé. C'était lui qui jouait le rôle du guide. Voir enfin à quoi il ressemblait ne fut pas une expérience satisfaisante. Alexia avait espéré un physique particulièrement horrifiant et diabolique. Mais il n'avait rien de spécial, juste de grandes rouflaquettes grisonnantes, d'énormes bajoues et des yeux bleu pâle. Elle s'attendait à découvrir au minimum une cicatrice dramatique. Pourtant sa grande et sinistre *Némésis* se tenait là, et son physique la décevait par sa banalité.

L'autre homme était plutôt replet, portait des lunettes et avait un début de calvitie. Alexia connaissait plutôt bien son apparence.

« Bonsoir, monsieur MacDougall », dit-elle. Ce n'est pas parce que l'on est allongé par terre qu'il faut se montrer impoli. « Quel plaisir de vous revoir ! »

Le jeune scientifique poussa un cri de profonde surprise et vint aussitôt s'agenouiller près d'elle avec sollicitude. Il l'aida avec douceur à se remettre en position assise en s'excusant abondamment d'avoir à manipuler sa personne.

Mademoiselle Tarabotti n'y vit absolument aucun inconvénient car une fois en position verticale, elle se sentit considérablement plus digne. Elle fut également heureuse de savoir que monsieur MacDougall n'avait pas participé de manière volontaire à son enlèvement. Cela l'aurait fort chagrinée, car elle aimait beaucoup le jeune homme et ne voulait pas avoir mauvaise opinion de lui. Elle ne douta pas un instant de la sincérité de sa surprise et de son inquiétude. Elle allait peut-être pouvoir, songea-t-elle, utiliser sa présence à son avantage.

Mademoiselle Tarabotti se rendit alors compte de l'état où se trouvait sa coiffure et fut mortifiée. Ses ravisseurs lui avaient bien entendu enlevé son ruban et ses deux épingles à cheveux mortelles – celle en bois et celle en argent. Sans elles, de lourdes boucles noires dégringolaient dans son dos dans le plus parfait abandon. De manière pathétique, elle leva une épaule et se pencha sur le côté en tentant d'ôter ses cheveux de devant son visage. Alexia ne se doutait pas, bien entendu, qu'elle était ainsi d'un exotisme ravissant avec ses cheveux dénoués, son visage bien dessiné, sa bouche charnue et sa peau mate.

Très italien, se dit monsieur MacDougall lorsqu'il put trouver un instant pour réfléchir, accaparé qu'il était par son inquiétude pour le bien-être de la demoiselle. Il était sincèrement inquiet. Et il se sentait également coupable, car si mademoiselle Tarabotti était mêlée à ce gâchis, cela ne pouvait être qu'à cause de lui. N'avait-il pas encouragé son intérêt pour le surnaturel pendant leur promenade ? Et elle qui était une femme de bonne éducation ! À quoi avait-il pu penser en lui parlant sans précaution de recherches scientifiques ? Une femme du calibre de mademoiselle Tarabotti ne se contentait pas de laisser les choses en l'état lorsqu'elle était vraiment intriguée. Ce ne pouvait être que de sa faute si elle avait été emprisonnée.

« Vous connaissez cette jeune femme ? » demanda l'homme de l'ombre en sortant sa pipe et une petite blague à tabac en velours.

Une pieuvre en fil d'or était brodée sur le velours chocolat.

Monsieur MacDougall leva les yeux depuis l'endroit où il était agenouillé. « Bien entendu. C'est mademoiselle Alexia Tarabotti », dit-il avec colère avant qu'elle puisse l'arrêter.

Oh, mon dieu, songea Alexia avec philosophie, *voilà que notre secret est bel et bien éventé.*

Monsieur MacDougall continua à parler ; une rougeur colora ses grosses joues pâles et un mince film de transpiration couvrit son front. « Traiter ainsi une jeune dame de son rang ! crachouilla-t-il. C'est un coup dur, non seulement pour l'honneur du club, mais aussi pour celui de la profession scientifique dans son ensemble. Nous devrions ôter ses liens à l'instant ! Et vous devriez avoir honte ! »

Quelle était cette expression, déjà ? se demanda Alexia. Ah, oui, « Effronté comme un Américain ». Eh bien, ils avaient gagné leur indépendance d'une façon ou d'une autre, et ce n'était pas en restant polis. L'homme aux rouflaquettes remplit le fourneau de sa pipe et retourna brièvement dans le couloir pour l'allumer à l'aide d'une des lampes à huile. « Pourquoi ce nom me semble-t-il familier ? » Il se retourna et tira un instant sur sa pipe en soufflant de la fumée parfumée à la vanille dans la cellule. « Bien sûr ! Les dossiers du BUR ! Êtes-vous en train de me dire qu'il s'agit là de *cette* Alexia Tarabotti ? » Il sortit la pipe de sa bouche et pointa le long tuyau en ivoire sur Alexia pour insister sur son propos.

« La seule que j'aie rencontrée dans votre pays jusqu'à présent, répondit monsieur MacDougall, sur un ton qui lui parut incroyablement mal élevé – même pour un Américain.

— Bien sûr. » L'homme de l'ombre additionna enfin deux et deux. « Ça explique tout : ses relations avec le BUR, sa visite à la ruche, et son association avec lord Akeldama ! » Il jeta un regard sévère à mademoiselle Tarabotti. « Vous nous avez bien fait marcher, jeune dame. » Puis il revint à monsieur MacDougall. « Savez-vous *ce qu'elle est* ?

— Autre que menottée ? Ce qu'elle ne devrait pas être. Monsieur Siemons, donnez-moi les clés immédiatement ! »

Mademoiselle Tarabotti fut dûment impressionnée par l'insistance de monsieur MacDougall. Elle n'aurait pas cru qu'il se ferait ainsi son champion, et qu'il aurait autant de cran.

« Ah, oui, bien entendu », dit monsieur Siemons. L'homme de l'ombre avait enfin un nom. Il se pencha en arrière à l'extérieur de la porte et cria dans le couloir. Puis il rentra dans la cellule et se pencha vers mademoiselle Tarabotti. Il lui saisit le visage, plutôt avec rudesse, et le tourna vers la lumière. Il continua à tirer sur sa pipe, lui soufflant de la fumée dans les yeux.

Alexia toussa significativement.

« Stupéfiant, dit Siemons. Elle semble parfaitement normale. On ne pourrait pas deviner rien qu'en la regardant, n'est-ce pas ? »

Monsieur MacDougall finit par suffisamment surmonter ses instincts de gentleman pour permettre à la part scientifique de son esprit de participer à la conversation. « Pourquoi ne devrait-elle pas l'être ? » demanda-t-il d'une voix que teintaient à la fois l'hésitation et la peur.

Monsieur Siemons cessa de souffler de la fumée au visage de mademoiselle Tarabotti pour l'envoyer dans celui du scientifique américain. « Cette jeune dame est une *paranaturelle* : un *Homo exanimus*. Nous la recherchons depuis que nous avons déduit son existence ici, à Londres. Ce qui, dois-je ajouter, ne s'est produit que très peu de temps après notre découverte de l'existence même des êtres paranaturels. Bien entendu, si on en croit le théorème du contrepoids, l'existence de ses semblables semble parfaitement logique. Je suis surpris que nous n'ayons jamais pensé à mener des recherches. Et, bien entendu, nous savions que les surnaturels avaient d'anciennes légendes concernant de dangereuses créatures nées pour les chasser *eux*. Les loups-garous ont leurs briseurs de sorts, les vampires leurs suceurs d'âmes, et les fantômes leurs exorcistes. Mais nous ne savions pas qu'il s'agissait du même organisme et que cet organisme était un fait scientifique, pas un mythe. Il se trouve qu'ils sont étonnamment peu nombreux. Mademoiselle Tarabotti est une créature rare, c'est un fait. »

Monsieur MacDougall parut choqué. « Une quoi ? »

Monsieur Siemons ne partagea pas son sentiment. En fait, il semblait particulièrement satisfait tout à coup – un changement d'humeur si rapide que mademoiselle Tarabotti ne le trouva pas entièrement digne d'un homme sain d'esprit.

« Une paranaturelle ! » Il eut un grand sourire et agita sa pipe de façon désordonnée. « Fantastique ! Nous avons besoin de connaître tant de choses sur elle.

— C'est vous qui avez volé les dossiers du BUR », dit Alexia.

Monsieur Siemons secoua la tête. « Non, ma chère, nous avons libéré et mis en sécurité d'importants documents afin d'empêcher des éléments dangereux pour la société de se faire frauduleusement passer pour des êtres normaux. Notre initiative va améliorer notre capacité à évaluer les menaces et à confirmer l'identité de ceux qui rendent la conspiration surnaturelle possible.

— Elle est l'un d'entre eux ? » s'enquit monsieur MacDougall, qui pensait toujours à la nature paranaturelle de mademoiselle Tarabotti. Il bondit en arrière, cessant de la soutenir en position assise. Elle parvint par bonheur à ne pas tomber en arrière.

On eût dit qu'elle le dégoûtait. Alexia commença à se poser des questions sur l'histoire de son frère devenu vampire. *Qu'y avait-il de vrai dans tout cela ?*

Monsieur Siemons donna une claque ravie dans le dos de monsieur MacDougall. « Mais non, mais non, mon cher. C'est tout le contraire ! Elle est un antidote au surnaturel. Si vous pouvez concevoir qu'un organisme entier soit un antidote. Maintenant que nous l'avons, un champ infini d'études s'offre à nous !

Pensez simplement à ce que nous pourrions accomplir. Les possibilités sont immenses ! » Il était tout à fait chaleureux à présent. Ses yeux bleu pâle étincelaient d'un trop-plein d'enthousiasme scientifique.

Alexia frissonna à l'idée de ce que de telles études pouvaient impliquer.

Monsieur MacDougall parut songeur, puis se leva et entraîna son compagnon dans le couloir. Ils se lancèrent dans une conversation à voix basse.

Pendant leur courte absence, mademoiselle Tarabotti tenta avec frénésie de se libérer de ses menottes. Elle soupçonnait avec de plus en plus de force que, quoi qu'on voulût lui faire dans cet épouvantable endroit, elle n'allait pas apprécier. Mais elle ne parvenait même pas à tenir debout.

« C'est une excellente suggestion, il ne peut rien en sortir de mal. Si elle est aussi intelligente que vous le prétendez, elle pourrait percevoir les mérites de nos travaux. Ce serait certes une expérience nouvelle que d'avoir des relations avec un sujet volontaire. »

Un changement des plus miraculeux se produisit alors dans la situation de mademoiselle Tarabotti. Deux laquais discrets la soulevèrent avec douceur. Ils la transportèrent à l'étage, dans le salon, avec ses tapis orientaux et ses meubles luxueux. Ses menottes furent ouvertes et ôtées, et on lui indiqua une petite pièce où elle put se laver et se refaire une contenance. Sa robe de taffetas ivoire avait plutôt souffert de l'expérience. L'une des manches bouffantes et une partie de la dentelle avaient été déchirées, et elle portait des taches indélébiles en plusieurs endroits. Alexia était contrariée. D'accord, la robe était démodée, mais elle l'aimait bien. Elle soupira et fit de son mieux pour lisser les plis tout en examinant le reste de la pièce avec intérêt.

Il n'y avait pas de moyen de s'échapper, mais on lui avait laissé un morceau de ruban pour attacher ses cheveux en désordre et un miroir pour se faire une idée de l'état peu reluisant de son apparence. Le miroir était exagérément décoré, avec un cadre en bois doré et sculpté plus approprié pour la maison de lord Akeldama que pour un environnement moderne. Le cadre semblait constitué d'une longue chaîne de pieuvres bras dessus bras dessous. Alexia commençait à trouver que cette prévalence des pieuvres avait quelque chose de sinistre.

Elle brisa le miroir aussi silencieusement que possible en le tapotant avec le dos de la brosse en ivoire qu'on lui avait fournie. Elle enroula avec précaution un éclat de verre coupant dans un mouchoir et le glissa dans le devant de son corsage, en lieu sûr entre la robe et le corset.

Se sentant un peu plus d'attaque, elle sortit de la pièce et fut escortée dans le salon où trônait le fauteuil de cuir brun. Là, elle trouva une tasse de thé chaud et une proposition intéressante.

Monsieur MacDougall fit les présentations.

« Mademoiselle Tarabotti, voici monsieur Siemons. Monsieur Siemons, voici mademoiselle Alexia Tarabotti.

— Enchanté », dit le gentleman fumeur de pipe en se penchant sur la main d'Alexia comme s'il ne venait pas de l'enlever, de l'enfermer pendant plusieurs heures, et sans doute de faire des choses innommables à l'un de ses meilleurs amis.

Mademoiselle Tarabotti décida de jouer la carte qu'elle venait de recevoir, du moins jusqu'à ce qu'elle eût appris les règles du jeu. C'était une attitude typique de sa personnalité, elle partait simplement du principe qu'elle finirait, en fin de compte, par reprendre le contrôle de la situation. Un seul homme était parvenu à la surpasser régulièrement dans la bataille verbale de la vie, et lord Maccon utilisait des tactiques non verbales sournoises. Penser à lord Maccon conduisit Alexia à jeter un regard en coulisse à la pièce en se demandant s'ils avaient apporté son ombrelle quand ils lui avaient mis la main dessus.

« Permettez-moi d'aller droit au but, Alexia », reprit son ravisseur. Alexia ne doutait pas que, bien que ses liens visibles eussent été ôtés, elle était très loin d'être libre.

Il s'installa dans le fauteuil de cuir et lui fit signe de prendre place en face de lui sur une méridienne.

Elle s'assit. « Faites donc, monsieur Siemons. Être direct est une qualité tout à fait admirable chez les kidnappeurs (elle s'interrompit pour réfléchir) et les scientifiques. » Elle était tout sauf injuste, et elle avait lu sa part d'articles scientifiques qui tergiversaient et bavassaient de la façon la plus horrible. Il était très important d'avoir une thèse forte.

Monsieur Siemons poursuivit.

Mademoiselle Tarabotti sirota son thé et nota que les clous en argent du fauteuil de cuir représentaient eux aussi de très petites pieuvres. Vraiment, pourquoi cette obsession pour les invertébrés ?

Monsieur MacDougall s'affairait avec inquiétude tandis que monsieur Siemons parlait, allant chercher divers objets pour qu'Alexia fût plus confortablement installée. Désirait-elle un coussin ? Du sucre ? Encore un peu de thé ? Avait-elle assez chaud ? Les menottes lui avaient-elles blessé les poignets d'une manière ou d'une autre ?

Monsieur Siemons finit par se retourner brusquement vers le jeune homme et l'obligea d'un regard à demeurer immobile et silencieux.

« Nous aimerions beaucoup vous étudier, expliqua-t-il à Alexia. Et nous aimerions le faire avec votre coopération. Les choses seraient bien plus faciles et civilisées pour toutes les parties concernées si vous participiez de votre plein gré à la procédure. » Il se renversa dans son fauteuil, une étrange expression d'enthousiasme sur son visage aux bajoues trop grandes.

Cela troubla Alexia. « Vous devez comprendre, finit-elle par dire, que j'ai plusieurs questions à vous poser. Même si, dans la mesure où vous désirez que je participe, volontairement ou non, vous pouvez naturellement vous abstenir d'y répondre. »

L'homme rit. « Je suis un scientifique, mademoiselle Tarabotti. J'apprécie les esprits curieux. »

Mademoiselle Tarabotti leva les sourcils. « Pourquoi souhaitez-vous m'étudier ? Quel type d'informations espérez-vous vous procurer ? Et que nécessiteraient ces études, exactement ? »

Il sourit. « Ce sont toutes de bonnes questions, mais aucune n'est très éclairée par essence. Il est évident que nous souhaitons vous étudier parce que vous êtes une paranaturelle. Et même si le BUR et vous savez peut-être ce que cela signifie, nous en savons en réalité fort peu, et découvrir la totalité du phénomène nous intéresse beaucoup. Nous espérons, et c'est le plus important, comprendre la somme des composants de votre capacité à annuler le surnaturel. Quelle arme vous pourriez faire si nous réussissions à isoler et maîtriser cette capacité ! » Il se frotta les mains avec jubilation. « Et ce serait une vraie joie de pouvoir vous voir en action, tout simplement.

— Et les études elles-mêmes ? » Mademoiselle Tarabotti commençait à ressentir une appréhension certaine, bien qu'elle se félicitât du fait que cela ne fût pas visible dans son attitude générale.

« J'ai cru comprendre que vous aviez entendu certaines des théories de monsieur MacDougall ? »

Mademoiselle Tarabotti repensa à leur promenade matinale. Il lui semblait que tout cela était arrivé une éternité auparavant, à une personne et à une époque différentes. Elle se rappelait néanmoins une bonne partie de la conversation : elle l'avait trouvée très divertissante. « Je m'en souviens un peu, répondit-elle avec prudence, dans la mesure où ma mémoire et mes capacités féminines limitées me le permettent, bien entendu. » Alexia détestait faire cela, mais il était toujours avantageux de miner la confiance que l'ennemi pouvait avoir en son intelligence.

Monsieur MacDougall lui lança un regard choqué.

Aussi subtilement que possible, Alexia lui adressa un clin d'œil.

Il parut être sur le point de s'évanouir, mais se carra dans son siège, clairement décidé à la laisser gérer la situation de la manière qu'elle jugeait appropriée.

L'idée qu'il pourrait peut-être faire, après tout, un mari convenable, traversa transitoirement l'esprit de mademoiselle Tarabotti. Puis elle comprit que s'allier pour la vie avec un homme aussi faible de caractère la transformerait à coup sûr en un véritable tyran.

Elle feignit la timidité et le manque de compréhension en répondant. « Il pense que le surnaturel trouve son origine soit dans le sang, comme une sorte de maladie, ou existe sous forme d'un organe spécial que ceux qui peuvent devenir des êtres surnaturels possèdent. »

Siemons eut un sourire supérieur en entendant cette explication. Alexia fut saisie d'un désir pas du tout féminin d'ôter cette expression suffisante de son visage gras à l'aide d'une gifle. Avec ces bajoues, sa main produirait probablement un claquement très satisfaisant. Au lieu de cela, elle se hâta d'avaler une gorgée de thé.

« C'est assez proche de la vérité, dit-il. Nous autres membres du club Hypocras trouvons ces théories intrigantes mais nous préférons l'idée selon laquelle la métamorphose se produit à la suite d'une transmission d'énergie : un type d'électricité. Bien qu'une petite minorité penche pour les champs éthéromagnétiques. Avez-vous entendu parler de l'électricité, mademoiselle Tarabotti ? »

Bien sûr, espèce de cornichon, eut envie de rétorquer Alexia. Mais à la place, elle dit : « Je crois que j'ai lu quelque chose sur le sujet. Pourquoi pensez-vous qu'elle pourrait être votre réponse ?

— Parce que les créatures surnaturelles réagissent à la lumière : les loups-garous à la lune et les vampires au soleil. Nous commençons à avoir une théorie expliquant que la lumière est simplement une autre forme d'électricité. Nous croyons donc que les deux pourraient être liés. »

Monsieur MacDougall se pencha en avant et se joignit à la conversation comme si elle avait abordé les rivages sûrs de son domaine de compétence. « Certains ont suggéré que les deux théories ne s'excluent pas mutuellement. Après ma conférence de ce soir, nous avons discuté de la présence d'électricité dans le transfert de sang, ou d'organe dont le but est de transformer cette énergie portée par la lumière. En d'autres termes, les deux hypothèses pourraient être combinées. »

Mademoiselle Tarabotti était intéressée en dépit d'elle-même. « Et c'est la capacité à traiter cette énergie électrique qui selon vous est liée à l'âme ? »

Les deux scientifiques hochèrent la tête.

« Et quelle est ma place là-dedans ? »

Les deux hommes se regardèrent.

« C'est ce que nous espérons découvrir, finit par dire monsieur Siemons. Est-ce que vous freinez cette énergie, on ne sait comment ? Nous savons que certains matériaux ne conduisent pas l'électricité. Les paranaturels sont-ils l'équivalent vivant d'une mise à la terre ? »

Magnifique, se dit Alexia, *je suis passée de l'état de suceuse d'âmes à celui de prise de terre. Les épithètes sont de plus en plus délicates.* « Et comment prévoyez-vous de comprendre tout cela, précisément ? »

Elle ne s'attendait pas à ce qu'ils lui disent qu'ils voulaient la disséquer. Bien qu'elle se doutât que monsieur Siemons, au moins, savourait plutôt une telle éventualité.

« Peut-être vaudrait-il mieux que nous vous montrions certains de nos équipements expérimentaux pour que vous puisiez vous faire une idée de la façon dont nous menons nos recherches », suggéra monsieur Siemons.

Monsieur MacDougall blêmit. « Êtes-vous certain que ce soit une bonne idée, monsieur ? C'est une jeune femme de bonne éducation, après tout. Cela pourrait être un peu trop pour elle. »

Monsieur Siemons soupesa mademoiselle Tarabotti du regard. « Oh, je crois qu'elle possède une constitution assez solide. Qui plus est, cela pourrait… l'encourager… à participer de son plein gré. »

Monsieur MacDougall parut encore plus pâle. « Oh, mon dieu », marmotta-t-il sous cape, le front plissé. Il remonta ses lunettes sur son nez avec nervosité.

« Allons, allons, mon cher monsieur ! dit jovialement monsieur Siemons. La situation n'est pas si affreuse ! Nous avons une paranaturelle à étudier. La science va se réjouir, la conclusion de notre mission est enfin en vue. »

Mademoiselle Tarabotti le regarda avec des yeux étrécis. « Et quelle est votre mission, précisément, monsieur Siemons ?

— Eh bien, de protéger le bien public, c'est évident », répliqua-t-il.

Mademoiselle Tarabotti posa alors la question qui s'imposait.

« De qui ?

— De la menace surnaturelle, quoi d'autre ? Nous autres Anglais avons permis aux vampires et aux loups-garous d'aller et venir parmi nous depuis le mandat du roi Henri sans réellement comprendre ce qu'ils sont vraiment. Ce sont des prédateurs. Ils se sont nourris de nous et nous ont attaqués pendant des milliers d'années. Ce qu'ils nous ont apporté dans le domaine militaire nous a permis de construire un empire, c'est vrai, mais à quel prix ? » La passion s'emparait de lui, sa voix prenait les tons aigus des fanatiques. « Ils ont envahi notre gouvernement et nos défenses, mais leur motivation n'est pas de protéger les intérêts de la véritable espèce humaine. Ils ne s'intéressent qu'à leurs propres objectifs ! Nous croyons qu'ils projettent de dominer le monde, au minimum. Notre but est de mobiliser la recherche pour protéger le pays des attaques des surnaturels et de leurs infiltrations clandestines. C'est une mission d'une délicatesse et d'une complexité extrêmes, qui requiert les efforts concentrés de toute notre association. Notre objectif scientifique principal est de fournir un cadre de compréhension qui culminera dans un effort national unifié pour une extermination à grande échelle ! »

Un génocide des êtres surnaturels, pensa Alexia en sentant qu'elle blêmissait. « Mon dieu, vous n'êtes pas des Templiers du pape, n'est-ce pas ? » Elle examina la pièce à la recherche d'objets religieux. Était-ce là la signification des pieuvres ?

Les deux hommes rirent.

« Ces fanatiques, dit l'homme à la pipe. Certainement pas. Bien que certaines de leurs tactiques se soient révélées modérément utiles dans nos expéditions de collecte. Et, bien sûr, nous avons compris récemment que les Templiers ont employé des paranaturels comme agents secrets. Nous pensions que ces rumeurs relevaient de l'imagination religieuse, le pouvoir que la foi aurait d'annuler ceux du diable. Nous comprenons maintenant qu'il y a des soubassements scientifiques à ces rumeurs. Certaines de leurs informations, si nous parvenions à mettre la main dessus, nous aideraient à mieux comprendre votre physiologie, à défaut d'autre chose. Mais, pour répondre à votre question, non, nous autres membres du club Hypocras sommes de purs scientifiques.

— Mais qui avez un programme politique », accusa mademoiselle Tarabotti, oubliant son stratagème destiné à les endormir en leur faisant croire qu'elle était une idiote, tant elle fut stupéfaite d'une ignorance aussi flagrante des principes de l'objectivité scientifique.

« Dites plutôt, mademoiselle Tarabotti, que notre but est noble », déclara monsieur Siemons. Mais son sourire n'était pas très différent de celui d'un fanatique religieux. « Nous préservons la liberté de ceux qui comptent.

— Dans ce cas, pourquoi créez-vous encore plus de surnaturels ? Pourquoi vos expériences ? demanda Alexia, troublée.

— Connais ton ennemi, mademoiselle Tarabotti. Pour éliminer le surnaturel, nous devons d'abord le comprendre. Bien entendu, maintenant que nous vous avons, il ne sera peut-être plus nécessaire de procéder à des vivisections surnaturelles. À la place, nous pouvons concentrer toute notre attention sur la compréhension de la nature du phénomène paranaturel et sur son caractère reproductible. »

Les deux hommes l'escortèrent fièrement dans le labyrinthe en apparence infini de ce club cauchemardesque. Chaque pièce contenait des machines complexes d'un genre ou d'un autre. La plupart semblaient employer la vapeur. D'immenses soufflets dotés d'énormes rouages et bobines facilitaient les mouvements ascendants et descendants. Des moteurs luisants plus petits que des cartons à chapeau, aux courbes plutôt organiques, étaient à leur façon plus terrifiants que les plus gros engins. Tous, indépendamment de leur taille, étaient ornés d'une pieuvre de cuivre rivetée quelque part sur leur boîtier. Le contraste entre les machines et les invertébrés avait quelque chose d'étrangement sinistre.

La vapeur produite par les engins mécaniques décolorait les murs et les plafonds des laboratoires ; le papier peint blanc se gondolait, formant des cloques et des furoncles jaunis. L'huile qui coulait des engrenages s'étalait sur le sol en sombres rigoles visqueuses. Quant aux autres taches, de couleur rouille, Alexia préféra ne pas y penser.

Monsieur Siemons décrivit fièrement et en détail la fonction de chaque machine comme s'il relatait les succès de ses enfants préférés.

Bien que mademoiselle Tarabotti entendît des halètements sifflants et des claquements dans les pièces voisines, on ne lui montra aucune machine en action.

Elle entendit également des hurlements.

Au début, le cri fut si aigu qu'elle crut qu'il avait peut-être son origine à l'intérieur de l'une des machines. Elle ne sut pas vraiment *à quel moment* elle comprit qu'il provenait d'une gorge humaine, mais cette certitude absolue la frappa si durement qu'elle en chancela. Aucune machine ne pouvait produire un son semblable à ce cri de douleur, aigu et gémissant, pareil à celui d'un animal qu'on massacre. Alexia s'appuya contre l'un des murs du couloir, la peau moite, et avala la bile aigre que son estomac retourné avait produite par sympathie. Elle n'avait jamais entendu de son traduisant la douleur de façon aussi pure.

Les machines qu'elle avait vues prirent des significations nouvelles et horrifiantes tandis qu'elle comprenait ce qu'elles pouvaient faire à un corps matériel.

Monsieur MacDougall s'inquiéta de sa pâleur soudaine.

« Mademoiselle Tarabotti, vous n'allez pas bien ? »

Alexia le regarda, ses yeux noirs écarquillés. « Cet endroit relève de la folie. Le comprenez-vous ? »

Les bajoues de monsieur Siemons entrèrent dans son champ de vision. « J'en conclus que vous ne coopérerez pas volontairement à nos recherches ? »

Un autre gémissement suraigu déchira l'air. À l'intérieur de ce cri, Alexia perçut la voix de lord Akeldama.

Monsieur Siemons pencha la tête de côté en l'entendant et se lécha les lèvres comme s'il savourait un goût agréable.

Mademoiselle Tarabotti frémit. Il y avait presque du désir dans son regard. Ce fut seulement à cet instant qu'elle comprit la vérité.

« Quelle importance, si c'est là le sort qui m'attend de toute façon ? demanda-t-elle.

— Eh bien, tout serait plus facile si vous étiez volontaire. »

Et pourquoi, se dit Alexia, *devrais-je vous rendre les choses plus faciles ?* Elle grimaça : « Que voulez-vous que je fasse ? »

Monsieur Siemons sourit comme s'il venait de gagner une compétition. « Nous avons besoin d'observer et de vérifier l'étendue de vos capacités paranaturelles. Il est inutile que nous entreprenions des expériences à grande échelle si nous ne pouvons déterminer que votre prétendue capacité à sucer les âmes et à annuler les sorts est bien réelle. »

Mademoiselle Tarabotti haussa les épaules. « Dans ce cas, amenez-moi un vampire. Il suffit d'un contact.

— Vraiment ? Remarquable. Peau contre peau, ou cela fonctionne-t-il à travers les vêtements ?

— À travers les vêtements la plupart du temps. Après tout, je porte des gants comme toute personne respectable. Mais je n'ai pas étudié toutes les situations particulières. »

Monsieur Siemons secoua la tête, comme pour s'éclaircir les idées. « Nous explorerons cela en détail plus tard. Je songeais à un test un peu plus définitif. Après tout, c'est la pleine lune aujourd'hui. Il se trouve que nous venons de recevoir une importante livraison de nouveaux spécimens de loups-garous métamorphosés.

J'aimerais voir si vous pouvez annuler des changements aussi radicaux. »

Monsieur MacDougall parut inquiet. « Cela pourrait être dangereux, si ses capacités sont inexistantes ou exagérées. »

Le sourire de monsieur Siemons s'élargit. « Cela ferait partie du test, non ? » Il se tourna vers mademoiselle Tarabotti.

« Combien de temps vous faut-il d'ordinaire pour neutraliser le surnaturel ? »

Alexia mentit instantanément et sans hésitation. « Oh, pas beaucoup plus d'une heure en général. »

Le scientifique, qui ne savait rien de la vitesse d'action de ses pouvoirs, fut bien obligé de la croire. Il regarda les deux brutes qui les avaient suivis pendant toute la visite. « Emmenez-la. »

Monsieur MacDougall protesta, en vain.

Redevenue une prisonnière plutôt qu'une invitée, mademoiselle Tarabotti fut traînée sans cérémonie jusqu'à la zone de confinement, à l'autre bout du club.

Ils l'emmenèrent dans l'autre couloir, celui où lord Akeldama et elle n'avaient pas été enfermés. Silencieux auparavant, il résonnait à présent de grognements et de hurlements. De temps à autre, une porte vibrait avec violence, comme si un corps massif s'était jeté dessus.

« Ah, dit monsieur Siemons, je vois qu'ils se sont réveillés.

— Le chloroforme fonctionne mieux au début sur les loups-garous que sur les vampires, mais l'effet ne semble pas si long », expliqua un jeune homme en veste grise sorti de nulle part, un carnet à couverture de cuir à la main. Il portait une paire de ces choses à lentilles monomachins, les verribles, qui semblaient moins ridicules sur lui que sur le professeur Lyall.

« Et dans quelle pièce est-il ? »

L'homme indiqua l'une des portes avec son carnet. C'était l'une des rares qui ne vibraient pas mais se dressaient dans un silence et un calme menaçants.

« Numéro cinq. »

Monsieur Siemons hocha la tête. « Il devrait être le plus fort et donc le plus difficile à métamorphoser. Balancez-la dedans avec lui. Je viendrai vérifier dans une heure. » Sur quoi, il les quitta.

Monsieur MacDougall protesta bruyamment. Il se débattit même contre les deux brutes en tentant d'empêcher l'inévitable. L'opinion de mademoiselle Tarabotti sur sa fibre morale s'éleva notablement. Mais tout cela était vain. Les deux laquais étaient du genre exagérément musclé. Ils repoussèrent le scientifique replet pour ainsi dire sans le moindre effort.

« Mais elle ne va pas survivre. Pas avec un loup-garou complètement métamorphosé ! Pas s'il lui faut une heure pour contrecarrer ses pouvoirs ! » continua à protester monsieur MacDougall.

Bien qu'elle connût l'étendue et la rapidité de ses capacités, Alexia était elle aussi inquiète. Elle n'avait jamais métamorphosé un loup-garou en colère auparavant, et encore moins un loup-garou rendu complètement fou de rage par la lune. Elle était quasiment sûre qu'il parviendrait à la mordre au moins une fois avant que son pouvoir fasse pleinement effet. Et, même si elle parvenait à survivre à cela, avec quel genre d'homme se retrouverait-elle piégée ? Les loups-garous étaient en général des individus robustes, même dépourvus de leurs caractéristiques surnaturelles. Un tel homme pouvait lui faire un mal considérable, surnaturel ou pas.

Mademoiselle Tarabotti eut fort peu de temps pour réfléchir à la brièveté potentielle de son avenir avant d'être projetée dans la pièce au silence de mauvais augure. Une pièce tellement silencieuse qu'elle entendit qu'on tournait la clé et fermait le verrou derrière elle.

12

Rien d'autre qu'un loup-garou

Le loup-garou chargea.

Mademoiselle Tarabotti, dont les yeux ne s'étaient pas encore accoutumés à l'obscurité de la cellule, ne perçut du monstre qu'une gigantesque ombre floue qui se ruait à une vitesse surnaturelle dans sa direction. Elle plongea avec maladresse sur le côté, juste à temps. Les baleines de son corset produisirent un grincement inquiétant tandis qu'elle tentait désespérément de se tortiller pour s'éloigner. Elle trébucha en reprenant contact avec le sol et manqua tomber à genoux.

Le loup entra en collision brutale avec la porte, derrière l'endroit où elle se tenait un instant auparavant et glissa à terre, tout en longues jambes et queue balayant l'air.

Alexia recula, les mains levées devant la poitrine en une tentative instinctive et tout à fait inutile de prendre une position défensive. Le loup-garou était énorme et elle commençait à penser que ce que les êtres paranaturels *pouvaient* faire ne serait pas assez rapide pour annuler ce que *lui* était capable de faire d'abord.

Il se remit debout et s'ébroua comme un chien mouillé. Sa fourrure lustrée, longue et soyeuse était d'une couleur changeante, difficile à identifier dans cette pièce remplie d'ombres. Il s'accroupit, prêt à charger de nouveau ; ses muscles puissants tremblaient, de la salive coulait d'un côté de sa bouche en filets couleur argent.

Il bondit à pleine vitesse, mais se tordit sur lui-même avant d'atteindre Alexia, se jetant en arrière à mi-course.

Il aurait aisément pu la tuer cette fois. Alexia ne doutait pas un seul instant que ses crocs étaient dirigés droit sur sa jugulaire. Le fait qu'elle eût réussi à l'éviter la première fois relevait de la chance pure et simple. Elle n'était pas du tout physiquement apte à affronter un vrai loup, et encore moins un loup surnaturel. Elle était une marcheuse invétérée, c'était vrai, et elle avait une assez bonne assiette à la chasse, mais personne n'aurait jamais commis l'erreur de considérer mademoiselle Tarabotti comme une sportive.

Apparemment en proie à la confusion, le grand animal marcha en cercle d'un côté de la cellule, puis de l'autre, tournant autour d'Alexia en reniflant l'air. Il poussa un étrange petit gémissement de frustration et s'éloigna d'elle en balançant sa tête broussailleuse d'avant en arrière, en proie à une profonde détresse. Ses yeux jaunes luisaient un peu dans la pièce obscure. Alexia songea que leur expression était plus inquiète qu'affamée.

Mademoiselle Tarabotti l'observa avec stupéfaction pendant plusieurs minutes tandis qu'il poursuivait son combat intérieur en arpentant la pièce. Son répit ne fut néanmoins pas de longue durée. Il devint bientôt clair qu'en dépit de ce qui le retenait, quoi que ce fût, l'envie d'attaquer était irrépressible. La gueule du loup s'ouvrit sur un grognement avide de sang et il banda ses muscles pour lui sauter dessus une nouvelle fois.

Alexia était plus que certaine qu'elle ne pouvait pas s'en sortir indemne. Elle n'avait jamais vu autant de dents pointues au même endroit.

Le loup-garou attaqua.

Ses yeux s'étant tout à fait adaptés à l'obscurité, mademoiselle Tarabotti distingua sa silhouette plus clairement à présent. Mais tout ce que son cerveau parvint à lui montrer, c'était une grosse masse hirsute mue par une pulsion frénétique de meurtre qui fonçait sur sa gorge. Elle eut une envie désespérée de courir, mais nulle part où aller.

Elle garda la tête froide et fit un pas en avant et de côté vers le monstre en train de charger. Elle se tourna de profil autant que son corset le lui permettait et s'écrasa contre les côtes de la bête, interrompant son saut. C'était un gros loup, mais Alexia Tarabotti n'était pas non plus un poids mouche et elle se débrouilla pour le heurter juste assez pour le déséquilibrer. Ils tombèrent au sol dans un méli-mélo de jupes, de fils de tournure, de fourrure et de crocs.

Alexia enroula ses bras et ses jambes – dans la mesure où ses soubassements le permettaient – et tout ce qu'elle put autour de l'énorme corps poilu du loup et le tint aussi serré qu'elle en était humainement capable.

C'est avec un profond soulagement qu'elle sentit la fourrure disparaître et les os se transformer sous ses doigts. Le bruit des muscles, des tendons et du cartilage qui se brisaient était vraiment atroce, comme si l'on était en train d'équarrir un bœuf, mais la sensation était pire encore. La fourrure qui disparaissait quand elle la touchait, qui se rétractait au moindre point de contact avec son corps, et les os dont la nature même était en train de changer sous sa chair comme un liquide : ces sensations devaient la hanter pendant des mois. Pourtant, à la fin, elle ne tenait plus que de la peau humaine chaude et des muscles puissants que ne recouvrait aucune graisse.

Mademoiselle Tarabotti prit une longue et tremblante inspiration, et n'eut qu'à sentir son odeur pour ne plus avoir de doute sur l'identité de l'individu qu'elle tenait dans ses bras. Car c'était un parfum de vastes prairies et d'air nocturne. Soulagée, elle fit involontairement courir ses mains sur sa peau. Et, bien entendu, comprit autre chose.

« Mais enfin, lord Maccon, vous êtes tout nu ! » dit Alexia. Cette dernière indignité, après la longue liste de ce qu'elle avait subi au cours d'une unique soirée de torture, la scandalisa au-delà du raisonnable.

Le comte de Woolsey était en effet totalement nu. Un fait qui ne semblait pas le perturber outre mesure, mais mademoiselle Tarabotti ressentit le besoin urgent de fermer les yeux très fort et de penser à des asperges, ou à autre chose de tout aussi ordinaire. Enroulée autour de lui comme elle l'était, son menton coincé sur l'une de ses épaules massives, son regard était contraint de tomber sur une lune aux jolies rondeurs, mais d'une nudité embarrassante. Et pas du tout du genre qui fait se métamorphoser les loups-garous. Bien que cela parût changer des aspects de sa propre anatomie auxquels elle préférait ne pas penser. C'était une expérience propre à vous monter à la tête – à moins que ce ne fût le contraire ?

Au moins, raisonna Alexia, *il n'est plus en train d'essayer de me tuer.*

« Eh bien, mademoiselle Tarabotti, admit le comte, la nudité est une chose très commune chez nous, les loups-garous, j'ai honte de le dire. Et, au risque d'aggraver l'offense, je dois vous demander très instamment de *ne pas* me lâcher. » Lord Maccon haletait et sa voix était bizarre, grave, bourrue et hésitante.

Sa poitrine étant pressée très fort contre la sienne, Alexia sentait son cœur éprouvé battre rapidement. Une étrange série de questions lui traversa l'esprit. *Son épuisement résulte-t-il de l'attaque ou de la métamorphose ? Que se passe-t-il s'il se change en loup alors qu'il porte une tenue de soirée ? Les vêtements se déchirent-ils ? Voilà qui doit occasionner des dépenses gênantes ! Comment se fait-il que la société accepte que les loups-garous se promènent complètement nus, mais personne d'autre ?*

« Avez-vous froid ? » demanda-t-elle à la place.

Lord Maccon rit. « Toujours aussi pratique, mademoiselle Tarabotti. Il fait un peu frisquet ici, mais je me sens assez bien pour l'instant. »

Alexia jeta un coup d'œil dubitatif à ses longues jambes puissantes, mais nues. « J'imagine que je pourrais vous prêter mon jupon. »

Le comte renifla. « Je ne pense pas que cela serait très digne. »

Mademoiselle Tarabotti se rejeta en arrière de manière à pouvoir le regarder en face pour la première fois. « Pour vous en envelopper comme d'une couverture, pas pour le mettre, ne soyez pas ridicule ! » Le rouge lui montait aux joues, mais avec sa peau mate, elle savait que cela ne se remarquait pas. « En outre, demeurer ainsi exposé n'est pas vraiment très digne non plus.

— Oui, je vois. Merci d'y avoir pensé mais… » Lord Maccon laissa sa phrase en suspens, distrait par une question bien plus intéressante. « Heu, où sommes-nous, précisément ?

— Nous sommes les invités du club Hypocras. Le nouvel établissement scientifique qui s'est ouvert il y a peu juste à côté de la résidence des Snodgrove. » Elle ne s'arrêta même pas pour qu'il puisse placer une remarque et continua nerveusement sur sa lancée. En partie parce qu'elle voulait lui faire part de tout ce qu'elle savait avant d'oublier une information vitale, et en partie parce que leur proximité intime la rendait fébrile. « Ce sont ces scientifiques qui sont derrière les disparitions d'êtres surnaturels, dit-elle. Mais je suis sûre que vous en êtes bien conscient à présent. Vous avez vous-même fait les frais de l'un de leurs tours de passe-passe. Ils ont une belle installation ici. Nous nous trouvons dans des infrastructures qu'on peut atteindre uniquement avec un engin qui s'appelle une chambre d'ascension. Et il y a des pièces et des pièces remplies de machines exotiques fonctionnant à la vapeur et au courant électrique de l'autre côté de l'entrée. Ils ont branché lord Akeldama sur une chose qui s'appelle une machine à exsanguination, et j'ai entendu des cris absolument horribles. Je crois que c'était lui. Conall (le ton de sa voix était des plus sérieux), je crois qu'ils sont en train de le torturer à mort. »

Les grands yeux sombres de mademoiselle Tarabotti s'embuèrent de larmes.

Lord Maccon ne l'avait jamais vue pleurer. Cela eut un effet des plus extraordinaires sur ses propres émotions. Il ressentit une colère irrationnelle à l'idée que quelque chose puisse attrister sa vaillante Alexia. Il eut envie de tuer quelqu'un et, cette fois, l'envie n'était pas du tout liée au fait d'être un loup-garou. Elle ne le pouvait pas, car, serré dans ses bras, il était aussi humain que possible.

Alexia s'interrompit pour reprendre son souffle. Lord Maccon tenta de la distraire de sa tristesse et d'oublier ses propres pensées homicides. « Oui, tout cela est très informatif, dit-il, mais vous, pourquoi êtes-vous ici ?

— Oh, ils m'ont mise avec vous pour vérifier l'authenticité de mes capacités paranaturelles, répondit-elle comme s'il s'agissait d'un fait parfaitement évident. Ils ont vos dossiers du BUR sur moi, ceux qui ont été volés, et ils veulent savoir si les rapports disent la vérité. »

Lord Maccon eut l'air honteux. « Désolé. Je ne sais toujours pas comment ils ont franchi notre sécurité. Mais ce que je veux dire, c'est comment êtes-vous arrivée ici, au club ? »

Elle tenta de trouver l'endroit le moins embarrassant où poser ses mains. Elle finit par décider que le milieu du dos du comte était l'endroit le plus sûr. Elle fut alors saisie d'un désir irrationnel de promener le bout de ses doigts sur les indentations de son épine dorsale. Elle y résista et dit : « Techniquement, je crois qu'ils en avaient après lord Akeldama, parce qu'il est très vieux. Apparemment, c'est un facteur important dans leurs expériences. Je lui rendais visite. Je vous l'avais dit, vous vous souvenez ? Ils ont chloroformé toute sa maison et m'ont emmenée parce que je me trouvais là. Ils ont compris qui j'étais seulement lorsque monsieur MacDougall est entré dans ma cellule et m'a vue. Il a employé mon nom, et l'autre homme – il s'appelle Siemons – s'en est souvenu pour l'avoir vu dans vos rapports. Oh ! Et il faut que vous soyez au courant : ils ont un automate. » Elle se tendit en se souvenant de l'horrible créature cireuse.

Lord Maccon lui frotta le dos en un geste distrait d'apaisement. Mademoiselle Tarabotti s'en servit comme d'une excuse pour desserrer un tout petit peu son étreinte. La tentation de prendre part au frottement faillit la submerger.

Il interpréta mal son relâchement. « Non, n'arrêtez pas », dit-il, en changeant de prise pour l'attirer, si cela était possible, encore plus intimement contre son corps nu. Puis il répondit. « Nous avions déduit qu'il s'agissait d'un automate. Même si je n'en avais jamais rencontré un qui fût plein de sang. Ce doit être un de ces nouveaux machins modernes. Il possède peut-être même un squelette mécanique. Je vous le dis, la science peut faire des choses stupéfiantes de nos jours. » Il secoua la tête. Ses cheveux frôlèrent la joue d'Alexia. Il y avait une trace d'admiration mélangée à du dégoût dans sa voix.

« Vous saviez que c'était un automate et vous ne me l'avez pas dit ? » Mademoiselle Tarabotti était très mécontente, en partie parce qu'elle n'avait pas été informée, et en partie parce que les cheveux de lord Maccon étaient vraiment très soyeux. De même que sa peau, en fait. Alexia aurait aimé avoir des gants, car elle avait abandonné la lutte et décrivait des cercles sur son dos avec ses doigts.

« J'ai du mal à voir en quoi le fait que vous ayez été au courant aurait amélioré la situation. Je suis convaincu que vous auriez continué à vous lancer dans vos actions irréfléchies habituelles », dit impoliment lord Maccon, pas du tout perturbé par ses caresses. En fait, bien qu'ils fussent en train de discuter, il s'était mis à lui bécoter le cou entre chaque phrase.

« Ha, ha, très amusant, répliqua Alexia. Puis-je vous rappeler que vous avez été capturé, *vous aussi* ? N'était-ce pas une conséquence de *votre* comportement irréfléchi ? »

Lord Maccon parut inquiet. « Bien au contraire, en fait. Ce fut la conséquence d'un schéma de comportement réfléchi trop prévisible. Ils savaient exactement où me trouver et à quel moment je reviendrais chez moi la nuit de la pleine lune. Ils ont utilisé le chloroforme sur toute la meute. Qu'ils aillent au diable ! Ce club Hypocras doit avoir des actions dans une compagnie qui le fabrique, vu la quantité de cette substance à laquelle ils semblent avoir accès. » Il pencha la tête et écouta. « D'après le nombre de hurlements, on dirait qu'ils ont amené la meute entière ici. J'espère vraiment que les porte-clés se sont échappés.

— Les scientifiques ne semblent pas intéressés par les drones où les porte-clés, précisa mademoiselle Tarabotti sur un ton rassurant, seulement par les êtres totalement surnaturels ou paranaturels. Ils s'imaginent qu'ils doivent protéger le bien public d'une menace mystérieuse que vos semblables et vous constituez. Dans ce but, ils essaient de *comprendre* le surnaturel, voilà pourquoi ils ont procédé à toutes sortes d'expériences épouvantables. »

Lord Maccon cessa de la bécoter, leva la tête et gronda : « Ce sont des *Templiers* ?

— Non, ils ne sont pas aussi liés à l'Église, dit mademoiselle Tarabotti. Ce sont des chercheurs tordus, c'est tout, pour autant que j'aie pu en juger. Et obsédés par les pieuvres. » Elle parut triste, comme si elle connaissait déjà la réponse à sa question suivante. « Vous pensez que la Royal Society est impliquée là-dedans ? »

Lord Maccon haussa les épaules.

Alexia sentit le mouvement du haut jusqu'au bas de son corps, même à travers ses épaisseurs de vêtements.

« Je crois bien qu'elle doit l'être, répondit-il. Bien que quelque chose me dit que ce sera difficile à prouver. D'autres institutions doivent être impliquées, la qualité des machines et du matériel semble à elle seule indiquer que plusieurs bienfaiteurs inconnus ont apporté des investissements considérables. Cela ne nous surprend pas entièrement, vous le comprenez, n'est-ce pas ? Après tout, les humains normaux ont raison de suspecter que les surnaturels ont leurs propres objectifs politiques. Nous sommes immortels, à la base. Nos buts ne peuvent qu'être un peu différents de ceux des gens ordinaires, et parfois contraires aux leurs. Au bout du compte, les gens diurnes restent de la nourriture. »

Alexia cessa de le caresser et plissa les yeux, feignant la suspicion. « Me serais-je alliée avec le mauvais bord dans cette petite guerre ? »

Elle n'avait en réalité guère de doute. Après tout, elle n'avait jamais entendu de cris de douleur et de torture en provenance des bureaux du BUR. Même la comtesse Nadasdy et sa ruche semblaient plus civilisées que monsieur Siemons et ses machines.

« Cela dépend. » Lord Maccon reposait passivement dans ses bras. Par une nuit de pleine lune et sous sa forme humaine, il dépendait entièrement des capacités et des caprices d'Alexia pour conserver sa santé mentale. Ce qui ne pouvait convenir à un Alpha. C'était elle qui prenait les décisions, y compris celle-ci. « Avez-vous décidé lequel vous préférez ?

— Ils m'ont effectivement demandé de coopérer avec eux », l'informa-t-elle en minaudant. Mademoiselle Tarabotti appréciait d'avoir l'avantage sur lord Maccon.

Le comte eut l'air inquiet. « Et ? »

Alexia n'avait jamais envisagé l'offre de monsieur Siemons comme une proposition sérieuse. Et pourtant lord Maccon la regardait comme si elle avait vraiment eu le choix. Comment pouvait-elle lui expliquer qu'indépendamment de tout le reste (y compris leurs permanentes disputes), il avait sa totale loyauté ? Elle ne le pouvait pas – pas sans devoir admettre, à elle-même ou à lui, pourquoi il en était ainsi.

« Disons simplement, finit-elle par répondre, que je préfère vos méthodes. »

Lord Maccon se figea. Une lueur naquit dans ses beaux yeux fauves. « Vraiment ? Lesquelles ? »

Mademoiselle Tarabotti le pinça pour avoir fait une allusion aussi évidente. Peu importait où elle pinçait : le corps nu du comte était une immense invitation à pincer.

« Ouille ! s'exclama l'Alpha, avec une grimace de douleur. Et pourquoi m'avez-vous fait ça ?

— Dois-je vous rappeler que nous sommes en grand danger ? Au mieux, je suis parvenue à nous avoir une heure de grâce.

— Comment diable vous êtes-vous débrouillée ? » demanda-t-il en frottant l'endroit qu'elle venait juste de pincer.

Alexia sourit. « Heureusement, vos dossiers ne révélaient pas tout sur moi. J'ai simplement dit à monsieur Siemons que mes pouvoirs mettaient une heure à s'activer.

— Et ils vous ont quand même jetée avec moi dans une cellule ? » Lord Maccon n'était pas du tout content de l'apprendre.

« Je viens de vous dire que je préfère vos méthodes, n'est-ce pas ? Vous savez pourquoi à présent. » Alexia se tortilla, mal à l'aise. Elle commençait à avoir une crampe dans une épaule. Le torse de lord Maccon était bien trop large pour qu'elle l'entoure longtemps de ses bras, surtout en étant allongée sur un sol en bois dur. Non pas qu'elle allât s'en plaindre, attention !

Son évident inconfort poussa le comte à lui demander, tout à fait sérieux : « Je ne vous ai pas blessée, n'est-ce pas ? »

Mademoiselle Tarabotti pencha la tête sur le côté et leva un sourcil.

« Quand je vous ai attaquée, en tant que loup, il y a un instant ? Nous autres loups-garous ne nous souvenons pas de grand-chose de ce qui se produit pendant la pleine lune, voyez-vous. C'est très instinctif et très embarrassant », admit-il.

Mademoiselle Tarabotti le tapota pour le rassurer. « Je crois que vous avez compris, presque en dépit de vous-même, que c'était moi que vous avez failli tuer.

— J'ai senti votre odeur, reconnut-il d'un ton bourru. Ça a déclenché une série d'instincts complètement différents. Je me souviens très bien que j'étais très troublé, mais pas grand-chose de plus.

— Quel genre d'instincts complètement différents ? » interrogea mademoiselle Tarabotti avec malice. Elle savait qu'elle s'avançait en terrain dangereux, mais sans savoir pourquoi, elle ne pouvait s'empêcher de l'encourager. Elle voulait l'entendre le lui dire. Elle se demanda à quel moment elle était devenue une coquette endurcie. *Eh bien*, se dit-elle, *il faut bien hériter de quelque chose du côté de sa mère.*

« Hmmm. Le genre reproducteur. » Le comte commença à lui mordiller le cou avec un intérêt et une concentration absolus.

Les entrailles de mademoiselle Tarabotti lui parurent se transformer en purée. Combattant sa propre envie de mordiller en retour, elle le pinça, plus dur cette fois.

« Ouille ! Arrêtez ! » Il cessa de mordiller et la regarda, furibond. Voir une expression de dignité blessée sur le visage d'un homme si imposant et si dangereux était amusant – même s'il était nu.

« Nous n'avons pas le temps pour ces singeries, dit Alexia, pratique. Nous devons trouver un moyen de sortir de cette situation. Nous devons sauver lord Akeldama et nous devons absolument fermer ce lamentable club. Vos intentions romantiques ne font pas partie du programme.

— Y a-t-il une chance pour qu'elles en fassent partie dans un futur pas trop éloigné ? » demanda humblement lord Maccon en bougeant contre elle d'une façon qui lui permit de constater que les morsures avaient affecté son extérieur de la même façon que son intérieur à elle. Alexia fut en partie choquée et en partie intriguée par l'idée que, comme il était nu, elle pourrait peut-être *voir* ce à quoi il ressemblait pour de vrai. Elle avait vu des anatomies du mâle nu, dans un but purement technique. Elle se demandait parfois si les loups-garous étaient plus imposants en certains endroits de leur anatomie. Bien entendu, elle touchait lord Maccon, alors les caractéristiques surnaturelles de ce genre auraient logiquement dû être annulées, mais dans l'intérêt de la curiosité scientifique, elle écarta le bas de son corps du sien de la largeur d'une main et jeta un coup d'œil discret vers le bas. Le tissu de sa robe, froissé entre eux, l'empêcha de voir.

Le comte crut à un mouvement de retrait plutôt que de curiosité et, possessif, la ramena contre lui. Il glissa une jambe entre les siennes en tentant d'écarter ses multiples jupes et jupons de son chemin.

Mademoiselle Tarabotti poussa un soupir exaspéré.

Il recommença à la mordiller, puis à la mordiller et à l'embrasser de haut en bas sur la totalité de son cou. Cela provoqua des frissons revigorants qui distrayaient son attention en montant et en descendant le long de ses flancs, sur sa cage thoracique, et en direction de ses régions inférieures. C'était très désagréable, on aurait dit que sa peau la démangeait de l'intérieur. En outre, comme le comte était dévêtu, Alexia en apprenait de plus en plus sur la véracité de certains des dessins qu'elle avait vus. Les livres de son père n'avaient tout de même pas rendu justice à la situation.

Lord Maccon glissa une main dans ses cheveux.

C'était bien la peine de les rattacher, se dit Alexia tandis qu'il les libérait du ruban durement acquis.

Le comte repoussa ses tresses noires, tirant sa tête en arrière pour mieux exposer son cou à ses lèvres et à ses dents.

Mademoiselle Tarabotti décida qu'il y avait quelque chose d'atrocement érotique dans le fait d'être tout habillée et d'avoir un grand homme nu pressé contre soi de la poitrine jusqu'au bout des pieds.

Comme elle n'avait pas pu voir par elle-même à quoi ressemblait la zone frontale du comte, Alexia décida d'adopter le plan B et commença à bouger la main dans le but de toucher. Elle n'était pas tout à fait sûre que ce fût là le genre de gestes qu'une jeune dame effectuait dans ce genre de situation, mais de toute façon la plupart d'entre elles ne se fourraient tout simplement pas dedans. *Quand le vin est tiré, il faut le boire*, décida-t-elle. Mademoiselle Tarabotti avait toujours été le genre de personne qui saisit l'instant. Alors elle saisit.

Lord Maccon, ainsi qu'une certaine partie de son anatomie qu'elle tenait à présent avec fermeté dans sa main, bondit violemment.

Mademoiselle Tarabotti le lâcha. « Ooops, dit-elle. Je n'aurais peut-être pas dû ? » Elle s'interrompit, humiliée.

Il s'empressa de la rassurer. « Oh, non, vous devez, au contraire. C'était inattendu, c'est tout. » Il se pressa suggestivement contre elle.

Embarrassée, mais surtout curieuse, d'un point de vue purement scientifique, bien entendu, Alexia poursuivit ses explorations, avec un peu plus de tendresse cette fois. Sa peau, dans cette zone, était très douce, et il y avait un nid de poils à la base. Les sons qu'il produisit à son contact hésitant étaient des plus délicieux. Elle était de plus en plus intriguée, mais également de plus en plus inquiète quant à la logistique des manœuvres suivantes.

« Hem, lord Maccon ? » finit-elle par murmurer avec prudence.

Le comte rit. « Vous n'avez plus le choix à ce stade, Alexia. Vous devez m'appeler Conall, tout simplement. »

Elle déglutit. Il sentit le mouvement sous ses lèvres.

« Conall, ne sommes-nous pas en train de nous emporter un tantinet, vu les circonstances ? »

Le comte lui pencha la tête en avant de manière à pouvoir la regarder droit dans les yeux. « Mais que dégoisez-vous donc, insupportable femelle ? » La passion rendait vitreux ses yeux fauves, et sa respiration était haletante. Alexia fut choquée de découvrir que la sienne était loin d'être calme.

Elle plissa le front et s'efforça de bien choisir ses mots. « Eh bien, ne devrions-nous pas être dans un lit pour pratiquer ce genre de sport ? Qui plus est, ils devraient revenir d'un instant à l'autre.

— Ils ? Qui ? » Il était clair qu'il ne suivait pas la conversation.

« Les scientifiques. »

Lord Maccon eut un rire étranglé. « Ah, oui. Et nous ne voulons pas qu'ils en apprennent trop sur les relations inter-espèces, n'est-ce pas ? » De sa main libre, il écarta celle d'Alexia de ses investigations.

Mademoiselle Tarabotti fut vaguement déçue. Jusqu'à ce qu'il l'élevât à ses lèvres et y déposât un baiser. « Je n'ai pas l'intention de me précipiter, Alexia. Vous êtes inexplicablement tentante. »

Elle hocha la tête, cognant légèrement son front contre le sien. « Le sentiment est partagé, monsieur le comte. Et inattendu, dois-je dire. »

Il parut prendre cela pour un encouragement et roula sur lui-même de manière qu'elle se retrouvât sous lui. Il était à présent allongé entre ses jambes, ses parties intimes à la même hauteur que celles d'Alexia.

Elle poussa un cri aigu quand le changement soudain de position eut lieu. Elle ne savait pas si elle devait être reconnaissante ou contrariée que la mode féminine exigeât autant de couches de tissu, dans la mesure où c'était tout ce qui empêchait un contact plus intime entre eux et, elle en était quasiment certaine, des rapports sexuels.

« Lord Maccon…, dit-elle, de sa voix de vieille fille la plus sévère.

— Conall », l'interrompit-il. Il recula et ses mains se mirent à se promener sur la poitrine de mademoiselle Tarabotti.

« Conall ! Ce n'est *vraiment* pas le moment !

— Comment défaire cette fichue robe ? » demanda-t-il en l'ignorant.

La robe de taffetas ivoire d'Alexia comportait une rangée de minuscules boutons de nacre dans le dos. Bien qu'elle ne lui eût pas répondu, le comte finit par le découvrir et entreprit de les défaire à une vitesse qui trahissait une habileté consommée dans l'art de déboutonner les vêtements féminins. Mademoiselle Tarabotti aurait pu en être mécontente, mais elle se dit qu'il valait mieux que l'un d'eux sût comment on procédait en matière de fornication. Et elle pouvait difficilement s'attendre à ce qu'un gentleman de plus de deux cents ans fût demeuré célibataire.

En un rien de temps, il avait défait avec dextérité assez de boutons pour descendre le haut du décolleté de sa robe et exposer celui de ses seins, là où ils s'élevaient au-dessus de son corset. Il se pencha et commença à les embrasser, pour s'arrêter aussitôt, se rejeter soudain en arrière et dire d'une voix rendue rauque par le désir contenu : « Qu'est-ce que c'est que ce fichu machin ? »

Alexia se hissa sur ses coudes et baissa les yeux en essayant de voir ce qui avait interrompu l'agaçant mais hélas délicieux ravissement de sa personne. Néanmoins, étant donné la générosité des atouts que la nature lui avait donnés en matière de poitrine, il lui était impossible de voir ce qui, dans son corset, avait ainsi attiré l'attention de lord Maccon.

Il prit l'éclat de miroir enveloppé dans un mouchoir et le lui montra.

« Oh, je l'avais oublié. Je l'ai fauché quand les scientifiques m'ont laissée seule un instant. Je me suis dit que ça pouvait servir. »

Lord Maccon lui lança un long regard pensif, et modérément amoureux. « Vous êtes pleine de ressources, ma chère. C'est dans des moments comme celui-là que je regrette que vous ne fassiez pas partie du personnel du BUR. »

Elle leva les yeux vers son visage, plus embarrassée par le compliment et le mot gentil que par leurs activités physiques précédentes. « Eh bien, quel est le plan ?

— Nous n'allons pas élaborer de plan », gronda-t-il en plaçant le miroir avec précaution sur le sol, près d'eux et hors de vue de l'entrée.

Ce geste sottement protecteur fit sourire Alexia. « Ne soyez pas ridicule. Vous pouvez difficilement espérer en faire plus ce soir sans mon aide. C'est la pleine lune, vous vous souvenez ? »

Lord Maccon, qui avait oublié la lune, ce qui était scandaleux, fut un instant terrifié à l'idée de pouvoir s'éloigner d'elle par distraction. Les capacités paranaturelles d'Alexia étaient en cet instant la seule chose qui assurait sa santé mentale. Il vérifia vite qu'ils étaient fermement en contact physique. Son corps lui rappela que oui – « fermement » était le mot-clé de cette phrase.

Il tenta de se concentrer sur leurs actions futures n'ayant rien à voir avec l'amour. « Eh bien, dans ce cas, vous devez rester aussi tangentielle que possible.

Évitez les numéros de cracheuse de feu que vous adorez tant. Je vais peut-être devoir recourir à la violence pour nous sortir d'ici. Auquel cas vous allez devoir me tenir solidement et ne pas me gêner. Vous pigez ? »

Alexia était sur le point de se mettre en colère et sur la défensive, et de lui expliquer avec sévérité qu'elle avait assez de sens pratique pour éviter les bagarres, surtout sans ombrelle de cuivre pour se protéger, mais elle préféra dire :

« Vous venez de me demander si je pigeais ? » Elle ne pouvait s'empêcher de sourire.

Lord Maccon parut avoir honte de son écart de langage ; il marmonna quelque chose au sujet de l'Écosse.

« Mais si ! Vous m'avez demandé si j'avais pigé ! » Le sourire de mademoiselle Tarabotti s'élargit. Elle ne pouvait pas s'en empêcher. Elle adorait entendre l'accent écossais du comte reprendre le dessus. Ces derniers temps, cela venait en second dans sa liste des choses préférées qu'il faisait avec sa langue. Elle se hissa sur ses coudes et déposa un doux baiser sur sa joue. Presque en dépit de lui-même, lord Maccon déplaça sa propre bouche vers ses lèvres et le baiser devint très profond.

Lorsque Alexia finit par s'écarter de lui, ils haletaient de nouveau tous les deux.

« Il faut que ça s'arrête, insista-t-elle. Nous sommes en danger, vous vous souvenez ? Vous savez, ruine et tragédie ? Des calamités juste de l'autre côté de cette porte. » Elle pointa le doigt derrière lui. « De méchants scientifiques peuvent nous foncer dessus d'un instant à l'autre.

— Raison de plus pour profiter de cette opportunité », insista-t-il en se baissant et en pressant le bas de son corps contre elle.

Mademoiselle Tarabotti appuya ses deux mains sur son torse en tentant de l'empêcher de l'embrasser à nouveau. Elle maudit le destin qui avait organisé l'existence de telle manière que lorsqu'elle parvenait enfin à toucher la poitrine nue de lord Maccon, elle n'avait pas le temps de l'apprécier.

Il lui mordilla le lobe de l'oreille. « Pensez simplement à ceci comme à une sorte de prélude à une nuit de noces. »

Alexia ne sut pas quelle portion de cette phrase l'offensa le plus – le fait qu'il parte du principe qu'il y aurait une nuit de noces, ou qu'il considère qu'elle aurait lieu sur le sol dur d'une pièce nue.

« Vraiment, lord Maccon ! dit-elle en poussant plus fort.

— Oh, mon dieu, on en est revenu là ?

— D'où cette idée récurrente de mariage vous vient-elle… ? »

Lord Maccon leva ses yeux fauves au ciel et désigna sa chair nue d'un geste expressif. « Je vous assure, mademoiselle Tarabotti, que je ne fais pas ce genre de choses avec une femme de votre calibre sans envisager le mariage dans un très proche avenir. Je suis peut-être un loup-garou écossais, mais en dépit de ce que vous avez pu lire sur les deux, nous ne sommes pas des goujats !

— Je ne veux pas vous forcer à faire quoi que ce soit », insista Alexia.

Tout en la tenant d'une main, l'Alpha roula à l'écart de son corps allongé et se rassit. Bien qu'il restât en contact pour ne pas se métamorphoser, la plus grande partie de son corps était à présent séparée d'Alexia.

Les yeux de mademoiselle Tarabotti s'étant totalement adaptés au faible éclairage de la pièce, elle le voyait de face en entier. Ces dessins dans les livres de son *papa* étaient bien plus sobres qu'elle le croyait.

« Il faut vraiment que nous parlions de cette idée stupide que vous entretenez, soupira-t-il.

— Laquelle ? interrogea-t-elle d'une voix rauque en le dévorant du regard.

— Que vous ne voulez pas m'épouser.

— Devons-nous en parler ici et maintenant ? demanda-t-elle, sans réaliser ce qu'elle disait. Et pourquoi est-ce stupide ?

— Eh bien, au moins nous avons un peu d'intimité. » Il haussa les épaules. Le geste fit bouger tous les muscles de son torse et de son estomac.

« Euh… euh…, bégaya mademoiselle Tarabotti, cela ne peut-il pas attendre que je sois chez moi et que vous soyez, hem, habillé ? »

Lord Maccon comprit alors qu'il avait l'avantage sur Alexia. Il n'allait certes pas y renoncer.

« Pourquoi, vous pensez que votre famille nous laissera dans l'intimité ? Ma meute ne le fera pas, c'est certain. Ils sont impatients de vous rencontrer depuis que je suis rentré couvert de votre odeur. Sans parler de Lyall et de ses ragots.

— Le professeur Lyall colporte des ragots ? » Alexia arracha son regard du corps du comte pour regarder son visage.

« Comme une vieille commère sur la place de l'église.

— Et que leur a-t-il dit exactement ?

— Que la meute va avoir une femelle Alpha. Je ne vais pas laisser tomber, voyez-vous, dit-il avec un calme mortel.

— Mais je croyais que c'était à moi de jouer ? N'est-ce pas ainsi que cela fonctionne ? » Mademoiselle Tarabotti était troublée.

Le sourire de lord Maccon avait tout de celui d'un loup. « Jusqu'à un certain point. Disons que vous avez fait connaître vos préférences.

— Je croyais que vous me trouviez parfaitement insupportable.

— Tout à fait », dit-il avec un grand sourire satisfait.

L'estomac d'Alexia se retourna et elle fut prise d'une soudaine envie de le saisir à bras-le-corps et de se frotter contre lui. Lord Maccon nu, c'était une chose ; nu et souriant de son sourire en coin, c'était ravageur.

« Je croyais que j'étais trop autoritaire, protesta-t-elle.

— Et je vous fournirai une meute entière à commander. La discipline leur fera du bien. Je me ramollis avec l'âge. »

Mademoiselle Tarabotti en doutait beaucoup. « Je croyais que vous trouviez ma famille insupportable.

— Ce n'est pas eux que je vais épouser », commença-t-il à dire en se rapprochant peu à peu d'elle ; il sentait que sa résolution faiblissait.

Mademoiselle Tarabotti n'était pas sûre que ce fût une bonne chose qu'il revînt. La vue extrêmement troublante devenait floue à mesure qu'il avançait vers elle, c'était vrai, mais il avait cette expression qui indiquait que les baisers n'allaient pas tarder à recommencer. Elle se demanda comment elle était parvenue à se mettre dans une position aussi intenable.

« Mais je suis grande, et brune de peau, et j'ai un grand nez, et tout le reste aussi. » Elle désigna ses hanches et sa poitrine d'un geste inefficace.

« Hmmm », dit le comte, entièrement d'accord avec elle, assurément. Il trouvait intéressant qu'elle ne mentionne pas les points qui l'avaient inquiété depuis le début : son âge à lui (avancé) et sa nature à elle (paranaturelle). Mais il n'allait pas l'aider à protester en lui donnant d'autres munitions pour objecter à sa demande. Ils pourraient parler de ses inquiétudes plus tard – de préférence après leur mariage ; c'est-à-dire, se dit-il en grimaçant intérieurement, s'ils parvenaient à survivre à leur délicate situation et à atteindre l'autel.

Alexia finit par en revenir à la question qui la troublait véritablement. Elle regarda sa main libre comme si elle en trouvait la paume fascinante. « Vous ne m'aimez pas.

— Ah, dit l'Alpha, l'air satisfait, et comment le savez-vous ? Vous ne me l'avez jamais demandé. Ne devriez-vous pas d'abord tenir compte de mon opinion ?

— Eh bien, balbutia mademoiselle Tarabotti, soudain à court d'arguments. Eh bien, si j'avais su…

— Et alors ? » Il leva un sourcil.

Alexia se mordit la lèvre, ses dents blanches mâchonnant leur chair pleine et ronde. Elle finit par lever des cils tremblants et par jeter à lord Maccon un regard vraiment plein d'inquiétude. Il était à nouveau trop près d'elle.

Bien entendu, la fortune étant un animal inconstant, ce fut précisément à cet instant que la porte de leur cellule s'ouvrit.

Debout sur le seuil se tenait une silhouette éclairée par-derrière. Un homme applaudissait, lentement mais avec une approbation évidente.

13

La dernière pièce

Rapide comme l'éclair – ce qui en disait long sur sa souplesse d'humain avant sa métamorphose en loup-garou –, lord Maccon pivota autour de mademoiselle Tarabotti de manière à tourner le dos à l'intrus et à la protéger de son corps. Alexia vit qu'il s'était débrouillé pour ramasser l'éclat de miroir sur le sol dans le même geste. Il le tint entre eux, à l'abri du regard de monsieur Siemons.

« Eh bien, mademoiselle Tarabotti, dit le scientifique, votre travail est vraiment excellent. Je n'aurais jamais cru voir un loup-garou Alpha sous forme humaine une nuit de pleine lune. »

Alexia entreprit de s'asseoir en relevant le corsage de sa robe sur ses épaules aussi subtilement que possible. Le dos en était entièrement déboutonné. Elle foudroya lord Maccon du regard ; il le lui retourna, sans y mettre la moindre trace d'excuse.

« Monsieur Siemons », dit-elle d'une voix atone.

Quand le scientifique entra dans la pièce, elle vit qu'au moins six autres hommes de tailles différentes, mais se situant plutôt dans la partie supérieure de la catégorie poids lourd, se tenaient derrière lui. Il était clair qu'il ne voulait pas prendre de risque au cas où les capacités paranaturelles d'Alexia ne relevaient que de la farce superstitieuse. Cependant, n'ayant pas trouvé de loup-garou dans la pièce, il examinait le dos de lord Maccon avec une expression définitivement clinique.

« Son cerveau revient-il à la raison humaine de la même façon que son corps, ou est-il encore un loup à l'intérieur ? » demanda-t-il.

Alexia comprit ce que le comte voulait faire au rétrécissement de ses yeux et à la façon dont il serra la main sur l'éclat de verre. Lord Maccon tournait le dos à la porte et n'avait pas vu l'importante escorte de monsieur Siemons. Mademoiselle Tarabotti secoua presque imperceptiblement la tête. Il comprit l'allusion et se calma un peu.

Monsieur Siemons se rapprocha. Penché sur leurs corps assis, il fit mine de saisir la tête du comte pour la relever et regarder son visage. Lord Maccon, faisant montre d'un humour méchant, gronda bruyamment et tenta de le mordre comme s'il était encore un loup. Monsieur Siemons s'empressa de reculer.

Il regarda Alexia. « Vraiment, dit-il, c'est tout à fait remarquable. Nous allons devoir étudier vos capacités en détail, et il y a plusieurs tests… » Il laissa sa phrase en suspens. « Êtes-vous certaine que je ne peux pas vous convaincre de rejoindre notre cause – celle de la justice et de la sécurité ? Maintenant que vous avez vécu la terreur causée par une attaque de loup-garou, vous devez admettre que ces créatures constituent indéniablement un danger ! Pour le genre humain, elles ne sont rien d'autre qu'un fléau. Nos recherches permettront de prévenir et de protéger les êtres humains de cette menace dans tout l'Empire. Nous pourrions découvrir de nouvelles tactiques de neutralisation à l'aide de vos capacités. Ne voyez-vous pas quelle valeur vous auriez pour nous ? Il ne nous faudrait que quelques examens physiques de temps à autre. »

Alexia ne savait vraiment pas quoi répondre. Sa façon éminemment raisonnable de parler la dégoûtait et l'effrayait à la fois. Car elle était assise contre un loup-garou, un homme que ce ravisseur, ce tortionnaire, considérait comme une abomination. Un homme, comprit-elle sans éprouver la moindre surprise, qu'elle aimait pourtant.

« Merci de votre aimable proposition », commença-t-elle.

Le scientifique l'interrompit. « Votre coopération serait inestimable, mais elle n'est pas nécessaire, mademoiselle Tarabotti. Nous ferons ce que le devoir impose, comprenez-le.

— Dans ce cas, je préfère agir en accord avec ma conscience, et non la vôtre, répondit-elle avec fermeté. Logiquement, vous ne pouvez me percevoir que d'une façon aussi déformée que lui. » Elle indiqua lord Maccon du menton. Il la regardait avec intensité, comme s'il essayait de l'obliger à demeurer silencieuse. Mais la langue de mademoiselle Tarabotti avait toujours eu le dessus sur elle – comme le disait la vieille expression, sa langue était sans le moindre doute fourchue, et elle parlait avec les deux pointes.

« Je préfère ne pas participer de mon plein gré à vos expériences diaboliques. »

Monsieur Siemons eut un mince sourire de psychopathe. Il se détourna et cria en latin.

Un court silence s'ensuivit.

Un bruissement traversa le groupe de scientifiques et de gros bras rassemblés dans l'entrée et l'automate les écarta pour pénétrer dans la cellule.

Lord Maccon aperçut l'expression révulsée de mademoiselle Tarabotti mais ne se retourna pas pour voir ce qui l'avait causée. Il demeura résolument dos au scientifique et à ceux qui se tenaient derrière lui, montrant son échine nue aux événements. Il était devenu de plus en plus tendu tandis qu'Alexia et monsieur Siemons échangeaient des piques.

Mademoiselle Tarabotti sentait la colère du comte vibrer à chaque point de contact entre leurs deux corps. Elle la voyait dans les muscles durs sur sa peau nue. Il tremblait presque, comme un chien qui tire sur sa laisse.

Alexia sut qu'il allait craquer un instant avant que cela se produise.

En un unique mouvement fluide, lord Maccon se tourna et s'élança, l'éclat de verre à la main. Monsieur Siemons vit une certaine appréhension envahir le visage d'Alexia et s'écarta hors de portée.

Au même instant, l'automate s'avança par le côté et se jeta sur mademoiselle Tarabotti.

Pris en plein bond et gêné par le fait qu'il devait demeurer en contact physique avec Alexia, lord Maccon ne pouvait pas à la fois changer de cible et frapper l'automate assez vite.

Alexia ne souffrait pas des mêmes restrictions. Dès que la chose diabolique fut près d'elle, elle cria et lui donna coups de pied et de poing, convaincue qu'elle mourrait si cette répugnante imitation d'être humain la touchait.

En dépit de son aversion, l'automate la saisit sous les aisselles et la souleva. Le monstre était d'une force stupéfiante. Alexia lui donna des coups de pied et, bien que le talon de sa botte entrât sans le moindre doute en contact avec elle, il ne sembla pas affecter la créature. Elle jeta Alexia, qui continua à taper et à pousser des hurlements stridents de banshee, par-dessus son épaule cireuse.

Lord Maccon pivota vers elle, mais son mouvement et l'attaque de l'automate avaient rompu le contact entre leurs deux corps. Alexia, suspendue la tête en bas, aperçut son expression de panique à travers ses cheveux emmêlés, puis un éclair reflété par un objet pointu. Utilisant sa dernière pensée consciente, lord Maccon avait lancé l'éclat de verre dans le bas du dos de l'automate, juste au-dessous de l'endroit où elle pendouillait.

« Il se transforme de nouveau ! » cria monsieur Siemons en battant précipitamment en retraite hors de la pièce. L'automate, une mademoiselle Tarabotti se tortillant sur l'épaule, le suivit.

« Neutralisez-le ! Vite ! » ordonna monsieur Siemons aux hommes qui attendaient à l'entrée. Ils se précipitèrent dans la pièce.

Mademoiselle Tarabotti eut un peu pitié d'eux ; elle savait qu'ils n'avaient pas la moindre idée de la rapidité à laquelle le changement allait se produire. Elle avait prétendu qu'il lui faudrait une heure pour redonner forme humaine à un loup-garou. Elle espéra que cela donnerait à lord Maccon un certain avantage. Ce ne serait qu'un demi-avantage, de toute façon, car ses instincts animaux reprenant le dessus, tout le monde était à présent en danger, elle y compris.

Comme ils avançaient à vive allure dans le couloir, mademoiselle Tarabotti entendit un grondement menaçant, un bruit mou et triste de quelque chose qu'on écrase, puis des cris de terreur. Ces cris étant bien plus terrifiants et à même de vous glacer le sang que les siens, elle cessa de pousser ses hurlements perçants et se concentra pour trouver un moyen d'obliger l'automate à la lâcher. Elle le frappa et se tordit avec une vigueur tout animale. Malheureusement, l'artefact tenait sa taille dans une poigne de fer. Comme elle ne savait pas du tout de quoi cette monstruosité était faite, elle se dit que c'était peut-être bien le cas.

Mais, quelle que fût la composition de la structure interne de l'*homonculus simulacrum*, elle était enveloppée dans une couche d'une substance semblable à de la chair. Mademoiselle Tarabotti finit par cesser de se débattre – c'était un gaspillage d'énergie – et fixa d'un air morose l'éclat de miroir qui sortait du dos de l'automate. Une petite quantité de liquide sombre et visqueux en coulait. À la fois fascinée et horrifiée, elle vit que lord Maccon avait raison. L'être était bien rempli de sang – vieux, noir et sale. *Tout est-il une question de sang pour ces scientifiques ?* se demanda-t-elle. Et puis : *Pourquoi lord Maccon voulait-il blesser l'automate à ce point ?* La réponse surgit. *Il lui faut une piste à suivre. Cela ne va pas convenir*, se dit-elle. *Il ne saigne pas assez pour laisser des gouttes derrière lui.*

Tout en essayant de ne pas penser à ce qu'elle faisait avec trop de précision, elle tendit le bras vers le fragment de miroir enfoncé dans la chair suintante de l'automate. Elle entailla la peau fine de l'intérieur de son bras sur un angle coupant de l'éclat. Son propre sang, d'un rouge brillant et plein de santé, coula aussitôt, propre et rapide, et tomba en gouttes parfaites sur le tapis du couloir. Elle se demanda si son sang même sentait la cannelle et la vanille pour lord Maccon.

Nul ne s'en rendit compte. L'automate, suivant son maître, traversa le salon du club et se dirigea vers les pièces où se trouvaient les machines. Ils passèrent devant celles que mademoiselle Tarabotti avait vues pendant sa visite guidée, puis continuèrent en direction de secteurs qu'on ne lui avait pas permis de visiter. C'était de là que provenaient les cris épouvantables.

Ils atteignirent la dernière pièce tout au bout du couloir. Alexia parvint à se tordre suffisamment pour lire un petit morceau de papier punaisé sur le côté de la porte. Il disait, en lettres calligraphiées noires encadrées par des gravures de pieuvres : CHAMBRE D'EXSANGUINATION.

Suspendue la tête en bas, mademoiselle Tarabotti ne put voir l'intérieur de la pièce jusqu'à ce que monsieur Siemons donne des ordres dans son latin incompréhensible et que l'automate la pose par terre. Alexia bondit telle une gazelle pas très agile. Implacable, l'automate lui saisit les deux bras et la ramena violemment vers lui, l'immobilisant.

Elle se raidit, révulsée. Peu importait qu'il l'eût déjà transportée sur toute la longueur du club : sa peau frémissait et se rétractait d'horreur chaque fois que le monstre la touchait.

Elle avala de la bile, prit une profonde inspiration et tenta de se calmer. Elle parvint à atteindre une sorte d'équilibre et, secouant ses cheveux pour les écarter de son visage, elle regarda autour d'elle.

La pièce contenait six plates-formes de forme et de taille égales réparties en trois groupes de deux et boulonnées au sol. Chacune d'elles était de la longueur d'un homme de grande taille et comportait une pléthore de liens en divers matériaux. Deux jeunes scientifiques portant des blouses grises et des verribles s'activaient, l'air très occupé. Des carnets reliés de cuir à la main, ils prenaient des notes avec des bâtons de graphite enroulés dans de la peau de mouton. Un homme plus âgé, de la génération de monsieur Siemons, était également présent. Il portait – horreur suprême – un costume de tweed et une cravate nouée avec si peu de soin qu'elle constituait presque autant un péché que ses actions. Il portait également des verribles, mais d'un modèle plus grand et plus élaboré que celles qu'Alexia avait vues jusque-là. Les trois gentlemen s'interrompirent pour les regarder lorsqu'ils entrèrent, leurs yeux déformés rendus immenses par le verre optique. Puis ils recommencèrent à se déplacer entre les silhouettes sans vie de deux hommes allongés sur l'une des paires de plates-formes. L'un d'eux était attaché par des cordes de sisal, l'autre…

Alexia poussa un cri d'horreur et de détresse. L'autre portait un extravagant habit de soirée en velours prune taché de sang, un gilet de satin à carreaux vert écume et mauve déchiré en plusieurs endroits. Il était lui aussi attaché avec des cordes, mais il avait également été crucifié par les mains et les pieds avec des pieux en bois. Les pieux étaient vissés dans la plate-forme où il gisait. Alexia n'était pas en mesure de dire si son immobilité était due à la douleur qu'ils lui causaient ou au fait qu'il ne pouvait plus se mouvoir du tout.

Mademoiselle Tarabotti se tordit en direction de son ami en un mouvement convulsif, mais l'automate la tenait bien serré. La raison lui revenant au dernier moment, Alexia se dit que c'était sans doute une bonne chose. Si elle touchait lord Akeldama alors qu'il était affaibli, ses capacités paranaturelles risquaient de provoquer le décès immédiat du vampire, que seule sa force surnaturelle maintenait en vie – si toutefois il l'était encore.

« Vous, balbutia-t-elle en direction de monsieur Siemons en cherchant un mot suffisamment horrible pour décrire ces soi-disant scientifiques. Vous êtes des *philistins* ! Que lui avez-vous fait ? »

Non seulement lord Akeldama avait été attaché et cloué, mais ils l'avaient aussi branché sur l'une de leurs machines infernales. L'une des manches de son bel habit avait été coupée, de même que la chemise de soie qu'il portait en dessous ; un long tube de métal émergeait de sous la peau du haut de son bras. Le tube entrait dans une espèce d'engin à vapeur d'où en sortait un autre, branché sur l'autre homme. Il était clair que ce dernier n'était pas surnaturel. Sa peau était bronzée et ses joues roses. Mais il était, lui, aussi immobile que la mort.

« Où en sommes-nous, Cecil ? demanda monsieur Siemons à l'un des scientifiques en gris en ignorant totalement mademoiselle Tarabotti.

— Nous avons presque fini, monsieur. Nous pensons que vous avez sans doute raison au sujet de son âge. On dirait que cette procédure se déroule bien mieux que les précédentes.

— Et l'application du courant électrique ? » Monsieur Siemons gratta ses rouflaquettes.

L'homme baissa les yeux sur ses notes en tripotant le côté de ses verribles pour les régler. « Dans moins d'une heure, monsieur, dans moins d'une heure. »

Monsieur Siemons se frotta les mains, ravi. « Excellent, tout à fait excellent. Je ne vais pas déranger monsieur Neebs, il a l'air profondément concentré. Je sais à quel point il peut se plonger dans son travail.

— Nous tentons de modérer l'intensité du choc, monsieur. Le docteur Neebs pense que cela pourrait allonger le temps de survie du receveur, expliqua le deuxième jeune savant en levant les yeux des grands leviers situés sur le côté de la machine avec lesquels il jouait.

— Quelle idée fascinante ! Une approche très intéressante. Procédez, s'il vous plaît, procédez. Ne faites pas attention à moi. J'amène un nouveau spécimen, c'est tout. » Il se tourna et indiqua mademoiselle Tarabotti.

« Très bien, monsieur. Je vais continuer, dans ce cas », répondit le premier savant, qui reprit ce qu'il était en train de faire avant leur entrée dans la pièce en jetant à peine un coup d'œil à mademoiselle Tarabotti.

Alexia regarda monsieur Siemons bien en face. « Je commence à comprendre, dit-elle d'une voix au calme mortel, qui est le monstre. Ce que vous êtes en train de faire est bien moins naturel que les vampires ou les loups-garous le seront jamais. Vous profanez la Création, non seulement avec ceci – elle fit un geste impoli du pouce en direction de l'automate qui la tenait solidement – mais aussi avec cela. » Elle indiqua la machine et ses tubes ressemblant à des ventouses qui plongeaient avec appétit dans le corps de son cher ami. L'horrible appareil semblait vouloir le dessécher complètement, plus avide de sang que tous les vampires qu'elle avait jamais vus. « C'est vous, monsieur Siemons, qui êtes une abomination. »

Monsieur Siemons fit un pas en avant et la gifla à la volée. Le son, un claquement sec, fit lever la tête à monsieur Neebs. Pourtant, personne ne dit rien, et les trois scientifiques reprirent aussitôt le fil de leurs activités.

Alexia se rétracta contre l'immobilité froide de l'automate. Et fit aussitôt un petit bond pour s'en éloigner une fois de plus en clignant des yeux pour chasser des larmes de frustration. Lorsqu'elle recommença à voir clair, elle s'aperçut que monsieur Siemons souriait de nouveau de son mince sourire de psychopathe.

« Le protocole, mademoiselle Tarabotti », dit-il. Puis il parla en latin.

L'automate transporta Alexia jusqu'à l'une des paires de plates-formes. L'un des jeunes savants s'interrompit et vint l'attacher pendant que la créature la maintenait immobile. Monsieur Siemons l'aida à lier ses chevilles et ses poignets en serrant tellement les cordes que mademoiselle Tarabotti fut certaine que sa circulation sanguine allait s'interrompre dans ses extrémités. La plate-forme était munie d'énormes menottes en métal ressemblant à du fer recouvert d'argent, et il y avait d'autres horribles pieux en bois mais il était clair que les scientifiques ne pensaient pas avoir besoin de prendre des mesures aussi extrêmes avec elle.

« Amenez un nouveau receveur pour le test », ordonna monsieur Siemons une fois qu'elle fut bien attachée. Le jeune homme en blouse grise hocha la tête, posa son carnet relié de cuir sur une petite étagère, ôta ses verribles et quitta la pièce.

L'automate s'installa devant la porte fermée, sentinelle silencieuse au visage de cire.

Alexia tordit la tête sur le côté. Elle pouvait voir lord Akeldama sur sa gauche, toujours allongé, silencieux et immobile sur sa plate-forme. Le scientifique le plus âgé, le docteur Neebs, semblait avoir achevé son travail. Il était en train de brancher une autre machine sur celle qui comportait tous les tubes. Ce nouvel appareil était une sorte de petit moteur, tout en engrenages et roues dentées. Au centre se trouvait un bocal de verre muni de plaques de métal à chaque extrémité.

Le jeune savant en blouse grise restant s'approcha et se mit à tourner avec vigueur une manivelle fixée à cet engin.

Quelques instants plus tard, on entendit un crépitement sec et un rayon vibrant d'une extraordinaire lumière blanche remonta le long du tube fixé au bras de lord Akeldama et pénétra dans son corps. Le vampire tressauta et se tordit, tirant involontairement sur les pieux en bois qui empalaient ses mains et ses pieds. Il ouvrit brusquement les yeux et émit un gémissement de douleur aigu et lancinant.

Le jeune scientifique, tout en continuant à tourner la manivelle d'une main, tira sur un petit levier de l'autre, et le rayon lumineux se déplaça à l'intérieur de la machine à exsanguination. Puis il remonta le tube attaché au sujet apparemment plongé dans le coma qui se trouvait sur la plate-forme voisine.

Les yeux de cet homme s'ouvrirent également. Il eut lui aussi des soubresauts et cria. Le scientifique continua à tourner sa manivelle et le courant électrique, car Alexia présumait que c'en était un, se dissipa. Ignorant lord Akeldama, qui retomba, les yeux fermés, l'air minuscule, affaissé sur lui-même et très vieux, monsieur Siemons, le docteur Neebs et le jeune savant se précipitèrent vers l'autre homme. Le docteur Neebs vérifia son pouls, puis souleva ses paupières maintenant fermées pour examiner ses pupilles en regardant avec attention dans ses verribles. L'homme allongé était parfaitement immobile.

Et puis, tout à coup, il se mit à gémir comme un enfant à la fin d'une colère : à court de larmes, il ne lui restait que des petits sanglots secs qui soulevaient sa poitrine. Tous les muscles de son corps parurent se bloquer, ses articulations se raidirent et ses yeux lui sortirent pratiquement de la tête. Les trois scientifiques reculèrent mais continuèrent à l'observer avec la plus grande attention.

« Ah, voilà, dit monsieur Siemons sur un ton satisfait.

— Oui, oui. » Le docteur Neebs hocha la tête en claquant des mains et en les frottant. « Parfait ! »

Le jeune homme en gris griffonnait des notes avec empressement dans son carnet relié de cuir.

« Un résultat bien plus rapide et efficace, docteur Neebs. C'est un progrès louable. Mon rapport sera des plus favorables », dit monsieur Siemons avec un large sourire en se léchant les lèvres.

Le docteur Neebs rayonna de fierté. « Merci beaucoup, monsicur Siemons. Je suis néanmoins toujours un peu inquiet au sujet de l'intensité du courant. J'aimerais pouvoir diriger le transfert d'âme avec plus de précision. »

Monsieur Siemons regarda lord Akeldama. « Pensez-vous lui en avoir laissé ?

— C'est difficile à dire avec un sujet aussi âgé, se déroba le docteur Neebs, mais peut-être que… »

Il fut interrompu par un coup bruyant frappé à la porte.

« C'est moi, m'sieur ! dit une voix.

— *Expositus* », dit monsieur Siemons.

L'automate se tourna avec raideur et ouvrit la porte.

L'autre jeune savant entra, accompagné de monsieur MacDougall. Ils transportaient le corps d'un homme enveloppé dans une longue bande de linge serré qui ne ressemblait à rien tant qu'à une antique momie égyptienne.

En voyant mademoiselle Tarabotti attachée à sa propre plate-forme, monsieur MacDougall laissa tomber l'extrémité du corps qu'il tenait et se précipita vers elle.

« Bonsoir, monsieur MacDougall, dit poliment Alexia. Il faut que je vous dise, je n'ai pas une très haute opinion de vos amis. Leur conduite est… (elle marqua une pause, avec délicatesse) indécente.

— Mademoiselle Tarabotti, je suis si désolé. » L'Américain se tordit les mains en une petite boule et papillonna autour d'elle avec anxiété. « Si seulement j'avais su ce que vous étiez lorsque nous avons fait connaissance, j'aurais pu empêcher cela. J'aurais pu… » Il se couvrit la bouche de ses deux mains potelées et secoua la tête, submergé par l'émotion.

Alexia tenta un petit sourire. *Pauvre malheureux*, se dit-elle. *Ce doit être tellement dur d'être constamment si faible.*

« Écoutez, monsieur MacDougall, intervint monsieur Siemons en interrompant leur petit tête-à-tête. Vous savez ce qui est en jeu. Cette jeune dame refuse de coopérer. Cela doit donc se passer ainsi. Vous pouvez rester pour observer, mais vous devez vous tenir et ne pas interférer dans la procédure.

— Mais monsieur, protesta l'Américain, ne devriez-vous pas d'abord tester l'étendue de ses capacités ? Prendre des notes, formuler une hypothèse, adopter une démarche plus scientifique ? Nous en savons si peu sur ce prétendu état paranaturel. Ne devriez-vous pas vous armer de précautions ? Si elle est aussi unique que vous le dites, vous ne pouvez certes pas vous permettre de prendre des risques inutiles avec sa santé. »

Monsieur Siemons leva une main d'autocrate. « Nous ne procédons qu'à une petite procédure de transfert préliminaire. Les vampires appellent ses semblables des “sans âme”. Si nos prédictions sont correctes, elle n’aura besoin d’aucun traitement aux électrochocs pour être ramenée à la vie. Elle n’a pas d’âme, vous comprenez ?

— Et si c’est ma théorie qui est correcte et non la vôtre ? » Monsieur MacDougall semblait inquiet au-delà de ce qu’il était capable de supporter. Ses mains tremblaient, et une pellicule de transpiration était apparue sur son front.

Monsieur Siemons eut un sourire cruel.

« Nous ferions mieux d’espérer, pour elle, que ce n’est pas le cas. » Il se détourna et donna des instructions à ses compatriotes. « Préparez-la pour une exsanguination. Analysons la véritable étendue des capacités de cette femme. Docteur Neebs, si vous en avez terminé avec le sujet ? »

Le docteur Neebs hocha la tête. « Pour l’instant. Cecil, veuillez continuer à surveiller ses progrès, je vous prie. Je veux être averti dès qu’il y aura protubérance dentaire. » Il s’activa, débranchant les deux machines l’une de l’autre, puis de lord Akeldama et de son compagnon de souffrance. Il sortit les tubes de leur bras avec rudesse. Alexia constata avec inquiétude que le trou béant dans la chair de lord Akeldama ne commença pas immédiatement à se refermer et à cicatriser.

Ensuite, elle n’eut plus le temps de s’inquiéter pour lord Akeldama car ils déplacèrent la machine dans sa direction. Le docteur Neebs approcha de son bras un couteau à l’aspect très tranchant. Il arracha la manche de sa robe et tâta la saignée de son coude en quête d'une veine. Monsieur MacDougall produisit d'absurdes petits murmures de détresse pendant tout ce temps mais ne fit rien pour l'aider. En fait, il recula craintivement et détourna la tête comme s'il avait peur de regarder. Alexia se débattit futilement dans ses liens.

Le docteur Neebs régla ses verribles et plaça le couteau à l'endroit qui convenait.

Un grand bruit de chute résonna dans la pièce.

Quelque chose de grand, de lourd et de très en colère frappa l'extérieur de la porte avec assez de force pour ébranler l'automate debout devant elle.

« Qu'est-ce que c'est que ça, par tous les diables ? » demanda le docteur Neebs en s'interrompant, le couteau posé sur la peau de mademoiselle Tarabotti.

La porte vibra de nouveau.

« Elle va tenir », dit monsieur Siemons, sûr de lui.

Mais la porte commença à se fendre au troisième choc.

Le docteur Neebs leva le couteau dont il s'apprêtait à se servir sur Alexia et se mit en garde. L'un des jeunes savants commença à crier. L'autre courut en tous sens à la recherche d'une arme quelconque parmi les instruments éparpillés dans la pièce.

« Cecil, calmez-vous ! cria monsieur Siemons. Elle va tenir ! » Il était clair qu'il essayait de s'en convaincre lui-même tout autant que les autres.

« Monsieur MacDougall, siffla Alexia entre ses dents dans le vacarme, pourriez-vous, peut-être, euh, faire en sorte de me détacher ? »

Monsieur MacDougall, qui tremblait, la regarda comme s'il n'était pas en mesure de comprendre ce qu'elle disait.

La porte céda et un énorme loup chargea dans une pluie d'éclats de bois fendu. La fourrure encadrant son visage était feutrée et collée par du sang séché. De la salive teintée de rose dégouttait de ses longues dents blanches et pointues. Le reste de sa fourrure était moucheté de noir, d'or et de brun. Ses yeux, lorsqu'ils se tournèrent vers mademoiselle Tarabotti, étaient d'un jaune feu, sans la moindre trace d'humanité.

Lord Maccon pesait probablement quatre-vingt-dix bons kilos. Alexia savait maintenant de source sûre et intime qu'une bonne partie de ce poids était constitué de muscles. Ce qui faisait de lui un loup très gros et très fort. Le tout étant furieux, affamé et poussé par la folie de la pleine lune.

Le loup-garou chargea dans la chambre d'exsanguination en un féroce tourbillon de crocs et de griffes et entreprit sans cérémonie de tout mettre en pièces. Y compris les scientifiques. Soudain, tout ne fut plus que vacarme, sang et panique.

Mademoiselle Tarabotti frémit et détourna la tête autant qu'elle put de cette horreur. Elle tenta à nouveau d'interpeller monsieur MacDougall. « Monsieur MacDougall, détachez-moi, s'il vous plaît. Je peux l'arrêter. » Mais l'Américain se tassait dans un coin éloigné de la pièce, tremblant de peur, les yeux fixés sur le loup déchaîné.

« Oh, s'écria mademoiselle Tarabotti, frustrée. Détachez-moi tout de suite, espèce d'idiot ! »

Les ordres semblèrent fonctionner là où les requêtes avaient échoué. Ses paroles acerbes traversèrent la terreur de l'Américain. Comme en transe, il se mit à tirailler sur les liens d'Alexia ; il finit par lui libérer suffisamment les mains pour qu'elle se penchât et détachât ses chevilles elle-même. Elle pivota sur le bord de la plate-forme.

Un flot de latin plana par-dessus les bruits du carnage et l'automate entra en action.

Lorsque Alexia parvint à se tenir debout – il lui fallut quelques instants pour que le sang revînt dans ses pieds –, l'automate et le loup-garou luttaient dans l'entrée. Ce qui restait du docteur Neebs et des deux jeunes savants gisait en tas sur le sol, verribles, organes et entrailles baignant dans des flaques de sang.

Mademoiselle Tarabotti fit un gros effort pour ne pas vomir ou s'évanouir. L'odeur de carnage – un mélange de viande fraîche et de cuivre fondu – était vraiment épouvantable.

Monsieur Siemons était indemne et il se tourna, cherchant Alexia, tandis que sa machine combattait la créature surnaturelle.

Il ramassa le long scalpel effilé de monsieur Neebs et se déplaça à une vitesse inattendue pour un homme aussi bien nourri. Il fut sur elle, le couteau appuyé sur sa gorge, avant qu'Alexia pût réagir.

« Ne bougez pas, mademoiselle Tarabotti. Vous non plus, monsieur MacDougall. Restez où vous êtes. »

Le loup-garou avait placé son énorme mâchoire autour du cou de l'automate et semblait s'efforcer de le décapiter. En vain, cependant, car les os de la créature artificielle étaient d'une substance trop solide même pour la mâchoire d'un loup-garou. La tête demeura attachée au cou. Vacillante, mais attachée. Le sang noir et lent de l'automate jaillissait d'énormes entailles dans son cou sur le museau du loup. La créature surnaturelle éternua et le lâcha.

Monsieur Siemons commença à se rapprocher de la porte que bloquaient surtout les deux monstres en train de se battre. Il poussa mademoiselle Tarabotti devant lui, le couteau sur sa gorge, tentant d'aborder le loup par-derrière et sur le côté.

La tête massive pivota vers eux et ses lèvres se retroussèrent sur un grondement de mise en garde.

Monsieur Siemons bondit en arrière et entailla les premières couches de l'épiderme du cou d'Alexia. Elle poussa un petit cri de peur.

Le loup renifla l'air ; ses yeux jaunes et luisants s'étrécirent. Il reporta toute son attention sur Alexia et monsieur Siemons.

L'automate chargea par-derrière, saisit la gorge du loup-garou et tenta de l'étouffer.

« Bonté divine, ze meurs de faim », zézaya quelqu'un. Oubliée de tous, la moitié humaine de l'expérience sur lord Akeldama se leva de sa plateforme. Elle avait de longs crocs bien développés et examinait la pièce avec une unique idée en tête. Son regard repéra, puis rejeta successivement lord Akeldama, le loup-garou et l'automate, mais s'attarda avec intérêt sur mademoiselle Tarabotti et monsieur Siemons avant de se concentrer sur le repas le plus accessible de la pièce : monsieur MacDougall.

Pelotonné dans un coin, l'Américain poussa un cri suraigu lorsque le nouveau vampire bondit par-dessus lord Akeldama et traversa l'espace qui les séparait avec une vitesse et une agilité surnaturelles.

Mademoiselle Tarabotti n'eut pas le temps d'en observer plus car son attention fut à nouveau attirée vers l'entrée. Elle entendit monsieur MacDougall crier de plus belle, puis les coups sourds d'une bagarre.

Le loup-garou tentait d'arracher l'automate de son dos en s'ébrouant. Mais la chose artificielle qui serrait son cou poilu dans une étreinte mortelle ne voulait pas lâcher prise. Le loup étant momentanément distrait et la porte brisée en partie dégagée, monsieur Siemons força de nouveau Alexia à avancer dans sa direction.

Mademoiselle Tarabotti regretta pour la centième fois de cette soirée de ne pas avoir sa fidèle ombrelle. Puisqu'elle ne l'avait pas, elle employa la meilleure méthode de substitution. Elle donna un grand coup de coude dans le ventre de monsieur Siemons tout en abattant le talon de sa botte sur son pied.

Il poussa un cri de douleur et de surprise et la lâcha.

Mademoiselle Tarabotti s'écarta de lui en pivotant sur elle-même avec un cri de triomphe ; l'attention du loup-garou se reporta sur eux en l'entendant.

Choisissant sa propre sécurité avant tout, monsieur Siemons considéra mademoiselle Tarabotti comme un trop grand risque et l'abandonna pour s'enfuir de la pièce en appelant ses collègues à grands cris tandis qu'il courait comme un dératé dans le couloir.

L'automate continua à se battre, ses mains assurant leur emprise autour de la gorge mouchetée du loup.

Alexia ne savait que faire. Lord Maccon avait sans le moindre doute plus de chances de battre l'automate sous sa forme de loup. Mais il haletait par manque d'air et se dirigeait vers elle, ignorant l'automate qui tentait de l'étrangler. Si elle voulait qu'il survive, elle ne pouvait pas le laisser la toucher.

« Effacez le mot, ma chère *tulipe* », murmura une voix rauque.

Alexia regarda de l'autre côté. Lord Akeldama, toujours pâle et souffrant de toute évidence atrocement, avait levé la tête. Le regard vitreux, il observait les brutalités en cours.

Mademoiselle Tarabotti poussa un cri de soulagement. Il était vivant ! Mais elle ne comprenait pas ce qu'il voulait qu'elle fasse.

« Le mot, répéta-t-il d'une voix altérée par la souffrance, sur le front de l'*homonculus simulacrum*. Effacez-le. » Il s'effondra, épuisé.

Mademoiselle Tarabotti fit un bond de côté et se mit en position. Puis, tremblant de révulsion, elle tendit la main et effleura le visage cireux de l'automate. Elle n'atteignit que la toute fin du mot, si bien que VIXI devint VIX.

Cela parut suffire. L'automate se raidit et desserra suffisamment son étreinte pour que le loup-garou s'en débarrasse d'une secousse. La créature se déplaçait encore, mais avec difficulté semblait-il.

Le loup-garou dirigea toute l'attention de son regard jaune sur mademoiselle Tarabotti.

Avant qu'il puisse simplement prendre son élan pour sauter sur elle, Alexia s'avança sans peur et enroula les deux bras autour du cou poilu.

Le changement fut un peu moins horrible la deuxième fois. Ou alors, elle était tout simplement en train de s'habituer à la sensation. La fourrure s'éloigna des endroits où elle le touchait ; les os, la peau et la chair adoptèrent une forme nouvelle et elle tint de nouveau le corps nu de lord Maccon dans ses bras.

Il toussa et cracha.

« Cette chose a un goût épouvantable », annonça-t-il en s'essuyant le visage du dos de la main. Ce qui n'eut comme conséquence efficace que d'étaler le rouge sur son menton et sa joue.

Mademoiselle Tarabotti se retint de remarquer qu'il venait également d'avaler un en-cas à base de scientifiques et lui essuya le visage avec sa jupe. On ne pouvait plus la sauver de toute façon.

Des yeux d'un brun fauve se posèrent sur son visage. Alexia nota avec soulagement qu'ils étaient pleins d'intelligence et totalement dépourvus de férocité ou de faim.

« Vous êtes indemne ? » demanda-t-il. Il leva l'une de ses grandes mains, caressa son visage et descendit. Il s'arrêta à la coupure sur son cou.

Ses yeux, bien qu'il la touchât, reprirent une légère couleur jaune d'animal sauvage. « Je vais massacrer ce fumier, dit-il doucement, le ton de sa voix exprimant d'autant mieux la colère qu'il était calme. Je vais lui extraire les os un à un par les narines. »

Alexia le fit taire avec impatience. « Ce n'est pas si profond que ça. » Mais elle se rapprocha de lui et exhala un soupir haletant qu'elle ne savait même pas avoir retenu.

La main du comte, qui tremblait de colère à présent, continua à dénombrer ses blessures avec douceur. Elle glissa sur les bleus qui marquaient le haut de son torse et descendit sur son épaule jusqu'à la coupure de son bras.

« Les Scandinaves avaient raison – il faut les ouvrir par le dos et leur manger le cœur, dit-il.

— Ne soyez pas dégoûtant, le réprimanda l'objet de son intérêt. Qui plus est, celle-là, je l'ai faite moi-même.

— Quoi ? ! »

Elle eut un haussement d'épaule dédaigneux.

« Il vous fallait une piste à suivre.

— Petite idiote, dit-il avec affection.

— Ça a marché, non ? »

Les doigts du comte devinrent plus insistants l'espace d'un instant. Il l'attira contre son grand corps nu et l'embrassa avec rudesse, en une fusion de langues et de dents profondément érotique et étrangement désespérée. Il l'embrassa comme s'il avait besoin d'elle pour subsister. C'était d'une intimité insupportable. Pire que de laisser quelqu'un voir ses chevilles. Alexia se pressa contre lui et ouvrit la bouche avec avidité.

« Je suis vraiment *désolé* de vous déranger, mes petits tourtereaux, mais si vous pouviez éventuellement envisager de me libérer ? dit une voix douce en interrompant leur étreinte. Et vous n'en avez pas terminé avec ce qu'il faut faire ici. »

Lord Maccon reprit conscience et regarda autour de lui en clignant des paupières comme s'il venait de sortir d'un sommeil peuplé pour moitié de cauchemars et pour moitié de fantasmes érotiques.

Mademoiselle Tarabotti se déplaça de manière que le seul point de contact entre eux soit sa main nichée dans la grande patte du comte. Le contact était suffisant pour être réconfortant, sans parler de son efficacité paranaturelle.

Lord Akeldama était toujours allongé sur sa plateforme. Entre lui et l'endroit où Alexia avait été attachée, monsieur MacDougall se battait toujours avec le nouveau vampire.

« Mon dieu, s'exclama mademoiselle Tarabotti, surprise, il est encore vivant ! » Personne ne sut, pas même elle, si elle parlait de monsieur MacDougall ou du vampire artificiel. Ils semblaient de force égale, le vampire n'ayant pas l'habitude de sa nouvelle force et de ses capacités, le désespoir et la panique rendant monsieur MacDougall plus fort qu'on l'aurait cru.

« Eh bien, mon amour, dit Alexia à lord Maccon avec une hardiesse prodigieuse, y allons-nous ? »

Le comte commença à avancer, puis s'arrêta abruptement et baissa les yeux sur elle sans un mouvement.

« Le suis-je ?

— Quoi donc ? » Elle lui jeta un coup d'œil à la dérobée de sous ses cheveux en désordre, feignant la confusion. Il était hors de question de lui rendre les choses faciles.

« Votre amour ?

— Eh bien, vous êtes un loup-garou écossais, nu et couvert de sang, et je vous tiens *toujours* la main. »

Il poussa un soupir de soulagement évident. « Parfait. C'est réglé, alors. »

Ils avancèrent jusqu'à l'endroit où monsieur MacDougall et le vampire se battaient. Alexia n'était pas sûre de pouvoir métamorphoser deux personnes surnaturelles en même temps, mais elle voulait bien essayer.

« Excusez-moi », dit-elle, en saisissant le vampire à l'épaule. Surpris, l'homme se tourna vers cette nouvelle menace. Mais ses crocs étaient déjà en train de se rétracter.

Mademoiselle Tarabotti lui sourit et lord Maccon l'attrapa par l'oreille comme un vilain écolier avant qu'il puisse esquisser un geste menaçant en direction d'Alexia.

« Eh bien, eh bien, fit lord Maccon, même les nouveaux vampires ne peuvent choisir que des victimes consentantes. » Lâchant son oreille, il lui donna un uppercut violent au menton. C'était un coup de boxeur expérimenté qui étendit raide le malheureux.

« Cela va-t-il durer ? » demanda Alexia. Dans la mesure où elle ne le touchait plus, le vampire pouvait récupérer rapidement.

« Quelques minutes », répondit lord Maccon de sa voix officielle du BUR.

La rangée de morsures sur le côté du cou de monsieur MacDougall saignait légèrement ; il cligna des yeux en regardant ses sauveteurs.

« Soyez un brave garçon et attachez-le, s'il vous plaît. Je n'ai qu'une seule main, vous voyez ? dit lord Maccon à l'Américain en lui tendant de la corde prise sur l'une des plates-formes.

— Qui êtes-vous, monsieur ? » demanda monsieur MacDougall en regardant le comte de haut en bas puis en fixant son regard sur la main tenant celle d'Alexia. C'est du moins ce qu'elle se dit qu'il regardait.

« Monsieur MacDougall, répliqua-t-elle, vos questions devront attendre. »

Il hocha la tête d'un air soumis et commença à ligoter le vampire.

« Mon amour. » Alexia regarda lord Maccon. Il lui était plus facile de prononcer ces mots la deuxième fois, mais elle se sentait toujours très audacieuse. « Peut-être pourriez-vous vous occuper de lord Akeldama ? Il est si affaibli que je n'ose pas le toucher. »

Lord Maccon s'abstint de répondre que lorsqu'elle l'appelait « mon amour », il consentait à faire tout ce qu'elle lui demandait.

Ils s'approchèrent ensemble de la plate-forme de lord Akeldama.

« Bonjour, princesse, dit lord Maccon au vampire. Vous vous êtes mis dans un sacré pétrin cette fois. »

Lord Akeldama le regarda de la tête aux pieds. « Mon cher et délicieux jeune homme nu, vous êtes vraiment mal placé pour dire ça. Mais ça ne me dérange pas du tout, bien entendu. »

Lord Maccon s'empourpra au point que la rougeur envahit son cou et le haut de son torse. Alexia estima que c'était absolument adorable.

Sans un mot de plus, le comte détacha lord Akeldama et, aussi doucement qu'il put, dégagea ses mains et ses pieds des pieux de bois. Le vampire demeura un long moment immobile et silencieux après qu'il eut terminé.

Mademoiselle Tarabotti était inquiète. Les blessures de lord Akeldama auraient dû se refermer d'elles-mêmes. Mais elles demeuraient de grands trous béants. Il n'en coulait même pas de sang.

« Ma très *chère* enfant, dit enfin le vampire en étudiant lord Maccon d'un œil épuisé mais appréciateur, quel festin. Les loups-garous n'ont jamais été mon genre, mais il est vraiment *très* bien équipé, n'est-il pas ? »

Mademoiselle Tarabotti lui jeta un regard malicieux. « Tout est à moi, l'avertit-elle.

— Ah, les humains, glousse le vampire. Ils sont si possessifs. » Il remua faiblement.

« Vous n'allez pas bien, commenta lord Maccon.

— Effectivement, monsieur le comte de l'Évidence. »

Mademoiselle Tarabotti regarda de plus près les blessures du vampire tout en prenant garde de ne pas le toucher. Elle avait désespérément envie de serrer son ami dans ses bras pour le consoler, mais elle était certaine qu'il mourrait au moindre contact avec elle. Il était déjà assez proche de la mort : retrouver sa forme humaine serait sans le moindre doute sa fin.

« Vous êtes desséché, remarqua-t-elle.

— Oui, approuva le vampire. Tout est parti en lui. » Il désigna du menton l'endroit où monsieur MacDougall s'occupait du nouveau vampire.

« Je pourrais vous en donner, je suppose ? suggéra lord Maccon d'un ton dubitatif. Cela fonctionnerait-il ? Je veux dire, dans quelle mesure le contact avec une paranaturelle me rend-il humain ? »

Lord Akeldama secoua faiblement la tête. « Pas assez pour que je me nourrisse de vous, j'imagine. Ça pourrait fonctionner, mais ça pourrait aussi vous tuer. »

Lord Maccon fit un petit bond en arrière inattendu, entraînant Alexia avec lui. Deux mains étaient enroulées autour de son cou et le serraient avec force. Leurs doigts n'avaient pas d'ongles.

L'automate avait traversé la pièce en rampant, lentement mais sûrement, et tentait d'exécuter le dernier ordre qu'on lui avait donné : tuer lord Maccon. Cette fois, le comte ayant sa forme humaine, il avait une assez bonne chance d'y parvenir.

14

Interférence royale

Lord Maccon postillonna et haleta en essayant de repousser la répugnante créature d'une seule main. Mademoiselle Tarabotti frappa l'automate de sa main libre, mais rien ne semblait pouvoir arracher la chose artificielle du cou du comte. Alexia s'apprêtait à lâcher la main de lord Maccon et à reculer car elle savait qu'il pourrait se libérer une fois métamorphosé en loup, lorsque lord Akeldama se leva en tremblant de la plate-forme où il reposait.

Le vampire sortit d'une poche de son gilet un mouchoir en dentelle d'une blancheur encore miraculeusement immaculée, tituba jusqu'à eux et essuya ce qui restait du mot flou sur le front de l'automate.

La monstrueuse chose lâcha lord Maccon et s'effondra à terre.

Un événement des plus remarquables se produisit alors. Sa peau se mit à fondre en lentes rigoles comme du miel chaud. Un lent flot de sang noir mêlé à une sorte de matière granuleuse sombre coula et se mélangea à la substance de la peau. L'ensemble glissa de la partie mécanique du squelette. Bientôt, il ne resta plus de l'automate qu'une structure métallique portant des vêtements miteux allongée dans une flaque gluante de vieux sang, de cire et de petites particules noires. Ses organes internes semblaient entièrement constitués d'engrenages et de mécanismes d'horlogerie.

L'attention de mademoiselle Tarabotti fut détournée de cette fascinante horreur par lord Maccon.

« Oups, attention », dit-il en tendant son bras libre vers lord Akeldama.

Le vampire, qui avait totalement épuisé les quelques ressources énergétiques qui lui restaient en administrant son coup de mouchoir fatal, était en train de s'effondrer lui aussi. Lord Maccon, lié par une main à Alexia, ne parvint qu'à ralentir sa chute, sans toutefois l'attraper complètement. Le vampire se tassa sur le sol en un triste petit tas de velours prune tout chiffonné.

Mademoiselle Tarabotti se pencha sur lui en s'efforçant toujours désespérément de ne pas le toucher du tout. Il était encore vivant, ce qui tenait du miracle.

« Pourquoi ? balbutia-t-elle en jetant un coup d'œil à l'automate, ou plutôt, ce qui avait été l'automate. Pourquoi est-ce que cela a marché ?

— Vous n'aviez effacé que le I ? » demanda lord Maccon en observant d'un air pensif la flaque de résidus d'*homunculus simulacrum*.

Alexia hocha la tête.

« Alors vous avez transformé VIXI, “être vivant”, en VIX, “avec difficulté”. L'automate pouvait encore se déplacer, mais tout juste. Pour le détruire complètement, il fallait enlever la totalité du mot et les particules d'activation, et briser la connexion éthéromagnétique.

— Et comment, rétorqua mademoiselle Tarabotti en prenant la mouche, étais-je censée le savoir ? C'était mon premier automate.

— Et vous vous en êtes très bien tirée, *ma perle*, vu le peu de temps que vous avez eu pour faire connaissance », la complimenta lord Akeldama avec tendresse depuis sa position allongée et sans ouvrir les yeux. Il n'avait pas encore succombé au Grand Effondrement mais le danger semblait imminent.

Ils entendirent un grand vacarme et des cris en provenance du couloir qui se trouvait derrière eux.

« Tête à cul, quoi encore ? ! » interrogea lord Maccon en se levant et en entraînant mademoiselle Tarabotti avec lui.

Un conglomérat de jeunes gens impeccablement vêtus se précipita dans la pièce ; ils transportaient le corps ligoté de monsieur Siemons. Ils poussèrent un cri collectif en voyant lord Akeldama effondré sur le sol. Plusieurs d'entre eux se précipitèrent vers lui et commencèrent à roucouler en une débauche d'inquiétude et d'émotions.

« Ce sont les drones de lord Akeldama, expliqua Alexia à lord Maccon.

— Je ne m'en serais jamais douté, répliqua-t-il, sarcastique.

— Mais d'où viennent-ils donc tous ? » s'enquit mademoiselle Tarabotti.

L'un des jeunes hommes dont Alexia se souvenait – était-ce seulement quelques heures plus tôt qu'elle les avait vus ? – déduisit assez vite de quel remède son maître avait besoin. Il écarta les autres dandys, ôta son habit de soirée de soie bleue, roula la manche de sa chemise et offrit son bras au vampire mourant. Lord Akeldama ouvrit lentement les yeux en clignant des paupières.

« Ah, Biffy, la compétence faite homme. Ne me laisse pas me nourrir de toi seul. »

Biffy se pencha en avant et embrassa lord Akeldama sur le front, comme un petit enfant. « Bien sûr que non, monsieur. » Il amena doucement son poignet à la hauteur des lèvres du vampire.

Lord Akeldama le mordit avec un soupir de soulagement.

Biffy était à la fois assez intelligent et assez fort pour se retirer au milieu du repas. Il ordonna à l'un des autres drones de prendre sa place. Lord Akeldama, assoiffé par les mauvais traitements qu'il avait subis, était capable d'endommager irrémédiablement un unique donneur. Par bonheur, aucun de ses drones n'était assez sot pour essayer de rester jusqu'au bout. Le deuxième jeune homme laissa la place à un troisième, puis à un quatrième. À ce stade, les blessures de lord Akeldama commencèrent à se refermer et sa peau passa d'un gris effrayant à sa teinte normale de porcelaine blanche.

« Expliquez-vous, mes chéris, ordonna-t-il dès qu'il en fut capable.

— Notre petite excursion à la recherche d'informations au cœur des festivités de la haute société a été plus rapidement productive que nous l'espérions, monsieur, dit Biffy. Nous sommes rentrés tôt et avons trouvé la maison vide, nous avons donc entrepris d'utiliser aussitôt les informations que nous venions d'acquérir. En clair, on parlait d'activités suspectes et de vives lumières blanches émanant la nuit du club scientifique qui avait ouvert récemment près de la résidence du duc de Snodgrove.

« Et nous avons bien fait, poursuivit Biffy, en enroulant un mouchoir rose saumon brodé autour de son poignet et en attachant le nœud avec ses dents. Non pas que je doute de votre capacité à contrôler la situation, monsieur, dit-il à lord Maccon sur un ton respectueux, sans le sarcasme que cette affirmation aurait dû provoquer dans la mesure où l'Alpha était toujours entièrement nu. Je dois dire que la machine de transport en forme de pièce mobile nous a donné du fil à retordre. Nous avons fini par piger, tout de même. Nous devrions en faire installer une à la maison, monsieur.

— J'y réfléchirai, dit lord Akeldama.

— Vous vous en êtes très bien sortis », les complimenta mademoiselle Tarabotti. Elle considérait qu'il faut faire part de son appréciation à ceux qui la méritent.

Biffy déroula sa manche et remit son habit de soirée sur ses épaules musculeuses. Ils étaient en présence d'une dame, après tout, même si ses cheveux étaient scandaleusement détachés.

« Quelqu'un doit se rendre au BUR et ramener des agents ici pour s'occuper des formalités », dit lord Maccon. Il regarda autour de lui et évalua la situation : trois savants morts, un nouveau vampire, un monsieur Siemons ligoté, un monsieur MacDougall qui délirait, le corps semblable à une momie qui devait servir de réceptacle au sang d'Alexia, et les restes d'un automate. La pièce était un véritable champ de bataille. Il frémit en songeant aux montagnes de paperasses qui l'attendaient. Ses trois victimes ne poseraient pas trop de problème. Il était nocturne principal, après tout, tueur officiel pour la reine et le royaume. Mais expliquer l'automate allait nécessiter huit formulaires auxquels il devait déjà penser, et sans doute quelques-uns de plus auxquels il ne songeait pas encore.

Il soupira. « La personne que nous enverrons devra également dire au BUR que nous avons besoin d'urgence de balayeurs pour nettoyer tout ça. Qu'ils vérifient aussi s'il y a un fantôme local attaché dans les environs. Qu'ils voient si l'on peut le recruter pour vérifier l'éventuelle existence de pièces secrètes. C'est un cauchemar logistique, ici. »

Mademoiselle Tarabotti lui caressa les articulations en signe de sympathie. Lord Maccon leva distraitement sa main à ses lèvres et déposa un baiser à l'intérieur du poignet d'Alexia.

Biffy fit signe à l'un des drones. Lequel sourit avec empressement, enfonça d'un geste vif son haut-de-forme sur sa tête et sortit de la pièce à petits pas. Alexia aurait aimé avoir autant d'énergie. Elle commençait à ressentir la tension subie durant cette soirée. Elle ressentait des douleurs dans tous les muscles et toutes les petites blessures qu'elle avait reçues – les brûlures causées par les cordes à ses chevilles, la coupure à la gorge, celle de son bras – lui faisaient mal.

« Nous allons avoir besoin du potentat si nous devons fermer cet endroit définitivement, dit lord Maccon à Biffy. Votre maître a-t-il des drones dont le rang soit suffisamment élevé pour entrer au Cabinet fantôme sans qu'on leur pose de questions ? Ou vais-je devoir y aller moi-même ? »

Biffy lança à l'Alpha un regard de haut en bas appréciateur mais néanmoins courtois. « Dans cette tenue, monsieur ? Eh bien, je suis certain que beaucoup de portes s'ouvriraient devant vous, mais pas celle du potentat. »

Lord Maccon, qui semblait oublier avec régularité qu'il était nu, soupira. Alexia en déduisit avec ravissement que cela signifiait qu'il avait effectivement tendance à se promener en costume d'Adam dans ses appartements. La perspective du mariage devenait de plus en plus attirante. Même si elle soupçonnait qu'une telle habitude pouvait devenir gênante à long terme.

Biffy continua sans la moindre honte à railler l'apparence de l'Alpha. « Pour autant que nous sachions, le potentat n'a pas ce genre de penchants. À moins qu'il ne soit avec la reine, bien entendu, auquel cas on vous ferait peut-être entrer tout de suite. » Il marqua une pause lourde de sens. « Nous savons tous que la reine apprécie un peu de sang écossais de temps à autre. » Il agita des sourcils hautement suggestifs.

« Non, ce n'est pas possible ? hoqueta mademoiselle Tarabotti, sincèrement choquée pour la première fois de la soirée. Ces rumeurs au sujet de monsieur Brown étaient donc vraies ? »

Biffy était en terrain connu. « Jusqu'au moindre mot, ma chère. Vous savez ce que j'ai entendu dire pas plus tard que l'autre jour ? J'ai entendu…

— Eh bien ? » l'interrompit lord Maccon. Biffy s'ébroua et indiqua l'un des jeunes hommes qui s'occupaient avec sollicitude de lord Akeldama : il était mince, blond et efféminé, avec un nez aristocratique, et était vêtu de brocart jaune des pieds à la tête. « Vous voyez le canari là-bas ? C'est le vicomte de Trizdale, incroyable, non ? Hé, Tizzy, viens donc par ici. J'ai de quoi te distraire un peu. »

Le jeune homme en jaune les rejoignit en se dandinant.

« Notre maître n'a pas l'air bien, Biffy. Vraiment. Il semble plutôt malade, en fait », dit-il.

Biffy tapota une épaule jaune pour le rassurer. « Inutile d'encombrer cette jolie tête. Il ira bien. Lord Maccon voudrait que tu lui rendes un petit service. Ça ne devrait prendre qu'un instant. Il voudrait que tu ailles faire un tour au palais et que tu nous déniches le potentat. Il a besoin de quelqu'un qui a le bras long, si tu vois ce que je veux dire, et ce n'est pas le dewan qui va nous être utile ce soir. Pleine lune, transformation, et *tutti quanti*. Vas-y maintenant, et plus vite que ça. »

Le jeune vicomte jeta un dernier regard inquiet à lord Akeldama, puis s'éloigna.

Alexia dévisagea Biffy. « Le duc de Trizdale sait-il que son fils est un drone ? »

Biffy plissa les lèvres avec une expression méfiante. « Pas vraiment.

— Oh », dit mademoiselle Tarabotti, pensive – elle avait entendu tellement de ragots en une seule nuit !

Un autre dandy apparut avec l'une des longues blouses grises que portaient les jeunes scientifiques dans le club.

Lord Maccon la prit en marmottant un « merci » et l'enfila. Sa stature était telle que la blouse était scandaleusement courte pour lui, surtout sans pantalon, mais elle couvrait les parties les plus importantes.

Alexia fut un peu déçue.

Biffy aussi, apparemment. « Voyons, Eustace, pourquoi êtes-vous allé faire ça ? demanda-t-il à son compagnon.

— Cela devenait malcommode », répondit Eustace, sans s'excuser le moins du monde.

Lord Maccon les interrompit tous avec une série d'ordres que les gentlemen réunis exécutèrent en ne tirant que modérément au flanc. Mais ils s'arrangèrent, collectivement, pour faire en sorte que lord Maccon fût obligé de se pencher. Une étincelle allumée dans l'œil du comte suggérait qu'il savait ce qu'ils mijotaient et qu'il leur faisait plaisir.

Une petite troupe quitta la pièce pour fouiller les lieux à la recherche d'autres scientifiques, sur lesquels ils bondirent et qu'ils enfermèrent dans les cellules mêmes qui avaient été destinées aux vampires. Les garçons de lord Akeldama avaient peut-être l'air de mignons de la plus belle eau, mais ils boxaient tous chez Whites, et une demi-douzaine d'entre eux au moins portaient des vêtements spécialement coupés pour *dissimuler* leur musculature. Suivant les instructions de lord Maccon, ils laissèrent tranquille sa meute prisonnière. Il était inutile de tester plus que nécessaire les capacités de mademoiselle Tarabotti. Ils libérèrent les vampires et leur demandèrent de rester pour participer à l'établissement des rapports du BUR. Certains demeurèrent, mais la plupart avaient désespérément besoin de rentrer chez eux, sur leur territoire respectif, ou de se rendre dans une ruelle à sang pour se nourrir. Quelques-uns se mirent à arpenter le club à la recherche des scientifiques restants. Ces derniers avaient cru avoir eu de la chance jusque-là, en échappant aux dandys de lord Akeldama. Ils se firent exterminer de la façon la plus horrible.

« Bah, dit lord Maccon en l'apprenant, encore de la paperasse, et pendant une nuit où Lyall n'est pas là. Comme c'est agaçant.

— Je vous aiderai, dit gaiement mademoiselle Tarabotti.

— Ah, vraiment ? J'étais sûr que vous saisiriez la moindre occasion de vous mêler de mon travail, femme insupportable. »

Mademoiselle Tarabotti savait à présent comment se comporter lorsqu'il ronchonnait. Elle jeta un œil autour d'elle : tout le monde semblait dûment occupé, aussi se glissa-t-elle près de lui et lui mordilla-t-elle délicatement un côté du cou.

Lord Maccon fit un petit bond et plaqua sa main sur le devant de sa blouse grise. L'ourlet se soulevait un peu.

« Arrêtez !

— Je suis très efficace, insista Alexia en soufflant dans son oreille. Vous devriez m'utiliser à bon escient. Sinon, je vais devoir trouver d'autres moyens de me distraire. »

Il poussa un gémissement. « Très bien, d'accord. Vous pouvez donner un coup de main pour la paperasse. »

Elle se rassit.

« Était-ce si dur ? »

Il haussa les deux sourcils et écarta la main qui le protégeait de manière qu'elle pût voir une partie du résultat de sa taquinerie.

Mademoiselle Tarabotti s'éclaircit la gorge. « Était-ce si difficile ? rectifia-t-elle.

— Je vous soupçonne de vous débrouiller bien mieux que moi avec les écritures, de toute façon », admit-il à contrecœur.

Mademoiselle Tarabotti se rappela, en un horrifiant flashback, l'état du bureau du comte lors de sa dernière visite. « Je suis mieux organisée, c'est certain.

— Vous et Lyall allez avoir ma peau, hein ? » grommela-t-il, l'air très contrarié.

Après quoi le nettoyage se déroula avec une remarquable rapidité. Mademoiselle Tarabotti commençait à comprendre pourquoi lord Akeldama semblait toujours en savoir autant. Ses jeunes gens étaient d'une efficacité stupéfiante. Ils parvenaient à être partout à la fois. Elle se demanda à combien de reprises dans le passé elle avait assisté à des scènes où un jeune, en apparence trop bête ou trop ivre, observait en fait tout ce qui se passait.

Lorsque cinq agents du BUR – deux vampires, deux humains et un fantôme – arrivèrent, tout était pour ainsi dire en ordre. Les lieux avaient été fouillés de fond en comble, les dépositions des vampires consignées, les prisonniers et les loups-garous étaient en sécurité et quelqu'un avait même réussi à trouver à lord Maccon une paire de knickerbockers qui lui allaient mal. Accomplissant plus que son devoir, Biffy se servit de quelques fils métalliques égarés provenant d'une des machines du docteur Neebs pour tordre et coiffer les cheveux de mademoiselle Tarabotti en une belle interprétation de la dernière coiffure parisienne à la mode.

Lord Akeldama, à présent assis sur l'une des plates-formes, regardait ses garçons travailler avec un œil de parent plein de fierté. « Très joli travail, mon *chéri*, dit-il à Biffy sur un ton approbateur. Vous voyez, mon petit marshmallow, fit-il ensuite à Alexia, vous devriez *vraiment* vous trouver une jolie bonne française. »

Monsieur Siemons fut expédié en prison par deux agents du BUR. Mademoiselle Tarabotti dut parler très sévèrement à lord Maccon pour qu'il n'aille pas lui rendre visite une fois qu'elle ne serait plus là.

« La justice doit suivre son cours, insista-t-elle. Si vous travaillez pour le BUR et soutenez le système, vous devez le faire tout le temps, pas seulement quand cela vous arrange »

Le regard rivé sur la ligne de sang coagulé qui zébrait le bas du cou d'Alexia, il tenta de l'amadouer : « Rien qu'une petite visite, le temps d'un petit démembrement ? »

Elle lui jeta un regard sévère : « Non. »

Les autres agents du BUR et des balayeurs à l'air compétent s'activaient, prenant des notes et passant des choses à signer au comte. Ils avaient été tout à fait choqués de le voir sous sa forme humaine, mais à la seule vue de la quantité de travail de nettoyage qui les attendait au club Hypocras, ils furent rapidement plus reconnaissants que surpris qu'il soit disponible et compétent.

Mademoiselle Tarabotti tenta de se rendre utile, pourtant ses yeux commençaient à la brûler, et elle s'appuyait de plus en plus contre le large flanc de lord Maccon. Le comte finit par déplacer tout le dispositif dans le salon du club, et les installa tous les deux sur le sofa rouge. Quelqu'un prépara du thé. Lord Akeldama choisit de trôner dans le fauteuil de cuir brun clouté. Bien que ce fût humiliant, mademoiselle Tarabotti se retrouva bientôt couchée en chien de fusil sur le sofa, la cuisse dure de lord Maccon en guise d'oreiller, ronflant doucement.

Tout en donnant des ordres et signant des formulaires, le comte lui caressait les cheveux d'une main en dépit des protestations de Biffy, qui prétendait qu'il allait abîmer sa nouvelle coiffure.

Mademoiselle Tarabotti dormit le reste de la nuit et rêva de pieuvres de cuivre. Elle ne se réveilla pas lorsque le potentat arriva, puis repartit après avoir eu une discussion avec lord Maccon dont les grognements agacés devant l'attitude obtuse du politicien parurent agir comme une berceuse et l'emmener plus loin encore dans le pays des rêves. Elle n'était pas réveillée non plus pour voir lord Maccon batailler contre le docteur Caedes afin de savoir comment l'on devait disposer des gadgets et des notes de recherche du club. Elle dormit pendant que lord Akeldama et ses jeunes gens s'en allaient, pendant le lever du soleil et la libération des loups-garous – qui avaient retrouvé leur forme humaine – et pendant que lord Maccon expliquait à sa meute ce qui s'était passé.

Elle dormit même pendant que le comte la transférait avec douceur dans les bras du professeur Lyall, et que le Bêta l'emmenait rapidement sous le nez des journalistes en train d'arriver, sa tête couverte et donc son identité protégée par l'un des habituels mouchoirs en dentelle de lord Akeldama.

Elle ne dormit néanmoins pas lorsque sa mère poussa des cris stridents à son retour dans la demeure des Loontwill. Madame Loontwill les attendait dans le salon de devant. Et elle n'était *pas* contente.

« Où étais-tu passée toute cette nuit, jeune fille ? » dit-elle sur le ton sépulcral des grandes victimes.

Félicité et Évyline apparurent à la porte du salon en chemise de nuit et lourdes pelisses, une expression choquée sur le visage. Elles poussèrent de petits cris de frayeur en voyant le professeur Lyall et se ruèrent dans leur chambre pour s'habiller aussi vite que possible. Elles étaient horrifiées à l'idée que les convenances les obligent à rater quoi que ce soit du drame qui se déroulait de toute évidence en bas.

Mademoiselle Tarabotti, tout ensommeillée, cligna des yeux en regardant sa mère. « Euh… » Elle était incapable de penser. *J'avais rendez-vous avec un vampire, j'ai été enlevée par des savants, attaquée par un loup-garou et j'ai passé le reste de la nuit à tenir la main d'un pair du royaume nu.* « Euh…, répéta-t-elle.

— Elle était avec le comte de Woolsey », dit le professeur Lyall d'un ton ferme et qui n'acceptait aucune contradiction, comme si cela pouvait régler le problème.

Madame Loontwill l'ignora complètement et fit mine de vouloir frapper sa fille. « Alexia ! Espèce de garce dévergondée ! »

Le professeur Lyall se détourna si vite que sa protégée, qu'il tenait toujours dans ses bras, se retrouva hors de portée de madame Loontwill et regarda celle-ci d'un air furieux.

Madame Loontwill reporta sa colère contre lui tel un caniche enragé. « Vous savez, jeune homme, que ma fille ne passe pas une nuit entière hors de chez elle en compagnie d'un gentleman sans être d'abord bien mariée avec lui ! Et peu m'importe qu'il soit comte. Vous autres les loups-garous, vous avez peut-être des règles différentes pour ce genre de choses, mais nous sommes tout de même au XIXe siècle, et nous ne sommes pas d'accord avec ce genre de combines. Je devrais demander à mon mari de vous appeler sur le terrain dans l'instant ! »

Le professeur Lyall souleva un sourcil distingué. « Une tentative sera bien reçue. Mais je ne recommande pas ce genre d'action. Pour autant que je me souvienne, lord Maccon n'a jamais perdu une bataille. » Il baissa les yeux sur Alexia. « Sauf contre mademoiselle Tarabotti, bien entendu. »

Alexia lui sourit. « Vous pouvez me reposer à présent, professeur. Je suis tout à fait réveillée et capable de tenir debout. *Mama* a ce genre d'effet sur les gens. Comme un verre d'eau froide. »

Le professeur Lyall fit ce qu'elle demandait.

Mademoiselle Tarabotti découvrit qu'elle n'avait pas vraiment dit la vérité. Tout son corps lui faisait horriblement mal et ses pieds ne semblaient pas vouloir obéir à ses instructions. Elle trébucha lourdement de côté.

Le professeur Lyall tenta de la rattraper et la manqua.

Avec l'efficacité majestueuse de tous les bons majordomes, Floote apparut à côté d'elle et lui prit le bras, l'empêchant de tomber.

« Merci, Floote », dit Alexia en s'appuyant contre lui avec gratitude.

Félicité et Évyline, toutes deux convenablement vêtues de robes de jour en coton, réapparurent et s'assirent sur le sofa avant qu'on ait eu le temps de leur dire de partir.

Alexia regarda autour d'elle et remarqua qu'un membre de la famille était encore absent. « Ou est donc monsieur Loontwill ?

— Cela ne vous regarde pas, mademoiselle. Que se passe-t-il ? J'exige une explication immédiate », insista sa mère en agitant un doigt.

À cet instant précis, on frappa à la porte d'entrée de la façon la plus impérieuse qui soit. Flotte transféra Alexia au professeur Lyall et alla répondre. Lyall porta mademoiselle Tarabotti sur la bergère. Alexia s'assit en souriant avec nostalgie.

« Nous ne sommes pas là, cria madame Loontwill après Floote. Pour personne !

— Vous êtes là pour moi », dit une voix des plus autocratique.

La reine d'Angleterre pénétra dans la pièce : une femme menue, d'âge moyen mais qui le portait très bien.

Floote la suivit et dit, d'une voix choquée qu'Alexia n'aurait jamais pensé entendre venant de son imperturbable majordome : « Sa Majesté royale, la reine Victoria, désire voir mademoiselle Tarabotti. »

Madame Loontwill s'évanouit.

Alexia songea que c'était la meilleure chose, et la plus sensée, que sa mère ait faite depuis très longtemps. Floote déboucha une bouteille de sels et s'apprêta à la ramener à la vie, pourtant Alexia secoua fermement la tête. Puis elle voulut se lever et faire une révérence, mais la reine leva la main.

« Inutile, mademoiselle Tarabotti. J'ai cru comprendre que vous aviez eu une nuit intéressante », dit-elle.

Mademoiselle Tarabotti hocha la tête sans un mot et fit poliment signe à la reine de s'asseoir. Elle se sentait mortifiée : le salon familial lui paraissait tout à coup encombré et miteux. Son altesse royale ne sembla pas le remarquer en s'asseyant à côté d'Alexia sur une chaise à dossier droit en acajou, et en la déplaçant de manière à tourner le dos à la silhouette allongée de madame Loontwill.

Mademoiselle Tarabotti se tourna vers ses sœurs. Elles avaient toutes deux la bouche ouverte et gigotaient en vain tels des poissons.

« Félicité, Évyline, dehors, maintenant », ordonna-t-elle sur un ton plutôt cassant.

Le professeur Lyall aida à faire sortir les deux jeunes filles de la pièce. Il les aurait suivies mais la reine parla. « Restez, professeur, dit-elle d'un ton sec. Nous pourrions avoir besoin de vos compétences. »

Floote se glissa dehors avec une expression indiquant qu'il allait faire en sorte de tenir toutes les oreilles indiscrètes en respect, ce qui n'incluait probablement pas les siennes.

La reine observa Alexia longuement. « Vous n'êtes pas du tout comme je m'y attendais », finit-elle par dire.

Mademoiselle Tarabotti refréna son envie de répondre « Vous non plus ».

« Vous vous attendiez à quelque chose de précis ? demanda-t-elle à la place.

— Ma chère enfant, vous êtes l'une des seules paranaturelles résidant en terre britannique. Nous avons approuvé les papiers d'immigration de votre père il y a tant d'années. Nous avons été informés dès l'instant où vous êtes née. Depuis, nous avons observé vos progrès avec intérêt. Nous avons même envisagé d'intervenir lorsque toutes ces sottises avec lord Maccon ont commencé à compliquer les choses. Cela a plus qu'assez duré. Vous allez l'épouser, je crois ? »

Alexia acquiesça.

« Très bien, nous approuvons. » Elle hocha la tête, comme si elle avait d'une certaine manière participé à ce dénouement.

« Ce n'est pas le cas de tout le monde », dit le professeur Lyall.

La reine eut un véritable reniflement de mépris en l'entendant. « C'est notre opinion qui compte, non ? Le potentat et le dewan sont des conseillers de confiance, mais rien de plus : des conseillers. Aucune loi de notre Empire, ou d'un précédent, n'interdit expressément le mariage entre personnes surnaturelles et paranaturelles. Oui, le potentat nous a informée que traditionnellement les ruches interdisent de telles unions, et les légendes des loups-garous les mettent en garde contre la fraternisation, mais nous désirons que cette affaire soit réglée. Nous ne voulons pas que notre meilleur agent du BUR soit distrait, et il faut que cette jeune personne soit mariée.

— Pourquoi ? » demanda Alexia. Elle ne comprenait pas en quoi son célibat concernait la reine d'Angleterre.

« Ah, oui, j'oubliais. Vous connaissez l'existence du Cabinet fantôme ? » La reine se laissa aller dans la chaise dure – dans la mesure où les reines le peuvent : ses épaules se relâchèrent légèrement.

Alexia hocha la tête. « Le potentat vous sert de consultant officiel pour les vampires, et le dewan fait de même pour les loups-garous. À en croire la rumeur, la plus grande partie de votre jugement politique provient des conseils du potentat, et votre habileté militaire provient du dewan.

— Alexia », gronda le professeur Lyall en guise d'avertissement.

La reine parut plus amusée qu'insultée. Elle abandonna même le « nous » royal pendant quelques instants. « Eh bien, j'imagine qu'il faut bien que mes ennemis blâment quelqu'un. Je dirais que ces deux-là ont une valeur inestimable, quand ils ne sont pas en train de se quereller. Mais il existe un troisième poste, qui est resté vacant depuis avant mon époque. Un conseiller censé départager les deux autres. »

Mademoiselle Tarabotti fronça les sourcils.

« Un fantôme ?

— Non, non. Nous en avons des quantités partout dans Buckingham Palace ; impossible de les faire taire la plupart du temps. Nous n'avons certes pas besoin d'en avoir un en poste officiellement. Pas alors qu'ils sont incapables de rester solides très longtemps. Non, nous avons besoin d'un muhjah. »

Alexia parut perplexe.

La reine s'expliqua.

« Traditionnellement, le troisième membre du Cabinet fantôme est un paranaturel, le muhjah. Votre père a refusé le poste. » Elle renifla. « Les Italiens. À présent, vous n'êtes tout simplement pas assez nombreux pour qu'on procède à un vote au sujet de votre nomination, il faudra donc qu'on vous désigne. Mais le vote relève en fait de la formalité, même pour les postes de dewan et de potentat. Sous mon règne, en tout cas.

— Personne d'autre ne veut de ce travail », lança le professeur Lyall avec chaleur.

La reine lui jeta un regard de reproche.

Il se pencha en avant pour mieux expliquer. « C'est une position politique, dit-il. Il y a beaucoup de discussions et de paperasse et il faut constamment consulter des livres. Ce n'est pas du tout comme au BUR, vous comprenez ? »

Les yeux de mademoiselle Tarabotti étincelèrent carrément.

« Ça semble délicieux. » Mais elle avait des soupçons. « Pourquoi moi ? Qu'ai-je donc à offrir contre deux voix aussi expérimentées ? »

La reine n'avait pas l'habitude qu'on lui pose des questions. Elle regarda le professeur Lyall.

« Je vous ai dit qu'elle était difficile, prévint-il.

— Notre muhjah prévient les impasses, mais il est aussi la seule unité vraiment mobile des trois conseillers. Notre potentat est confiné à un territoire étroit, comme la plupart des vampires, et il est incapable de fonctionner pendant le jour. Notre dewan est plus mobile, mais il ne peut voyager en dirigeable et se retrouve en incapacité à chaque pleine lune. Nous nous sommes appuyée sur le BUR pour compenser la faiblesse du Cabinet fantôme, mais nous préférerions avoir un muhjah qui se concentrerait uniquement sur les affaires de la Couronne et qui pourrait venir nous voir en personne.

— Il y aura donc bien du travail de terrain ? » Mademoiselle Tarabotti était de plus en plus intriguée.

« Oh, oh, marmotta le professeur Lyall, je ne crois pas que lord Maccon ait tout à fait compris cet aspect du poste.

— Le muhjah est la voix de la modernité. Nous avons foi en notre potentat et en notre dewan, mais ils sont âgés et routiniers. Quelqu'un doit faire contrepoids à leur influence, une personne qui se tient au courant des recherches scientifiques contemporaines, sans parler des intérêts et des soupçons du monde diurne. Nous craignons que ce club Hypocras soit un symptôme d'un plus grand désordre. Nous trouvons inquiétant que nos agents du BUR ne l'aient pas découvert plus tôt. Vous avez montré que vous êtes une enquêtrice efficace et une jeune femme cultivée. En tant que lady Maccon, vous auriez également la position nécessaire pour infiltrer les plus hauts niveaux de la société. »

Le regard d'Alexia alla du professeur Lyall à la reine. Lyall paraissait inquiet. Cela la décida. « Très bien, j'accepte. »

La reine hocha la tête, satisfaite. « Votre futur mari nous a fait savoir que vous ne seriez pas contre. Tout à fait excellent ! Nous nous réunissons deux fois par semaine, le mardi et le dimanche soir, à moins qu'il n'y ait une crise quelconque, auquel cas vous devrez être disponible sur-le-champ. Vous n'aurez de comptes à rendre qu'à la Couronne. Nous voudrions que vous commenciez la semaine après votre mariage. Dépêchez-vous de l'organiser, donc. »

Alexia eut un sourire idiot et regarda le professeur Lyall de sous ses cils. « Conall est d'accord ? »

Le loup-garou sourit. « Voilà des mois qu'il vous a recommandée. La première fois où vous avez interféré avec l'une de ses opérations ; il savait qu'on n'autoriserait pas le BUR à vous embaucher. Bien entendu, il ignorait que le muhjah participait activement aux enquêtes en tant que représentant de Sa Majesté.

— Au départ, nous n'avons pas approuvé cette recommandation. Nous ne pouvons permettre qu'une jeune femme célibataire occupe une telle position de pouvoir. Cela ne se fait pas, tout simplement. » La reine eut une expression presque malicieuse et baissa la voix. « Tout à fait entre nous, ma chère, nous croyons que l'Alpha de Woolsey pense que si vous êtes muhjah, vous ne resterez pas dans ses pattes. »

Alexia plaqua sa main sur sa bouche, horriblement gênée. La reine d'Angleterre la considérait comme une mouche du coche qui fourrait son nez partout !

Le professeur Lyall croisa les bras.

« Je vous demande pardon, Votre Majesté, dit-il, mais je crois qu'il veut lâcher mademoiselle Tarabotti sur le dewan et voir les plumes voler. »

La reine Victoria sourit. « Ces deux-là… ils ne se sont jamais bien entendus. »

Le professeur hocha la tête. « Ils sont bien trop Alphas tous les deux. »

Mademoiselle Tarabotti eut tout à coup l'air inquiète.

« Ce n'est pas pour ça qu'il m'épouse ? Pour que je puisse être muhjah ? »

Un peu de sa vieille insécurité revenait la hanter.

« Ne soyez pas ridicule, l'admonesta la reine d'un ton sec. Cela fait des mois que vous le faites tourner en bourrique, depuis que vous lui avez taquiné les régions inférieures avec un hérisson. Votre pas de deux rend tout le monde fou depuis. Heureusement que c'est enfin réglé. Votre mariage va être le plus grand événement de la saison. La moitié des invités seront là uniquement pour être certains que vous irez jusqu'au bout tous les deux. En dehors du fait que nous en avons assez, c'est notre opinion. »

Mademoiselle Tarabotti, pour l'une des premières et dernières fois de sa vie, était complètement sans voix.

La reine se leva. « Eh bien, voilà qui est donc réglé. Nous sommes très satisfaite. Et à présent, nous vous suggérons d'aller vous coucher, jeune fille. Vous avez l'air épuisé. » Sur ce, elle fit une sortie majestueuse.

« Elle est si petite, dit mademoiselle Tarabotti au professeur Lyall après son départ.

— Alexia, appela une voix tremblante depuis l'autre côté de la pièce. Que se passe-t-il au juste ? »

Alexia soupira, se leva avec difficulté et s'approcha en chancelant de sa *mama* en proie à la confusion. Toute la colère de madame Loontwill s'était évaporée lorsqu'elle avait vu en se réveillant que sa fille discutait avec la reine d'Angleterre.

« Pourquoi la reine était-elle ici ? Pourquoi parliez-vous du Cabinet fantôme ? Qu'est-ce qu'un muhjah ? » Madame Loontwill était vraiment très troublée. Elle semblait avoir perdu tout contrôle sur la situation.

Moi, se dit Alexia avec grand plaisir. *Je vais être muhjah. Ça va être très amusant.* À voix haute, elle dit la seule chose susceptible de clouer le bec de sa mère. « Ne t'inquiète de rien, *mama*. Je vais épouser lord Maccon. »

Ce qui fonctionna. La bouche de madame Loontwill se referma avec un claquement. Son expression perturbée se changea vite en une exaltation incontrôlable.

« Tu l'as attrapé », souffla-t-elle, ravie.

Félicité et Évyline revinrent dans la pièce, roulant toutes deux de grands yeux. Pour la première fois de leur vie, elles considérèrent leur sœur aînée autrement qu'avec un léger mépris.

Madame Loontwill remarqua l'arrivée de ses deux autres filles. « Non pas que j'approuve tes méthodes, ajouta-t-elle en toute hâte. Passer la nuit dehors, vraiment. Mais dieu merci, tu l'as fait ! » Et elle ajouta, en aparté : « Les filles, votre sœur va *épouser* lord Maccon. »

Félicité et Évyline parurent encore plus choquées, mais elles se reprirent plutôt vite.

« Mais, *mama*, pourquoi la reine était-elle ici ? voulut savoir Évyline.

— Peu importe pour l'instant, Évy, dit Félicité avec impatience. La question importante est de savoir ce que tu vas porter comme robe de mariage, Alexia. Tu es affreuse en blanc. »

Les journaux de l'après-midi rendirent compte de l'essentiel des informations de façon plutôt exacte. Les noms de mademoiselle Tarabotti et de lord Akeldama furent omis, ainsi que le détail des expériences, et remplacés par une mise en valeur du caractère macabre, sensationnel et illégal de celles-ci.

Les articles plongèrent Londres dans une fièvre spéculatrice. La Royal Society se démena pour nier toute association avec le club Hypocras, mais le BUR entama une campagne d'opérations clandestines. De nombreux autres scientifiques, dont certains très connus, se retrouvèrent tout à coup sans subsides, en fuite, ou en prison. Nul ne trouva jamais d'explication aux pieuvres.

Le club Hypocras fut définitivement fermé et ses locaux saisis et vendus. La demeure fut achetée par un gentil couple originaire d'East Duddage dont le succès dans l'industrie du pot de chambre leur avait permis de s'élever dans la société. La duchesse de Snodgrove considéra toute l'histoire comme une tromperie uniquement destinée à affecter son statut social. Le fait que ses nouveaux voisins, qu'ils fussent ou non un gentil couple, venaient de Duddage et étaient des *commerçants* la plongea dans une crise d'hystérie d'une telle intensité que son mari la fit aussitôt transporter jusqu'à leur propriété ducale à la campagne, dans le Berkshire, par précaution pour la santé de tous. Il vendit la maison de Londres.

Pour mademoiselle Tarabotti, la pire conséquence de cette sordide histoire fut qu'en dépit du fait que le club et la résidence de lord Akeldama avaient été fouillés de fond en comble, le BUR ne retrouva jamais son ombrelle en cuivre.

« Ah, se plaignit-elle à son promis au cours d'une promenade de fin de soirée dans Hyde Park. J'aimais vraiment beaucoup cette ombrelle. »

Une voiture transportant des douairières les dépassa. Une ou deux hochèrent la tête dans leur direction. Lord Maccon souleva son chapeau.

En dépit de ses réticences, la bonne société avait fini par accepter de voir l'un de ses célibataires les plus en vue quitter le marché pour épouser une vieille fille inconnue. Une ou deux personnes – celles qui habituellement hochaient la tête d'un air entendu – en étaient même à faire de prudentes offres d'amitié à mademoiselle Tarabotti. Laquelle améliora encore aux yeux de l'aristocratie sa position de force avec laquelle on devait compter en traitant cette flagornerie par le mépris. Il était clair que la future lady Maccon était une personnalité aussi formidable que son promis.

Lord Maccon lui prit le bras en un geste d'apaisement. « Je vais demander qu'on te fasse une centaine d'ombrelles semblables, une pour chaque robe. »

Mademoiselle Tarabotti leva les sourcils.

« Tu as conscience qu'elles devront avoir une pointe en argent ?

— Eh bien, tu devras affronter le dewan plusieurs fois par semaine ; tu pourrais en avoir besoin. Même si je ne prévois pas qu'il te donne beaucoup de fil à retordre. »

Alexia, qui n'avait pas encore eu l'occasion de faire la connaissance des autres membres du Cabinet fantôme et ne les rencontrerait pas avant son mariage, lança un regard plein de curiosité à lord Maccon.

« Est-il vraiment si timoré ?

— Nan. Mal préparé, c'est tout.

— À quoi donc ?

— À toi, mon amour », dit le comte, compensant l'insulte par une gentillesse.

Alexia bafouilla avec tant de charme que lord Maccon dut tout simplement l'embrasser, là, au milieu de Hyde Park. Ce qui la fit bafouiller plus encore. Ce qui le fit l'embrasser derechef. Un cercle vicieux.

C'était bien sûr monsieur MacDougall qui avait pris possession de l'ombrelle de cuivre. Le malheureux jeune homme était sorti de l'esprit de tous, y compris de celui d'Alexia, dès que l'enquête sur le club Hypocras avait été classée. Il rapporta l'ombrelle chez lui – en guise de souvenir, en quelque sorte. Il avait eu le cœur véritablement brisé lorsqu'il avait lu dans la *Gazette* l'annonce des fiançailles de mademoiselle Tarabotti. Il retourna dans sa demeure du Massachusetts et se lança avec une vigueur scientifique renouvelée et plus de prudence dans la mesure de l'âme humaine. Quelques années plus tard, il épousa une véritable virago et se laissa mener à la baguette pour le restant de ses jours.

ÉPILOGUE

Mademoiselle Tarabotti ne porta pas de blanc à son mariage. Hormis le fait que Félicité avait parfaitement raison en affirmant que cela jurait horriblement avec son teint, elle se dit que lorsqu'on a vu son fiancé nu et couvert de sang, on n'est plus tout à fait assez pure pour du blanc.

À la place, elle porta une robe ivoire : de confection française, choisie et conçue avec lord Akeldama en guise d'assistant accompli. Elle prenait en compte la nouvelle mode des lignes plus pures et des manches longues, moulait le haut de sa poitrine et dessinait ses courbes à la perfection. Le décolleté carré du corsage était assez profond, ce que lord Maccon approuva, mais il remontait haut dans le dos et autour de son cou en un demi-col rappelant une robe exotique de l'époque rococo. Il était fermé autour de sa gorge par une exquise broche en opale et lança une mode qui persista pendant presque trois semaines entières.

Mademoiselle Tarabotti ne dit à personne que la coupe de sa robe était une modification de dernière minute entièrement due au fait que deux jours avant le mariage, le comte l'avait eue à lui seul pendant une heure dans la salle à manger. Comme toujours, les marques de morsure qu'*elle* avait laissées sur *lui* s'étaient effacées à l'instant où ils s'étaient séparés. Elle soupira, non sans plaisir. Vraiment, vu l'attention qu'il portait à son cou, on aurait pu croire qu'il était un vampire.

Biffy la coiffa pour cet événement prestigieux. Il lui avait été prêté pour la durée de la préparation du mariage. Il disposait d'une quantité phénoménale d'informations sur qui on *devait* absolument inviter, qui *devrait* l'être, quelles fleurs il fallait commander et ainsi de suite. En tant que demoiselle d'honneur, Ivy Hisselpenny fit de son mieux, mais la malheureuse était un tantinet dépassée par les détails. Biffy devint très habile dans l'art de la tenir à l'écart de toutes les tâches ayant quoi que ce soit à voir avec le style, si bien qu'à la fin, tout eut l'air merveilleux et rien ne jura avec rien. Pas même Ivy.

Il fut prévu que la cérémonie se déroulerait juste après le coucher du soleil, une nuit où la lune était dans son premier quartier pour que tout le monde puisse venir. Et presque tout le monde vint effectivement : y compris la reine, lord Akeldama et ses drones au grand complet, et la crème de la bonne société londonienne. Les plus grands absents furent les vampires, qui n'avaient même pas pris la peine de refuser les invitations poliment mais qui, à la place, snobèrent carrément le couple.

« Ils ont de bonnes raisons de ne pas être d'accord, dit lord Akeldama.

— Et pas vous ?

— Oh, j'ai de bonnes raisons, moi aussi, mais je vous fais confiance, petite innovatrice. Et j'aime le changement. » Et il n'en dit pas plus, en dépit des questions sans équivoque d'Alexia.

La ruche de Westminster n'osa pas les snober ouvertement. La comtesse Nadasdy envoya lord Ambrose observer la cérémonie, mais sous la contrainte, c'était très clair. Elle envoya également un cadeau inattendu à Alexia ; il arriva pendant qu'elle s'habillait, l'après-midi du mariage.

« Ne vous avais-je pas dit qu'elle finirait par se débarrasser de moi ? » dit Angélique avec un sourire autodépréciateur.

Mademoiselle Tarabotti était un petit peu dépassée.

« Vous voulez une nouvelle place ? Chez moi ? »

La jeune fille aux yeux violets eut un haussement d'épaules blasé à la française. « Mon maître, il est mort à cause des savants, dit-elle, son accent revenant en force. Femme de chambre, c'est mieux que bonne.

— Mais, et votre statut de drone ? »

Angélique eut une expression faussement modeste.

« On peut toujours être porte-clés, non ?

— Eh bien, dans ce cas, bienvenue », dit mademoiselle Tarabotti. La Française ne pouvait bien entendu qu'être une espionne, mais Alexia se dit qu'il valait mieux le savoir et l'avoir à l'œil plutôt que d'obliger la ruche à des manœuvres encore plus désespérées. Cela l'inquiéta tout de même un peu. Pourquoi les vampires faisaient-ils toutes ces histoires ?

Angélique se mit immédiatement au travail et aida Biffy à terminer le chignon bouclé d'Alexia, discutant vaguement au sujet de la place d'une fleur au-dessus de l'oreille droite.

Ils protestèrent tous deux lorsque Alexia se leva, pas encore complètement habillée, et agita la main pour les faire sortir.

« Je dois rendre visite à quelqu'un », dit-elle, impérieuse. On était à la fin de l'après-midi : le soleil n'était pas tout à fait couché et ils avaient encore beaucoup de pain sur la planche avant le grand événement du soir.

« Mais, maintenant ? bafouilla Biffy. Vous vous mariez ce soir !

— Et nous venons juste de terminer les cheveux ! »

Mademoiselle Tarabotti avait compris qu'elle allait devoir compter avec ces deux-là. Mais l'inverse aussi était vrai. Alexia leur ordonna de tenir sa robe prête : elle serait de retour dans moins d'une heure, ils ne devaient pas s'inquiéter.

« Ce n'est pas comme si quoi que ce soit pouvait se produire sans moi, non ? Il faut que je voie un ami, au sujet du soleil. »

Elle prit la voiture des Loontwill sans demander la permission et se rendit à la luxueuse maison de lord Akeldama. Elle fit son entrée par la grande porte, passa devant divers drones et réveilla lord Akeldama de son sommeil diurne d'un simple contact.

Il cligna des yeux en la regardant, groggy. Il était humain.

« Le soleil se couche bientôt, dit mademoiselle Tarabotti avec un petit sourire, la main sur son épaule. Venez avec moi. »

Elle prit par la main le vampire vêtu seulement de sa chemise de nuit et lui fit traverser la splendeur dorée de sa demeure jusque sur le toit, dans la lumière déclinante.

Alexia posa sa joue sur son épaule et ils regardèrent ensemble et en silence le soleil se coucher sur la ville.

Lord Akeldama s'abstint de remarquer qu'elle allait être en retard à son propre mariage.

Mademoiselle Tarabotti s'abstint de remarquer qu'il pleurait.

Elle en conclut que c'était une bonne façon de finir sa carrière de vieille fille.

Lord Akeldama pleura aussi pendant la cérémonie, qui eut lieu à Westminster Abbey. Bon, il avait la larme un peu facile. De même que madame Loontwill. Non sans dureté, mademoiselle Tarabotti considéra que sa *mama* pleurait plus la perte de son majordome que celle de sa fille. Floote avait donné son congé et déménagé au château de Woolsey le matin même, avec la totalité de la bibliothèque du père d'Alexia. Leur installation à tous les deux se déroulait fort bien.

Le mariage fut salué comme un chef-d'œuvre d'ingénierie sociale et de beauté physique. Et le plus fort fut que la demoiselle d'honneur d'Alexia, mademoiselle Hisselpenny, ne fut pas autorisée à choisir son propre chapeau. La cérémonie se déroula à merveille, à la surprise générale, et mademoiselle Tarabotti se retrouva lady Maccon en un éclair.

Tout le monde se réunit ensuite dans Hyde Park, ce qui était à l'évidence inhabituel, mais quand on a affaire à des loups-garous, il faut bien faire des exceptions. Et il y avait certes un nombre important de loups-garous. Non seulement la meute de lord Maccon, mais aussi tous les solitaires, les autres meutes et les porte-clés qui avaient pu se déplacer étaient présents à la cérémonie.

Par bonheur, il y avait de la viande pour tous. Le seul aspect de la procédure de mariage où Alexia avait investi du temps et un réel intérêt était la nourriture. En conséquence, les tables dispersées dans leur coin du parc gémissaient littéralement sous leur fardeau. Il y avait des galantines de pintade fourrées de langues hachées tremblant dans des aspics et décorées de plumes en pelures de pomme trempées dans du jus de citron. Pas moins de huit pigeons à la sauce aux truffes dans leur nid de pâte firent leur entrée et leur sortie. Il y eut des huîtres pochées, des filets de haddock frits à la sauce d'anchois et de la sole grillée accompagnée de compote de pomme. Ayant remarqué que lord Maccon aimait la volaille, le cuisinier des Loontwill fournit une tourte à la bécasse, du faisan rôti dans une sauce au beurre avec des pois et du céleri, et un couple de grouses. Il y eut un baron de bœuf, un quart de mouton glacé au vin rouge et des côtelettes d'agneau aux fèves et à la menthe fraîche – le tout proposé le plus cru possible. Les entremets comprenaient de la salade de homard, des épinards et des œufs, des beignets de légumes et des pommes de terre au four. Outre le gigantesque gâteau de mariage et les piles de petits gâteaux aux noix que les invités pouvaient emporter, il y avait des tartes à la rhubarbe, de la compote de cerises, des fraises fraîches et du raisin noir, ainsi que des saucières de crème fraîche épaisse et du *plum pudding*. On déclara que la nourriture était un succès total, et l'on fit de nombreux projets de visite au château de

Woolsey une fois qu'Alexia aurait pris en main la supervision de ses cuisines.

Mademoiselle Hisselpenny utilisa la totalité de l'événement comme prétexte pour flirter avec tout ce qui était mâle et avait deux jambes, et parfois quatre. Cela parut parfaitement acceptable jusqu'à ce qu'Alexia la voie regarder le répugnant lord Ambrose avec des yeux en boules de loto. La nouvelle lady Maccon recourba un index impérieux en direction du professeur Lyall et l'envoya à la rescousse.

Le professeur marmotta quelque chose au sujet des « jeunes mariées qui n'ont rien d'autre à faire que se mêler des affaires des autres » et obéit. Il s'insinua habilement dans la conversation entre lord Ambrose et mademoiselle Hisselpenny et l'entraîna dans une valse sans que quiconque eût éventé sa tactique d'intervention militaire. Il transporta ensuite Ivy de l'autre côté de la pelouse qui servait de piste de danse et la présenta à Tunstell, le porte-clés roux de lord Maccon.

Tunstell regarda Ivy.

Ivy regarda Tunstell.

Le professeur Lyall nota avec satisfaction qu'ils avaient tous les deux la même expression d'âne assommé.

« Tunstell, ordonna le Bêta, demandez donc à mademoiselle Hisselpenny si elle veut bien danser.

— Voudriez-vous, heu, bien, heu, danser, mademoiselle Hisselpenny ? bégaya ce jeune homme d'ordinaire loquace.

— Oh, dit Ivy, oh oui, s'il vous plaît. »

Le professeur Lyall, oublié, hocha la tête. Puis il courut s'occuper de lord Akeldama et de lord

Ambrose, qui visiblement s'étaient lancés dans une discussion passionnée à propos de gilets.

« Eh bien, femme, demanda le nouveau mari d'Alexia en la faisant tourbillonner à travers la pelouse.

— Oui, mari ?

— Crois-tu qu'on peut officiellement s'échapper maintenant ? »

Alexia jeta un coup d'œil nerveux autour d'elle. Tout le monde semblait soudain fuir la piste de danse et la musique était en train de changer. « Hum, je crois, peut-être, pas tout de suite… »

Ils s'arrêtèrent et examinèrent les alentours.

« Ce n'était pas prévu, dit-elle, agacée. Biffy, qu'est-ce qui se passe, là ? » cria-t-elle.

Biffy haussa les épaules depuis les coulisses et secoua la tête. C'étaient les porte-clés qui provoquaient cette agitation. Ils avaient formé un grand cercle autour de lord Maccon et d'Alexia et repoussaient lentement toutes les autres personnes à l'écart. Alexia remarqua qu'Ivy, cette petite traîtresse, les y aidait.

Lord Maccon se frappa le front de la main.

« Bonté divine, ils ne vont pas vraiment le faire ? Cette vieille tradition ? » Les hurlements commencèrent, et il laissa sa phrase en suspens. « Oui, ils vont le faire. Eh bien, ma chère, il vaut mieux que tu en prennes l'habitude. »

Les loups jaillirent dans le cercle ouvert telle une rivière de fourrure. Sous le quartier de lune, il n'y avait ni colère ni soif de sang dans leurs mouvements. On aurait plutôt dit une danse, liquide et magnifique. Cette foule poilue n'était pas seulement composée de la meute de Woolsey, mais aussi des autres loups-garous en visite. Environ une trentaine d'entre eux sautaient, se pavanaient, et jappaient en se coulant autour du nouveau couple de mariés.

Alexia demeura très détendue et immobile au milieu de ce tourbillon étourdissant. Les loups rétrécirent leurs cercles jusqu'à se presser contre ses jupes, tout en souffles chauds de prédateurs et fourrures soyeuses. Puis l'un d'entre eux s'arrêta juste en face de lord Maccon – une créature mince, à la fourrure ocre rappelant un renard : le professeur Lyall.

Le Bêta adressa un clin d'œil à Alexia, renversa la tête en arrière et aboya, sèchement, une fois.

Les loups s'immobilisèrent telles des statues et firent la chose la plus organisée et poliment amusante qui soit. Ils s'alignèrent pour former un cercle bien net autour des mariés et s'avancèrent l'un après l'autre. Lorsque chaque loup se trouvait devant le nouveau couple, il baissait la tête entre ses pattes de devant en montrant la nuque en une drôle de petite révérence.

« Est-ce à toi qu'ils rendent hommage ? » demanda Alexia à son mari.

Il rit. « Mon dieu, non. Pourquoi se préoccuperaient-ils de moi ?

— Oh, répondit Alexia, en comprenant que c'était elle qu'ils désiraient honorer. Dois-je faire quelque chose ? »

Conall l'embrassa sur la joue. « Tu es merveilleuse telle que tu es. »

Lyall fut le dernier à se présenter. Sa révérence fut en quelque sorte plus élégante et plus retenue que n'importe quelle autre.

Une fois cela fait, il aboya de nouveau et tous les loups passèrent à l'action : ils coururent trois fois autour du couple et s'enfuirent dans la nuit.

Après quoi tout ne pouvait être que décevant. Le nouveau mari d'Alexia la fourra dans la voiture qui les attendait dès que les convenances l'y autorisèrent, et ils filèrent hors de Londres sur la route du château de Woolsey.

Quelques loups-garous les rejoignirent alors, toujours sous leur forme animale, et coururent avec le véhicule.

À la sortie de la ville, lord Maccon passa sa tête par la fenêtre et leur dit sans cérémonie de « débarrasser le plancher ».

« J'ai autorisé la meute à sortir ce soir », informa-t-il Alexia en rentrant la tête et en fermant la fenêtre.

Sa femme lui jeta un regard malicieux.

« Oh, d'accord. Je leur ai dit que s'ils montraient leurs visages poilus dans les parages du château de Woolsey au cours des trois prochains jours, je les éviscérerais en personne. »

Alexia sourit. « Mon dieu, où vont-ils donc tous résider ?

— Lyall a vaguement parlé d'envahir la maison de lord Akeldama. » Conall semblait très satisfait de sa plaisanterie.

Alexia rit. « J'aimerais être une petite souris ! »

Son mari se tourna vers elle et, sans autre cérémonie, se mit à ouvrir la broche qui tenait fermé le col de sa belle robe.

« Intéressante conception, cette robe, commenta-t-il sans véritable intérêt dans la voix.

— Dis plutôt, conception nécessaire », répliqua son épouse tandis que le col s'écartait et révélait un dessin de petites morsures partout sur son cou. Lord Maccon le suivit du doigt avec une fierté de propriétaire.

« Qu'est-ce que tu fabriques ? » demanda Alexia tandis qu'il embrassait doucement les minuscules blessures. La délicieuse sensation de picotement que cela engendrait la distrayait, mais pas assez pour qu'elle ne remarquât pas que les mains de son mari entouraient le bas de son corsage et défaisaient la rangée de boutons qui se trouvait là.

« Il me semble que ça doit être évident, maintenant », répliqua-t-il en souriant. Il repoussa le haut de sa robe et se concentra sur le délaçage de son corset. Ses lèvres descendirent de son cou vers les profondeurs de son décolleté.

« Conall, murmura indistinctement Alexia, dont les objections s'évanouissaient tandis qu'une nouvelle et délicieuse sensation se répandait à partir de ses bouts de seins, devenus étrangement serrés et durs. Nous sommes dans une voiture *en marche* ! Pourquoi cette préférence constante pour des lieux inappropriés aux activités amoureuses ?

— Hmmm, ne t'inquiète pas, dit-il, interprétant intentionnellement à tort ses protestations. J'ai donné des instructions au cocher pour qu'il prenne le chemin le plus long. » Il l'aida à se mettre debout et la débarrassa de sa robe, de ses jupes et de son corset avec une vitesse qui trahissait l'expert.

Alexia, qui ne portait plus qu'une chemise, des bas et des chaussures, croisa les bras sur ses seins avec embarras.

Son mari passa de larges mains calleuses sur le bord du mince vêtement, caressant la peau douce du haut de ses cuisses. Puis il souleva le tissu pour recouvrir ses fesses de ses mains avant de lever ce dernier bastion de sa dignité bien détériorée, c'était un fait, et de le passer par-dessus sa tête pour s'en débarrasser.

Alexia comprit alors que jusqu'à cet instant, elle n'avait jamais vu de faim véritable dans son regard. Ils étaient en contact physique, homme surnaturel et femme paranaturelle, et pourtant ses yeux étaient devenus d'un fauve pur de loup. Il la regardait, vêtue seulement de ses bas et de ses bottes aux boutons d'ivoire, comme s'il désirait la dévorer vivante.

« Tu essaies de te venger, hein ? » l'accusa-t-elle, tentant de le calmer un peu. L'intensité du moment l'effrayait légèrement. Elle était, après tout, plutôt novice en la matière.

Il s'interrompit et la regarda, la surprise sincère atténuant la couleur fauve de son regard. « De quoi ?

— Au club Hypocras, quand tu étais nu et pas moi. »

Il l'attira vers lui. Elle ne savait absolument pas comment il avait réussi à s'occuper de lui en même temps que d'elle, mais il s'était débrouillé pour ouvrir le rabat de sa culotte. Tout le reste demeurait couvert. « Je veux bien admettre que ça m'a traversé l'esprit. Assieds-toi maintenant.

— Comment ? Ici ?

— Oui, ici. »

Alexia eut une expression de doute. Elle devait néanmoins admettre qu'il y avait, dans leur relation, des discussions qu'elle n'avait aucun espoir de gagner. Celle-ci en était une. La voiture, de manière un peu trop pratique, pencha légèrement de côté, et elle chancela vers l'avant. Conall la rattrapa et la guida dans son giron en un geste à la fluidité parfaite.

Il ne fit rien d'autre de cette proximité-là pendant un moment. À la place, il concentra son attention sur ses seins généreux. D'abord il les embrassa, puis il les mordilla, et enfin il les mordit, progression qui fit se tortiller Alexia de telle façon que son extrémité même se fraya en elle un chemin, qu'elle l'eût voulu ou non.

« Vraiment, insista-t-elle, haletante, c'est tout à fait indécent de se livrer à de telles activités ici. »

À ce moment précis, la voiture roula sur une ornière en faisant une embardée, réduisant toute autre objection au silence. Le mouvement amena Alexia juste audessus de lui, ses cuisses nues pressées contre sa culotte. Lord Maccon gémit, une expression de ravissement extatique sur le visage.

Alexia poussa un petit cri et frémit. « Ouille. » Elle se pencha en avant contre son mari et lui mordit l'épaule en guise de revanche. Assez fort pour qu'il saigne. « Ça m'a fait mal. »

Il reçut la morsure sans se plaindre et parut inquiet. « Cela dure-t-il ? »

La voiture fit une nouvelle embardée. Cette fois, Alexia soupira. Une sensation de fourmillement des plus étranges commençait à envahir ses régions inférieures.

« Je vais considérer cela comme un non », dit son mari, et il se mit à bouger, se balançant avec les mouvements de la voiture.

Ce qui se produisit alors fut plein de sueur, de gémissements et d'une pulsation dont Alexia décida, après en avoir délibéré profondément pendant une seconde, qu'elle n'avait rien contre. Cela culmina par un deuxième battement de cœur des plus intrigants qui émergea autour de la région où il s'était empalé. Peu de temps après, son mari poussa un long gémissement et retomba sur les coussins en la serrant contre lui.

« Oooh, dit Alexia, fascinée, il se ratatine de nouveau. Les livres ne mentionnaient pas ce détail. »

Le comte rit. « Il faut que tu me montres tes livres. »

Elle se laissa aller sur lui et se nicha dans sa cravate, appréciant d'être avec un homme qui était assez fort pour ne pas être troublé par le fait qu'elle fût étalée sur lui. « Les livres de mon père, rectifia-t-elle.

— Il paraît qu'il avait une réputation intéressante.

— Hmmm, sa bibliothèque semble le suggérer. » Elle ferma les yeux et se laissa aller contre son mari. Puis une idée lui vint, elle se rejeta en arrière et donna un bon coup de poing dans son gilet.

« Ouille, dit son patient mari. Qu'est-ce que tu as à présent ?

— C'est bien de toi ! dit-elle.

— Quoi ?

— Tu l'as pris comme un défi, n'est-ce pas ? Quand je t'ai empêché de me séduire au club Hypocras. »

Lord Maccon eut un sourire de loup, bien que ses yeux eussent retrouvé leur couleur brun fauve humaine. « Naturellement. »

Elle fronça les sourcils, et se demanda quelle était la meilleure façon d'affronter la situation. Puis elle se pencha sur lui et se mit à dénouer sa cravate et à le débarrasser de son habit, de son gilet et de sa chemise.

« Eh bien, dit-elle.

— Oui ?

— Je considère toujours que cette voiture n'est en aucune façon un endroit approprié aux activités conjugales. Aimeriez-vous me prouver le contraire une deuxième fois ?

— Me défiez-vous, lady Maccon ? » demanda lord Maccon en feignant l'agacement. Mais il se soulevait déjà pour l'aider à lui enlever ses vêtements.

Alexia sourit à sa poitrine nue, puis le regarda à nouveau dans les yeux. Le jaune était revenu.

« Tout le temps. »

REMERCIEMENTS

Mille mercis aux dames du WCWC et à leurs diaboliques stylos multicolores : la critique apporte la sagesse et, avec un peu de chance, du thé.

À papa et maman, qui ont eu la brillante idée de récompenser la bonne conduite par des expéditions à la librairie.

Et à G et E : fournisseurs de beaux sentiments et protecteurs de la bête gribouilleuse, aussi infernale qu'elle puisse être.

Du même auteur
aux éditions Orbit :

LE PROTECTORAT DE L'OMBRELLE

2. Sans forme, 2011.

3. Sans honte, 2012.

4. Sans cœur, 2012.

5. Sans âge, 2013.

LE PENSIONNAT DE MLLE GÉRALDINE

1. Étiquette et espionnage, 2014.

2. Corsets et complots, 2014.

3. Jupons et poisons, 2015.

PAPIER À BASE DE FIBRES CERTIFIÉES

Le Livre de Poche s'engage pour l'environnement en réduisant l'empreinte carbone de ses livres. Celle de cet exemplaire est de :
800 g éq. CO_2
Rendez-vous sur www.livredepoche-durable.fr

Composition réalisée par FACOMPO, LISIEUX

Imprimé en France par CPI
en décembre 2015
N° d'impression : 2020013
Dépôt légal 1re publication : avril 2012
Édition 06 - décembre 2015
LIBRAIRIE GÉNÉRALE FRANÇAISE
31, rue de Fleurus - 75278 Paris Cedex 06

31/3488/9